U0112419

Ida

伊达

Katharina Adler

[德] 卡塔琳娜·阿德勒 著

李晓旸 译

海峡出版发行集团
海峡文艺出版社

献给阿德勒家族

献给本雅明·弗约里希

目　次

VI

VII

I

到　达

纽约市，1941

　　快到埃利斯岛时，数百名乘客挤上塞尔帕·品托号的甲板。除了后背、帽子、头发和天空，伊达什么也看不到。她并没有努力寻找一个更好的视角，而是给自己点燃了一支"终点"烟。

　　在纽约港时，船上来了一批医生。姓名？伊达·阿德勒。年龄？五十八。肤色，**自然肤色**[1]。头发颜色，**灰色**。他们把一支体温计塞进伊达的嘴里，又检查了她的眼睛是否浑浊，然后便在身心健康状况一栏填写了**良好**。这让伊达觉得很可笑。这些医生，他们其实什么都不知道。

　　一名工作人员询问她的籍贯，她答道，**维也纳**。来之前住在哪？**蒙托邦**[2]。会说哪些语言？**德语、英语、法语、意大利语**。奉行多配偶制吗？并不。无政府主义者？也不算是，我是社会民主主义者，她骄傲地说。然而工作人员只是冷漠地看了她一眼，便将她归入**希伯来人**，并让她去入境处。那里的工作人员问她是否来过美利

1　此章的加黑字体表示原文为英文，有别于全书大部分使用的德文。——编者注
2　法国地名。——译者注（本书脚注若未特别标示均为译者注，后从略。）

坚合众国？没有。国籍？无国籍。在法国时，由于局势危急，她撕掉了护照。入境许可呢？

伊达把签证递给他，他签了字，例行公事地说了一句**欢迎来到美国**，便叫了下一位。

出口处人潮拥挤。伊达紧紧抱着行李箱，匆匆走下舷梯，她想抓紧时间再吸一支烟，毕竟这是经历了十三天的航行后第一次踏上结实的土地。眼前的景物有些摇晃，好像脚下仍然是大海一般。她忍耐着，希望头晕能够慢慢地自动消退。

附近聚集了一些摄影师，他们仔细观察着抵达的乘客。也许某个知名人士正藏身于这批流亡到此的难民中。没有人关注她。

她把烟头弹到地上。眩晕并没有退去，抽烟也没有用。之前库尔特给她发过电报，说他没办法来接她，因为他每天晚上都得在剧院值班，不过他会想办法托人把她送上开往芝加哥的火车。

伊达在人群中寻找着熟悉的面孔——她以为会有一位同志来接她——直到她看见一个身材修长的男人，他的年纪跟库尔特差不多，手里拿着一束康乃馨以及一张纸，上面写着她的名字。

同志是不会送花的，她想，这简直就是浪费钱。

"您看起来像是在等待您的爱人，"她用德语说，"可是很遗憾，纸上的名字却不是。"

"阿德勒夫人！"男人摘下帽子，"很高兴见到您，夫人。我叫马格纳，马丁·马格纳。库尔特让我来的。"

他把花束递给她，弯腰去拿她的箱子。她犹豫了一下，交给了他。

"冒昧地问一下，您是？"

马格纳把箱子放在地上，腾出手来把写着伊达名字的白纸收起来："以前在赖兴贝格[1]的时候，我和他是同事，现在应该可以称得上是朋友吧。"

"啊哈，朋友。"伊达说。

"您的儿子是个慷慨无私的人。我能来这儿多亏了他，"马格纳看着她的眼睛说，"库尔特救过我的命。"

伊达自己提起箱子："那是您运气好，亲爱的马格纳先生。轮到自己的妈妈，却被他拖了这么久，"她深吸一口气，感到喉头发紧，"差一点儿就来不及了。"

马格纳微笑着接过她的话："还好您终于到了。我会把您送上开往芝加哥的火车。"

他朝她伸出胳膊。她愣了一下，一下子没有明白这个动作是什么意思。随后才反应过来。她已经与文明社会的社交礼仪隔绝太久了。

她挽住马格纳的胳膊，让他带领自己走出港口区。走在路上，她又抽了一支烟，放松一下。马格纳看了看手表。

"我们还有三个小时。您不想吃点什么吗？"

"您有什么好的建议？"

"这附近有一家中国小吃店。"

"中国菜！"伊达难以置信地笑了，"只要不是豆子就行，那玩意儿我在摩洛哥吃够了。"

"请您原谅我的好奇心，"伊达盯着她的汤盘看了很久，然后开口说，"您说您和我的儿子是在赖兴贝格的剧院认识的，是吗？我怎么从来没听说过您？"她拿起汤勺，"不过我也不应该觉得奇怪。

---

1 捷克城市，位于苏台德区，捷克语名利贝雷茨。

他都结婚了，我却连他的太太是谁都不知道。"

她使劲夹起一个苍白的饺子塞进嘴里。

"关于我的事儿，您不能怪库尔特，那时候我们也只是泛泛之交而已。"

伊达抬头看着他："您当时在剧院做什么？您看起来不像是音乐家。"

"您说得对。我在那儿当导演。"

伊达满意地点点头。不错，中国饺子，真的不错。汤也很浓。

"您在这儿也找了一份剧院的工作吗？"

"不算是。我沦落到电台了。"

"您的英语够用吗？"

"完全不够。"马格纳会心一笑。

伊达又打量了一下这个坐在对面的男人。明亮、睿智的眼睛，让人有好感的面庞。只是，这个马丁·马格纳，他长了一对非同寻常的大耳朵。

"您应该不是靠长相被录取的吧？"

马格纳听了，毫无顾忌地大笑起来："不，不，我还是干导演，负责广播剧。"

伊达疑惑地望着他。

"您可以把它理解为一出短剧，每天都播一点，"他解释道，"不过不在舞台上表演，而是在电台里广播。"

"可是，如果没有表演可以看，那还要导演干什么？"

"需要导演的地方可多了，"马格纳回答，"等您下次来这里，可以来电台看看。"

伊达双手交叠贴在小腹上，肚皮感受到一阵舒适的温暖。她有多久没有像这样无忧无虑地聊天了？

"我会尽早去拜访您的。"她答道。

马格纳招手示意结账："非常欢迎。不过，我想我们现在该去坐火车了。"

库尔特订的是卧铺。找到她的车厢后，马格纳举起箱子，放在床铺上方的行李架上。伊达则走到洗手池旁，用塞子堵上出水口，开始放水，可是水很快就漏光了。她卷起袖子，又使劲按了按塞子。没有用，水还是流光了。

"我恐怕不能带着花走了。"

"带着吧，听我的。"马格纳说。他从裤子口袋里掏出一块手绢，将它淋湿，缠绕在花束底部，然后把花放进空空的洗手盆。"我得走了……还有什么可以为您做的？"

伊达把手伸给他："真高兴认识您，再见。"但是她握住他的手，并没有马上松开。它很柔软，很亲切。

直到火车开动，她的掌心仍然残留着他手掌的温度。她望着洗手盆边缘探出头的花朵，它们微微晃动着，她不由得庆幸当时留下了它们。花朵能够让她心安，很奇怪。新的时代想必早已开始了。她心不在焉地发了好一会儿呆。她不想往窗户外面看，窗外的美国不过是无异于大海的风景。离开维也纳已经两年多了，四个月来一直奔波在路上，她已经筋疲力尽。

到达前的最后几个小时突然变得比之前几个星期还难熬；车厢化身为囚笼，而她却连起身的力气也没有；关于纽约市，她只记得一个叫马丁·马格纳的男人，他亲切的笑容以及中国菜的味道；这顿异国风味的餐食原本应该增强她的体力，可是她现在不仅身体在摇晃，连带着大脑深处都在颤动，抽一支烟，没有用，第二支，不行，再来一支，还是不行；好不容易入睡，又再次惊醒，醒来后发现，还要好几个小时才能到。为了打发时间，她回忆着自己的儿子，眼前浮现的却不是他成年的样子，而是一张孩童的面容，还有那双找不到节拍的双手，胡乱地摆动着，摆动着，把车厢里的空气搅拌得无比黏稠，让她的嘴巴和鼻子几乎无法呼吸。

"妈妈！"是库尔特在叫她，"妈妈，火车到达之前需要用早餐吗？"

不，是列车员在说话。他刚才说的是**女士**，不是**妈妈**。

没过多久，一顿真正的"囚笼餐"摆在她的面前。一片土司，变了味的黄油，水一样淡的咖啡。

"妈妈！"库尔特叫道。伊达一只脚刚踏上月台，一扭头就看见儿子的脸。一阵喜悦袭来，她仿佛被一束明亮的光线一直照耀到心底。她马上就能够拥抱他了。她的脚尖触碰到坚硬的地面，两只脚刚刚在月台上站定，立刻转身迎向他。可是，一个年轻的女人却站在他刚才所在的位置上。

伊达抬头看她，长长的颈项，洋娃娃般的脑袋，头发束在后面。她的身旁，头发稍短一些的，正是库尔特。

"让我介绍一下，妈妈，这是黛安莎"，他说，随后又用英语说："**这是我母亲，亲爱的。**"他伸出胳膊揽住这个年轻女人的腰。

伊达心底的那束光黯淡下去。她之前就希望他不要把这个女人带来，至少不要在他们第一次重逢的时候。她装作没看见黛安莎朝她伸出的手，侧身走开了。

"出口怎么走？我们必须找到出口，还是这里只有入口？我们必须从入口出去？"

她快步朝前走，库尔特和黛安莎跟在她后面。

"这么走对吗？"伊达问，"帮帮我，库尔特！这儿是你生活的地方，你应该走在前面。"

库尔特走到她前面，黛安莎仍然留在后面。

"在纽约的时候，你居然让一个完全陌生的人来接我！我还以为你会把我来美国的消息告诉哪个同志。"

"我觉得我们不必麻烦同志来帮忙。"库尔特回头看了她一眼，"另外，马丁告诉我，你们聊得很开心。"说完，他又拿后脑勺对着她。

"我们当然聊得很开心，"伊达大声说，企图盖过火车的噪音，"我怎么会冷落我儿子的朋友呢……他说，你救过他的命。"

"哪里，帮忙办了一些手续而已。"

"救你自己的妈妈怎么就那么困难呢？"

库尔特没有回头。"妈妈，别这样！"他说，"再说，你现在已经来了，而且看起来状态还不错。"

伊达能够感觉到身后那个高个子的女人。库尔特迈着轻快的步伐，带着一种完全不合时宜的轻松走在她的前面。不断地有乘客从火车上下来。

她看了看那束干枯的花："对了，这是我从纽约带来的。现在很少有人送这么不实用的东西。"

黛安莎的声音在她的头顶响起："**箱子，库尔特，别让她自己拎箱子！**"

库尔特伸手去拿箱子："我帮你们叫一辆出租车，黛安莎带你去看我们的住处，你好好休息一下，我还要去一趟剧院。"

伊达抓住他的手腕，严肃地望着他的眼睛："我跟你一起去。"

"你已经很累了。"

"火车上我已经睡够了。"

"我只是去参加排练而已。"

黛安莎早已跟了上来，一脸疑惑地望着库尔特。

伊达摊开双手："我觉得，当人们来到一个陌生的城市，音乐就是最美好的欢迎方式。"答应我吧，看在你带来的新太太破坏了我们的重逢的分上。当然她并没有说出来。

"排练跟享受音乐没什么关系，中间会不停地停顿，不停地重复。"

伊达的下巴开始颤抖："直说吧，你就是不想带你的母亲去！"

库尔特瞥了一眼黛安莎，深吸一口气："到时你可别抱怨，我只能让你坐在楼上最后面一排，因为不能随便带家人去的，这样不太合适。"

"相信我，"伊达举起手遮住脸，"这几年我唯一学会的，就是怎样让别人看不见我。"

库尔特和黛安莎坐在出租车后排座位上，伊达坐在他们俩之间。她给自己点了一支烟，用食指和中指夹着，然后将拿着烟的手慈爱地放在黛安莎的膝盖上。

"你就是我儿子的新太太。"

黛安莎摇下出租车车窗，点点头。

"第二任，"伊达提高音量，"你跟她说了你曾经结过婚吗？"又对黛安莎说，"之前的特鲁迪，多好的一个人，还是个歌唱家。"

库尔特不为所动："黛安莎是作家。她发表过短篇小说，另外中提琴拉得很好，还会击剑。"

伊达不好意思再抽烟，就这么让它在黛安莎的大腿上静静燃着。

"钢笔，中提琴，花剑，三件优雅的武器。"

黛安莎低头看看香烟，大腿动了一下。

她更喜欢把它们当作工具来用，黛安莎反驳道。

伊达摇摇头，躬身将烟灰弹到黛安莎一侧的窗口。她用德语对库尔特说："我听不懂你的新太太在说什么。"

库尔特却指了指前面的挡风玻璃："歌剧院到了。"

伊达忘记了刚刚想说什么，索性不说了。终于又见到剧院了。

观众席一片漆黑。一个男声合唱团穿着日常的便服站在灯火通明的舞台上。他们的面前坐着一排独唱者。库尔特在这些歌者之间来回穿梭，发出各种指令。然后，他向乐队区的指挥点点头，示意他带着乐队开始合奏某个乐章。

即使隔着三千个座位，伊达依然能听见儿子的声音。她闭上眼睛，歌声、乐声，这正是她思念已久的惬意。不过没过一会儿，音乐中就掺杂进了一些不和谐的声音。与音乐格格不入的回忆和画面。她试图驱赶，却没有成功：大喇叭里的广播，被宰杀的山羊流出的鲜血，男人的手，帮她擦洗、照顾着她……

有人拍了拍她的肩膀。她一下子惊醒过来。又是她，她儿子的新太太。她说她睡着了，她原本不想叫醒她，可是她的鼾声实在太大了。

手 袋

芝加哥，1941

　　林荫道的两端望不到尽头。伊达迷茫地四下张望，这怎么可能，她怎么会在这样笔直的一条道上迷路？这样的街道在整个欧洲都找不出一条来。

　　她大口喘息着。都十一月份了，这天气也太热了吧？

　　她急需就近找地方歇一下，于是靠在一家商店的门上。她的身体压到了门把手，门被推开，她就势进入了商店。一个穿着白大褂的店员见状，立刻走过来招呼她。

　　伊达没搭理他。她依然靠在门上，想要搞清楚这是什么地方。她看见柜台的上方挂着皮带，周围架子上堆着一层层箱子。她不想进入这样一家商店，但是一想到那望不到尽头的林荫道——还是进来吧。

　　您是想旅行吗？她的耳边传来一个声音。

　　是箱子在说话，还是那个白大褂？

　　伊达用力摇摇头。旅行？去了那么多个地方，都不知道终点在哪儿。不，她不想再漂泊了。

您不想坐下来吗？

她扶着朝她伸过来的手臂，任由它引导自己来到商店中间的沙发前。店里很热，比街上还要热。一个女孩在柜台后面整理手套，她把衬衫袖子卷得高高的。

白大褂扶着她坐下，满脸堆笑地问她要不要来杯咖啡。

伊达点点头。一杯浓咖啡当然是恢复体力的最佳办法。她目送着柜台后的女孩走进后面的房间。她不愿跟这个男人独处一室。她下意识地查看店里是否挂着百叶窗——他会不会把窗帘放下来。

这时，白大褂将一个小手袋递到她的跟前，问她有没有发现它的特别之处？

他抚摸着小手袋的外皮。伊达困惑地看着他。先前那个女孩拿着一个托盘走过来，冲她笑了笑。

伊达感激地接过杯碟，喝了一大口。咖啡让她精神振奋，却也让她满头大汗。

女孩提出为她脱下大衣，可是白大褂坚持由他来为她服务，然后趁势把手袋塞到她的手里。

这个小皮包日常用起来非常方便，而且很优雅，他指着手袋说。语气好像这个皮包能够影响世界局势一般。

伊达把手袋交还给他："非常感谢，不过我不感兴趣。"

"噢，我想，您觉得它不够漂亮？也许我应该为您推荐一个鳄鱼皮做的。"

"什么？"伊达问，"是我听错了吗？"

"这个手袋是用鳄鱼的皮做的。"白大褂明确地说。

伊达再次摇摇头："您没明白我的意思。我想说，您知道我们生活在什么样的时代吗？"

"**女士**，正是在这样的时代，人们才必须对自己大方一点。"白大褂回答。

伊达见他并没有把手袋拿回去的意思，只好把它放在自己的膝盖上。

"您知道吗？"她清了清嗓子。白大褂弯下身子，靠近她，带着薄荷丸和皮硝的气味。她再次清清嗓子。

"您必须知道，"她提高音量，并拉开与白大褂的距离，这样就不必闻到那股气味了，"大概有……让我算一下……大概有四十年了吧，我上次用手袋已经是四十年前的事儿了。"

"什么？您说什么？**难以置信**。"白大褂说着，在她身边坐下来。

杯子和碟子在她的手里开始发出轻微的碰撞声。白大褂再次凑近她，向她推荐他们的**夏季促销**——在这个特别热的十一月。

"您还没好好看看这个手袋呢。"他指着她膝头的皮包，"让我来为您介绍一下。"没等她同意，他便拉开皮包拉链，露出粉红色的内层，接着夸赞了一番内层的材质——丝绸，名贵却不难打理。

然后，她就眼睁睁地看着他用手指在手袋内层摸来摸去。她浑身一震。

丝绸，粉红色的丝绸，还有手指，丑陋的、可怕的手指。她想站起来，赶快离开这家商店。她使劲动了一下，却没有成功。坐垫太软了，她站不起来。

手袋从她的膝头掉下来，她整个人重新跌进沙发里，咖啡杯滑落在地上，摔碎了。

白大褂惊恐地看着被咖啡玷污的皮包。

"请原谅，"伊达向他道歉，"请您……"她再次努力想站起来，"实在对不起……"女孩将她拉起来，又把大衣塞进她怀里。

"别管她了，"他怒吼，"先把碎片收拾一下。"

女孩没听他的话，而是将伊达带到门口，把她推到街上，并让她保证再也不会踏入这里一步。

伊达的确不想再进去了。

"这辈子都不会了，永远不会！"她忿忿不平地想，"幸好这个姑娘把我赶出来了，否则那个家伙……我绝不会付给他一分钱。"

她颤抖着想把大衣穿上，身体却不听使唤。她站在路边，在行人的注视下终于穿好了衣服。

"冬天的**夏季促销**！简直是胡闹！"

当她终于打开家门的时候，库尔特已经等得不耐烦了。客厅的餐桌上摆着晚餐，还有一瓶香槟酒。

"这个时间我们平时已经吃完了，妈妈，我马上还有演出。"

"那你们为什么不先吃呢？"

"因为今天是值得庆祝的一天，对我们所有人来说。"他说着，握住她的手。

伊达把手抽回来："我怎么没看出来。"

黛安莎从厨房的烤箱里端出一只火鸡。"现在鸡肉肯定都老了。"她不高兴地说。

"没关系，"库尔特答道，他的心情不错，"我们配着香槟把它吃下去。"

"你在剧院加薪了？"伊达看了一眼昂贵的香槟酒，问。

"不是的，妈妈。是其他的事情。这第一件事，会让我们的生活更加便利，第二件就说不准啦，不过两件都是大喜事。"他走到橱柜前，拿起一张纸。"从今天起，"他宣布，"我就是美国人了！"

"之前也没听你说过……"伊达话没说完，便伸出手，"给我看看。"她仔细审视了一番**公民证**，然后把它放到一边。

"我认为，这的确是件好事。"她尽可能不动声色地说。

库尔特拔出香槟酒的木塞。

"当然，简直就是大喜事。美国人最喜欢新鲜出炉的美国人。"

他斟满两杯香槟，分别放到黛安莎和伊达的面前，然后就这么站着，拿起一小块鸡肉，蘸了蘸酱料。"我得走了。"

"库尔特，那第二件事呢？除了入籍之外？"

他把火鸡肉塞进嘴里，一边嚼一边朝走廊走去："让黛安莎告诉你吧。"她听见大门砰的一声关上了。

伊达什么也没说。黛安莎也是。

伊达转身去拿火鸡肉和甜薯，她用余光瞥见黛安莎将香槟一饮而尽。"好吧。"黛安莎欲言又止。她默默地给自己又倒了一杯酒，然后把酒瓶递给伊达。

伊达拒绝了。

"库尔特不再是**奥地利人**了，你一定很难接受这个事实吧。"黛安莎喝完第二杯酒，开口说道。

伊达抬起头。"**奥地利人**？再也不可能了。就算他现在变成**火鸡**[1]我也无所谓。"

"你是想说**土耳其人**吧。"黛安莎漫不经心地纠正她。

伊达拿起叉子。"似乎有什么事情，"她说，"让库尔特和你特别激动。"她朝黛安莎的方向挥舞了一下叉子，"说吧，别再故弄玄虚吊我胃口！"

"库尔特和我，"黛安莎摩挲着她的结婚戒指，"我们将迎来新的家庭成员。"

她把手掌放在小腹上。伊达随着她的手望过去，点点头，慢慢

---

1 双关语，原文 Turkey 既可以表示火鸡，也可以表示土耳其。

地将叉子放回盘子上，没有说话。黛安莎满怀希望地看着她。

"你知道吗，"伊达终于开口说，"我觉得母鸡的肉比任何一只火鸡都好吃。"她拿起自己的餐巾，仔细地叠好，然后站起身，"我得休息了，今天心脏有点不舒服。"

踏入房间时，她又转身，说："当然，我会跟库尔特说，我为你们感到高兴。"

肚 子

芝加哥，1942

　　伊达多希望所谓的怀孕只是这个新儿媳自己的臆想而已，可是她仿佛听到了两颗心脏跳动的声音，一大一小，节奏凌乱，声音大得要命，哪怕隔着墙壁都听得十分清楚。她疲惫极了，却又清醒得很，疼痛般地清醒。她的眼前又浮现出将她赶出店外的那个女孩的眼睛，脑海中不受控制地想起宪兵和一列列塞满人的火车。眼睛、手袋、手指，这一切重合在一起。每一个夜晚都是一场旅途，在这漫长的旅途中，她虽然知道自己来自何方，却对前路充满恐惧。她只好不断地提醒自己已经安全得救，尽管如此，她依然担忧着，依然希望所谓的怀孕只是新儿媳的一场臆梦。

　　可是她的希望落空。没过多久，黛安莎就隆起了肚子。伊达甚至不愿多看一眼。如果这是特鲁迪的肚子，她也许会特别激动。她心想，孩子，他本应该在另一个地方以及另一个时代出生，眼下，他来得并不是时候。可是，也只有在这里，在利兰大街，春天仿佛才能不顾一切地绽开花蕾，她的新儿媳才能不顾一切地让新生命在自己的身体里滋长。

黛安莎。黛安莎。每次说出这个名字,她的舌头都要打个结,难怪接下来的对话总是不顺利,误会不断地产生。那就打牌吧,至少打牌时不必说话。不过很遗憾,两个人没法打桥牌,凯纳斯特[1]倒是可以。为了能够再次亲手摸到纸牌,伊达做出了妥协。

不过儿媳不愿用钱来下注。伊达甚至还没有提议来把大的,黛安莎就只愿意用扣子做赌注。伊达觉得用扣子玩不尽兴,认为黛安莎就是个胆小鬼。过一阵子再说吧,也许她能说服黛安莎起码用香烟来下注——即便抽烟的只有伊达自己。

"库尔特的爸爸一定是个亲切和蔼的男人。"黛安莎一边说,一边推开窗户。

"这是库尔特说的吧。"

"他们俩长得像吗?"

"库尔特和恩斯特吗?"

"他给我看过一张照片,父子俩还挺像的。"

"要我说,库尔特最多只是有点儿像舅舅,除此之外他只像他自己——如果不把大拇指算上的话。"

"大拇指?"

"是的,阿德勒家族的大拇指和那让人难过的指甲。老实说,一点儿都不好看。黛安莎,去把窗户关上。我不喜欢开着窗。"

库尔特成天待在剧院,伊达几乎见不着他。她其实很想陪他去,无所谓剧院上演什么。以前每次看完演出,她都觉得精神焕发,甚至连没完没了的战事新闻都能够抛诸脑后。可是现在,她极其难得地才能随他去听一次歌剧。他似乎完全忘记了她的乐趣

---

1 一种纸牌游戏的名称,2—6 人玩,使用两副纸牌。

所在。

"妈妈，你上个月往纽约打电话了吧？电话费吓死人。"

"爱尔莎现在住在纽约。我偶尔会跟她聊一会。"

"跟爱尔莎？我以为你们闹翻了。"

"早就过去了。我们在巴黎见过一次，在社会主义者办公室，还好她已经认识到当年根本没必要发那么大的火。"

"的确令人高兴，但是——"

"我总不能直接挂电话吧！否则她又该胡思乱想了。而且你知道，她一开口就停不住。"

"那就应该让她给你打电话。"

"不可能。我们还没有和好到那个地步。"

库尔特微薄的收入很让她担心。再多一张嗷嗷待哺的嘴该怎么办呢？他连好一点儿的家具都买不起，黛安莎买的那些家具实在太丑了。

"你的新任太太品位实在堪忧，你不觉得吗？"

"怎么想起说这个？"

"你家的家具，实在不像是你的风格。"

"当然不是我，妈妈，不过也不是黛安莎挑的。这套出租房本来就带家具。"

"什么？连家具都不是你的？"

伊达只好努力说服自己——不属于自己的东西，自然也不能丢掉。她虽然渴望一张属于自己的床，但也只能想想而已了。这些年睡过的床，给她留下的感受仍然深入骨髓：马赛的木板床，货船上的稻草褥，卡萨布兰卡的病人躺椅。每当午夜惊醒时，她总是固执地认为，只有一张真正属于自己的床才能阻止那些回忆的侵袭。

不过，这个家最需要的，应该是一个摇篮吧。

孙 女

芝加哥，1942

真不明白，他们怎么可以不跟着节奏，乱唱一气！

库尔特用筷子指挥了一段乐章。整整一个星期，他都跟合唱团一起，为即将开场的首演进行排练。到目前为止，合唱演员们并没有很好地听从他的指导，这让他很生气。

伊达默默地点头。

他挥舞了一个节拍，然后哼唱着旋律，仿佛这样就能够纠正那些排练过程中让他一直忍受至今的错误似的。然后，他用临时充当指挥棒的筷子从碗里捞起一团米饭。他的神色终于变得柔和起来。

"明天黛安莎和小家伙就回家了。"

伊达不为所动地夹起一块点心，蘸了蘸酱油。

"妈妈，她特别机灵，而且我告诉你，她很漂亮，特别漂亮。"

伊达用叉子叉起一个饺子，又放下了。

"你怎么不吃呢？"

她仍然低头盯着盘子。

库尔特握住她的手："过些日子我们会有一些派对，为接下来的演出旺季筹款。"

"那你可有的忙了。"她轻声说。

"黛安莎去不了，所以我想问问你，能不能……我实在需要一个女伴。"

伊达缩回自己的手。

库尔特叹了一口气："你能帮我这个忙吗？"

伊达还是没有看他，公式化地回答道："危急关头我当然会站在你身边。"

等到他们把孙女接回家，她也没有立刻上前帮忙，而是一动不动地抱着双臂坐在床上。她听见外面大门砰的一声关上，便一直等着有人来敲她房间的门。她清了清喉咙，做好了说"请进"的准备。

她房间的门开了，库尔特怀里抱着一个小婴儿来到她的床前。

她先看见小小的帽子和衬衫，然后才是那张小小的面孔，噘起的小嘴，淡淡的眉毛下面是一双紧闭的双眼。

瞧，也没见得多机灵，多漂亮，她心想。

库尔特把小婴儿放进她的怀里。

她首先检查了一下小宝宝的手指，发现她的指甲形状优美，她并没有遗传到典型的阿德勒拇指。

她挪动了一下这具小小的身体，让她枕着自己的小臂睡得更舒服一些。这时，宝宝睁开了眼睛，直视着伊达，伊达的脑海中此时一下子只剩下一个念头：多么漂亮，多么机灵！但愿她那颗小小心脏也跳出音乐的韵律！

伊达一边在心中祈祷着，一边抱着孙女来到放客厅的摇篮前。她感受着晚礼服的绉纱贴着小腿肚，又摸了摸肩头的绣花。

"瞧，奶奶终于又能好好打扮一下自己了。"她把她的小被子盖好，"你问我首饰哪儿去？这我可回答不了。我早就不戴首饰啦。"

宝宝打了个哈欠。

"你说得对，也没什么大不了的。"伊达继续说，"只是可惜了那块表。在蒙托邦的时候我把它当了。奶奶为什么要把它当了？是为了能够来找你呀！否则你可能就没有奶奶了。"

"妈妈，行了。"库尔特走过来，朝她伸出脖子。伊达站起身，为他系上领结。

"她又听不懂。"伊达捏住条纹领结宽宽的接头。

"如果你以后不再说这样的话，我会很感激你的。"

"那我跟她说什么？"伊达把领结系好，然后放开儿子。

"下次就说，你很想带她出去散步。"库尔特说，"今天不行，否则我就成了整个晚上最无聊的人了。"

伊达看着他从摇篮里抱起宝宝，他的脸上绽放出笑容。

"**妈妈**，"黛安莎胳膊上挂着一个手袋，走进房间，她把手袋递给伊达，"我想，你需要一个手袋装香烟。"

伊达想也没想地拒绝了："我不需要这个。"

黛安莎放下手袋："我把它放在这儿，如果你改变主意的话。"

"没有这个必要。"

库尔特将宝宝交给黛安莎。"我们必须走了。"他对伊达摇摇头，并朝她伸出手。

"到时不要开口闭口社会主义者，或者马克思主义。"坐在出租车里时，库尔特提醒伊达。

伊达理了一下袖口，装作没有听见他的嘱咐。

"前些日子你还打算把奥托舅舅的政治主张讲给黛安莎听，是不是？"

"是的，因为她对这个感兴趣。"

"今天的派对上可没人对这个感兴趣。"

"看来你太小瞧美国人了。"

"正是因为我相信他们的能力，所以才跟你说：不要开口闭口社会主义者或者马克思主义。共产主义在这里没什么好名声。"

"可我不是共产主义者，奥托舅舅也不是。"

"我知道，妈妈，可是这两者在这里并没有区分得那么清楚。"

"所以说，这里的一切都跟其他地方不一样。歌剧演出竟然还要靠筹款。"伊达停顿了一下，"一群乡下人。"

库尔特揉了揉眼睛。

"我就知道，有你在我身边，捐款一定不会落到别人的口袋里。"

斯威夫特和康帕尼，他是美国最大的肉品生产商之一，她来自德国，曾经是歌唱家。派对在他们的宅邸举行。大理石和黄金装饰的门厅，像公园一样大的花园，客人们戴着昂贵的首饰和手表。每隔几米就有一个穿着制服的侍者随时帮客人斟满美酒，或者递上银色托盘——上面盛着主人家最拿手的菜品：肉食。

直到女主人邀请大家进入音乐沙龙，肉和饮料仍然源源不断地供应着。这时，库尔特早已坐在钢琴前。女主人克莱尔·杜克斯-斯威夫特一头金黄色卷发上戴着一顶大礼帽，她向出席这个美妙晚会的客人们表示欢迎，并为大家专门献唱一曲亨德尔[1]的咏叹调。

客人们纷纷鼓掌，杜克斯朝库尔特点头示意。

后者在钢琴上按下一串音符，女主人随即唱道："Lascia ch'io

---

1 乔治·弗里德里希·亨德尔（George Friedrich Handel，1685—1759），德裔英国作曲家。

pianga[1]，让我痛哭吧，为我残酷的命运哭泣。"

客人们一边咀嚼着食物，一边专心地倾听。

她的咏叹调唱得不错，伊达心想，对于一个早已不是歌者的人来说，这算是很好的演唱了。

一曲歌毕，伊达跟其他人一起鼓掌喝彩。这时，杜克斯像杂耍艺人一般摘下头上的大礼帽，倒过来拿着，走到观众身边，伊达跟着大家一起笑了起来。

客人们用手指弹着纸钞，发出清脆的响声。他们把钞票弹进礼帽，并用眼神示意女主人，接下来还会有一张支票。每到这时，杜克斯都会抛出一个娇俏的媚眼作为回报。

侍者们把钞票收好，重新回到自己的位置。这次他们拿来的托盘上摆了一个个小小的水晶碟子，碟子上盛着蔬菜和肉混合的沙拉。伊达也给自己拿了一份，然后四下打量着。

库尔特依然坐在钢琴前，一个男人——应该也是一个捐赠者，站在旁边跟他聊着天。她看得出，库尔特只是装出一副感兴趣的样子，她认得这副表情。其他的客人们分散开来，三三两两地闲聊着。如果抛开这富丽堂皇的房子、金钱募捐以及无限供应的肉食不谈，这场派对的流程像极了从前她举办的沙龙，伊达暗自心想。那时也有音乐，客人们也是这般娱乐。

我们的沙龙，伊达心想，当时带来了多少欢乐啊。

她用力翻弄着沙拉。沉溺于过往已经没有什么意义了。

当侍者奉上新一轮的饮品时，杜克斯再次请求大家安静下来。她像一名职业演说家一样，用双手示意大家跟着她走。这时，她身后的大门打开了。

---

1 意大利语，"让我哭泣吧"之意。

"跟我来，**女士们先生们**！你们将要见到的这件东西未必适合我们这个美妙之夜的主题，但是我依然想向大家展示一下。来，让我们见识一下什么是《忧郁》！"

伊达抬起头，跟着其他人一起走进一个巨大的起居室，里面只挂了一幅画。杜克斯走到画的前面站定。

"达利的真迹，上面有我的脸，"她说，"颜料还没干透呢，我现在觉得自己幸福得快要死掉了。"说着，她摆出一副垂死天鹅的姿态，大家听了，纷纷好奇地拥上前去。

伊达从别人那儿听说过这位西班牙画家，不过她还从没见过他的画作。这幅名叫《忧郁》的作品描绘的正是——没错，正是女主人杜克斯，她坐在一个神龛的后面，望着前方。她的四周是一片沙漠，头顶上是飘着云朵的天空。

伊达听见身后的一位女士大力赞美这幅佳作。她说，你们不觉得杜克斯看起来美极了吗？

不，这并不是艺术，伊达心想，画家笔下的杜克斯至少年轻了二十岁。

她又吃了一口肉菜混拌的沙拉，思索着：画上那个坐在云端弹奏乐器的天使，难道不是庸俗的败笔吗？她身后的人依然在喋喋不休地讨论着。伊达一再地听见他们说起"梦境"这个词，她还以为自己听错了。她原本对这个派对抱有极大的期望，现在完全没有了。随即杜克斯也加入了讨论：她说她自己正在着手进行作品的**分析**，她觉得这幅画**美妙极了**。

伊达突然觉得耳边响起了呼啸的风声。有人在说："**当然，毫无疑问**！"每一个受过教育的人都知道弗洛伊德教授是谁，不是吗？

伊达拿起叉子，又吃了一口肉菜沙拉。是童子鸡肉，这想必就是让她不安的原因了。她不自觉地哈哈一笑。她无论如何也没料到，医生先生的阴影竟然蔓延滋长到了另一块大陆上，她想。

沙拉一定是在她的手上变质了。她恨不得把刚刚吃进去的吐回水晶碟子上，可是又不能。她重重地放下碟子，任由它发出一声脆响，然后急忙回到大厅。库尔特依然站在钢琴边，听着那位先生说话。

"库尔特，我很难受。"

库尔特的谈话对象身穿燕尾服，大腹便便。他疑惑地望着伊达。

"我们必须马上回家。"

"你能不能先坐下休息一会？"

库尔特指了指钢琴前的琴凳。

她摇摇头，抓住他的胳膊："我要回家。"

库尔特向那位先生说了句"失陪"，然后走到一边，说："我让人给你叫车。"

"你应该跟我一起回家。"

库尔特环视了一下四周："我现在还不能走。"

"你必须跟我一起走！"伊达抱着手臂，她的呼吸变得沉重起来。

直到坐上出租车，她还在喘息着。库尔特在旁边看着她："我还是不敢相信是食物出了问题。"

伊达避开他的目光。

"在肉食厂主家里吃到了腐坏的肉食。"库尔特轻笑出声。

"这算什么，我还经历过比今天晚上更加不可思议的事情。"

"你没有乱说话吧？"

"这点你不用担心。我甚至都没有开过口，一个字都没说。"

伊达看向窗外。车子驶出漆黑的别墅区后，城市的气息愈加浓厚起来，闪烁的霓虹灯晃得她睁不开眼睛。

一扇早已关闭的门，猝不及防地被打开了。她想，生命已经过去大半，她也经历了很多很多。我早已关上了那扇门——她一遍遍重复着——我早已关上了那扇门……那位给她留下巨大阴影的医生先生，经过了这么多年……终于又找来了。

II

新世纪

维也纳，1900

伊达走出伯格大街十九号，来到人行道上。木门在她的身后关闭了。她抬起下巴。从今天起，她——只有她自己——才能决定她的人生。身边的行人，头顶的蓝天，这些她统统不感兴趣，但是她知道自己是为了什么而抬起下巴。现在，她不会再被任何人说服，爸爸不行，医生先生不行，任何其他的势力都不行。一九○一年一月一日，虽然晚了一年，但她的新世纪终将开始。一九○一年一月一日，她庄重地重复道，于伯格大街十九号。

日期里的一和九，地址里的一和九，自然数中最重要的元素！现在她又可以做回自己，带着专属于她的、跟医生先生没有半点关系的数字。她的一和九，她的新世纪，一想到这些，她就打心眼里高兴。

伊达沿着伯格大街走下去，走出她旧日的生活，但是并没有径直奔向新生活。她想先回家休整一下。她想，她需要几个小时来褪去鳞片，长出羽毛，从一尾游鱼蜕变成一只飞鸟。今天午夜，她终将飞抵她的新世纪。她走到伯格大街三十二号，从大衣口袋里掏出钥匙，打开大门。三十二，三和二。

她经过看门人的房间。看门人刚好不在。她撩起裙子，一步两级地爬楼梯——她看见医生先生就是这么干的。她一边上楼，一边思索着：九和一，三和二，这两组数字怎样才能连接起来呢？也许用三乘以三吧，她算了一下，一加一好像也行。

走到二楼，她停下脚步，默默地检查着自己的脉搏。均匀而有力，肺部也没有刺痛感。太好了。即使找不出三十二与一和九之间的合理关联，也没关系了。只要胸口不会在爬几步台阶后就痛得要爆裂，只要脑袋不会在才走到二楼的时候就天旋地转，只要两条腿能够毫无障碍地交替行走——这一切加在一起无比清楚地预示着，她已经做出了正确的选择——这比数字本身的联系更有意义。

尽管如此，她还是放慢了速度，一步一级地朝三楼走去。她不想给自己的身体惹麻烦。

她来到走廊，一阵寒意扑面而来，仿佛空气中堆积着冰雪。伊达坐在木头凳子上，脱下靴子，她顺着走廊方向，穿过敞开的餐厅门朝奥托的房间看过去。奥托身穿大衣、戴着皮帽，坐在打开的窗前。他伏在写字台上，身上笼罩着一种不可侵犯的专注，看来自打她离开后，他就再也没有挪动过。他的头顶飘浮着一团烟雾——他在抽烟。妈妈肯定在杂物间，跟女佣在一起，也可能跟厨子一起在储藏室。爸爸一定还在办公室。

伊达走进她的房间，为自己点上一支烟。现在她终于有时间好好找一家女子教育机构了。等她把写字台收拾一下，马上就可以开始。她伏下身子，模仿着奥托的姿势，至少让自己看起来跟他一样专注。从太阳升起到傍晚来临，她要通过阅读来探寻这个世界。伯格大街三十二号，用不了多久，这里就会孕育出两名年轻的学者。

唯一不同的是，她不像哥哥那样，能受得住敞开的窗户。她走到窗边，关上窗户。在这件事上，只有她一个人说了算。神经质的妈妈也不能拿她怎样。

伊达解下围巾，把它扔在写字台的一堆书上，然后整个人朝床上倒去。她闭上双眼，却在一片黑暗中仍然能够感觉到一丝丝光线。这是另一种黑暗，跟前几个月的漆黑完全不同。大衣暖暖的，紧裹在身上，她的后背却清楚地感觉到伯格大街十九号的木门。

汉斯，佩皮娜，爸爸。医生先生一直企图让她相信，她在潜意识里想要嫁给汉斯。不光是这个！他还说她的盲肠疼痛是由假想中的怀孕与分娩引起的。其实，只要把整件事情实事求是地捋一遍就会明白，他的想法是多么扭曲。所以在这件事情上，她觉得自己完全有理由不再听从医生的话。那根本不是治疗！现在她要把真正有效的疗法证明给他们看——教育和艺术欣赏。

她突然觉得疲惫得要命。好热，不过又懒得脱下大衣。她希望大衣能够像鳞片一样从身上自动脱落，希望有人把伯格大街十九号的木门从她的背后剥离，希望抽一根一米长的香烟来帮助自己集中注意力。

这时，有人摇醒了她。是妈妈。"伊达，所有人都已经在等你了，瞧你这个丫头，又睡过头了。"

马车上，她挨着爸爸坐，在奥托和妈妈的对面。伊达觉得妈妈仿佛在逃避自己的目光，她的视线故意从女儿身上掠过，落在灰暗的马车顶上，那儿散发着一股潮湿的霉味。在冬天第一场雪的映照下，夜色也变得明亮了，就连妈妈脸颊上泛起的难看的红晕也清晰可见。女儿一副睡不醒的样子让她觉得很丢人。她说，正是因为等她，全家人才会如此匆忙地赶路。也许他们已经赶不上第一幕了。

爸爸扣好自己的袖扣，出言安慰。一定能及时赶到的，他说。

妈妈却说，就算他们紧赶慢赶准时到了剧院，也是伊达害得所有人陷入了不必要的匆忙。她自己连饭都没吃，亏她之前还答应了伊达的请求让厨子炖了鸡汤。现在可好了，就连车夫的钱都得比平时多付一些。

妈妈激动地比画着，攥在手里的手套掉落在地上。奥托弯腰把它捡起来，小心地把它放回妈妈的膝上。

"今天是过年前一天，车夫还老老实实地为我们驾车，多给一些钱也是他应得的。"他说。

那是当然，妈妈答道，可是这样一来，车夫会觉得这笔小费不是因为我们大方，而是匆忙赶路的补偿。这都是因为伊达。

伊达把胳膊举过头顶，去摸马车的车顶。她循着霉味，用指甲刮下一块霉斑，把它在拇指和食指之间碾碎，然后身子前倾，把手指递到妈妈的鼻子下面。

"伊达！"妈妈吓得连忙往后躲。

"现在你有发火的理由了，"伊达说，"很明显，只有发火才能给你带来快感。"

妈妈抓住她的手，拿起手套狠狠地将她的手指擦干净。

太太，你看到了吧，一定是弗洛伊德医生那儿的治疗让她太劳累了，爸爸说。

"是的，是的，"妈妈答道，"作为一家之主，你就尽管护着她吧。"说完，她呆望着窗外落下的雪花，一直到马车终于在剧院门口停下。

最后一批观众正匆忙地跑上台阶。奥托朝妈妈伸出手，扶着她下车。妈妈还是板着一张脸，仿佛要被送上断头台一样。爸爸把手搭在伊达的肩头，借助她的力量跳下马车，这时，奥托已经在打赏车夫了。车夫拿到一笔可观的小费，嘴里说着"Masel tov[1]"，目送他们离开。

前厅里已经没什么人了。奥托抱着他们几个的大衣，一个包厢侍者朝他们这边挥了挥手。表演大厅的灯刚刚熄灭，路德维希叔叔、卡尔叔叔带着他们的女儿爱尔莎和弗里达已经就座了。伊达只好从他们跟前挤过去。

"你们总算来了。"爱尔莎低声说，"我还以为你们不来了。发生什么事了吗？"

伊达翻了个白眼，没说话。

指挥已经登台了。他向观众席鞠了一躬，示意乐队开始前奏曲。奥托也在最后一刻赶到了他的座位。

伊达仍然能够感觉到爱尔莎好奇的目光。她根本没有办法把注意力集中在舞台上，她的脑袋里塞满了太多事情。她一定要告诉爸爸，以后再也不去接受治疗了，今天晚上就告诉他。但愿新年的快乐能够帮助他更好地接受她的变化。

还有其他一些事情也干扰着她的注意力。唉，她简直受不了爸爸和妈妈了。舞台上，埃森斯坦[2]的妻子终于接受了对她纠缠不休的倾慕者，这时爸爸和妈妈竟然开心得要命。伊达并不觉得这有什么好笑的。

她的鼻子里还残留着霉斑的气味。她想呕吐。当时为什么就这么轻易地被妈妈激怒了呢？她应该像奥托那样忍着才对。像他那样，既实现自己的意愿，又不惹爸妈生气。在这方面他已经练就了高超的艺术技巧。

想着想着，第一幕很快就结束了。休息时间到了，伊达朝茶点

---

1 希伯来语，意为"好运"。
2 歌剧中的角色。

室走去。

"喂，你怎么没带那个手袋来？"爱尔莎也跟着挤过来。

"噢，那个呀，"伊达装作漫不经心地说，"我现在不怎么喜欢它了。"

"前些日子我们买它的时候，你不是觉得很好看吗？"爱尔莎固执地追问。

伊达做了个鬼脸，把食指伸到她的鼻子下面："来，闻闻这个？"

爱尔莎推开她的手指："去去，别那么恶心。"

她们手挽手走到门厅，正巧碰上妈妈在那里详细地控诉着她这个不靠谱的女儿。就这么睡着了，她说，害得他们差一点就错过了开场。

"这总好过我听歌剧的时候突然开始打呼噜吧，不是吗？"伊达反驳道。

路德维希叔叔听了，忍不住轻轻一笑。

才响了一次铃声，妈妈就逼着所有人立刻回到表演厅。她说她这次绝对不要再迟到。所以他们只得坐在那里，等着其他观众慢慢悠悠地返回座位，并一次又一次地站起来让路。过了好久，最后一次铃声才响起，演出继续。

伊达觉得后半部分比较好看，至少到最后谎言被戳穿了，所有人都重修旧好。在这一点上，现实生活却完全不一样——她不会原谅任何人，不管是爸爸还是妈妈，汉斯和佩皮娜更不可能。

剧终落幕，距离午夜还有不到一小时。一支小型乐队在前厅奏起舞曲。伊达的心里却只挂念着自助餐。虽然她不肯当着妈妈的面承认，但事实上，她真的好饿。

爱尔莎递给她一杯喝的。

"你的未婚夫呢？"伊达喝了一口，问道。

"当然跟他的家人在一块儿。"爱尔莎答道，"等结婚以后我们才一起过新年。"

"你们不可能。"伊达冷冷地评价道。

爱尔莎眯起眼睛："亲爱的堂妹，什么事情惹得你又不开心了？是因为来看戏之前没睡够吗？"

自助餐还没开放，等候的人群纷纷抱怨起来。伊达伸长了脖子，她好像看到有人正端着盘子。

爱尔莎抬起下巴示意伊达看她的妹妹——弗里达跟一位穿军装的年轻男人聊得正欢。"瞧，"她说，"弗里达也忙着为自己找个好去处呢。"

伊达耸耸肩："她应该这么做。不过我这辈子都不会订婚的。"

"的确，伊达，反正你也找不到比你更聪明的人。"

伊达得意地点点头。

"不过，跟弗里达聊天的那个军官看起来不错，你不觉得吗？"爱尔莎追问道。

"我对新年大餐更感兴趣。"伊达说着，朝自助餐台走去。

因为不想在新年到来时还站在那儿端着盘子吃东西，伊达很快便吃好了。新年倒数开始，伴随着教堂钟声，第一批烟花在窗外绽放开来。伊达的心跳得厉害，她的新世纪，终于到来了。

周围的人纷纷说着新年快乐，有几对男女已经率先踩着华尔兹的节奏旋转起来。她看见奥托走到妈妈面前，鞠了一躬，妈妈竟然笑了，真是难得一见的景象。此时的爸爸正在和他的兄弟们握手庆贺。伊达刚想走过去，趁着新年的喜悦把自己的决定告诉爸爸，就被爱尔莎从背后抱住了。

她转过身子，回应了这个拥抱。爱尔莎祝愿她拥有美好的一年，这是这么久以来，伊达第一次愿意相信爱尔莎的真心。她在爱尔莎的脸颊上响亮地亲了一下。是时候了，她要赶快去找爸爸！

然而此时，爸爸的生意伙伴纷纷走到他的身边。"祝我们合作愉快！"爸爸举起酒杯。他说，但愿新的一年不再有没完没了的工人罢工。他指了指卡尔叔叔说，还得谢谢卡尔，多亏了他的谈判技巧，他们在上一个旺季才能恢复生产。

走近工人嘛，不错不错，其中一个生意伙伴接过话茬，不过父亲一定也从儿子那里也听说了不少事吧？一些关于社会民主主义的胡话。

爸爸难堪地看了一眼奥托。奥托正站在妈妈的身边，嘀咕着一些伊达听不懂的话。卡尔叔叔连忙在一旁帮腔，说奥托是个非常聪明的男孩，大学读了法律和哲学，是的，他还积极参与政治。不过，现在工人运动风生水起，奥托能够近距离地了解到一些动静，对他们的生意也不是什么坏事。

爸爸的生意伙伴疑虑地摇了摇头。伊达看得出来，就连爸爸也并不怎么相信卡尔叔叔的说辞。他说了声失陪，然后朝餐台走去。

伊达跟在他身后。她想，让他先吃点东西吧，这样他一定会同意她停止治疗。她又给爸爸拿了一杯香槟，伴着美酒，他应该会更容易咽下这个事实。

1901

维也纳

一月。跨年夜过去之后的早晨，伊达躺在床上，动弹不得。她闻到一股刺鼻的气味，这才隐约想起来，在上床睡觉之前，她曾把沾了霉斑的手指浸泡在香水瓶里。香水的味道是玫瑰精华和茉莉。

可是她讨厌香气，花的，香水的。也讨厌这瓶香水，虽说是爸爸送的，但肯定是佩皮娜替他挑选的。这更加令她讨厌。

屋里的光线很难看出现在是几点。雪，早已经停了，天空寂静无声。她的眼前突然一黑，耳边感觉到一阵热气。

"我的宝贝女儿，"有人在她耳边低声说，"我亲爱的宝贝女儿，告诉我，我一定是听错了。你并没有任性地终止治疗，你没有这样做，你不会做这种事的，以你目前的情况来看不会的。是我听错了，对吗？你是这么聪明，医生先生一定会原谅你，他不会介意你开了这个玩笑。伊达，别背过身去！现在仔细听我说，你能不能看着我？请你看着我！我不想对着你的后脑勺说话。我清楚地告诉你：你休想躲着我，你躲不掉的。"

然后，耳边的热气变冷了。门被关上。伊达想，原来这就是我新世纪的开始。她突然觉得自己衰老而虚弱，心跳的节奏一下子乱了。

二月。天数最少的月份，却漫长得像永无止境的一年。那张她本打算日日伏案的书桌，眼下却遥不可及。她的嗓子又哑了，除了喘息时胸腔发出的杂音，一个字也说不出来。

偏偏在这时，爱尔莎那边传来了新消息。她果真要结婚了，而且就在四月份！嫁了人的爱尔莎，有了自己家庭的爱尔莎，她才比自己大几个月啊。而且她嫁的人也叫作汉斯。如果没有汉斯·采勒卡做对比，爱尔莎的汉斯归根究底也算是个和气的人。不过伊达不愿意失去爱尔莎，她们一直相处得很快乐。可是一旦结了婚，就意味着这种快乐已经成为过往。

其实之前治疗的时候，她本可以跟医生先生聊聊爱尔莎的事，可是仔细想了想之后，她又立刻改变了主意。她怕他利用这件事来证明她和汉斯·采勒卡之间有过什么。现在她不再去医生那儿了。就算爸爸想尽了各种办法逼她，她也不会如他所愿。

哪怕她的嗓子火辣辣的，咳嗽也比以前更加剧烈，就连流泪都会让她觉得疼痛，唉，她觉得好孤单，前所未有的孤单。

三月。这并不是她第一次在没人陪伴的情况下单独出门，不过距离上一次已经隔了很久，所以她觉得这是一个很大的进步。房门在身后关上，就像剧终落幕一样决绝。她重重的脚步声回响在楼梯间，让人听起来还以为这里出了什么大事。然而接下来在门口发生的一幕，却是伊达在任何一本书以及任何一个舞台上都没见过的：她每迈出一步，大楼的外墙就朝她倾斜过来一点，眼见着就要将她压倒在下面；路边的灯柱想要刺穿她的身体，脖子上的围巾越勒越紧，帽子滚烫地焖着她的脑袋。

伊达花了好几天休养身体。她也不知道那天是怎么回到自己的房间的。不过，当她现在抽着香烟朝窗外的街道望去时，楼房的外墙纹丝不动，路灯静静地照耀着，围巾和帽子也都乖乖地在衣帽架上挂着。

接下来的一个星期，她鼓起勇气又试了一次，沿着伯格大街下坡的方向走了几步。她不能去相反的方向，因为那里尽是新步兵营那些下流的军官和旧货市场粗鄙的小商小贩。可是，当她走到街对面时，一阵恐惧突如其来地攫住了她。她怕医生先生此时正好走出房门，更怕自己再次被汉斯跟踪。

伊达还是匆忙逃回了家。她伸展四肢躺在床上，呆呆望着黑暗，暗自生气。

愚蠢的伊达，蠢货。

四月。爱尔莎站在神庙里。伊达不得不承认，她看起来真美——虽然蓬松的面纱更适合做养蜂人的面罩，而不是新娘的头纱。

她身边的汉斯·福格斯站姿挺拔。在新人交换戒指时，只有弗里达一人哭得稀里哗啦，不过不是出于感动，而是因为嫉妒，这一点伊达十分清楚。真不明白有什么好嫉妒的。结婚？不，不要。

五月。她原本只是想向佩皮娜和汉斯表达一下哀悼之情，仅此而已。这就是她发自内心的想法，因为小克拉拉的夭折的确让她悲痛不已。而且她觉得这只是一次短短的会晤，不会牵扯到其他的事情。

尽管爸爸还在跟佩皮娜约会——否则他怎么会知道她小女儿的

噩耗？尽管她再也不想跟汉斯单独碰面。

吊唁这样的场合应该不会给她和他独处的机会。于是她鼓起勇气朝市政厅大街走去。

一个女仆领着她来到客厅。

"伊达！"佩皮娜惊呼，"真没想到你会来。"

客厅的一角，她的儿子奥托·采勒卡正在用玩具搭铁路。他一看见伊达便跳了起来，紧紧拥抱住她，不愿松手。

"放开伊达。"汉斯的语气十分严厉。他从烟盒里抽出一根香烟，将它点燃。伊达犹豫地在佩皮娜对面的沙发上坐下来。

怎么开口好呢？好一阵子，都没有人说话。"我只是想说，节哀……"伊达终于开口说，"真是让人伤心。其实我知道，她的心脏一直不好，但是……"她低下头，"她是个很可爱的小姑娘。"

佩皮娜的双眼满含泪水，她用手绢捂住嘴。"克拉拉，"她停了片刻说，"自打你再也不来我们这儿之后，她一直很想念你。"

伊达紧紧抓住沙发扶手："难道克拉拉是因为我才……"

"不，不，当然不是。"佩皮娜的声音很虚弱。

伊达深吸一口气："如果她的父母言行举止能够更加体面一点儿的话，克拉拉也不必那么想念我了，起码我能天天过来看望她。何况你跟爸爸……这就是你的报应。"

佩皮娜的肩膀开始抖动，她抽泣着。愤怒使得汉斯的脸色发白，他抬起了手。

伊达跳起来："现在又想装作一切都没发生吗？就像当时在湖边一样？"她抱着手臂，可是汉斯只是用力将烟头按灭，手指关节随之发出狼狈的咔咔声。

这一天，她回家的脚步竟然难得地轻盈起来。她觉得自己前所未有地充满活力。她冲进家门，爸爸和妈妈像往常这个点一样坐在客厅里。

"我刚刚去了采勒卡家，"她连招呼也没打，直截了当地说，"我本来只是想去吊唁，告诉他们克拉拉的死让我非常难过。没想到后来我们把话说开了。"她胜利般地举起手，"汉斯什么都没否认！"

爸爸清了清嗓子，放下报纸。

"我还以为你能体谅一下别人。"他说。妈妈则厌恶地转过头去。

"体谅别人？"伊达的眼泪涌上眼眶，"谁体谅过我呢？有人吗？"

六月。为什么不玩纸牌呢？为什么不趁着她还有兴致一连玩上几个通宵？反正她也无事可做。对其他的事情她又打不起精神。她正好可以好好钻研一下不同的打法，想研究多久都行。

七月。在她几乎活不下去的时候，奥托却有了庆祝的理由。他视为英雄的维克多·阿德勒[1]在一群热门候选人之间击败了来自基督教社会党的对手，作为有史以来第一个社会民主党人——也是该党的创始人，进入下奥地利州的州议会，当然目前只有他一个，但这一巨大的进步足以让奥托兴奋不已。

社会民主党的下一个目标也非常宏大：让所有男人拥有普遍选举权。正是这个了不起的目标让奥托夜以继日地奔波忙碌，全然忘记了他还有一个妹妹。是的，她理解，她可以强迫自己去理解。

---

[1] 维克多·阿德勒（Victor Adler，1852—1918），奥地利政治家，奥地利社会民主党和第二国际领人。

八月。挥舞着网球拍痛击对手的感觉太美妙了。尊敬的对手，你一定没想到吧，才会如此面色惨白。就算胳膊像肉卷一样粗也没有用，我亲爱的，亲爱的……她叫什么来着？我可不能连人家的名字都不知道就这么赢了……我应该会赢的。噢不，右边，蠢货，右边！你比爱尔莎打得还要烂，哦，是以前的爱尔莎。现在的她肚子越来越大，什么都干不了了。结婚，然后唰地一下就有了孩子。说实话，根本没必要。她本可以缓一缓，等到她……哈，又来一个！这个蠢货叫什么来着？刚才她好像说过……玛丽安娜，玛蒂尔德，玛丽亚？不对。这个不知道名字的对手，唉，所谓的对手。我要不要白送她一分呢？就当为了她度假能有个好心情吧，毕竟吃饭的时候还会碰面，这只是个比赛，又不是打仗。

算她走运，放在平时，她早被我干掉了。这只球拍真是太好用了！酒店不错，称手的装备，带有山景的网球场，让我几乎不敢相信这就是我的家。不，这里不是……现在能生活在维也纳是我们的福气——即使我们没法儿熟知她的每一块石头，每一座山以及所有餐馆里的全部菜肴。好吧，毕竟梅兰[1]也不像维也纳这样，有这么多石头，这么多山，这么多的餐馆和菜肴。现在谁住在我们曾经的家里呢？也是一些体面的人吗？我们是否也曾经体面过？

讨厌的乡愁。爸爸和佩皮娜……佩皮娜和爸爸……还有汉斯？上次他看起来很糟糕。难道克拉拉的死也带走了他的健康？可怜的小家伙，现在不能再把她牵扯进来了。都怪医生先生，他总是把所有事情扯在一起，或者专门挑几件出来，然后分析，然后试图以此说服我。可是我知道我心里的想法！

打住！让一让她吧，小心一点儿发球，伊达，让着她才能继续

---

1 位于蒂罗尔的城市。一战前属奥匈帝国，一战后属意大利，意大利语名梅拉诺。

玩下去。什么？她要求暂停比赛？就允许她再苟延残喘一段时间吧。瞧，她的哥哥递给她一瓶汽水。马克西米莲娜！不，她也不叫马克西米莲娜，不过这个名字配上她那肥大的屁股倒是再合适不过了。我就没有一个站在赛场边为我递汽水的哥哥。我的哥哥有更高的追求。起来战斗吧，马克西米莲娜！别想用喝不完的汽水来拖延你的败局！

她问我准备好了没有？我还用准备？她也太狂妄了吧。我都不屑再打下去。她还要换衣服，重新扎一下头发。瞧她哥哥一副原地待命的样子，是打算帮她做这些事情吧。奥托和我已经很久很久没有这么亲密了……看，她一路小跑返回赛场了，才跑了几步啊，又喘得不行了。

哎呀！球是从哪边过来的？难道她刚才喝的汽水有什么魔力吗？早知道不给她休息的时间了。怎么这么大的太阳？她现在开始反击了。没事儿，我可以的！不，绝对不要去碰她哥哥递来的杯子。我有自己的哥哥。无论何时——在任何时候——他都会帮我，只是他的时间……阳光烤得人太热了，怎么这么刺眼……不可能！太过分了，对手竟然开始关心起**我**来了？不，不需要你的关心，我还有妈妈在呢。**你休息够了吗？头发梳得够漂亮吗？管好你自己吧！**

她得了一分……又得了一分……天哪，伊达！你可别到最后让她给反超了。我的手怎么在发抖？为什么？我需要一支香烟，一支提神的香烟。瞧她的哥哥看着我的眼神，跟汉斯和那些士兵一模一样。不可以这样看别人，身为哥哥，不可以！等着，我要把球打出界，对准你的鼻子，哥哥！等着瞧吧，我看你会不会痛得蹲下来，等着瞧吧！

九月。她最想去的社团开设了关于国家、社会和经济的理论课程，可是度假回来后，她实际报名参加的社团只提供读书会和编织课。她最想去的社团正在为女性上大学奔走呼吁，而她现在所在的社团却为了一本格言日历的印刷费用而争吵不休。她最想去的社团举办了一系列主题讲座，例如"大学学习及职业生活对女性人格的影响"，而她所在的社团为了区区几块蛋糕还要组织募捐。她最想去的社团曾建立了一所高级女子学校，而她所在的社团多方恳求才弄来几间狭小的房间作为活动地点。她最想去的社团提供奖学金，而她所在的社团却致力于收集被丢弃的女佣衣服。她最想去的社团位于一个对她来说交通不太方便的城区，而她所在的社团，走路五分钟就到了。

十月。再来一遍——那天正是她去往社团的路上。她注意到秋天已然来临，惊讶地发现树木已经被染成另一种美好的颜色。她在一家旧书店的橱窗前停下脚步，被一本书所吸引。她纠结了一小会儿要不要走进去，但还是没能鼓起勇气。然后一转头，却意外地看见了他——汉斯·采勒卡！

他也刚好看见了她，想躲开已经来不及了。他神情迷惘，一下子呆立在马路中间，旁边冲过来的车想刹车，可是太晚了。

这条马路的交通一直很混乱，尤其是下午的时候。这里绝不是一个适合邂逅的地方。她一直以来担心的事情，就这么发生了：他们就这样偶然地……然后，车子撞向了他。

旧书店很像汉斯家的店铺，也有橱窗，但是从外面看不到里面的情形。因为他的缘故，她特别害怕橱窗上挂着的百叶帘突然被人合上。其实她已经很久没有想起他了吧，上一次想必还是在夏天。

她看到了那一瞬间发生的一切：汉斯穿着一件考究的大衣。在梅兰，他就从未打扮得如此英俊过。当他倒下时，大衣裂开一个大口子，从肩膀一直到袖子。

再来一遍，这件大衣的确让汉斯显出几分帅气，起码比克拉拉去世那会儿强多了。可是被撞倒在地的他又变回了一个衰老的男人。他跪在地上，寻找着他的帽子。他的手受伤了。有人递给他一块手绢，让他把手擦干净。

再来一遍，汉斯和她都看见了对方，可是这比他们两人各走各的路更让人觉得孤单。

再来一遍，汉斯倒在轮下的样子就像一头牲口。

最后再来一遍。她希望那辆车碾过汉斯的身体，让他死在车轮下。这样一来，采勒卡一家就死了两个人，一年之内死两个。这都是命运的安排，伊达想，他们活该。

十一月。真的再来最后一遍，汉斯和她，车和汉斯，撞击留下的擦伤。伊达宁愿被撞的是自己，那样她只需清洁伤口，涂抹药膏，然后小心呵护着，直到伤口完全愈合。不关秋天的事，她的咳嗽复发，恐惧涌上胸口。不关秋天的事，是汉斯，他仅仅用一个眼神，便把她的声音生生地从喉咙里夺走了。

十一月一日是伊达的生日，一九〇一年十一月一日这一天，她十九岁了。她很想把年初时的数字魔法继续编织下去，可是现在，在经历了十一个月后，所有的意义都枯萎了。一九〇一年十一月一日这一天，伊达一直在床上躺到下午才起来。她在一张纸条上写：晚饭只想喝汤，今天吞咽特别困难。

妈妈折起纸条，说这道菜太不合时宜，他们又不是穷苦人家，生日时一定会有烤肉配肉丸子。

伊达只好一勺一勺地喝酱汁。

十二月。她原本想像鸟一样飞进新世纪，像鱼一样游进新世纪。现在，一年过去了，她却沉浸在病痛和哀愁中不可自拔。一九〇二年在前面等着她，阴森森的，没有任何希望。她甚至不愿让一丝丝微弱的光芒照进这片黑暗。

结束治疗与这篇论文的一年又三个月后，我才得知病人健康状况以及治疗的效果。在一个并非无关紧要的日子里——四月一日——我们知道，日期数字在这个女病人眼里从来不是无所谓——她来到我这里，想要结束她的故事，并再度寻求帮助。不过只需看一眼她的表情，就能明白她并不是真心想要求助于我。她自称中止治疗后的四到五个星期里，自己一直处于所谓的"混乱状态"，不过接下来情况大大好转，疾病很少发作，她的情绪也非常高涨。直到去年五月，K夫妇的一个饱受疾病折磨的孩子去世了，她借着吊唁的机会拜访了K夫妇，并受到了他们的接待。夫妇二人表现得仿佛三年来什么事情也没有发生一样。当时她跟夫妇俩做了清算，也报复了他们，并以让自己满足的方式终结了所有的往事。她对K太太说：我知道你跟我爸爸有一腿，K太太并没有反驳。她还设法让K先生承认了曾一度被他否认的湖边事件，并把这二人的反应当作为自己辩护的依据，告知了她的父亲。之后，她就再也没有与K家人有任何来往。

然后她的状况一直很好，直到十月中旬，失语症再次发作，持续了六个星期。听到这里我很诧异，于是询问是否存在诱因。她告诉我是由剧烈的惊吓引起的。她眼睁睁地看着有个人被车撞了。犹豫再三，她最终说出了事故中被撞的不是别人，正是K先生。那天她在街上遇见他，他在熙熙攘攘的车流中朝她走来，中途却鬼使神差地站住了，好像完全忘记了自己的存在，以至被一辆车撞倒在地。此外，她还一直努力让自己相信K先生在事故中只受了一点擦伤。她说，当听见有人议论爸爸和 K 夫人的关系时，她的内心依然有所起伏，只是不再插手干预。她说她现在专注于学习，不想结婚。

之所以来求助于我，是因为现在她的右半边脸出现了昼夜不间断的神经痛。从什么时候开始？"整整十四天前。"——我忍不住笑了。我对她说，她一定是在报纸上读到了一篇关于我的报道——恰巧是十四天前。她承认了。她所谓的面部神经痛其实相当于一种自我惩罚，出于对当年打了 K 先生一耳光以及随即将仇恨转移至我身上的后悔。我不知道她想从我这里得到什么样的帮助，但是我向她保证，我会原谅她，原谅她最终没能让我如愿地把她彻底从痛苦中解放出来。

——西格蒙德·弗洛伊德《歇斯底里案例分析片段》

最后的诊治

维也纳，1902

一九○二年，前景一片灰暗。没错。尽管如此她还是没有料到，当她在一月还是二月的一天早晨走进厨房，恰好看见料理台上的萝卜和土豆时，不知怎么，它们突然变得令她难以忍受了。它们的气味，它们的外形。它们是不是有点儿腐烂了？真让人恶心。她让厨娘把它们全部扔掉，这才觉得好受些。

当妈妈得知是伊达让人把菜全扔掉后，气坏了。一整个星期，伊达既没有早饭吃，也没有晚餐吃，只有中午的一口汤。妈妈宣称她开始相信斋戒对人体有净化作用，全然忘了几个星期前伊达生日那天，她曾拒绝为她做汤，说那是穷人的吃食。这件事就这样过去了。

三月，情况变得更加糟糕：她的右脸颊麻木了，嘴唇也动不了了。整张脸像突然遭到重创，只能像动物受伤时发出的哀号那样，断断续续地吐出几个模糊的、让人听不懂的音节。

她只好再去拜访医生先生，尽管她此前曾经发誓永不再见他。你现在有很好的理由啊——家人立刻提醒她。半小时后，她已经坐在伯格大街的诊所里，脑子里一片空白，也不知道自己是怎么来的。是的，医生说，他当然还记得她，尤其记得她对数字和日期的偏执。今天正好是四月一日，这是个巧合吗？

因为担心自己的脸，伊达根本没留意今天的日期。不过，他说得没错，今天是四月一日。

医生先生问她是不是在恶作剧，她并不是真的想来看病吧？

从他说话的语调里，伊达听不出他到底是不是在开玩笑。不过随后，他又一本正经地要求伊达说一说中止治疗后她过得怎么样。

伊达只好调动半瘫的嘴唇，将过去一年简要地概括了一下，并描述目前的症状。她刚说完，他就冷不丁地问她，有没有看过报纸？

她说她当然一直很关心时事，而且觉得阅读并无坏处。

当然没有坏处！不过医生先生想要知道的是，她是否在报上读到了他被授予名誉教授的消息。

是的，伊达的确在报纸上读到了这个消息，他现在已经成为教授了。

这样的话，她所有症状的由头就已经被弄清楚了。医生先生，不，现在应该叫教授先生，向伊达解释说，她的面部神经痛其实是一种自我惩罚，因为她的内心非常后悔当年在湖边打了汉斯一耳光，并且把对汉斯的报复转移到了医生的身上。

伊达听完他解释耳光、名誉教授以及她的脸之间的关联后，连连摇头。

不过医生先生一如既往地装作没看见。他只是说，她其实非常清楚从中得出了什么样的结论，还有，她一直急于让自己成熟起来。

说到成熟这件事，他露出一个仁慈的微笑，补充说，他会原谅她的。

　　医生先生多么宽容友爱啊，在回家的路上伊达心想，自己就做不到这一点，很遗憾，她做不到。

恩斯特

维也纳，1903 / 1904

　　他轻轻碰了一下她的肩头，把手臂伸向她背后，指了指旁边的舞台幕布，提醒她不要靠太近。此刻他们两人正身处城堡剧院[1]的后台——真真切切地站在舞台的木地板上！——他们能感觉到舞台灯的炙烤，甚至还能亲眼看到演员们如何在踏上舞台的那一瞬间变身为各种人物形象。

　　化妆师用一块海绵将奥赛罗[2]的脸一点点涂黑。管理服装的工作人员手里拿着一件男士紧身衣，随时准备着为演员快速更衣。苔丝狄梦娜[3]则抱怨着剧院里明明有着不成文的规定，竟然还是有人吃了洋葱！

　　比起外面舞台上的剧情，伊达更关注后台发生的事情。可是这时，恩斯特再次把手搭在她的肩上，轻轻地把她往边上推了一把，防止幕布被触动。好吧，他是不是认为把她带进剧院，就有资格碰

---

1 城堡剧院位于维也纳，前身是皇家宫廷剧院，如今是欧洲著名的剧院之一。
2 莎士比亚戏剧《奥赛罗》中的男主角。
3 莎士比亚戏剧《奥赛罗》中的女主角。

她？他不应该有这样的想法，绝对不应该。虽然这个恩斯特并不让人讨厌，而且，他还是奥赛罗的扮演者——著名的阿道夫·冯·索纳塔尔的外甥兼养子。

阿道夫今天的表演可谓精彩非凡。他表现出来的愤怒让她不寒而栗。他的浑身上下直到眉毛都会演戏，难怪很多人称他是"世纪演员"。

"好残忍，他竟然就这样掐死了苔丝狄梦娜。"她轻轻说，一转身，摆脱了他陌生的手掌。

"他是因为妒忌而暴怒。"恩斯特答道。

"现实生活中要是可以这样的话，那我有一半家人都已经不在人世了。"

"哦？听起来很有趣！"

"如果真有那么有趣就好了。很可惜，一点儿也不，而且很可笑。"

"怎么会呢？可以具体说一说吗？"

"别这么好奇，阿德勒先生。"

帷幕落下。工作指示灯亮起。舞台工人把上一幕用到的吊架拆下来，直到这时，观众席上仍然传来一阵阵掌声。一个戴着夹鼻眼镜的驼背小矮人快步走上舞台。

"那是晚间剧场导演，"恩斯特介绍说，"他的外号叫'国王的小矮人'。据说妈妈是个演员，曾经跟德国皇室某个成员有一腿，后来堕胎没成功，生下了他。"

伊达惊讶地问："哪个皇室成员？"

"别这么好奇，鲍威尔小姐。"恩斯特狡黠地说。他又指了指苔丝狄梦娜身边的一个长得十分结实的女人——她正在帮即将登台的女主角整理假发。"那个女人叫作'裙角莫妮'，之所以这么叫她，是因为从导演到看门的，都曾经被她毫不留情地灌醉过，每个人醉倒在桌子下面站不起来的时候，就只能拽住她的裙角。"

"她看起来不像啊。"伊达说。

"也许吧，"他说，"但是论起酗酒没人比得上她。"说着，他往那边瞥了一眼，确定他的话并没有引起莫妮的注意。"还有一件事，"他说，"不过千万不要告诉别人。"

"我唯一擅长的就是保持沉默。"伊达苦笑着说。

"看到那个催促工人干活的男人了吗？五短身材，留着两撇胡子的那位。"

伊达点头。

"他是舞台主管，不过这里的所有人都管他叫'伯爵夫人'。"

"伯爵夫人？"

"几年前有个裁缝，因为第二天首演的一件戏服需要改动，半夜来到更衣室，结果正好撞见他穿着紧身胸衣、大摆裙，脸上还涂着女人的胭脂。"

"怎么可能！"

"是真的，"恩斯特说，"剧院什么都有可能发生。"

一个照明工人将他们赶到一边："你们俩在这儿干什么？让开些。"

恩斯特两只手都按在她的肩膀上："走吧，这儿反正也没什么意思了。我们去找我舅舅吧。"

"好的，不过会不会打扰到他？"伊达问。肩头的双手让她有些烦躁。

"只要我在就不会。"

他们进来的时候，伟大的索纳塔尔正在卸去脸上的油彩。"原来是我最亲爱的外甥来了。"他说。他的下巴已经擦干净了，不过上面部分包括眼睛在内依然还是黑乎乎一片。他打量着伊达。

"噢，他还带了女伴?"

伊达低下头，脸红了。

"恩斯特! 你不打算给我介绍一下这位姑娘吗?"

"别这样，她不是我的……她叫伊达·鲍威尔。"

"伊达! 我以前也认识一个叫伊达的，她可厉害了。"索纳塔尔说着，朝她眨了眨眼。

"舅舅，求你先把耳朵擦干净好吗?"恩斯特尴尬地说。

"行啦，就算我的耳朵是黑色的，也不至于吓到这位叫伊达·鲍威尔的小姐。"索纳塔尔发出洪亮的笑声，"那么，让我猜一猜，您是想来剧院工作，所以才跟我的外甥恩斯特过来的?"

伊达仍然看着地下，摇了摇头。

"不是吗? 不是啊，这样最好。很不幸，最近这些娘们个个都想要工作，还一心只想当演员。鲍威尔小姐，您听说过有哪个女人立志去扫大街吗?"

听了这话，伊达抬起头，直视着他的脸，说:"您知道吗，现在很多女性都已经在工作了。"

索纳塔尔放下毛巾，说:"走着瞧吧。"

不过伊达并没有就此罢休:"比如，我爸爸工厂里就有许多女工。"

索纳塔尔又开始卸妆。他把耳垂拉长，去照镜子:"原来是这样。那么说，您也想去工作?"

伊达哈哈一笑:"当然不，我有其他的事要研究。"

索纳塔尔最后才拿起毛巾，把眼妆卸干净。不过即便没有眼妆，他的目光依然很犀利。"研究，不错，我喜欢。"他说，"伊达·鲍威尔，您一定也饿了，跟我们一起去吃夜宵吧，您能来将是我的荣幸。"

恩斯特拿起堆在舞台入口处送给舅舅的花和贺卡，领着伊达来到阿赫雷纳饭店。剧院的热闹在这里得以延续。只要索纳塔尔一开口，所有人都竖起耳朵仔细听。索纳塔尔要是讲了个笑话，所有人都哄堂大笑。就算索纳塔尔什么也不说，大家也还是顺从他，因为他才是那个买单的人。

索纳塔尔坐在饰演亚戈[1]的演员身边，他的对面坐着罗德利果[2]。女性演员中只来了比安卡[3]，应该叫丽茜·塞登马勒吧，她正缠着索纳塔尔的御用服装师，想说服他帮忙把下一场演出要穿的紧身胸衣改紧一点儿，好让她在以后的表演中更好地展示身材。

服装师摇摇头，说，她应该知道他只为冯·索纳塔尔先生一人工作，并不负责帮她改胸衣。可是她接下来的纠缠终于让他忍不住了：看在老天的分上，她必须明白一件事，她之所以演一些不入流的小角色，原因并不在那件胸衣上。

伊达和恩斯特在桌子的另一头看着这一幕，彼此交换了一下眼神。一开始她还觉得很遗憾，因为自己的座位离索纳塔尔太远了。不过后来她跟恩斯特聊得也不错。他们之间甚至不需要太多言语。

我的老天，原因在于天赋，而不是胸衣！服装师叫道。她应该明白，她根本算不上演员，只是一个小小的配角儿，微不足道的小配角儿而已。

恩斯特开心地抓住伊达的手。伊达并没有缩回来，反而仔细打量着他的手。

---

1 莎士比亚戏剧《奥赛罗》中的角色。
2 莎士比亚戏剧《奥赛罗》中的角色。
3 莎士比亚戏剧《奥赛罗》中的角色。

"您的拇指长得很奇怪。"

"我知道，几乎没长指甲。"恩斯特点点头，"我常常说，造物主在造我的时候一定很节省。不过这是我身上唯一偷工减料的地方，这一点我敢向您保证。"

"这会妨碍您弹奏乐器吗？"

"我又不是没有拇指，反正弹奏小型管风琴足够了。我感觉，您看起来仿佛会看手相。"

"您怎么会有这样的想法？"

"您的眼睛告诉我的。"

"胡说。"

"来吧，我知道您有这个本事。"

"当然没有。像您这样的拇指，根本什么也看不出来。"

"我说的不是拇指！有些人会根据手心解读命运，不是吗？"

"好吧，"伊达注视着这只陌生的手掌，"看到没有，这条掌纹从食指一直蔓延到手腕，纹路深邃，明显代表着主人的无礼和放肆。"

"可是它看起来不错啊，我是说这条掌纹。"

"这又不是好不好看的问题。"

"我觉得您说得对，您真的不怎么会看手相。您刚刚指的这条掌纹代表着一个人的内心。"

"现在您也会看手相了！"伊达大笑。

"不，我一点儿也不会。我只是了解自己的内心而已。所以我的这条掌纹才这么深邃。"他还想说些什么，可惜索纳塔尔却告诉他该走了。恩斯特拿走了贺卡，却把花塞进伊达怀里，问她是否可以帮忙拿着。

饭店门口，人们挨个儿彼此告别。伊达看着索纳塔尔一一吻别众人，并在他们的后背响亮地拍上一记。其中有男人，也有女人。他还答应了被服装师的话弄得很沮丧的丽茜·塞登马勒，说会和她一起搭戏，好让她能够接演更大一点儿的角色。她的心情一下子好了起来，连连向索纳塔尔道谢，而索纳塔尔只是挥了挥手，让她不必在意。最后，索纳塔尔来到恩斯特和伊达的面前。伊达想把花交还给他。

不用了，她可以自己留着。他说。

伊达的内心挣扎了一下：这可是送给伟大演员索纳塔尔的花！可是花的香味又实在让她觉得有些恶心。

"还是不用了，谢谢。"她一边说，一边把花束递给他。

索纳塔尔惊讶地噘起嘴说："恩斯特，你迷上的这个姑娘看不上一般的花花草草。"

"她不是我的女朋友。"恩斯特的回答跟之前在更衣室一样，不过语气听起来没那么坚决了。

索纳塔尔皱起眉头："行啦，不管你们这些年轻人如今怎么称呼你们之间的关系，对我来说都一样。"

他朝伊达伸出手："下次恩斯特还会带您过来的，是吗？"他说。

伊达握住他的手。

回到家，她躺在床上，没有半点睡意。她把晚上发生的事情在脑海中又过了一遍。舞台后面是一个多么美妙的世界啊。那里没有什么特别重大的事情，但一切又都很重要——包括她在内！她一定要再去一趟，不管她跟那个恩斯特会有怎样的发展。伟大的索纳塔尔将很多事情看得相当透彻，唯独这件事，他看错了，真的完全看错了。

舞台上正演着《培尔·金特》[1]。恩斯特搂着她的腰。

"您抽烟抽得很凶。"

"有问题吗?"

"我很少见到抽烟的女人。您是从什么时候开始的?"

"差不多十四岁吧? 我已经不记得了。"

"这么年轻。"

"我的哥哥奥托觉得抽烟挺好,所以建议我也抽——您难道从不抽烟?"

"有时抽,不过只抽雪茄。"

"那是资本主义的标志。"

"瞧您说得!"

"奥托一定也会这么说。"

"您和您的哥哥,关系很好吗?"

"还行吧,其实他没什么时间管我。"

他们开着汽车穿过维也纳。他在驾驶位,她坐副驾驶。

"周围的人都在看我们。"

"那是当然。除了我之外,整个维也纳只有五个人拥有这样的汽车。"

"原来这就是您买它的原因!"

"现在是特殊时期,您不觉得吗? 比以往任何一个时期都要特殊,不是吗?"

"您原本可以把买车的钱省下来的。"

"省下来做什么用呢?"他寻找着她的目光,"要不,您告诉我

---

1 易卜生话剧。

一个愿望?"

"一匹快马,"她飞快地说,"它肯定比汽车还要快。"

"这根本是两码事。汽车,是未来大势所趋。"

舞台上正演着芭蕾舞剧《魔符》。他搂着她的脖子。

"当我想起您时,我的心其实在想:这位小姐并不是小提琴,她更像一把中音提琴,一把用稀有的、珍贵的木材制成的中提琴,琴身上的纹理几乎看不见。"

"别告诉我您还会拉中提琴。"

"现在还不会,因为我没有琴弓。马鬃毛制成的琴弓在这样的琴弦上拉不出声音,不能这样对待这把琴。所以我一直等着,等着能让琴弦发声的毛发长出来。"

"您真是的。"

他们坐着马车穿过普拉特公园[1]。

"您冷吗?其实今天阳光挺好的。"

"这里的确是。不过我家就没这么好的阳光了。我的冷是从家里带出来的。"

"您的父母又吵架了?"

"为什么说'又'?他们一直在吵。不过我说的不是这个。您知道吗,我的妈妈就像个神经病一样,一定要开窗通风,我们在家经常被冻得发抖。"

"那么请允许我来温暖您。"

"我觉得,上次给您看手相的时候我没看错,您果真大胆放肆,

---

1 维也纳的一个公园。

阿德勒先生。"

舞台上正演着《克拉维果》[1]。她握着他的手。

"你信什么?"

"当然信皇帝。"

"我说真的,伊达,你信上帝吗?"

"这么说吧,我的爸爸肯定不会同意我信上帝。"

恩斯特家。他的书桌旁放着不少乐谱。"你作曲吗?"

"主要是钢琴曲和室内乐[2]。"

"没有歌剧?"

"我最喜欢这种简短的形式,看,这是一部四重奏。"

"啊哈,一部四重奏。"

"你为什么一副这样的表情?你看得懂乐谱,不是吗?"

"当然。但是我必须在钢琴上弹一弹,写在纸上的音乐让我很难想象出它是什么样的旋律。"

"这也没什么,很少有门外汉能够想象出旋律的样子。"

"不过你把音符画得很有趣,龙飞凤舞的,尤其这些十六分音符。"

"是吗?"恩斯特出神地用食指触摸着自己写下的一个个音符,嘴里哼唱着一段伊达没听过的旋律。然后,他突然停下来,抓起伊达的手指,急切地将嘴唇印在她的手背上。她没有躲闪。

"你说你想干**什么**?"妈妈惊呼一声。

---

1 歌德创作的悲剧。

2 原指西欧宫廷贵族中演奏、演唱的世俗音乐,以区别于教堂音乐及歌剧音乐。

"不是我想，而是我就要结婚了。"

"伊达，你们根本不了解彼此。我和你爸爸也是先订婚，两年之后才结婚的。"

"所以才像现在这样？"

妈妈无力反驳，只剩下在爸爸开口说话的时候点头附和的份儿。爸爸说："伊达，他必须先取得我们的同意才行，就算他不这么做，起码你也应该先问问我们的意思。"

"不，爸爸，他们俩谁也不必征得你们的同意。"站在一旁的奥托说，"我们生活在二十世纪了，一个女人喜欢谁，就可以嫁给谁。不光是结婚，比如雷纳，他不是一直觉得婚礼整个就是一场闹剧吗？所以直接搬去跟露易丝一起住了，他们俩只是公证了一下。"

"奥托！"妈妈吼道，"我们已经够头疼了，你还火上浇油？"

"他太年轻了，多大来着？一个乳臭未干的小子拿什么来保障你们俩的生活？"

"索纳塔尔会帮助恩斯特，直到他能够卖出自己的作曲。而且他还有辆车，这可不是谁都有的东西。"

"一辆汽车够干什么？"

"我的老天，你不会已经……你们不会……所以必须结婚？"

"古德曼拉比[1]已经跟我们约了六日。"

"尼古拉斯节[2]？"妈妈忍不住哀号道，"这……这完全不合时宜。"

伊达交叠手臂，挑衅地看着她："这就是一个完美的日期。"

十二月六日这一天的傍晚，伊达把戒指套上手指，为自己加上

---

1 拉比，犹太教教士。
2 欧洲传统节日。

新的姓氏，尽管一切还算顺利，但她的心里还是留下了些许怨怼。

在神庙里，拉比说的每一句话，恩斯特都乖乖地点头附和。他的身边站着证婚人索纳塔尔，他像舞台上一样强势而充满影响力。当然，她觉得很满意，所有人都知道她的婚姻给娘家带来了知名度。索纳塔尔丝毫没有吝啬他的幽默感。在布里斯托尔酒店吃自助餐时，他当着众人的面问奥托，他的心上人在哪儿，奥托窘得满脸通红。这时索纳塔尔拍拍他的肩膀，说："嗨，即使他不好意思说，我也能看出来，他是死心塌地地爱着社会民主党。"

他的话把所有的围观者都逗乐了，就连奥托也忍不住微微一笑。

跳婚礼华尔兹时，她不得不请求恩斯特不要带着她靠近采勒卡一家所在的角落。虽然她并没有看到，但是却能感觉到汉斯正在盯着她迈出的每一步。

"怎么了亲爱的？你看起来脸色苍白。"

"啊，没事。"她低声说，"我只是不想见到他们。"

"那为什么还请他们来？"

她顿了一下："因为爸爸非要请。"

恩斯特当即搂紧她，在她耳边轻声说，从现在起，她再也不用邀请她讨厌的人。他的话让伊达很高兴，谁知这时，他突然踩到了她的裙角，裙摆一下子撕开一道裂口。接下来，她只好穿着这件被毁掉的婚纱，一直撑到整个庆典结束——当着这么多客人的面，她觉得简直太丢脸了。所以这件事上她永远不会原谅恩斯特，哪怕他对她再怎么好。

婚礼之后，他们搬进位于阿尔坦广场的房子。这个春天就在一系列围绕着窗帘、台布、餐盘和刀叉的问题中过去了。恩斯特在这方面的品位高雅，而且也喜欢研究这些家具细节。

幸亏有他，否则等到夏天，墙上没准还没贴上壁纸。伊达原本也没指望自己能有多健康，但是她同样也没想到，婚姻生活竟然让她的身体更加虚弱。她的症状如此繁杂，就连她自己也无法一一区分。她觉得自己水肿得厉害，总是虚弱无力，病恹恹的，耳朵也不好使，便秘的同时还有腹泻的症状，一直觉得疲倦，却又睡不着觉。身体的每一个细胞都陷入了这样的困境。

临近十月，她开始相信自己活不过这个冬天。恩斯特为她冷敷额头——尽管她并没有发烧，让厨娘炖了一只又一只母鸡，然而全被她吐了出来，肚子里连一口清汤也留不住。就算哪天没吐，她也觉得胃里沉甸甸的。

恩斯特恳求她去看医生，却被伊达拒绝了。她完全清楚身体不舒服的原因，却不能告诉他——她懊悔自己没在嫁给他之前把他谱写的曲子在钢琴上弹奏一下，哪怕只有一下也好！那些写在纸上的音符，看上去一个个优雅华丽，连成乐谱却平平无奇，更确切地说，她的耳朵只听见一片嘈杂，就像堵在胃里的食物一样让人难受。但这个原因也只能留着日后说给弗洛伊德医生听了。

等她的身体终于有所好转，恩斯特举办了一个晚会，他想趁此机会展示一下自己新谱的曲子。**从乐章的开头到结束，完全出自初恋激发的灵感。**这样的说法让伊达觉得未免有些夸大其词。客人这边奉上茶点后，服务生就退下了，恩斯特雇来的室内乐团随即开始演奏。

恩斯特带着万分激情亲自指挥，然而开头的协奏部分刚过，人们就发现这无非是对一些著名乐章毫无新意的模仿。幸好客人们还是给予了礼貌的回应，伊达赶紧在序曲结束后又让人斟上一轮波尔图[1]和白兰地，好让他们一直保持下去。

还好，她已有思想准备，因此没太把他的音乐当回事。现在后悔已经太晚了，恩斯特也许有那么一点音乐天赋，但他绝对算不上天才。唉，说什么天才，他就是一个蹩脚的半吊子作曲家，再动人的初恋也没有用。于是，晚会之后，伊达又病倒了，这次，她只好乖乖就医。

索纳塔尔给他们推荐了一位内科医生。医生仔细倾听伊达述说各种纷繁症状。她说，她已经被病痛折磨得几近绝望，也许没得救了。这时，医生突然打断了她。

"阿德勒太太，别这样，像您这样一位年轻的姑娘，能有什么病呢?"

伊达觉得自己已经不年轻了。医生大概根本不了解她的病史吧，她说。

医生双手合拢："好吧，也许您过去的病史很长，很复杂，但是今天我必须告诉您——您怀孕了。"

伊达的身体靠向椅背，双臂交叉，坚决地否认了医生的说法。

医生疑惑地看着她。

伊达犹豫地说，她的丈夫在这方面并不是很熟练，有点像鬼火一样飘忽不定——不知这样说医生是否能明白，直接地说吧，他这么笨手笨脚，不可能会有什么结果的。

"您真的认为受孕的几率跟房事的质量有关?"医生紧接着反问道。

伊达抬起下巴，问他是否肯定这不是盲肠发炎造成的?

医生不耐烦地整了一下领带："好吧，我不跟您争辩了。如果

---

1 一种产于葡萄牙波尔图的甜葡萄酒。

您不愿相信我，那么过几个月一切自然会见分晓。"

伊达把这个新消息告诉了爸爸，他却问，既然马上要有孩子了，恩斯特打算怎么养活家人？

她还没告诉他，她撒谎说。

"告诉他也没什么用。"爸爸说。他有一只眼睛看不见，眼皮却抽动着，仿佛在说，即使看不见，心也烦得很。"恩斯特最近有事儿干了吗？"

"他的事儿多着呢。"她避重就轻地回答。

"噢，我知道，不过像打网球这样的事是赚不到钱的。还有，你不会真的认为他有朝一日会成为成功的作曲家吧？"

伊达耸耸肩。

"我的女儿嫁给了一匹马戏团的公马！"这时妈妈也抱怨起来，"身上插着羽毛，懂得怎么耍马戏，却从没学过怎么拉车！"

"够了！"爸爸拍了一下桌子。不要再说了，他说。

"可是也不能什么事都指望索纳塔尔帮忙啊。"伊达怯怯地说。

"想要从我这里拿钱，那就必须做出相应的成绩。我建议让恩斯特到我们这儿来上班，我雇佣他，发薪水给他，让他靠劳动所得养家。"

伊达转过身，看着苔藓绿的锦缎窗帘。渐渐地，她也说不清楚那片绿色是否来自窗帘。那绿色钻进她的额头，在她的脑袋上撕开一个洞。她必须找女仆要一杯雪莉酒，用它把这残忍、苦涩的绿色冲下肚子。

宝贝女儿

梅兰，1892

伊达手里托着汤盘，踮着脚尖走进病房。妈妈反复提醒，要求所有人动作要轻，免得妨碍一家之主的康复。但其实爸爸的耳朵根本没有问题，出问题的是他的眼睛，而且偏偏是他唯一还能看见的那只眼睛。另一只早就瞎了。

开始时，他只觉得眼前一片白亮，还以为是疲劳的缘故，因为他向来睡得不多，常常通宵达旦地给工厂写批示。于是他闭着眼睛找妈妈要了一杯白兰地。第二天，他感觉白亮消失了，变成了一张黑色的幕布蒙在他的眼睛上。

按照格鲁伯医生的要求，他们把客房的光源统统遮上。现在爸爸已经在客房坚守了好几个星期，每顿饭都必须让人端到床上来吃——而这正是伊达的任务。此外她还负责给他拿来干净的衣服、把药剂滴在勺子上，以及帮助他擦拭身体。

妈妈说这些事情不能指望用人们去做，照顾病人不是他们的工作。而她自己则要忙着提防疾病在家里的蔓延，完全抽不开身。她坚持每天家里都要扫地、通风、擦拭和更换床单。

奥托不用照顾爸爸，妈妈没有给他分派任何任务。他前些日子总是打嗝，还经常哭。伊达想，也许他是为家人而难过吧。

这段日子里，伊达牢牢地记住了床头柜的位置，学会了怎么把枕头拍打得松软。活在黑暗中的爸爸变了模样。自从躺在床上以来，他的蓬松的头发堆得越来越高，腰背不再挺直，手摸起来也油腻腻的。

"宝贝女儿，今天你给我带来了哪些颜色？"

"绿色。"

"青蛙绿还是菠菜绿？"

"不，另一种绿，最近才有的。"

"又跟妈妈吵架了？"

伊达摇摇头。几周前，爸爸明明还能看得见的。"还有什么颜色？"他继续问。

"黄色。"

"阳光的黄色还是秸秆的黄色？"

"不，是一种很浅的黄色，像黄油的颜色。"

"黄油的黄色，"他想了想，停顿了一下，又说，"答应我，要是爸爸再也看不见了，你就是爸爸的眼睛。"

伊达很害怕。她闭上双眼，眼前的一片黑暗仿佛在恶狠狠地回望着自己。那暗色穿透她的胸膛，她甚至希望自己现在赶快哮喘发作，这样就有借口逃离这间暗室了。当她再次睁开眼时，爸爸的手已经摸到了汤盘。

"有没有放一勺白兰地进去？"他问。

"当然有。"

"妈妈不知道吧？"

"她什么也没发现。"

"我最宝贝的乖女儿。"爸爸笨拙地用勺子喝起汤来。

"可是,"伊达伏在他耳边说,"用不了多久,他们会从瓶子上看出蹊跷。"

爸爸点点头:"我就知道,你才是我最贴心的看护。别担心,白兰地是我这个一家之主的东西,妈妈不会管的。"

"可是妈妈明明什么事情都要管!"

爸爸忍不住,笑了起来。

暗室疗法、滴剂和看医生统统都没有效果。这一天,妈妈的一位阿姨来到家里帮忙。她的嗓音平淡,却极富穿透力,旁人根本无须仔细留意,也能听到她在说什么。

瞎子,菲利普用不了多久就会变成个瞎子!这比拖着两个孩子守寡还糟糕,因为他跟一个需要照顾的婴儿没什么两样,她说。

"那样才好呢。"妈妈苦涩地说。她告诉阿姨,格鲁伯医生说了,这是视网膜脱落,**由梅毒性过敏症**引发的。伊达不明白这个词的意思,但是她听得出来,妈妈倒宁愿他的失明是天生的。都怪他婚前太过浪荡,才会染上那种病。

"这些不是学校用的。"奥托看着堆在他的写字台上的故事书说。为了圣诞节的礼物,他必须把它们读完。他递给伊达几张写了字的纸——这是为父母亲准备的剧本,就叫《拿破仑的结局》吧,它讲述了这位伟大统帅的穷途末路,十分扣人心弦。

伊达读了几行手里的剧本:**"我求求你,不要攻击我的父亲,不要当着孩子的面!他是你的骨肉至亲,也是他的。"**

奥托赞许地点点头:"你现在的朗诵水平不错啊。"

伊达很高兴,高兴自己终于赶上来了,要知道,她只能跟着家庭教师学习，不能像奥托那样去学校。因为爸爸不愿送她去上英式女校。

"可是，这个礼物合适吗，别忘了，爸爸现在根本看不了书。"伊达说出她的疑虑。

奥托拿起其中一本书："你说得没错，我的好妹妹。所以我们两个要一起把它演出来，我还为玛丽·路易斯写了好几幕呢。"

他又递给伊达好几页纸。伊达粗略看了一眼。"我们必须好好排练一下才行。"她说。

"当然要排练。"

伊达觉得奥托说话的语气有些专横，就好像她比他小很多似的，其实不过一年而已。尽管如此，她还是很高兴能和奥托一起排练剧本，这应该是一项不错的消遣。

她又读了几行，这时铃声响了。她继续读下去，铃声再次响起。那是爸爸最近使用的手摇铃铛。伊达不理会，继续在剧本中寻找跟玛丽·路易斯有关的段落。铃声一直在响，越来越急促，其间还夹杂着妈妈的叫声。

奥托从写字台前站起来，夺过伊达手里的剧本。"你快去看看他。"他说。

她还是磨蹭着不肯走。

"去吧，伊达，否则我们所有人都不好过。"

伊达转过身，迎着铃声走去。她感到后背一阵冷风袭来——原来奥托一直开着窗户。

过了一阵子，他们拉开窗帘，升起百叶窗，让光明涌进房间，可爸爸的眼睛依然眨都不眨一下。伊达放下托盘，走到窗前。自从妈妈识破了白兰地的秘密，她就被关了禁闭。不过没关系，反正他们平时也不怎么允许她出门，再加上爸爸一直都需要她的照顾。奥托虽然写完了剧本，但根本没有时间排练。他说既然现在爸爸去不了工厂，以后就由他去给卡尔叔叔帮忙，为此，他还有好多资料要看。

"今天我看到了棕色，一种偏红的深棕色。"伊达在变得明亮多了的房间里绕着圈子，爸爸听着她的脚步声转动着身体，他的眼神依然一片虚无。

"你说的红棕色，"他闭上眼，仿佛这样能够更好地想象出伊达口中那种颜色，"像栗子一样？"

"不是。"她说。

"像小鹿的皮毛一样？"

"很深，像大提琴一样。"

"你能听见颜色？"

"我一看见它就想起了大提琴的声音。"

他缓缓点头："说到底，你还是遗传了妈妈的听力，对音乐特别敏感。"

伊达没说话。

"唉，不管怎样，你妈妈的天赋还是白白浪费了。但是你，我的宝贝女儿，也许你可以教我怎么用耳朵来看东西。我会乖乖跟你学的。"他的声音低了下去，"很多东西我都要重新学起。"

她站在客厅的钢琴前试音，一个一个琴键按下去，为爸爸寻找相应的颜色。她希望能够像上次的大提琴一样，但是实际做起来并没有这么简单。

妈妈走进客厅，她叫伊达不要乱弹一气，这架钢琴刚刚调过音，要弹就正儿八经地弹一曲。

伊达坐下，妈妈充满期待的目光让她突然有些激动。她开始弹奏最近几个月一直练习的一支加沃特舞曲[1]，中途只弹错了一处，错误刚巧发生在她用余光偷瞄妈妈的时候。妈妈一直跟着钢琴的旋律用手打着拍子，表情看起来相当满意。

伊达想要做得更好，于是索性将原来不需要重复的部分又弹了一遍，她只想弹得更久一点儿。

等到最后的余韵散尽，她才再次看向妈妈。妈妈睁大眼睛，歪着头说，弹得真好。

伊达听到她的赞许，不由得挺直了脊背。妈妈抚摸着她的后背，说："不过，离音乐家的水平还有距离。"说着，她挨着女儿在钢琴前坐下。

伊达原本挺直的脊背松懈了下来。她不是很明白妈妈的话。刚才还夸她弹得好，怎么会突然提到音乐家？伊达压根儿没往这个方向想过。

妈妈用食指戳了一下她的肋骨："坐直了，孩子。"

接下来，妈妈把这支加沃特舞曲亲自弹了一遍。伊达觉得妈妈的琴声比自己的更加清澈，虽然里面还是找不到爸爸要的颜色，但这却让她想到一个问题：也许妈妈原本真的可以成为音乐家吧？

不过紧接着，就在她刚才弹错的地方，妈妈也失误了。伊达否定了刚才的想法。她虽然弹得比自己好，但是也还远远不够。

铃声打破了伊达的沉思。她连忙跑进病房，发现爸爸已经起床，在穿衣服。他将身体转向伊达："指一样东西给我看。"

"可是……"

"快指呀。"

---

1 十七世纪法国宫廷中流行的曲式。

伊达把手指向窗户。爸爸的目光随即跟了过去。

"很不幸，今天的天色很灰，像老鼠一样的灰，还有……"爸爸摇晃着脖子上的领结带子，"像鸽子一样的灰，你觉得呢，宝贝女儿？"

伊达很惊讶。没错，今天天气阴沉，而他的领结带子也正是鸽子的颜色。爸爸微笑着说："听话，去帮我把邮件拿来。"

伊达使出吃奶的力气，飞快地朝书房跑去。

爸爸一点一点地打开伊达取来的信封。伊达仔细地看着他慢慢展开信纸，拿到面前，随后却又闭上眼睛，把信纸还给伊达，然后垂下手，叹了一口气。

虽说还要等三个月之后，爸爸才能借助厚厚的玻璃镜片重获阅读能力——奥托欢呼着把这称作**视力奇迹**——不过全家人觉得现在就应该庆祝一下。在格鲁伯医生证实了爸爸的视力的确有所好转之后，他们邀请了采勒卡和莫泽两家人来家里吃晚饭。

"以前健康的那只眼睛罢工了，"在餐桌上，爸爸解释说，"另一只自打出生以来就不好使，现在竟然慢慢能看见了。"

汉斯·采勒卡用指关节敲击桌子，表示庆贺。佩皮娜则噘着嘴，轻声说："太神奇了，简直让人难以置信。"

"真的很奇怪。这只眼睛竟然现在才起来干活，我想想都气得要死，可的确也欠它一句谢谢。前些日子可把我吓坏了。"

"何止你，我们所有人都吓坏了。"妈妈插嘴说。

"那是一段不幸的日子。"奥托轻声说。只有伊达一人听见了他的话，她点点头，握住他的胳膊。

"不过有一点我可以告诉你们，"爸爸又对客人们说，"谁说一个人瞎了就能成为先知的？我也不明白，为什么在我看不见的时候，既没有跟宙斯吵过架，也没有在浴室里撞见光着身子的雅典娜……"

"菲利普，孩子都在呢！"

爸爸朝妈妈眨眨眼，然后牵起她的手，他的表情变得严肃起来。他环顾一眼客人，说："即使是我最痛恨的敌人，我也不愿让他体会到失明的孤独。你们知道吗，对一个瞎子来说，活着没有任何滋味可言。老天允许我再次看见你们的面孔，这真是……"他的声音哽咽了，他深吸一口气，"告诉你们吧，我被逼得都快要祈祷上帝了。幸好，还没走到那一步。"

听到这里，莫泽先生举起酒杯，采勒卡一家也跟着举杯，祝大家身体健康。

不久，爸爸从客房搬回了他和妈妈的卧室。然而伊达还是逃不过妈妈的安排——她把伊达的小床支在了他们旁边的房间里。

疗 养

梅兰，1894

　　家里总有一个人要生病。爸爸刚一好转，妈妈就病了，而且十有八九是胃病犯了。或者奥托稍微受凉，伊达马上染上流感。以前总是这样：哥哥的胃难受，呕吐的那个人却是伊达。有一次，奥托长了几个红点儿，妈妈还以为是疥疮，没想到紧接着伊达就发了水痘。没过多久，奥托身上出现几个脓包，随后倒霉的伊达就得了传染性红斑。所以最近一段日子，伊达开始偷偷关注哥哥的健康状况。哥哥擦一擦鼻涕，她就觉得不安，打个喷嚏更是会拉响她的警报。有一次，他抱怨说自己觉得时冷时热，伊达索性乖乖认命，在还没有任何症状出现之前立刻上床躺着。果然，一小时之后，她打起了寒战。

　　等到鲍威尔一家人终于全部恢复健康，病魔又转移到了采勒卡家。先是克拉拉被查出了先天性心脏病，随后，佩皮娜的父亲去世了。突如其来的悲恸加上对小女儿的担忧使得佩皮娜的双腿突然间无法动弹。格鲁伯医生建议她去精神病院住上几周，好好静养一番。

　　他们在佩皮娜动身之前去探望了她。她穿着黑色衣服，坐在轮椅上，眼睛哭得通红，几乎说不出话来，只剩下抽泣。她问鲍威尔一家能不能偶尔来看一看孩子们，他们虽然请了一个家庭教师，但孩子们跟她并不是很熟，加上汉斯又经常出差。如果他们能够多跟自己熟悉的人在一起，情况会好一点，特别是有心脏病的克拉拉……现在连母亲也不能陪在身边了……

说着，佩皮娜泣不成声，哭得浑身发抖。伊达不知道该做什么，她从椅子上滑下来，紧紧地抱住佩皮娜的双膝，想要给她一些安慰。

"伊达！"是妈妈在说话，"站起来！"她递给佩皮娜一块手绢，又为女儿失礼的举止道了歉。

疾病还导致了更多的分离，而且远远不止几个星期：在新学年开始时，爸爸宣布，奥托即将离开梅兰。他说既然现在自己被迫留在家里养病，不能亲临工厂，那就只好狠狠心，把儿子送过去。所以从现在开始，奥托将在卡尔叔叔那里上中学，并且顺便学一下以后怎么做生意。

大家一起把奥托送到新的住所。爸爸要在那儿待上几个星期再回梅兰，他要趁这个机会跟卡尔叔叔商谈一些重要的事情。所以伊达只好陪妈妈一起去费兰兹贝德[1]疗养。

她们坐的是快车。当马车行驶到一个高坡时，伊达透过车窗望向山底的疗养所。那是一座长长的黄色建筑，坐落在一个公园的正中央，旁边还有几幢房屋，房屋的山墙极富艺术气息，屋顶的上方还耸立着几座塔楼。

一个侍者等在酒店的坡道上，帮她们拿行李。她们跟着侍者走进一个椭圆形的接待厅，大厅的四周矗立着打磨得锃亮的石柱。伊

---

1 位于波希米亚的城市，一战前属奥匈帝国，一战后属捷克斯洛伐克，捷克语名弗朗齐歇克。

达瘫坐在入口处的天鹅绒沙发上，任由妈妈去办理入住手续。她疲惫地听着门房罗列了一大串他们这儿以及此处其他疗养所提供的疗程。妈妈在前台粗略看了看疗程的时间安排表。高高的木头桌子衬得她的身形比平时更为瘦削、柔弱。

伊达望着妈妈的后背，她穿着一件极显腰身的大衣。伊达突然想到，她从来没有见过这样的妈妈，头戴插着彩色鸟羽帽子的她，让伊达觉得十分陌生。这是一位来自罗马的夫人，还是来自巴黎的女士？这也许根本不是自己的妈妈吧？伊达心想。也许之前的事只是其他人编造的故事，也许她根本就来自别处？来自哪里呢？她也说不出来，但这也不是不可能呀！

这么一来，奥托也不是她的哥哥了。她一点儿也不喜欢这个想法，毕竟奥托的漂亮脸蛋，还有他窄窄的鼻子——像极了妈妈，让人根本无从怀疑他们的关系。

门房指着大厅的尽头，告诉妈妈楼梯就在那边。妈妈招手让伊达过来自己身边。她牵起伊达的手，紧紧地握着，低声叮嘱她跟在拿着行李的侍者身后："上楼吧，不过注意走路的姿态！"

她们住的套房有一间客厅，一间卧室。伊达站在门口等着妈妈收拾房间：她抖了抖窗帘，用戴着手套的食指摸了摸家具，然后打开箱子，拿出被子铺在床上，再把被子的一角折起。接下来，她用一只脚尖踏上地毯，检查上面有没有污渍或脏东西。最终，伊达听见妈妈对自己，更是对殷勤地候在一旁的侍者说："还不错，还不错。"

伊达本以为这句话表示她可以进去了，谁知妈妈却抬起手："不用换衣服，我们去散个步。"她抚摸着伊达的头发，"你不知道我有多么期待费兰兹贝德的香槟酒。"

"你刚才有没有注意侍者的手？"妈妈一边快步穿过林荫道，一边询问吃力地跟在她身后的伊达。伊达摇摇头。"我注意到了。真不明白，这人为什么不戴手套呢，不过他的手指还算干净，这点我倒是很放心，我们可以把归置行李的活儿交给他做。"

"我也觉得是。"伊达答道，她希望自己的语气听起来足够让妈妈相信。

妈妈一路上一直在留意着周围有没有熟人，可惜一个也没看到，因为这些散步的人手里撑的阳伞遮住了他们大部分面孔——尽管秋天的阳光连云层都穿不透。她们走进公园，来到一口水井旁，一个穿制服的服务生站在那儿，手里的托盘上摆满了酒杯。妈妈从大衣口袋里掏出零钱袋，取出几块钱塞给服务生。她拿了两个酒杯，将其中一杯递给伊达。

"现在让我们喝一杯著名的费兰兹贝德香槟酒。"她宣布。接着她用酒杯在井里舀起一杯水，伊达也模仿妈妈的动作，盛起一杯井水。她呷了一口，一脸痛苦的样子，还差点呛住。这井水咸得要死！

妈妈看到她的表情，笑了起来："你要知道，这水可是极有疗效的。起码我一喝下去就觉得神清气爽，比你爸爸最喜欢的白兰地效果好多了！"

伊达又喝了一口。她还是不喜欢这种咸咸的味道。还没等她反应过来，妈妈就愉快地接过她手里的杯子，替她喝完了里面的井水："像你这样的小姑娘喝上两口也就足够了。"

她们继续在公园里闲逛，经过一个凉亭时，发现里面有个乐队正在演奏，乐队里甚至还有一个女人在吹奏小号！

这位女号手一定拥有跟成年男子差不多强大的肺活量。伊达很想停下来再看一会儿，但是妈妈却指着她的耳朵，摇着头说："小提琴的声音完全格格不入，你没听出来吗？"

　　伊达的确没有听出来。她并没有像妈妈那样非同寻常的听力。不过还好，妈妈好像并没有因此而不高兴。她们走到公园的尽头，妈妈指着一条路，微笑着告诉伊达，从这里出发，走过一段漂亮的乡间小路就可以到达下一个村庄。在这里散步能让人精神舒爽，接下来几天等她们适应了之后，可以一起过来散散步。

　　她朝伊达弯下身子，仿佛检查什么似的捏了一下她的脸蛋。"我不希望你太过劳累，"她说，"我知道好多来疗养的客人，回去的时候比来时病得更重。我们来这里是为了增强自己的身体素质，所以还是要根据自己的情况量力而为。"她顿了一下，又补充道，"再说，哪有人能够做到百分之百健康的。"

　　伊达屏住呼吸。妈妈说这话是什么意思？她们来这儿难道是因为自己的缘故？她很健康，非常健康呀！

　　妈妈刚才说的是"哪有人"，并没有说"哪有小姑娘"。她试着安慰自己。也许根本不是她想的那样。再说，现在奥托已经不在家里住了，这样一来就不至于三番五次地把病传染给自己。这算是他离家带来的唯一好处吧。

　　回到房间，妈妈去检查侍者有没有将她们的裙子细心地归置好。查看了衣柜后，她满意地点了点头，然后一边轻声哼着小曲儿，一边整理衣架。她要伊达穿那件最漂亮的连衣裙。说着，她回头看了一眼女儿，告诉她，初次见面的第一个晚上必须给别人留下最好的印象。

　　晚餐就在疗养院的大厅里，她们点了牛肉和辣根，妈妈还要了一杯啤酒。侍应生端上饮料时，妈妈指着自己的啤酒杯："你瞧这啤酒的白沫！"她赞不绝口，说自己真不知道还有哪种啤酒能比这捷克啤酒更好喝。

伊达十分惊讶。还没等牛肉上来，啤酒就只剩下了半杯，妈妈的话也多了起来。她说她和爸爸订婚以后，学会了喝啤酒。那时候，他们每周在酒馆里见一次面，不，应该说父母只允许他们一周见一次。每次见面，爸爸总会把他的啤酒分一点儿给她。只喝一杯，因为那时他们的生活过得很拮据，毕竟工厂才刚刚起步。那段日子不是很安稳，却很美好，充满了希望。那时候的爸爸是个很时髦的男人，还总向她大献殷勤，就好像从没见过其他女人似的。

"那时的我也很年轻，"她补充道，突然抿了一下唇，"不过，说起啤酒，"她拿起杯子，"我从来没觉得维也纳的啤酒好喝过。梅兰的也不怎么样，那里没人懂得酿酒。"说着她忍不住笑了，并把食指放在自己的嘴唇上，"嘘，伊达，千万别说出去！别人听了会不高兴的。"

伊达也把食指放在唇上，仿佛在向妈妈保证。这让妈妈很开心。身处如此轻松的氛围，伊达也应该很开心才对，但总有什么东西在压抑着她。那是一种奇怪的感觉，阻碍着她获得快乐。

直到她们回到酒店，换上睡袍，妈妈还在喋喋不休地说着。费兰兹贝德真是个惬意的地方，她说，这儿遇见的人也跟梅兰那种阿尔卑斯山区的人完全不一样。在这里，她感觉像在家一样自在，同样是在这里，她才意识到自己多么向往波希米亚式的生活。

伊达突然感到一阵刺痛。现在她明白这是怎么回事了。是奥托，他们俩才分开不到两天，她就已经开始想念他。从现在开始，他不得不离开她的生活，一想到这里她就觉得特别难受，比被他传染上疾病还要难受。

至于妈妈在说什么，她已经听不进去了，妈妈一定也看出来了。伊达害怕妈妈会责怪她，说她又在胡思乱想，诸如此类的话，没想到妈妈只是温柔地扶着她的肩头，问："你在惦记着我们的奥托，对吗？"

伊达惊讶地点点头。

妈妈将她搂进怀里，摸着她的头说："其实我是不愿意送他去卡尔叔叔那里的，一个母亲需要她的孩子在身边。可惜你爸爸并不这么认为。"

熄灯后过了很久，伊达仍然清醒着躺在床上。妈妈竟然从她的神情中猜到了她的心事，这样的事情以前从未发生过。直到现在她还能感受到妈妈安慰的拥抱。而且妈妈看起来是那么美！满头浅色的卷发，还有一双闪闪发光的眼睛！

她听着不远处的妈妈发出均匀的呼吸声，这让她很安心。不过她还不想睡，她还想再回忆一遍她们刚才一起想念奥托的场景，还有妈妈的拥抱，以及她脸上充满怜爱的神情。这才第一天晚上，疗养的效果就已显露，她感觉到久违的力量。在脑海中再回想一遍，一遍又一遍，回想起自己如何迟疑着回应了妈妈的拥抱，突然觉得妈妈身边那个小小的自己有些难看。不过很快，她又否定了这个想法。她想，要是妈妈知道了，肯定会说：你也很漂亮，因为你是我的女儿呀。她想着想着，不知何时，才带着这些念头进入了梦乡。

接下来的几天都在等待中度过。伊达大部分时间都独自留在房间里，等待去做理疗的妈妈归来。为了消磨时间，她分别给奥托和爱尔莎写了信，不过并没打算真的寄给他们。她觉得给奥托的那封信写得过于伤感，万一哥哥并不怎么想念她呢，那岂不是很难为情？还有爱尔莎，伊达本来想写信告诉她，妈妈现在对待自己的态度前所未有地和善，但又想起爱尔莎的妈妈，她的婶婶马尔维娜，她一向温柔慈爱，恐怕堂姐根本不会明白自己所写的内容。

最后，她把信统统扔掉，决定只给这两人寄两张一模一样的小卡片。她在卡片上好好调侃了一下其他的疗养客人，说他们一见到云彩就担心下雨，对这里的盐水赞不绝口，好像那真的是香槟似的，而且他们对外表的重视程度简直令人发指，每隔几个小时就要换一套衣服。

其实，她真正想告诉他们的，是陪着妈妈一起去做的理疗，可又难以启齿。

那天，她们在泥浴的更衣室里领了两件长长的袍子。因为没有合适伊达的尺寸，所以她只好把袍子提起来，在腰间卷了好几卷，免得去浴室的路上被绊倒。

她们光着脚在浴室冰冷的瓷砖地上站了很久，才见到两个强壮的女人将两个大木桶打横滚进来。其中一个女人问她们想要多高的温度，妈妈报出一个数字后，两人就开始用镶着木头边框的温度计不断搅动桶里的褐色泥浆。

温度到了，妈妈提出要做心脏冷敷。于是她们中的一个取来一条在碎冰块里浸泡过的毛巾，围住妈妈的胸口，然后伸出手，扶着她走进泥浴桶；另一个则一把抱起伊达，将她放进旁边的另一只木桶里坐好，里面的泥浆一直没到她的下巴。

泥浴并不像伊达之前担心的那般让人恶心。她甚至很想伸出舌头尝一尝泥浆的滋味，不过最后还是忍住了，免得妈妈又骂她笨，怪她太好奇。

而妈妈自己早已把泥浆抹得满脸都是，她闭着眼睛，背靠着木桶："要是每天都来做一次泥浴，晚上再去听歌剧，那我就是人世间最快乐的人了。"说完，她便不再开口，只是沉默地享受着。

此刻的伊达觉得脑袋好热，她好担心自己的眼珠是不是快被烫熟了。过了好久好久，那两个女人才端了两个盛满清水的盆走进来。

回到更衣室后发生的事情，才是她绝对不能告诉爱尔莎和奥托的：她在一旁眼睁睁地看着妈妈用月经带绑住下体。不是新的——是她以前穿过的——上面沾了一团黄黄绿绿的东西，她不知道那是什么，总之那东西让她羞于启齿。

伊达当时没有把她的震惊表露出来，因为她觉得很对不起妈妈！再怎么轻描淡写，这件事也没法儿写在卡片上，寄给爱尔莎和奥托。另外，伊达觉得自己的额头上仿佛有把火在熊熊燃烧——不过妈妈并没有大惊小怪，她说泥浴的功效本来就是加热身体的核心区域，刺激从脚趾到发尖的所有纤维组织。妈妈叮嘱伊达下午多睡一会儿，可是她却在睡梦中被噩梦折磨了很久。

从那以后，伊达再也不愿陪妈妈去做理疗了。她直截了当地拒绝了妈妈，至于为什么，她自然无法说出口。于是妈妈很不高兴，就把她一个人留在酒店房间里，让她没完没了地等待，就连去隔壁村庄散步，她都宁愿自己一个人，不带伊达去。晚上，当伊达抱怨本地餐馆千篇一律的菜式时，妈妈只是沉默地喝着她的啤酒。

返回梅兰的前一天傍晚，他们遇见一个恰巧路过这里的熟人，这让母女俩都很开心。这个人喋喋不休地让妈妈早点回维也纳去。妈妈附和着说，她们的确要回去了。接着，她又对伊达赞不绝口，说伊达竟已长得这么高，这么漂亮了。她说，伊达长得有点儿像爸爸，不是吗？

妈妈不愿听到这样的话。她说女儿只是远看还算标致，但是走近一瞧，不过是个普普通通的女孩子而已。

这位女士轻轻拍了拍伊达的肩膀，仿佛让她不要在意妈妈说的话。没错，她大概是想对伊达说：谦虚是一种美德。

她点了两杯啤酒，一杯给自己，一杯给妈妈。伊达则呆呆地望着桌布。**你也很漂亮，因为你是我的女儿呀。笨蛋伊达，笨丫头！**

意外生病

梅兰，1894

虽然看东西还是有问题，但这次的问题不是出在眼睛上。爸爸变得糊涂了，找不到放好的东西，还分不清伊达和妈妈。每次他吃力地认出这是他的宝贝女儿时，他总是唉声叹气地向她说对不起。

罢工的不光是他的脑袋，他的胳膊有一天突然动不了了。第二天，腿也失去了知觉。他为此大受打击，但凡谁说错一个字，就能惹得他怒吼起来。格鲁伯医生给他做了导脉治疗，叮嘱他做治疗体操，不过没什么效果。

伊达忍受着爸爸的脾气，再次给了他必要的帮助。可是没过多久，她自己也被病魔击倒了，她的偏头痛和咳疾发作了。开始，妈妈并没把她的病痛当回事，直到她的头疼引发了呕吐，甚至连路也走不了时，妈妈这才重视起来。

可是，如果连伊达都指望不上，那还有谁来照顾爸爸呢？妈妈坚决不同意把护理工作委托给家里的用人们，同时又坚称自己光是家务已经忙不过来了。每天她都把伊达从病床上拎起来，伊达只好裹上一床被子，在客厅里等着妈妈和女佣清扫完毕。而这时躺在床上的爸爸要是有东西够不着，她也只好听着他摇铃，听着他责骂着，哀求着。

她一边听着隔壁病房的声音，一边急得掉眼泪。其实跟生病的爸爸相处并不是一件容易的事，即便如此，她还是愿意当他的看护，哪怕自己已经头晕得连站也站不起来。她甚至勉强试过，但终究还是做不到。

幸好，一个意料之外的救星出现了：佩皮娜·采勒卡。她说以前鲍威尔一家经常慷慨地邀请他们来做客，而且在她去精神病院休养的那段日子，他们把汉斯和孩子们照顾得那么好，所以现在她觉得有义务报答他们。

妈妈迫不及待地接受了她的帮助。

佩皮娜过来帮忙时，总是顺带看望一下伊达，给她带一些小玩意，比如扎头发的缎带，一块蛋糕或者巧克力。有一天下午，她拿来一副纸牌。

"你知道怎么打桥牌吗?"

伊达摇摇头。

"从现在开始，你每天跟我学一个小时。"佩皮娜一边说，一边洗牌。

接下来几周里，伊达学了叫牌的基础知识，知道了怎么吃牌，怎样拦截或抵御对手。佩皮娜一点点增加牌局的难度，很快，她便惊讶地发现，伊达非常善于记牌，桥牌对她来说的确很简单，因为这跟她平时自己跟自己玩的数字游戏没什么区别。

"我觉得你很有天赋"，佩皮娜说，"你这颗漂亮的脑袋简直就是为桥牌而生的!"

天赋! 以前从没有人在她身上发现过什么特别的天赋，更别说什么"漂亮的脑袋"了。佩皮娜的赞美鼓舞了她，她开始独自练习打牌，默默记下哪些组合更有胜算，而哪些更容易输。至于越来越频繁从爸爸病房中传出的轻笑声，也几乎被她忽略了。

没过多久，格鲁伯医生确定爸爸的病情已经趋于稳定。不过他坦言自己的能力只限于此，他也没办法让爸爸彻底地康复。

因此汉斯·采勒卡建议爸爸去维也纳找一位专家看一看。他是个神经科医生，在伯格大街开了家诊所，他本人觉得这个医生甚是不错。

爸爸愿意把各种方法都试一试。

等他动身去维也纳之后，家里的病魔仿佛骑着旋转木马，立刻调转了一个新的方向。现在轮到佩皮娜身体不适了。伊达去探望她，坐在她的床边。佩皮娜也说不上来自己到底哪里有问题，就是觉得不舒服。不过她又说，静养一阵，再加上伊达悉心的陪伴，她很快就会好的。她们俩闲聊了一会儿，伊达又去家庭教师和两个孩子那儿坐了一阵。没过多久，汉斯从店里回来了，正巧遇上她。

"告诉我，伊达，你想不想让你爸爸去维也纳找名医看一看呢？"

"当然想。"她答道。

汉斯满意地点点头。"你好像很有求知欲，"他继续说，"什么都想学，还想一下子就学会，对吗？"

他为什么这样看着她？那目光仿佛想要穿透她的思想一般。

"不过，人的一辈子拥有再多财富也没什么用，你明白吧？"汉斯问。

伊达听不懂他到底想说什么。于是她耸耸肩，没说话。这时汉斯忍不住拍了一下大腿，小克拉拉吓了一跳，抬头看了看父亲。

"比如，我给你爸爸推荐了一位出色的医生，这个医生能够治好他的病。这件事本身就具有极大的价值。一个人如果没有良好的人际关系，就算拥有再大的工厂也没有用，不是吗？"说话间，汉斯的面颊开始发红，他掏出一块手绢擦了擦嘴。

伊达点点头，垂下目光。汉斯对她说的话的确有一定道理。只是一旁的家庭教师为什么笑得那么奇怪？她怎么也想不明白。

爸爸带着满满的兴奋从维也纳回来了。"汉斯，这位弗洛伊德博士真是一个了不起的医生。"他崇拜地说。多亏了弗洛伊德医生给他涂油、注射，这么久以来他还是第一次感觉到身体恢复了健康。而且，医生的诊所离他们在维也纳的房子一点儿也不远。要是他以前在那儿常住的话，说不定路上还遇见过医生本人呢。

然后他又说："不过，健康当然取决于很多因素，如果没有佩皮娜对我的精心照顾，恐怕弗洛伊德医生在我身上也达不到什么效果。"

他的话让佩皮娜由衷地笑了，笑得很大声。

是的，跟爸爸和佩皮娜在一起，她觉得很开心。跟妈妈在一起就不是。只要在家里见到妈妈，她的手里永远拿着一块抹布，家里的地板永远有一块因为刚擦过而湿漉漉的，家具也被她用床单盖上。她永远在责骂别人，对什么都不满意。要是伊达不帮她做家务，那她就是一个没用的懒姑娘；要是伊达帮忙做家务，她又说做得远远不够好。

但凡有机会逃离妈妈，伊达总是很高兴。而其中一个机会便是每天下午跟爸爸一起去佩皮娜家，由她帮忙照顾奥托和克拉拉。这个时候，汉斯往往还在他的店里。他们两个大人坐在一起时，伊达就带着孩子们出去玩儿。

有一天，佩皮娜看到她带着孩子们外出归来，对她说："你真是个宝贝，没有你，我可怎么办呢?"夏天来了，她对伊达说:"今年我们要去加尔达湖畔度假，你要是能一起来就太棒了!"

伊达的心里暖暖的。"我很想去。"她答道。跟佩皮娜一起打发时间，同时也跟她学习更多的桥牌技巧——这似乎是她那么久以来最希望做的事情了。"但是我怕妈妈不让我去。"

"哦，"佩皮娜摆摆手说，"你得好好跟她说。"

可是，尽管她听从了佩皮娜的建议，而且还格外殷勤地帮忙浆洗了衣服，妈妈还是坚决不同意。"你又不是他们家的保姆。"她说。

"求你了，"伊达央求道，"我在这里也是一样帮他们照顾孩子，有什么分别呢?"

"就算在这里，我也不喜欢你整天围着他们家的孩子转，他们明明请了一个家庭教师。"

"可是那个老师下午是休息的。"

"那还不是因为有你在!"妈妈越说越生气。

"我已经答应他们了，"第二天早晨，爸爸也帮腔说，"一个小小的旅行而已，这绝对是我的宝贝女儿应得的报答。"

伊达抱住爸爸，亲了亲他的手。那一瞬间她觉得妈妈的面孔看起来好小好苍白，不过眼下她顾不了这么多了。

她得自己动手收拾行李。妈妈吩咐过了，家里的用人谁也不许帮忙。所以她不得不自己把箱子拖到采勒卡家。佩皮娜给她开了门。

"老天!"她惊呼，"瞧把你累得!"

她把伊达带到厨房坐下，给她倒了一杯茶，又添了一勺蜂蜜进去。伊达乖乖地接受她体贴的照顾，呼吸也慢慢地平复下来。她想，原来佩皮娜是这样照顾爸爸的，难怪爸爸痊愈了。

车子并没有开多久。然而伊达却觉得仿佛来到了另一个世界。这里天气更热，色彩也更加明媚鲜亮，而且不管站在何处，都能看见茫茫无边的湖面。

汉斯开车带着她们来到山里的一间小木屋。伊达帮着佩皮娜一起，将家具上盖着的床单扯下来。灰尘四处飞舞，换作妈妈早就惊叫了，佩皮娜却仿佛丝毫不介意。这时，孩子们饿得哭闹起来，于是汉斯先带他们去吃晚饭。

"来，我带你看看楼上。"佩皮娜领着伊达爬上狭窄的木头楼梯，来到位于阁楼的卧室，"晚上我们俩睡这里。"

"我们俩？"伊达问。

佩皮娜点点头："这是你爸爸特别叮嘱我的。"

她们俩走进餐馆时，孩子们早已吃完了饭。汉斯面前的醒酒器已经空了一半。"你们还打算让我等多久？我都快饿死了。"他连招呼也不打，直接抱怨说。

"你可以先吃啊，没人让你饿着肚子等。"佩皮娜答道。

"朱塞皮娜[1]，我今天不想像个野蛮人一样失了礼数，否则我们的客人会怎么想？"

"你明明知道我最受不了你这样叫我，"佩皮娜看也不看他一眼，"而且伊达并不是客人！她是我们家的一分子。"

佩皮娜的最后一句话让伊达非常开心，不过她并不想流露出来，于是拿起菜单挡在自己的面前，直到侍者过来问他们是否想好了要吃什么。

佩皮娜点了鱼，汉斯点了肉，伊达只想点一份汤，佩皮娜却抽走她手上的菜单，说："不可能，要是让你爸爸知道了，他会怎

---

1 原文为 Giuseppi, Giuseppina 的简称，此处应为佩皮娜名字的意大利语叫法。

么想?"

汉斯喝了一大口红酒，说："也许伊达并不像你这么在乎她父亲的想法。"

佩皮娜给伊达也点了一份鱼。上菜之前，所有人都沉默着。不过等侍者为她端上晚餐后，她也就没有理由因为佩皮娜擅自做主而生气了——这里的鳟鱼太好吃了。

他们吃饭的时候，孩子们不耐烦地在椅子上动来动去。汉斯叫他们安静地坐好，一连提醒了两次。可是奥托还是差一点从椅子上翻下去，汉斯终于忍不住，扇了他一耳光。小家伙哭了起来。

"汉斯，别这样，不要当着这么多人的面。"佩皮娜连忙阻止他。

"他们跟我有什么关系?"汉斯将面孔凑近佩皮娜，却指着大门对奥托命令道："要哭就去外面哭。"

"外面这么黑，你不能把他一个人扔在那儿。"佩皮娜说。她抚摸着奥托的头发，乞求地望向伊达："你能帮我把他带出去吗?"

伊达点点头。她刚想站起来，汉斯却一把按住她的胳膊："她还没吃完。"

伊达拒绝了他的好意："没关系，我已经吃饱了。"

"你确定吗?"佩皮娜问。

伊达再次点点头，汉斯这才放开她的胳膊。于是伊达牵起奥托，朝餐馆门口走去。"真是太谢谢你了。"她听见佩皮娜在身后说。

这时克拉拉也哭闹起来，她也想跟他们一块儿出去。

"你留在这儿吧，"汉斯说，"别让我跟你妈妈单独待在一起。"

外面已经降温了，伊达起了一身鸡皮疙瘩，她将手臂交叠在胸前，抱住自己。餐馆就建在湖边上，奥托一边抽泣，一边在湖岸捡着小石子。伊达则走到高处，靠在墙边。透过吧台的一扇窗户，她看见汉斯和佩皮娜面对面坐着，沉默着，似乎连多看对方一眼都觉得浪费——就像她的爸爸和妈妈。

然而她又想起爸爸和佩皮娜在一起的时候，他们有聊不完的天，两人的脑袋凑得那么近，仿佛对方的每一句话都事关生死那么重要。伊达不由得问自己，该怎么说呢，究竟是什么将这两人系在了一起？也许这根本无法用言语描述吧。

她忍不住轻轻咳了一下，没用，喉咙里还是觉得痒痒的。这时她看见汉斯已经在拿钱包了，于是她忍住咳嗽，屏住呼吸。直到采勒卡一家走出餐馆，她才缓过劲儿来。

回到住处，佩皮娜给了伊达一枚含片。她问伊达是不是不小心吞下了鱼刺？伊达摇摇头，说她早点休息就没事了。佩皮娜陪她来到阁楼，又体贴地将一个软垫放在她的背后。

"我帮你把箱子里的东西拿出来。"

伊达从床上坐起来。"这个我可以明天自己来。"她哑着嗓子说。

佩皮娜做了个手势，示意她躺下，然后打开了她的箱子。

"我的天哪，瞧你都带了些什么？我们又不是要环游世界。"

"我不知道要带什么，我还以为就跟上次跟妈妈去疗养一样。"伊达羞愧地低声说。

佩皮娜翻了翻，拿出几件连衣裙，然后又把箱子关上。她把裙子挂起来，说："你爸爸说得对，在很多事情上，你还是个小孩子。"

小孩子。她不喜欢爸爸说这样的话，她也不喜欢佩皮娜这样看待她。她已经十二岁了！都怪妈妈，在费兰兹贝德的时候，她非要每隔一会儿就换一件衣服，害得伊达以为这里也要这样。

伊达睡在佩皮娜的身边。喉咙里的痒意还是没有消退。她试着咳了几下，尽可能地压低声音，因为她也说不准佩皮娜究竟有没有睡着。如果她睡着了，伊达不想把她吵醒；如果她还醒着，伊达也不想打扰到她。

伊达突然感觉好孤独，仿佛隔在她和佩皮娜之间的不是床垫，而是一道大峡谷。伊达闭上眼睛，又睁开。她的肚子咕咕直叫——很显然，她饿了。

"朱塞皮娜给你梳的辫子真漂亮。"汉斯笑着说。

伊达摸摸自己的头发，他是认真的还是在开玩笑？她永远猜不透他到底在想什么。他们带着孩子沿着湖边走，前进的速度很慢很慢，时常要停下来等一等，因为克拉拉总是被某根小树枝吸引了注意力，而奥托这时却又只管往前跑。他们只好一会儿往前走，一会儿又退回去，要看着小女孩，又不能把小男孩弄丢。佩皮娜留在家里没出来。她刚给伊达梳完头发，就觉得嗓子里痒痒的。也许是早上在伊达身上消失的咳疾，如今转移到了她的身上。

奥托跑了回来。"我好累，一步也走不动了，我的脚疼。"他气喘吁吁地抱住伊达，"你抱我走。"

汉斯让克拉拉坐在他的肩头，一路跟了上来："喂，奥托，别这么弱不禁风！"

小男孩听了，立刻松开伊达，抬头挺胸地继续朝前走。

前面的下坡道上有一家餐馆，餐馆的露台正对湖面。他们走进餐馆，汉斯问伊达要不要来杯咖啡，伊达摇摇头，她宁愿喝一杯热巧克力。

克拉拉吃光了一块蛋糕，还想再吃一块。"一块够了，再吃肚子会疼的。"伊达解释说。

克拉拉委屈地噘着嘴，双手抱在胸前。

“行啦，伊达，干吗管这么严?”汉斯嘲笑她。说完，他给克拉拉又点了一块蛋糕。此时的阳光直射在露台上，汉斯眯着眼睛，给自己点起一支烟。“伊达，你知道吗，”他顿了一下，又说，“我真的觉得你已经长大了。”

伊达皱起眉头。

“真的。”汉斯说着，朝着她的脸喷了一口烟。

伊达垂下目光:“我爸爸可不这么认为。”

“哈哈，菲利普忽略了一些事情。你的父亲大人那只瞎眼的用处，就是为了只看见他愿意看见的事情。”

伊达忍不住抬起头。

“但是我不一样，我有两只健康的眼睛。”汉斯一边说，一边按熄烟头，“我看到了，就是看到了。”

他们回到住处时，佩皮娜依然很虚弱。伊达给她做了一杯茶，学着之前佩皮娜的做法，小心翼翼地倒了些蜂蜜进去。作为感谢，佩皮娜教了她一小时桥牌。她在托盘上摆出四个人的牌局，伊达坐在床角，看着她出牌。佩皮娜的手里拿着一张方块八，犹豫着要不要打出去。她用食指和拇指捏着纸牌，那么用力，以至于纸牌最后都被手指夹弯了。

“我很抱歉，刚才没跟你们一起出去，”打着打着，她突然跑题了，“但愿你没生我的气，其实我不想撇下你一个人的。”

伊达摇摇头。

“那就好。只要你好，我就放心了。”

伊达觉得自己有必要笑一笑，让佩皮娜高兴一点。她看起来是那么伤心，纤细的手指将方块八换了一个位置，又折弯了。“有时候，汉斯他的确……他的确……我相信你，所以愿意跟你实话实说，汉斯想要离婚。"

伊达睁大眼睛。

佩皮娜终于还是抛下了纸牌，她疲惫地点点头。"你知道，我是愿意离婚的。但是我不能，我们不能让克拉拉……克拉拉绝对不能激动，她和她的心脏一样脆弱。"她开始哭泣，"我们的房子要是再大一点儿就好了，能像这里一样也好，起码我可以有一间自己的屋子。"

伊达一动也不敢动，她不知道该说什么好。过了一会儿才站起来，想找一块手绢给佩皮娜，却没找到。

箱子！她真是个蠢货，之前竟然没把箱子里的东西拿出来。伊达打开箱子，把衣服统统翻了个遍，这才回到佩皮娜身边坐下，递给她一块手绢。

佩皮娜轻轻擦了擦眼睛，微笑着摸摸伊达的发辫："这个发型真适合你。"她似乎一下子又恢复了活力。她忽然站起身来，从一个首饰盒里翻出一个银质的发夹，上面镶嵌着几颗蓝宝石。太漂亮了，伊达说。

"我就知道你会喜欢。"

佩皮娜立刻动手将发夹别在伊达的头发上，却不小心扎到了伊达的头皮。伊达往后缩了一下。

"噢，对不起，对不起。"她又试了一次，这次非常小心，"很美，要是红宝石的话会更完美。"

伊达拿着佩皮娜递过来的小镜子照了照自己。其实她更喜欢蓝色，但是因为佩皮娜的缘故，她便附和说："是的，红色更完美。"

佩皮娜紧紧抱住她。"你是我亲爱的朋友，没有你在我会受不了的，"她微笑着说，"至于红宝石发夹，我找机会暗示一下你爸爸，你觉得怎么样?"

　　夜里，伊达又失眠了。佩皮娜的手臂伸到了她这边。即使在昏暗中，看起来也十分诱人，还有佩皮娜的整个躯体，以及伊达以前不小心窥探到的某些部位。她也想长大后拥有这样的身体，一副不需要用月经带包裹下体的身体。微弱的光线透过狭窄的窗户投射进来，伊达借着光，怀疑地望着自己的手。

　　离婚——她的脑海中突然闪过这个词。汉斯和佩皮娜绝对不可以分开，否则佩皮娜最终会搬离梅兰，就像哥哥奥托一样。不行，绝对不行。光是想一想就让她觉得无法接受。

K 先生先是跟她以及他的太太约好，让她们下午到他位于 B 市中心广场的店里来，一起观看广场上举行的宗教庆典。然后又说服了他的太太，叫她留在家里，还遣散了店里的伙计们。所以当这个女孩走进店里时，只有他一个人在。

——西格蒙德·弗洛伊德《歇斯底里案例分析片段》

店　里

梅兰，1896

去年，伊达就跟采勒卡一家约好，等圣体节时到汉斯的店里观看庆典。届时天主教徒们会穿上他们最美的衣服，举着旗子和神像在城市里游行。

今天竟然出太阳了。伊达考虑着要不要穿上今年夏天的第一条连衣裙，不过最终还是放弃了，毕竟没有阳光的地方还是挺凉的。不管怎么说，她都得戴一条丝巾护住咽喉，因为她的嗓子又连着哑了好几个星期。

她的家离教堂广场不远。第一批游行参与者已经集结完毕。这些男人来自射击协会，随身带着步枪，他们要在庆典达到高潮时鸣枪以示敬礼。伊达费力地在人群中挤出一条道来。其间她路过一尊即将被抬起来参加游行的圣母像，圣母玛利亚微微偏着脑袋，悲悯地望着远方。

多么高贵，多么优雅，而且她那木头做的身躯不必忍受任何痛苦的折磨。稍后她将被人群庄严地举过肩头，穿过这个城市。伊达希望自己有一天也能够受到这般礼遇。为此她得好好练习一下怎么让自己的目光也充满感情。不过，不是现在，因为她得加快步伐，否则就要错过游行的开幕仪式了。

她来到采勒卡家的店铺，沿着楼梯走到门口，推门进去。店里除了汉斯，空无一人。汉斯站在柜台后面，见到伊达时，他的脸上露出了笑容："你终于来了！"

他掀开柜台的活动盖板，朝她走来，给了她一个拥抱表示欢迎。她闻出他身上须后水的味道，她不喜欢他衣服上清冷的香烟气味。她退后一步，又四下张望了一下。

"其他人都上楼了吗？"

汉斯的神情有些奇怪。他说佩皮娜拜托他向伊达说声对不起。因为搬家，有好多事情等着她去做。两个小家伙也被他留在家里，这样他们俩才能不受干扰地观看今天的游行。他问伊达，佩皮娜有没有带她参观过他们的新家。

伊达摇摇头。

"那我等一下一定要带你去瞧一瞧，它比旧房子宽敞得多，你一定会喜欢的。"

"当然。"她说着，松了松丝巾。

"你不热吗？"

汉斯似乎想帮她摘下丝巾。可是他为什么要摸她的肩膀？伊达用手捂住脖子："谢谢，我还是戴着它好了。"

他看上去仿佛受到了侮辱一般。可是她必须要当心自己的身体啊！要不要跟他解释一下呢？毕竟她现在还没有完全康复。

"我得保护好自己。"伊达说。她暗自气恼自己竟然脸红了。

汉斯哈哈大笑，但是他的眼里并没有笑意："保护？这好像是我在这个城市听到的最重要的词了。佩皮娜也总是这么跟我说，而且……你也没那么娇弱吧？"

伊达尴尬地垂下目光。

汉斯指着柜台后面，说："过来，我给你看看这次旅行带回来的布料。"

"可是，游行马上就要开始了。"她又看了看四周，"今天店里谁值班？"

"哦，"他不耐烦地挥了挥手，"我让店员提前回家了。今天开门营业根本就是个荒唐的主意，节日里谁还做生意。来吧，我拿给你看看。"

他为她打开柜台的木头盖板，示意她过去。伊达跟着他来到桌子前，上面摆放着一匹匹布料。她的手指迟疑地悬在布匹的上方，却没有落下。

"用不着这么小心。"他拿起她的手按在布料上，他的身体在她的身后靠了过来。

"在爸爸那里，他从来不允许我用手碰。"伊达朝前弯下身子避开他的身体，就势摸了摸镶嵌在布料边缘的花边。

汉斯直起腰："漂亮的东西总得摸一摸才行，否则只能获得一半的快乐，你不觉得吗？"

伊达伸手拿起另一匹布料，用拇指和食指感受了一下，硬得扎人。不过，还是不要说出来为妙。

"想不想要一块？"汉斯问。

"不用了，谢谢。"

"不用不好意思。这个可以做一条冬天穿的裙子。"

"现在马上到夏天了。"

这时，教堂的钟声敲响了。伊达望向窗外，看到游行队伍已经动起来了。"我们不上楼吗？"她问。

"在这里挺好的。"

伊达又转身看向窗外，她不想错过什么。

"我看出来了，这位小姐是真的很想看游行，"汉斯说，"去楼梯那儿等着我，我先去把百叶窗放下来，否则别人还以为我们还在开门营业呢。"

伊达站在房门口，身后就是通往二楼的楼梯。每关上一扇百叶窗，店里就变得更暗一点。汉斯脱下他的工作服，又把胸口处的衬衫抚弄平整，这才朝伊达走过来。在距离她几步远的地方，他站住了，就这么望着她。昏暗的光线中，她几乎看不清他的脸。

"在上次的旅途中，我很想你，"他说，他的声音仿佛变得完全不一样了，他顿了一下，站在那儿没动，"你有没有想念我？"

想念他？他怎么会有这种想法？

还没等她开口回答，他就一个箭步冲到她面前，双手按在她的臀部，紧紧抱住她。

他在干什么？怎么……

她把头偏向一边，躲开他坚硬而又湿润的嘴唇。她用力挣脱了他的怀抱，跑向楼梯。不要上楼，往楼下的出口跑，等等，出口在那里吗？还是那里既是出口也是入口？出口，入口。她要出去，她需要空气。

"伊达，等一下，伊达！"

他没有追过来！他追过来了吗？伊达跑得更快了。房门开着，外面的大门也开着。出去。离开这儿。不要回头看！她没有回头。向前跑，一直跑。嘴巴。他把我的嘴巴怎么了？但愿不要撞到什么人。也许有人看见了汉斯对她……不能让任何人看出来。赶快装作在看圣母像。圣母一定不会遇到这种事。她刚才张嘴了？还是闭着嘴？闭着的，闭得紧紧的。

这么多人。脑袋，脖子，丝巾。她的丝巾哪儿去了？在他扑过来的时候被他扯掉了吗？他是不是脚底绊到了什么，才会向她扑过来？也许是个意外？可是他的脚根本没有被绊到。他在搞什么？丝巾不见了，妈妈一定会骂她。他朝我的嘴巴扑过来，还……该怎么跟妈妈说，不能告诉妈妈。等爸爸回来，告诉爸爸吧。不，她做不到……嘴唇，好疼，因为……是汉斯对它做了那种事。

伊达，伊达。他抱得那么紧，湿漉漉的舌头。她忍不住要哭了。不，咬紧牙关。不可以哭……不能掉眼泪。否则路人会问她怎么了，到那时该说什么？她不能说，不能告诉任何人。今天是圣体节。都怪她自己，怪她自己。要不是她想看游行……她并没有被怎么样，一点也没有。她也没有想念过他，一点也没有。

她感到一阵恶心。太糟糕了。该怎么面对……佩皮娜以前不是也说过这样的话——该怎么面对，在他那样扑过来之后……还是想哭。现在不可以，不要。她使劲咬住嘴唇。我要告诉佩皮娜，我要问问佩皮娜，他到底是不是被绊到了。她可以这样问吗？不可以……她不能告诉任何人……这里人太多了。她不要什么冬天的裙子。她根本不想要！圣母像被抬走了，现在她必须……她必须……

咽下去吧，伊达，把这一切都咽下去。你不能就这么回去见妈妈。冷静点，伊达。到底发生了什么？什么也没有。不对，不对，明明发生过什么。那个汉斯。他的嘴。他的舌头。砰！

他们开枪了。他们开枪了。

庸 医

梅兰，1896

伊达站在浴缸里，温热的水没过她的小腿肚。浴缸连着电磁线圈，医生的手里拿着一个电极，上面装着一块海绵。"我们从头部开始。"他说。

他把装着电极的海绵放在伊达的额头上。伊达吓了一跳。电流一波一波穿过她的脑袋。医生拿着海绵，擦过她的太阳穴，由后脑一直往下。痒意一直蔓延到她的脚趾头。医生缓缓地按摩着她的脊椎骨。她的内衣湿透了，紧贴在背上。

"抬起胳膊。"医生继续往下，经过腰，再绕到前面的胃部，并在那里停住了。她的腹部肌肉开始震动，肚子里传出了咕噜噜的声音。伊达看了看自己起伏的肚子，这时，医生把海绵按在了她的胸部。

"感应电疗法"现今很流行，伊达必须定期接受这样的治疗。治疗结束后，她觉得一阵恶心。不过，前些日子让她饱受折磨的偏头痛却好了很多，只是还是说不出话来。实在有必要时，她会把要说的话写在纸条上。医生建议给她增加一项局部治疗。他让她张开嘴。

"再张大些！"

她尽可能地将嘴巴张到最大幅度，却用余光看到了那个装着电极的弯弯的架子。她刚想闭上嘴巴，医生就把它塞进她的两排牙齿之间，撑开了她的上下颌。他慢慢地将电极推进她的喉咙。她屏住呼吸。

喉头传来第一次电流的击打。

第二次。

医生按住她的脑袋，让她往后仰。

又来一次。

取出器械时，她的嘴角被撕裂了。伊达弓下身子，朝着事先准备好的桶里呕吐起来。她的舌头上满是呕吐物以及金属的味道。喉咙火辣辣地疼。

伊达听见女佣开门的声音，她听出那是汉斯·采勒卡在说话。除了他，再没别人了。第一个来祝贺她生日的客人偏偏是他！之前他写信告诉过她，十一月一日这一天他刚好回来，他下了火车就直接过来她家喝咖啡。

眼下，他已经随着女佣走进了客厅。他的手里拿着一束花和一个包裹。他向她问好，向她祝贺，接着把花递给她。伊达闻了闻，花香太甜了，甜得让她有些恶心。于是她把花放在一边，露出了紧张不安的笑容。女佣刚要出去，伊达连忙叫道："别走，留在这儿。"她的呼吸变得急促起来。

汉斯却摆摆手："谢谢，我们不需要你了。"

女佣屈了屈膝，刚想离开，伊达又说："我们一起看看采勒卡先生送我的生日礼物。"

女佣翻了个白眼,靠着墙站着,两手插进围裙里。伊达故意慢吞吞地解开包裹上的蝴蝶结,再将包装纸拆开。她真希望这时候能够有其他客人进来,这样她就不必为这礼物向汉斯表达感谢了。来的人越多越好。汉斯盯着她手上的每一个动作,她已经没法儿再拖延下去了。

"是个针线盒。"她毫无兴趣地断言。

"别傻了,伊达,这不是做手工用的。"汉斯说着,从她的手中接过这个小盒子。他的手指划过她的。"你瞧,是个首饰盒。"

他拧了一下上面的小钥匙,将两片盖板拉起,小盒子打开来,露出里面的几个小抽屉,里面铺着天鹅绒的垫子,可以用来放耳环、项链和胸针。伊达礼貌地谢了谢他。

"还有这个,"汉斯说,"我给你带了一些料子,就是上次你很喜欢的那一款。"

"哪一款?"伊达明知故问。她的身体一阵冷一阵热。幸好这时大门开了。

伊达从沙发上跳起来。"有客人来了,"她说,"我得去迎接一下。"

来的也不算是客人。爸爸、佩皮娜和两个孩子走进客厅。佩皮娜站在门口处,见到汉斯,愣住了。"你怎么在这儿?"她吃惊地问,"我以为你下周才回来。"

汉斯抱着胳膊:"我改变主意了。"

"随便你。"佩皮娜轻声说。她转向伊达:"来,拥抱一下,生日快乐,亲爱的。都十四岁了,我的老天!"

伊达投入佩皮娜的怀抱,紧紧地搂住她。电疗留下的伤口火辣辣地疼着。爸爸拍拍汉斯的肩膀,说:"真是个惊喜!我刚刚还在帮你妻子一起挂了一幅画上去。"

"噢，一幅画。"汉斯说。

"有一幅画挂错了地方，"佩皮娜插嘴说，"之前一直挂在另一面墙上。"

汉斯没有理会她，转而却向伊达说："你还没有去过我们的新家，这真叫人难堪。"

"她当然去过。"佩皮娜说。

"是吗?"

"就算你不在，生活也一样在继续。"

"来支雪茄吗，汉斯?"爸爸打断他们，从匣子里拿出两支雪茄。汉斯没说话，从自己的烟盒里拿出了一支香烟。

"你妈妈去哪儿了?"爸爸把另一支雪茄放回匣子。他说要去找一下他的妻子，接着离开了房间。

伊达依然没有放开佩皮娜。佩皮娜抚摸着她的脸颊。"但愿你拥有满满一篮子的健康。这几个月过得很难熬，希望明年不会这样了，下次聚会的时候，让我见到一个健健康康的姑娘，答应我，好吗?"

伊达已经不是小孩子了，她清楚地知道这种承诺不过是应景儿的话罢了。不过，她还是点点头。

晚上，采勒卡一家离开后，伊达查看电疗在她身上留下的伤口。几处旧的已经开始结痂，有两处前天的伤口因为连衣裙系带的不断摩擦又加重了。

伊达的目光落在汉斯送的首饰盒上。她的皮肤根本无法佩戴首饰，不过这一点汉斯也许并不知道。他是出于好意，不是吗? 就像他写给她的那些信一样。有时候她也会伴着怦怦的心跳期待邮差的到来，但马上又会制止自己。她的心不应该跳动。她绝不要再跟他单独待在一起。

下一位医生用一把刀片在伊达的脖子上切了几个细细的小口子。他点燃一块浸泡过酒精的布料，用它来加热玻璃火罐，再把火罐的下端扣在伊达的喉头上。一个又一个火罐紧紧地吸附在她的脖子上，血液也从切口处流了出来。

再下一位医生食指和中指间夹着一支注射器。他把注射器伸进一个小玻璃瓶里，抽取了其中的液体。像此前的某位医生一样，他也要求伊达把嘴巴张大一点，再大一点。他扣住她的后脑勺，好让她仰面朝上，下颌张开。接着，她眼前的一切都变成了黑色。

"你又花这么多钱，去买我根本不喜欢的东西。"妈妈忍不住说。

"凯特，求你了，身为女主人，请别在孩子们面前说这些。"

"你说得轻巧！"她取下手镯，塞回天鹅绒的小布袋里。女佣刚巧端了一壶摩卡过来，不过她听见妈妈的声音越发地大，便停在门口，又慢慢地退下去了。

"与其非要花这么多钱买一个我不喜欢的东西，还不如送给别人……送给那个挑选礼物的人算了！"她低声补充道。

爸爸从沙发里站起身，他的脸色一下子白了："上帝知道我费了多大功夫，才弄来这个礼物，你竟然一句谢谢都没有！"

"如果是珍珠耳环，我自然会谢谢你。可惜你从来不在乎我想要的是什么。"

奥托拉着伊达离开客厅，穿过走廊来到外面的门厅。门关上了。伊达打了个寒战。突然，黑暗中亮起了一簇火苗，那是奥托点燃的一根火柴。她在火光中看见，他的上唇与下唇之间叼着一根香烟。

"你抽烟?"

奥托点头,吸了一口香烟。他的表情像极了爸爸抽雪茄的样子。

"什么时候开始的?"

"好一阵子了。"他说着,吹熄了火柴。门厅里又恢复了黑暗。"对身体有好处的。"他又说。

"真的吗?"

奥托点头。

"照你这么说,爸爸的身体应该健康得不得了才对。"伊达疑惑地说。

"也许是因为他太沉溺于雪茄了。"奥托笑了,"那是资本主义的标志……你想试试吗?"

其实她并不喜欢这种气味。但是她想,也许自己抽起来会不一样。比如,奥托抽烟和汉斯抽烟就完全不是一回事。

她小心翼翼地接过奥托递过来的香烟,用手指捏着来回滚了一下。奥托又点燃一根火柴。"我把火靠上去的时候,你得用力吸,否则点不燃。"他一边解释,一边将火苗放到香烟的一端。

伊达深深吸了一口。嗓子里有点痒痒,不过,她习惯了。火光在她的鼻子前面闪动。

"等一下!"奥托取下她嘴里的香烟,"你还要学会吐烟圈。"

谁知伊达早已吐出了烟圈。于是奥托又把香烟插回她的唇间。"你竟然没有咳嗽。我刚开始抽的时候一直咳个不停。"

她不无骄傲地耸耸肩,说:"你知道吗,不管是电击,打针还是香烟,对我的喉咙来说都没有太大分别。"说到这里,她却忍不住咳了一下。等平复了呼吸之后,她又说:"看来它对健康的疗效得需要时间慢慢地展现出来。医生们也总是这样说,刚开始治疗的时候别指望看到任何效果。"

奥托深思地点点头："他们说得对。时间越久，效果越好，这不可能是一夜之间就能完成的事。"

"可是我已经等得太久了，"伊达说，"如果总是好不了，也不是一件好事。"

"没错，肯定不是好事。"奥托低声说，不过他的思绪似乎已经飘到了别处。

伊达弹掉一截烟灰。这个动作她已经在别人身上观察了好久。她又吸了一口烟。这次吸入的味道比闻起来好多了。奥托又点了一支香烟给自己，这让伊达很开心。能够在这里跟他在一起真是太好了。自从他搬去了卡尔叔叔那里，她就很少见到他了。

这时，门厅里亮起了灯光。伊达迅速将香烟藏到背后，然而爸爸已经抓住了她的胳膊。他取下伊达指间的香烟，自己吸了一口。

"今天吃的东西太难消化，我们都需要来一口。"他疲惫地说。

奥托和伊达都吓得不敢回话。

爸爸卷起袖子，看了一眼他送给自己的圣诞礼物——那不是怀表，而是一块戴在手腕上的表[1]。他把它往上挪了挪，然后定定地盯着表盘，仿佛在观察指针是怎样走动的。绑在手臂上的时间！伊达也看得入了神。

"行啦，"过了一会儿，爸爸终于开口道，"别让采勒卡一家等得太久了。宝贝女儿，去跟女佣说一声好吗，让她把我们的大衣拿过来。"

"妈妈呢?"奥托问。

爸爸一挥手："她已经睡了。"

---

1 此时手表还未普及。

"那我最好还是留在家里吧。"

"你不需要这么做，儿子。"

奥托站起来："我愿意。"

"虽然这对谁都没有好处，不过好吧，"爸爸拍了一下手，"乖女儿，拿我们两个人的大衣就够了。"他对伊达说，仿佛怕她没听懂他们的对话似的，"还有朗姆酒，我们一起带去。"

采勒卡一家已经等候多时。爸爸替妈妈道了歉，他说她因为犯了女人身上常见的病痛而不能来。伊达连忙背过身去，她怕别人从她身上看出来爸爸并没有说实话。这时佩皮娜却握住她的手，称赞爸爸送给伊达的戒指："多漂亮呀……你妈妈呢？她喜欢那个镯子吗？"

爸爸抢在她前头回答，他说他的太太过于俭朴，这么一个名贵的礼物反而让她高兴不起来。

佩皮娜撇了撇嘴："这个凯特，她总是这么容易满足。"

爸爸摸了摸她的手臂："慢慢地她会喜欢这个礼物的。"

为了不被牵扯进这个谎言里，伊达只好装作专心致志地往茶里加糖。妈妈永远不会从袋子里拿出那个镯子，这一点她很清楚。

汉斯在她的身边坐下，往自己的杯子里添了一些朗姆酒——正是他们带来的那瓶。伊达用余光瞧见他手里的银勺一圈一圈地在杯子里搅拌。汉斯这是在模仿她的动作吗？他不管做什么都会让她很紧张。而且，她的喉咙又开始痒了。她深吸一口气。

"我写给你的信，你看了吗？"她听见身边的汉斯问。

她盯着自己的杯子，迟疑地点了点头。

"很好，"他说，"我喜欢给你写信。"

她还是没有抬头。"是吗？"她敷衍地问，因为她有种感觉，仿佛自己必须得说些什么才好。

"哈，终于看见你笑了。最近你的笑容很少。"

她咬住嘴唇。汉斯在哪里看见她笑了？她压根儿就笑不出来。

"你知道吗，"他继续说，"我敢肯定，你会好好地读我的信。"

"我的确会读。"她哑着嗓子承认。

"那就好好读吧。它们保存在你那儿我很放心，因为你早就明白沉默是金的道理，不是吗？"

最后一个医生。以后再也不要了。没有一个能够减轻她的病痛，他们甚至把情况弄得更糟。而最后这一个，他分明把她当作傻瓜看待。他往她手里塞了一个脏兮兮的纸袋，里面装着草药。一天三次，每次一汤勺，热水冲泡。

要是在前不久，她也许还会将这草药同治愈的希望联系在一起，也许还会幻想着能在蒸腾的水蒸气中看到疗效慢慢地显现。

但如今可不同了。她绝不会再相信庸医的任何一个字。他说什么曾经一个女病人跟她有相似的症状，当她将自己的病痛**写成诗**之后，马上就出现了好转。伊达心想，所以就拿来糊弄她？他说他看见伊达写起字来并不费劲，他觉得可以尝试一下，不是吗？

写成诗？她再也不要看医生了。她才不要恬不知耻地把自己的病痛写成优美的文字。这算是哪门子的疗法？它难道只适用于会读写的患者？这不是治疗，而是一种拙劣的、转移注意力的手段，因为医生压根就无计可施，同时又不愿承认自己的无能，跟前面几位一模一样。这是她看的最后一个医生。以后再也没有了。

首 都

维也纳，1898

她终于逃离了逼仄的梅兰，在维也纳度过了几个月，不用再每天经过同样的街角，以及只跟同样的人来往。在维也纳，一切都更加恢宏，更加让人兴奋。初夏时分，街道上熙熙攘攘，人们来自帝国的天南海北，女士们的潮流更加亮眼，绅士们的着装也更加华贵。相比之下，梅兰不过是一个又小又蠢的鸟窝。

在这里，打一个响指就能够获得更多的服务，时间也过得更快些，特别是有了爱尔莎和弗里达的相伴。她们一起打牌，彼此换穿衬衣，练习舞蹈。当亲爱的马尔维娜婶婶身体好些时，她们还给她送去甜点和被伊达加了蜂蜜的茶。

但是最让人开心的是：妈妈终于认为伊达的年龄已经足以陪自己一起去看剧或听戏了。她们几乎每个晚上都换一处包厢。看完第一幕之后，伊达马上明白了妈妈为什么热爱这里。那些强烈的感情，那些让人欲罢不能的情节，那音乐，在人们的身体里奔涌。舞台上的空气是会传染的，伊达立刻就中招了。这个名叫戏剧的病毒，将原本的消遣最终变成了一种美丽的病。

不过很遗憾，它没能战胜她体内其他的疾病。几天之后，她的身体又开始发作，最后甚至阻碍了戏剧病毒的入侵。开始她只是嗓子哑——以前也总是这样——可没过多久又添了咳嗽，以至于她终究没能看成《费加罗的婚礼》。

因为咳嗽，她只能像马尔维娜婶婶那样待在家里，任由爸爸和妈妈两人去看了《强盗》。

因为咳嗽，音乐社团的卡也过了期。

咳嗽，咳嗽，咳嗽。

"我想带你去弗洛伊德医生那里看一看。"爸爸说。

我不想去，伊达在她的本子上写道。因为剧烈的咳嗽，她已经完全说不出话来。

"他给我看过病，非常好。"

我不要再看任何庸医了。她写道。

"请你不要说这样的话。"

我没说，我写的。

"他的诊所走几步路就到了。"

就算这样，我也不想去。

"你写的什么?"

我就是不想去。

"你得写清楚一点儿，宝贝女儿，你知道的，我的眼睛不好。我已经替你约好了明天下午。"

快到约好的时间了，伊达不情不愿地跟在爸爸身后，走在伯格大街的上坡路上。她以前从未留意过门牌号十九，这也不是什么特别的地址。一家肉铺在这里开设了分店。这位"出色的"医生就在这儿开诊所，而且还是汉斯推荐的。她突然想到他们之间可能关系不错。汉斯不是强调过人际关系多么重要吗?

她停下脚步,思索着是否还能拒绝前往。她不想去任何跟汉斯关系不错的人那里。可是她同样不敢跟爸爸争吵。

爸爸推开木头大门,示意她进来。楼梯间在右侧。爸爸带着她走上楼,敲了敲门。

伊达哆嗦了一下。她听见一阵脚步声。来开门的是一位穿着三件套西服的先生,深色的头发朝后梳着,胡子没怎么精心打理过。他朝爸爸伸出手。

爸爸先摘下自己的帽子,然后才握住他的手:"很荣幸见到您,医生先生。"

医生自己来开门?这一点让伊达非常吃惊。他看了她一眼,抬起眉毛,问爸爸这是不是他的女儿。

"是的。"爸爸说,"伊达,快点跟弗洛伊德医生打个招呼。"

爸爸说话的口吻如同对待一个小孩子!伊达想把手递给医生,但他已经不再关注她。他转过身去,等着他们跟上来。穿过走廊,走进左边的一个房间,这里比楼梯间更加阴暗。请把外衣脱掉,医生说。他已经去了旁边的房间。

爸爸想帮她脱掉大衣。"我想穿着它。"她哑着嗓子低声说。

"没有人穿着大衣去看医生,这不合适。"爸爸急了。他用力扯了一下她的衣服。伊达只好屈服了。她脱下衣服,抱着胳膊。爸爸把他西服口袋整理平整,不耐烦地用眼神示意伊达把手臂放下来,然后转身走向门口。

隔壁房间里摆放了一张躺椅,一张单人沙发。空气中泛着微微的酸味,像是清冷的香烟味道。医生在里面的套间叫他们过去。他们穿过一扇左右两边开合的房门,走进一间小小的书房。这里有几个书架,上面摆满了书和杂志。玻璃柜和写字台上摆着几个充满异域风情的小刻件，旁边堆着几叠纸。

医生请他们坐到他对面的两个沙发上。

"所以，今天是女儿来看病？"医生说完，看着爸爸，等待着他的答复。

"没错。多亏了您的治疗，我已经痊愈了。"

医生不耐烦地点点头，仿佛不想听爸爸过久地唠叨一件本就理所应当的事情。他问伊达的年龄。

"我们的伊达十五岁了。"爸爸替她回答。

哪里不舒服？他继续问道。

"长期咳嗽和失声。"

哦！这引起了医生的注意。伊达说不了话？

爸爸刚要回答，这次却被伊达抢先了一步："有时候说不了，今天又可以了。"

医生看着她。"既然说话没有问题，"他说，"那还是请她本人回答吧。"

爸爸点头："当然，那是自然。伊达，好好回答医生先生的问题。"

"那么，有什么症状？"

"我爸爸刚才说了……"

医生打断她。他说他想听她亲自讲述。

伊达抱起胳膊。

"他想听你说。"爸爸催促道。

伊达撇撇嘴，纠结了一会儿，还是老老实实地答道："开始咳嗽，怎么都不见好，然后连续几天，几个星期一句话都说不出来。"

"间歇性发声障碍。"医生总结道。

她咳了一下。

"就是这样的咳嗽。"爸爸补充道。

医生又问是否还有其他的症状。

"现在吗?"伊达问。

"她有偏头痛,胃痉挛也经常发作,对吧?气喘的毛病已经有好几年了。"爸爸又说。

"到目前为止没有一个医生能治得了我的病。我试过水疗、局部电疗、拔火罐……"

这些都没用,他知道。医生说。

"是吗?"伊达反问。她满怀希望地期待医生宣布她不用在这里看病了。然而医生只是靠回了椅背。

他建议她做一个心理疗程。他转头对爸爸说,他要她一周六次过来这里,每次治疗一个小时,为期一年。

伊达震惊地看向爸爸,爸爸自己也瞠目结舌。"您知道吗,"他说,"我之前以为像我这样的治疗就可以了。"

医生用手拍了一下桌子说,显然,他的诊断跟他的不一样。

这时,爸爸清了清嗓子,说:"您说的是一周六次?"

医生点点头。他说否则他无法保证治疗的效果。他站起身,抬手示意伊达和她爸爸也站起来。伊达跳了起来,她反正连一分钟都不想多待。

还有,他会用开始的十四天进行尝试性治疗,医生解释道,然后双方,也就是他和伊达,都可以决定是否还有必要继续下去。

爸爸摇摇头:"两个礼拜还是可以的。不过您要知道,我们其实并不是长期住在维也纳,因为我身体的缘故,大部分时间还是在梅兰。"

医生似乎并没有在意他的话。他请伊达后天十一点过来。然后,连答复都等不及听,就送父女俩出来了。

第二天早上，伊达很晚才醒。她坐起来，想要清清嗓子，却发现声音不哑了，喉咙里的摩擦感也没有了。她深吸一口气，气息顺利地抵达了她的胸腔。她试了试：提高音调，再压低音调，仿佛从未有过沙哑这回事。嗓子好到能够去唱咏叹调！

她开心地为自己点上一支烟。爸爸在哪里？她必须马上告诉他，明天的预约完全没有必要了，她现在好得不得了。

然而让她意外的是，爸爸并没怎么反对。他完全同意取消医生先生那里的预约。清爽的睡眠有时候就是最好的医药，他满意地说。他说，这样一来，他们也不必留在维也纳了，不如就像先前约定的那样，去加尔达湖看望采勒卡一家吧。

比起伊达的突然痊愈，这件事情似乎更叫他高兴。

IV

周日之子

维也纳，1905

像她这样的情况还去剧院？妈妈表示坚决反对。伊达却打定主意要去做她认为正确的事。恩斯特也没什么异议，他很高兴妻子能陪在他身边。

只是，等到晚上，伊达才意识到妈妈似乎是对的。她果然没能坚持到中场休息。真叫人生气！

医生还说怀孕不是生病，他分明在撒谎。伊达低头看看自己：高高隆起的肚子，像一个陌生的负担从她的胸口一直向下垂着，让她几乎无法好好坐着。所以大多数时候，她只能躺在家里，没有任何消遣，即便恩斯特跟她说一些索纳塔尔最近演出时的轶事，给她带一些杂志或是蜜饯，但那些都只是二手的快乐。

最后，连恩斯特也对她肚子里生长的小东西不是那么开心了。当初她把怀孕的消息告诉他时，他的高兴溢于言表。只是爸爸的条件让他很难接受。他先是直截了当地拒绝了爸爸那儿的职位，但最终不得不认清小家庭的经济状况，他们已经别无选择。只有想到可以开着车去工厂上班，他的心情才好转起来。在第一天上班之前，他为自己置办了一个非同寻常的物件：一台手提留声机，为此，他花光了父母留下的最后一笔钱。

愤怒的呻吟。伊达把手放在小腹上。疼痛迅速侵袭她的全身，太疼了，这肯定不正常。今天是四月一日。恩斯特只好叫了医生来，医生立刻喊来助产士。助产士在她坚硬、隆起的肚皮上摸了一圈，确定伊达已经开始了分娩阵痛。这么早，比预计的时间提前了两个月。

伊达任凭助产士将她的胳膊放进盛着热水的盆里进行清洗，她几乎毫无知觉。然而放在窗台上的钟却被她死死盯住：离午夜时分还有三个小时。这个孩子绝不能成为一个愚人节的笑话，他应该是一个周日之子。

浆洗过的白色床单早已不再是白色，也不再干爽。她的下身流出一股股汁液，具体是什么，她说不上来，也不想知道。她在忙着抵御体内的又一波阵痛。

她成功了，孩子没有降生在四月一日这一天。然而随后的危机是，他可能连周日之子也当不上了。又到夜里了，马上就要十一点了。伊达使劲对抗着时间，对抗着可恶的周一，这一天对她来说毫无意义，甚至还不如周六。为了这份周日的运气，她决定撕裂自己的身体。

周一清晨。一个光秃秃的小脑袋，还没有一个网球大，从系着带子的棉布包裹中伸出来。小家伙终究还是及时地来到了这个世界。健康，而且所幸四肢健全，只是有点儿小，手指甲还没有一片碎木屑大。

恩斯特仔细地观察儿子的小拳头，低声说："在这儿呢，瞧，'阿德勒拇指'。"他说他今天不去办公室了，他的家人需要他留在这儿。

伊达本想反驳他，过去的几个小时没有他陪，她也照样熬过来了——她听见恩斯特在管风琴上作曲，完全不顾她的尖叫——然而，她最终什么都没说。

本来，小家伙在出生后的一周内就必须在寺庙[1]里进行手术。不过，这条戒律并不适用于早产儿。伊达松了一口气。库尔特虽然瘦小，但总是一副高兴的神情。她对待他就像对待最精美的瓷器一样。每天，她都长久地凝视着他，看他是否长大，腿上有没有长肉。但是，奇怪的是，她从来没有发现某一个他正在生长的时刻，她总是在事后才察觉他的长大，比如给他包尿布、换衣服的时候。

有时候她觉得她的心要跳出来了，她是如此深深地爱着这个孩子。只要能让亲爱的小库尔特好好地长大，她什么都愿意做。没有什么能阻挡她，哪怕再大的阻碍！

这让她有了一个想法。

她本以为要花一番力气说服恩斯特，所以事先备好了理由。没想到恩斯特立刻就同意了。他说他们本来过着不被打扰的生活，但自从卢艾格尔[2]做了市长，很多事情变得更加明显，他们多多少少都会受到干扰。不过他有两个条件：这件事情必须趁着索纳塔尔去巡演的时候办完，因为他是犹太博物馆的创办者之一，有着崇高的地位。恩斯特不愿伤害他。另外他本人绝不当天主教徒。他们可不是什么农民。

斯特兰斯基一家已经这么做了，他们很乐意成为库尔特的教父母。礼成之后，伊达和恩斯特请大家去布里斯托酒店喝咖啡，庆祝

---

1 即犹太教会堂。
2 Karl Lueger，曾任维也纳市长，以宣扬反犹太主义而闻名。

库尔特的出生。皈依新教这件事情他们虽然没有藏着掖着，但也不怎么提起了。

爸爸给他的外孙带来一匹小木马，上面装饰着真正的马鬃。至于伊达他们为什么没在寺庙里举行礼拜仪式，他装出一副见怪不怪的样子，反而用一堆会计方面的问题来折磨恩斯特，直到考问得他冒了汗为止。

爱尔莎为库尔特织了一件罩衫，漂亮极了，上面缝了一根丝带。伊达想给他穿上，可小家伙却可怜巴巴地哭了起来。伊达只好把他抱在怀里，在酒店里到处溜达，直到他再次平静下来。当她回到咖啡桌前，却发现连蛋糕都快吃完了。幸好爱尔莎很体贴地从她怀里接过正在犯困的小婴儿。显然她做母亲的时间更长，哄孩子的姿势更为熟练。她让库尔特枕着她的臂弯，她懂得怎样的摇晃能够让他立刻入睡。伊达终于吃上了蛋糕，她一边吃，一边倾听奥托说话。眼下他正在准备申请博士学位的口试。考试时间定在晚秋和冬天。一二月的时候就要开始法院的实习了。至于党内工作，他一个字都没提。所有人都是这样，他们只说别人想听的内容。今天，她才发觉这样做是有道理的。

过了一会儿，爱尔莎的丈夫汉斯端着一杯加了矿泉水的葡萄酒[1]在她身边坐下——汉斯·福格斯，他看上去很魁梧。他朝她举杯，祝福道："愿宝宝一切都好。"他又问伊达什么时候再来跟他们打桥牌。没有她在的牌局，乐趣也减少了一半，所以他已经有半年都没摸过牌了。"我很难过。"他说。他的声音听起来十分可怜。

伊达脸红了。很快就可以了，她答应道，幸好库尔特现在已经养得强壮了许多。

---

[1] 奥地利本地一种常见的喝法。

"太棒了。"这位汉斯回答道。他用指关节敲了敲桌子，像喝苏打水一般将葡萄酒一饮而尽，随后又为自己点了一杯。

妈妈和爸爸离开了，临走时不忘提醒恩斯特不要待得太晚，接下来的一个星期他还有重要的工作要处理。奥托也向她辞行，他晚上在中央咖啡馆还有一个很重要的约会。走之前，他把伊达拉到一边，轻声说："我没有权利指责你们什么，但是我很遗憾，你们终究还是迈出了这一步。"

伊达的语气很坚定，这一点连她自己都觉得意外。她回答道，这件事情已经经过了他们的深思熟虑。在这一刻，她再次因为拥有恩斯特而庆幸。也许她没有办法跟他在所有事情上达成一致，但是涉及重要的问题，他们还是同心的。这正是她的全新的小家庭里最值得她珍惜的地方。

遗 产

维也纳，1907—1909

以前，伊达觉得位于阿尔坦广场的住房太小。直到搬来维佳大街，家里才有地方进行一些体面的招待：一整套大平层，而且还在这条街最时髦的房子里，房屋光亮的白色外墙上装饰着陶瓷做成的缎带，缎带上涂着一层珐琅釉，闪烁着紫色的光。就连房屋四周的篱笆墙也修饰得十分精美——上面勾勒着花朵的图案——走进去，地上铺着黑白条纹的大理石地板。

他们住在楼上，客厅外面连着的冬日花园让所有人惊叹不已。好几次晚上宴请客人的时候，伊达都将他们的赞美直接归功于这栋房子的建筑师罗伯特·约尔雷，同时他也是伊达的房东，就住在附近另一座也是他亲手设计的房子里。偶尔，他也会过来伊达家的晚宴看一看。

他们常常打桥牌，一直打到深夜。伊达努力为每一位客人准备好合适的烟草——有些人喜欢香烟，有些人喜欢把烟丝塞进烟斗里抽，当然还有很贵的雪茄，再配上恩斯特从席津区[1]一家酒窖买来的上等葡萄酒和烈酒。另外伊达还确保每一次宴请都有美食相伴：糖果大王家的糖和巧克力，腌渍的橙皮或者法国食品店里买来的薰衣草蜜饯。

每一次的宴请，家里的布置都会有一点点变化。恩斯特买来新的家具，有一次还从维也纳的工厂带回一件马约利卡陶器[2]，他叫人更换窗帘，或者依照季节变化给沙发重新套上新的布罩。只有水晶玻璃杯需要预先买好存着，因为它们太容易碎了。恩斯特还借着请客的名义进一步提升他收藏的唱片数量。他说，总不能每次都给客人听同样的曲目吧。当然，在播放唱片之前，他总是执意要演奏自己最新的作品。

所以银行家威斯纳私底下嘲讽道："在阿德勒家，你得听完了恩斯特的演奏才能享受音乐。"

有一阵子，伊达确实试着劝阻过他，但是像他这么一个平日里很好说话的人，在这件事上竟然无比固执。幸好伊达准备的葡萄酒和烈酒足够多，男主人的演奏才不至于扫了大部分客人的兴。有些客人甚至还言不由衷地说，他们从这"序曲"中感受到了主人对来宾的敬意。

爸爸和妈妈毫不掩饰对她这种社交生活的反感。但伊达并不理会他们的评价，因为家里的夜夜笙歌无疑是一种巨大的成功，而客人们也都非常有趣。他们中的大部分都是由索纳塔尔介绍来的：诗人阿尔滕贝格，维也纳歌剧院的乐队指挥弗兰茨·沙尔克，还有无所不能的弗里德厄尔。伊达的女友斯黛菲也带着她的理查德来过——这个男人名下的纺织工厂比爸爸的还要大。而恩斯特汽车俱

---

1 维也纳的第 13 区。
2 一种原产意大利的珐琅陶器。

乐部的成员们则从未缺席过。爱尔莎偶尔过来看一下，更多时候都是汉斯·福格斯独自前来：他是个受欢迎的客人，在打桥牌时展现出的魄力尤其令伊达印象深刻。

他们邀请了奥托好几次，几乎每次都被他谢绝了。政党，政党。眼下他成了社会民主党帝国议员俱乐部的秘书，还和其他人一起创办了一份政治月刊。有时候伊达觉得，他之所以承担起这一切，只是为了不让自己有一分钟空闲而已。

奥托不喜欢闲聊，也不喝酒。些许的娱乐对他来说一定大有裨益。不过，但凡涉及政治，她的客人们总是意见相左。像恩斯特这种忠于皇帝的人，根本无法忍受奥托提起这个话题。

而真正很少过来瞧一瞧的人，其实是索纳塔尔。除了老本行之外，他开始翻译剧本。但令他极少赴宴的另一个真实的原因是——他不喜欢同他人分享舞台，就连亲友的小小圈子也不例外。这样一来，伊达和恩斯特就只能在演出时，或在演出后的饭店里见上他一面。他常常为小两口弄来城堡剧院最好的席位，虽然伊达宁愿像以前一样在舞台侧面站着看戏。不过恩斯特觉得这样做不太符合他们的身份，毕竟他们现在已经是夫妻了，更何况，他已不甘愿再被派去做收集花束这样的事情了。

他们每周都去剧院，每个月起码有两三次可以从沙尔克那里弄来戏票，虽然早已不像以前那么便宜，但绝对对得起这个价格。身边围绕着戏剧艺术者和尊贵的朋友们，这种感觉对她来说简直太好了。

伊达寻思，或许诗人阿尔滕贝格愿意为她举办的沙龙写一些什么，可写的素材有很多，比如斯黛菲·施特劳斯，她坐在库尔特的木马"瘦马"[1]上，活像个女巨人，膝盖都快顶到腋窝了，光是这一

---

1 塞万提斯小说《堂吉诃德》中主人公的坐骑。

幕场景就值得好好描绘一番，当然还有随后她假装绝望地在木马上发出的哀号。想在伊达这里赢得一次牌局，跟众所周知的堂吉诃德对抗风车没有什么区别。如此加工一下，不正是一篇绝妙的趣闻轶事吗？

还有一次，汉斯·福格斯用水晶玻璃杯搭了一座金字塔，他让每一位客人从中抽取一个杯子。而偏偏轮到恩斯特的时候，金字塔倒塌了，弄得一地碎片。虽然杯子碎了，地毯也毁了，但宴席的氛围依旧欢乐。

或者可以写一写薰衣草蜜饯，爱尔莎特别爱吃，可银行家威斯纳才尝了一口就吐了出来。在大家的哄堂大笑中，他面色灰白，恶狠狠地说，以后再也不会盲目听从什么潮流的指引了，就连樟脑丸似的东西也被他们吹捧成了珍馐美味。

伊达也跟着一块儿笑了。不过下一次招待的时候，她撤掉了薰衣草蜜饯，这让爱尔莎遗憾不已。毕竟，银行家的好感终究要比堂姐的嗜好重要得多。

还有埃贡·弗里德厄尔，再长的篇幅都不足以描述当他见到恩斯特放在汽车后备厢的手提留声机时的兴奋之情。可以随身携带的音乐，这简直太震撼了！他说，恩斯特把父母留下来的那点儿钱花在它的身上绝对值得。

"要是通往工厂的路修得再平坦一点，"恩斯特笑着说，"那就可以一边开车一边听留声机。洋溢在空气中的旋律，就像好闻的香气一样，吹拂在心坎上。"

有一天晚上，恩斯特的网球伙伴——萨尔姆伯爵带来了当地颇有影响力的男爵夫人，她的赞美之辞令人格外重视：论起轻松愉快，皇室沙龙也不过如此了，不过说到内涵，维佳大街则更胜一筹。这里没有无聊的论资排辈，而是生活乐趣的庆典，是艺术，是建筑的庆典，这才真正契合了时代精神！

人们也并不惊讶于男爵夫人此前收获的别称——伯爵用手挡在嘴边，悄悄地告诉他们："她号称无党派分子。"

不过伊达觉得，无党派其实应该与现代性等同起来。但她不想说出来，也确实觉得没有什么必要。她喜欢她邀请来的每一个客人，不管他是保皇派、自由党、社会民主党还是压根儿不关心政治。大家的心情好，比什么都重要。

索纳塔尔的死讯来得令人猝不及防。在布拉格，脑出血。恩斯特不得不马上停下工作，请了几天假。

索纳塔尔的葬礼几乎轰动了全国。结束之后，恩斯特躺在矮脚沙发上，不吃不喝，只是反反复复地读着报纸上的悼词。随后的邀请全被他取消了。他要么穿着浴袍像幽灵一样在房子里穿梭，要么一言不发地坐在家里的管风琴前。不知过了多久，他才不情不愿地回去上班，但从不在工厂久留。

几个星期过去了，几个月过去了，伊达才试探着提出，对逝者的缅怀之期是否已经慢慢地结束，他们是不是可以重新举办沙龙之夜？她怜爱地抚摸着他的头发，问道。

恩斯特抬起头，茫然地看着她，仿佛刚刚结束了一段长长的旅程一样疲惫。"你必须得让你爸爸给我加工资。"他迟疑了片刻说。他移开目光，扯了扯一下"瘦马"的鬃毛。木马晃动起来。

伊达让木马停止晃动，开始盘问他。

恩斯特犹犹豫豫地解释说，他跟索纳塔尔有过一个协议，现在索纳塔尔死了，协议也就废止了。

"什么样的协议？"

恩斯特又提到了钱。他说他的月薪……它只有……根本不够花……他自己的收入只够应付每个月的头两个星期。剩下的都靠索纳塔尔的赠予。现在，他肯定是指望不上了。

伊达深吸一口气。那么，他有希望从索纳塔尔那儿继承一部分遗产吗？她问道。

恩斯特摇摇头。这就是协议的内容。这几年来，他已经从索纳塔尔那儿把他应继承的份额支取完了，甚至还超额了。索纳塔尔对他从没有吝啬过，他赞助了他们的家具、他的留声机、唱片，还有伊达那些紧跟潮流量身定制的衣裙。

在恩斯特讲述他困境的时候，他在伊达眼中的形象愈发矮小了。他的身上没有一丝索纳塔尔的气质。他只是普普通通的一个人，而她只是一个普通人的妻子。这怎么可以！

"你付给恩斯特的工资太少了。"她终究还是跟爸爸摊了牌。她无视爸爸皱起的眉头，细数了她每月必需的支出，至于举办沙龙需要置办的费用，她故意没提。说到最后，她还刻意地想激起他作为外公的责任感——他的外孙已经到了必须请家教的年纪：他需要一个器乐老师教他音乐理论，而且现在的年龄刚好可以学习一下简单的法语对话。

"好吧，"爸爸最终屈服了，"不过前提是，恩斯特以后必须完成每天的工作才能下班。"

伊达试图替他说话："他还没从哀恸中走出来。"

爸爸扬起手："早一分钟都不行，在工厂他必须按照规矩来。"

伊达只好点点头。爸爸叹了口气，仿佛自己刚刚自愿完成了一笔十分糟糕的买卖。

时代转折

维也纳，1912—1913

伊达很满意。她的沙龙再次火了起来。恩斯特老老实实地努力工作，库尔特开始上学了，学校里的功课对他来说简单得很。一切原本可以继续如此顺利地发展下去。然而这时，突如其来的变故让伊达一下子蒙了：妈妈因为咳嗽去了一家专门治疗肺病的疗养院，回来的时候，却嚷着胃不舒服。

消化不良是伊达的老毛病，所以她并没有把妈妈的病痛当回事。毕竟爸爸才是家里那个生过几次大病的人。直到妈妈的胃最后到了只能消化水煮茴香的地步，伊达依然认为她在小题大做。

奥托从一开始就很担忧母亲的身体。事实证明他是对的。他们请来的医生一下子就摸到了母亲腹壁上的溃疡。那是在七月份。八月，母亲就去世了。

所有人当中，最无法接受妈妈离世的是爸爸。"我一直以为先走的是我。"他哭诉道。丧妻之痛对他的打击非常沉重。也许正是因为妻子不在了，才使得他对她的爱似乎加深了许多。尽管有厨娘和女佣照顾起居，他还是迅速地衰颓下去。他不愿接见任何人，更不愿将妻子的衣服送走，成日里失魂落魄地呆坐着，摩挲着她的婚戒——他把她的同他的一起戴在了手上。

不久，他开始胡言乱语。于是伊达把他接到自己住处的附近，给他在街角找了一套小公寓。公寓的衣柜里只挂着他自己的衣服，卧室里也只有一张窄小的床。她希望爸爸能在这里恢复清醒。

"谢谢你端来的汤，宝贝女儿，有没有加点白兰地进去？"

"加了，爸爸。"

"没被妈妈发现吧？"

"妈妈？妈妈去年夏天就去世了。"

"不能开这样的玩笑，宝贝女儿，你是个听话的女孩。我的小伊达才不会说这么可怕的话。"

她给他送饭，帮他穿衣服，带他去散步。他却摸摸她的头发，拉着她的胳膊，搂住她的腰说："来呀，佩皮娜，亲我一下，这里没别人，就亲一下，来呀。"

恩斯特开始抱怨整天见不到他的妻子。但是爸爸坚决不肯吃女佣送来的饭菜，他用手里的玻璃杯打她，还扯破了她的袖子。

库尔特也变得越来越调皮。他想放学后自己回家。他说他是班里唯一一个还需要"妈咪"在校园里等着的小孩。伊达当然一个字也听不进去。她无法放任儿子独自在放学的路上磨磨蹭蹭。学校里的语言课太短了，所以上完学校的德语课之后，库尔特每天还要抽出一小时去学习法语对话。另外，还要确保家庭作业保质保量地完成——不是只做一遍，而是三遍。这一点她非常坚持。这些都是库尔特在音乐课开始之前必须完成的。还有跟外公的下午茶。

当伊达把药片放在爸爸面前时，他骂道："我说了要白兰地，蠢女人，我就不该跟你结婚。"

"是我，我是伊达，这就是白兰地的杯子。"

"你才不是我的宝贝女儿，你是个恶毒的女巫，走开！滚出去，我再说一遍，带着你这恶心的小崽子滚！"

库尔特站在她身边，瞪大眼睛望着外公。他的脸上已经没有任何淘气的神情，只剩下恐惧，她从未在儿子身上见过这般深深的恐惧。

"不能再这样下去了。"伊达在奥托满满的烟灰缸里按熄烟头，一下，再一下——虽然烟头早已熄灭。她并不常来编辑部找他。《工人报》的办公室完全是另一个世界，一个她鲜少能够鼓起勇气进入的世界。就在刚才走上楼梯的时候，她还在担心自己会不会因为精致衣饰而遭受歧视。

她放下已经被按扁的烟头。"他朝我发火，还骂我。一开始我还以为是伤心的缘故，总会好转的，但是后来医生说，病情加剧了，你知道的，是他以前得过的精神错乱，而且这一次特别严重。"她绝望地说，"我就要坚持不下去了。"

奥托缓缓地点点头。这时，办公室门开了，一位留着大胡子、穿着一条破烂裤子的先生走进来。他把手里的几张纸递给奥托。

奥托早已站起来。"伊达，给你介绍一下，这位是弗里德里希·阿德勒[1]。弗里茨[2]，这是我的妹妹，伊达·阿德勒。"

这位衣着破烂的先生挑了挑浓密的眉毛，说了句："很高兴认识您。"然后就不说话了。伊达看了看奥托，勉强地挤出一句玩笑话："不是吧，你们这里怕不是要慢慢变成阿德勒之家了。"

弗里德里希·阿德勒心不在焉地点点头。伊达有些惶恐，她又拿起一支香烟，塞进嘴里，深深地吸了一口，缩回沙发里。她觉得

---

1 奥地利政治人物，维克多·阿德勒之子，以刺杀奥匈帝国首相施蒂尔克闻名。
2 弗里德里希的昵称。

有些难堪，后悔刚才不该轻率地尝试主动与这个人说话。

看得出来，弗里德里希·阿德勒很匆忙。他让奥托帮他审阅一篇要发表在月刊上的文章，越快越好。因为今天夜里新的一期就要付印。

临走时，他才转头对伊达说："很高兴见到您，阿德勒夫人。您的哥哥经常在我面前称赞您。"

"真的吗？"伊达红着脸说。

"当然！他说妹妹头脑敏锐，还很会说笑话。"弗里德里希·阿德勒补充道，"看来我的同志说得不无道理。"他微笑着拍了拍脑袋，又说了一句"很荣幸认识您"，这才走出房间。

原本缩在沙发上的伊达一下子直起了身体："刚才说到哪儿了？哦，想起来了。你根本想象不到，爸爸对我的态度完全被库尔特看在眼里，他会怎么看待外公呢，真糟糕。"

奥托忍不住地望了望墙上的钟，把书桌上的文件摞在一起。

"我该走了。"伊达说。

奥托却摇摇头，伏下身子对她说："你不用再解释了，让你一个人承担这一切，确实太难了。"这时，有人敲门。他又说："放心，我会搬去爸爸那里。"

"什么？"伊达吃惊地问。

敲门声还在继续。

"没错，我搬去和他一起住，直到他病情好转为止。不过，现在我必须干活了，你也听到了，所有人都在催我。"

"好吧。"伊达说。她语气中的苦涩听起来有几分过了头。幸好奥托并未留意，因为他早已转过身去，对着门外喊道："进来。"

•

"太不幸了。去年送走了妈妈，现在爸爸也走了。"

"真的吗？不过这一天终究会来临的。"

"现在库尔特的《葬礼进行曲》弹得真好，听着很让人感动。"

"是呀，多可爱的孩子。外公如果听得见，也会为他骄傲的。愿他安息。"

"据说临终前多亏了奥托的贴身照顾。"

"他到底有没有交过女朋友呢？"

"拜托，哪有像他这样的人，全身心都献给他的党了！"

"采勒卡太太呢？葬礼那天她也没有出现。"

"听说她跟伊达之间闹了些不愉快。"

"对呀，就是那个社会民主党。菲利普生前还一直希望他儿子能够迷途知返呢。"

"也许他已经妥协了呢，否则维克多·阿德勒怎么会来参加葬礼。"

"你们没看到吗？葬礼上有人犯病了。"

"真的吗？是谁？"

"我不认识，是个男的，嘴巴里一直在吐白沫。"

"还有这样的事。"

"我都说了，在皇帝陛下的统治下，这么一小撮社会民主党人成不了什么气候。"

"也是，只要它还没有发展壮大。"

"这小小的社民党动摇不了六百年的王朝。"

"那当然喽！像普罗哈兹卡[1]一样的老癞皮狗已经找不到了。"

---

1 奥匈帝国作家、记者。

•

　　爸爸将超过四十万克朗的遗产平均分成两份，留给兄妹二人。公证人告诉他们，遗产包含了纳格尔-沃特曼银行价值六万克朗的证券以及鲍威尔与盖尔伯公司价值三十七万克朗的未保险债权。他还出示了立遗嘱人亲笔写下的几行字：

　　　　我亲爱的两个孩子，爸爸衷心地希望这笔钱能够保护你们在任何时候没有果腹之忧，在年迈之时也能得到一笔积蓄傍身。

　　不过他附加了一个限制，即这笔财富必须由奥托来管理。伊达只能领取属于她那一部分的利息。

　　　　因为在钱财方面我无法完全相信女儿的能力，而我的女婿生性具备艺术家的特质。由他们打理生意一定不会成功。

　　公证人从头到尾都低着头，没有看他们，一副令人捉摸不透的表情，翻到遗嘱附录部分朗读起来。上面写着爸爸将他的手表留给了奥托，除此之外，他还想要资助两所机构，因此向安置基金会捐了一笔钱，用于救助梅兰穷苦的犹太人，另一笔则赠予社会民主党的领导层，用于国民教育。

　　在公证处的时候，奥托尚且能够克制着情绪，从公证人那儿接过手表，然后告辞。他踩着沉稳的步伐，一言不发地走下两个楼层。伊达跟在他身边。快要走到出口时，他终于忍不住了，深深地低下头，喉咙里发出一阵奇怪的声音。他是在抽泣吗？

伊达温柔地抚摸他的手臂。他们俩在那里站了好久，直到奥托抬起头来，泪眼婆娑地看着她，说："对不起，我没想到他让我来监管属于你的那一部分钱，而且，他违背了自己的信仰，竟然如此慷慨地资助我的党，这实在是……实在是……"他说不下去了。

伊达抱住他的肩膀，答道："我不知道爸爸是不是违背了他的信仰，毕竟他规定了这笔钱要用于国民教育，而不能用于政党宣传。他始终认为教育是头等大事。"

奥托微弱地笑了一下，他拿下伊达环在他肩头的手，紧紧握住，说："我向你保证，一定会好好管着你的钱，希望你能相信我。"

伊达眯起眼睛。"你知道吗？这样做也有一个好处，"她说，"起码恩斯特毫无机会动用它。它是属于我的，我可以——在你的帮助下——自己管理。"

"凡事是要往好的一面去看。"奥托有些客套地称赞道，仿佛她刚刚在议会上发表了自己的观点似的。他松开她的手，朝下面几级台阶走去。

伊达跟在他的身后。刚才她说的是真心话，事实上，她甚至觉得爸爸的安排非常妥帖，因为财富是一根绳子，把她和奥托紧紧地绑在一起。只有一件事让她不太高兴：那就是爸爸的手表。那是一件不寻常的玩意儿，她好想把它占为己有。

1914

维也纳

六月。跟施特劳斯一家去卡伦山的彼得保尔峰。景区的小餐馆里挤满了人，一支军乐队正在演奏。等了很久，也不见服务生前来。库尔特一边随着音乐的节拍晃动椅子，一边翘首等待着他的蛋糕。

妈咪向他投来严厉的目光。蛋糕还是没有送上来。就连他的好朋友瓦尔特也一直在骚扰他。瓦尔特拿着一根小棍子，嚷嚷着要给他打针，在旁边不停地捅他。

库尔特开始反抗，他不想接受这样的"治疗"，可是尖尖的小棍子还是一下又一下地击中他的肋骨间，直到瓦尔特的妈妈制止了他。这时，刚刚演奏到和弦部分的军乐队突然停住了。开始时，各桌的客人们仍然在继续聊天，不过渐渐地，他们也觉察出有些不对劲。流言蜚语蔓延开来，大人们的脸色顿时阴沉了。

库尔特只知道有人开枪了。爸爸妈妈决定放弃蛋糕，不等了。他们要尽快回到城里，买一份号外来看看究竟发生了什么。库尔特很想留下来，他注视着那些乐队成员匆忙收拾自己的乐器，脑海中依然回荡着刚刚被迫中止的和弦。

各种乐器混合在一起的声音多么美妙啊。他只想默默倾听着脑海中的久久没有散去的美好旋律，根本不愿停下。况且，蛋糕还没上呢。怎奈施特劳斯一家催着快点离开。穿过露台时，库尔特趁一位女士转身离开的工夫，从她的盘子里偷了一块大理石蛋糕。爸爸妈妈着急离开，并未发觉，只有瓦尔特目瞪口呆。

七月。自从上次因为爸爸的事找过奥托之后，她好久都没来编辑部了。

"现在怎么样了，奥托？"

"我们要暂时取消国际社会主义者大会。"

"还有呢？"

"我们打算通过一些小冲突争取局部利益，因为有些同志还是主张避免大规模战争，这也不是完全没有道理。"

"战争是可以避免的，对吗？能不能不打仗？"

"我们有我们的考虑。"

"有什么好考虑的？"

"那毕竟是弗兰茨·约瑟夫[1]，毕竟是施蒂尔克[2]。在这个问题上我们有话语权，却没有多少行动力。"

又有人敲门。弗里德里希·阿德勒走进来，见到伊达时，他笑了。"尊敬的阿德勒夫人莅临，让我们这里蓬荜生辉。"接着，他告诉奥托，有人急着找他。

奥托站起来，从烟盒里抽出一支香烟递给伊达，让她在这里等一下。

她只好坐下来吞云吐雾，懊悔自己白来一趟，还不如看报纸知

---

1 奥地利皇帝，一八四八年——一九一六年在位。
2 奥地利首相，一九一一年——一九一六年在任。

道得清楚呢。

　　八月。奥托的手指不安地敲打着桌面。

　　"我下个星期入伍。"

　　"我还以为你……一定要去吗？你不是已经从政了吗？"

　　"伊达，我是预备役少尉，去年才完成武器训练。显然，一旦战争爆发，我必须得参军。我把纳格尔-沃特曼银行的证券全权授权给塞兹[1]处理，他可以提现、抵押或者帮你卖掉。另外，维也纳银行也有五万克朗可以经由他支取。"

　　"我不需要这么多钱，我只要你安全归来！"

　　"我知道。不过这笔钱不光是留给你的。我走了之后会有一位女士搬来我这里。"

　　"她很穷吗？要不要提防她偷走你的东西？"

　　"你在说什么，伊达！"

　　"到底怎么回事？奥托，非得我一句一句问吗？"

　　"这本来是入伍令下来之前的计划。她叫海莲娜……海莲娜·兰道，我们……我们想等我回来之后，搬到一起住。"

　　"什么意思？"

　　"我们认识很久了。她结过婚，还没离。我们……该怎么说呢？我们打算共度此生。"

　　"可是你从来没有说起过她！"

　　"那是因为她还没有解脱上一段婚姻。不过海莲娜和她的丈夫已经分开了，和平分手，而且孩子也长大了。"

　　"还有孩子。"

　　"她有个女儿，也许会跟她一起搬过来。伊达，我不需要征得

---

1 卡尔·塞兹，后来成为奥地利共和国第一任总统。

你的同意，我只是请你在海莲娜来维也纳的时候，帮我把钥匙交给她，并把她安置好。"

"原来我是最后一个得知这件事的人。是这样吗，奥托？所有人都知道这个海莲娜，只有你愚蠢的妹妹被蒙在鼓里。"

"别听人胡说。我从没跟任何人说过这件事。"

"算了吧！"

"只有弗洛伊德教授知道。"

"你去找过他？"

"面对这么复杂的形势，我总得找个人倾诉一下。"

"噢不……你怎么突然变得让我不认识了。"

九月。穿衣服，梳头发，走出家门……可是伊达只想躺着睡觉，就算在睡梦中死去她也心甘情愿。奥托向她隐瞒了他最重要的事情。更过分的是，他竟然跑去跟医生先生倾诉——就是他记录下了她全部的治疗过程！不仅仅是治疗本身，还有她同佩皮娜和汉斯的纠缠。不，不，多年之后，他再告诉她的亲哥哥！不！

万一还有其他人读过他的文章呢？无论如何，其他医生肯定会知道。会不会有人认出是她？不，她不要走出房间半步。她没有力气。一切都让恩斯特去收拾吧，睡觉，她只要睡觉。不见任何人。不让任何人见到她。任何人。

十月。海莲娜跟她想象的不一样。真的不一样。完全不一样。伊达来到军营大街时，她已经等在那儿了。她伸出手走向伊达。

"很高兴认识你，"海莲娜说，"他经常跟我说起你。"

伊达握住她的手，忍不住说："你也许听说过我，但我却从没听他说起过你。"

"在四楼吗？"对方淡淡地问道，侧过身子让她先走。伊达打开门。海莲娜拎起三只箱子，还剩一只。她问伊达能不能帮她拿一只箱子，反正也不重。

伊达叹了一口气，拿起箱子，朝电梯走去。

乘电梯的时候，她再次用余光偷偷打量这个女人。真的，跟她想象的完全不一样，太不一样了，实在是太不一样了。粗糙的手，宽大的骨盆，像个男人一样粗壮的脖子。她戴的是眼镜吗？不，不是眼镜。这个女人并非跟奥托差不多大。她比他大好几岁，肯定不止十岁！

海莲娜抢在她前面走出电梯。伊达跟在她身后。她打开房门，一进门的柜子上放着一个信封，上面是奥托的字迹：**给海莲娜**。伊达的心仿佛被刺了一下。

海莲娜放下箱子，拿起柜子上的信封，也不打开看，就直接塞进了大衣口袋。然后，她问伊达能不能带她看一看各个房间。伊达用冷淡的声音向她介绍了一圈，两人再次回到门口处。让伊达意外的事情发生了：海莲娜紧紧握住她的手，说，这段日子大家都过得不轻松，其实，她又何尝不希望以另一种体面的方式与伊达相见呢？

伊达低下头。她该点头吗？她做不到。

十一月。**妈咪**到底怎么了？库尔特曾经琢磨了很久，不过现在，他觉得自己仿佛懂了。在他的想象中，妈妈被和弦中的不谐和音程围困住了，而这正是他最近痴迷的东西。只是，他还是有一些担心，真的，他希望妈咪快点走出更衣室，不要再头发蓬乱，面庞浮肿，还穿着破破烂烂的睡衣。可是同时，他的心底总有一个声音低声说着：这样的情况恐怕还会再持续几天。现在等在校门口的不再是妈咪，换成了女佣特蕾莎。库尔特跟特蕾莎有一个协议：他让她晚半个小时来接他，而他则发誓再也不在未经许可的情况下偷吃厨房的糕点。

库尔特遵守了这份协议，反正多出来的这半个钟头比糕点珍贵多了。他不得不承认，在妈咪不太好过的这些日子里，他每天都能踢半小时足球。而且，在特蕾莎的看管下，家庭作业只要做一遍就可以了。

在舅舅参军之后的那个夏天，妈咪的"不谐和音程症"持续了好久好久。所以当爸爸也被征召入伍时，库尔特害怕了。

可是妈咪这一次竟然没事。她冷静地告诉库尔特不用害怕，爸爸只是个预备役军人，就驻扎在距离维也纳不过一小时的军营里。

反而是爸爸无法平静面对这次离别。他神情呆滞地站在月台上，一次又一次地把库尔特拉进怀里，一遍又一遍地亲吻妈妈的手背。火车进站时，他甚至亲了一下她的脸蛋。这倒是库尔特以前从未见过的。

她挥挥手，说 à bientôt[1]。库尔特挥舞着事先准备好的手绢，直到火车消失在远方。随后，他开始偷偷地观察妈咪。她会不会像上次舅舅离开那样，先是表现出生气的样子，然后再躲进房间里不出来？不过现在妈咪的心情好像还不错，她抬头看了看火车站大钟，告诉他，他们必须动作快点。快点，为什么？因为要去看戏呀，所以要快点回去换衣服。

去剧院，去看那种真正的"戏"吗？库尔特简直不敢相信。妈咪却点点头，从大衣口袋里掏出两张票。

他们一路狂奔赶到剧院，**妈咪**拽着他的胳膊，直到走进前厅也没松开。他多想停下来，好好地打量一下周围——到处都是金灿灿

---

1 法语，待会见。

的装饰物。他们进入观众席，灯光已经暗了下来。而当小提琴的声音响起时，一路来的奔波疲累连同砰砰的心跳声立刻被他抛到了脑后。他坐在那里，身姿笔直端正，想要把乐队和舞台看得更加清楚。

　　快看啊！快看啊！奇迹发生了！什么？一只天鹅？一只天鹅牵着一叶扁舟过来了！小舟上站着一名骑士！他的剑饰闪闪发光！闪耀得让人睁不开眼睛！看啊，他过来了！天鹅身上拴着黄金打造的链条！看啊，他越来越近了！越来越近了！奇迹！奇迹！奇迹发生了，闻所未闻，见所未见的奇迹！[1]

　　这是库尔特所经历过的最激动人心、最美好的时刻。手心好痒，他不由得攥起了拳头。

　　十二月。奥托身陷囹圄。而这个消息竟然是从海莲娜那里传来的。

　　海莲娜读着他的信：**最亲爱的海莲娜，今天我终于有机会详细地说一说发生了什么。这封信是写给你和伊达两个人的。**

　　写给她们两个！接下来奥托具体描述了他落入敌军之手的过程：突袭失败，除了投降别无他选。他被送到西伯利亚的一个战俘营里，到目前为止一切都还好，可以读报纸，还可以写信。

　　只是，这封信听起来并不像是写给她俩，而根本只是写给海莲娜的。**你不要丧失勇气**，她接着读下去，**不管现在的生活多么让人难以承受，我们终究会满怀昔日炽热的爱情彼此重逢！**

　　昔日炽热的爱情？伊达摇摇头。不过，以海莲娜的年纪，确实可以称之为"昔日"。

---

1 选自瓦格纳歌剧《罗恩格林》。

枪　击

波利奇卡，1916

回想傍晚时，她还跟施特劳斯一家开玩笑说："我们需要一头普罗米修斯猪——每天割一块肉排下来，晚上又自动长出来。否则要诸神有何用？"

是呀，要诸神有何用？伊达翻了个身，床垫随之嘎吱一声。现在的维也纳，面包是用荨麻粉做的，炖菜里面掺了酸模。工厂在卡尔叔叔的经营下勉勉强强撑过战争，但情况很糟糕。虽然她可以从塞兹同志那里支取现金，但是这年头，只有家里有牛、有鸡、有胡萝卜，才能过上好日子。

唉。农民们把牛奶、鸡蛋、蔬菜分一部分给城里人——前提是他们付得起高额的价钱。最让人痛苦的是，有一样东西哪儿都没得卖：烟草。伊达只能摸着渐渐扁下去的钱包干着急。

斯黛菲和理查德的确热情好客，但凡事也有不好的一面。他们无时无刻不在眉目传情。有时候两人还身上散发着一股口水的臭味。这种情况下，伊达迫切地需要抽上一支烟。她试着忽略身边二人过分的卿卿我我。当他们亲来亲去的时候，她就将目光投向窗口，仿佛在看什么有趣的东西。或者翻阅一本书，一本她根本不想看的书。不过为了化解尴尬，斯黛菲也常常夸赞她："你太好了，伊达！你是个最理想的伴儿！"

无论如何，晚饭桌上她的那个普罗米修斯猪的笑话非常成功，他们连眼泪都笑了出来。眼泪，也有可能是出于绝望吧。不管怎么说，身为客人，取悦主人是重要的技能——特别是在这些日子里。

远处不知何方又响起一记枪声。还要等多久这乱七八糟的枪声才会停止？伊达想要止住这个念头，因为一旦起了头，就不可能再睡得着。奥托被俘仿佛已经是一个世纪前的事，现在恩斯特上了前线。她怎么可以蠢到相信他只是去做个预备役士兵？她好想他！日子太难熬了。

她很庆幸还能让库尔特每天吃饱肚子上床睡觉。男孩子不应该挨饿，他需要力气去施展他的天赋。目前他能够照着谱子一个音符都不错地弹奏钢琴曲《女武神》，这让理查德激动不已："不瞒你说，他的节拍和分句让我想起了马勒[1]的演绎，太厉害了，而且他只有十一岁！"

伊达只是喃喃地说了句谢谢，并没有礼尚往来地夸一夸瓦尔特的某一项天赋，为此她觉得有些尴尬。

那样做当然更加礼貌，但也很虚伪。以前，她曾经坚信瓦尔特以后会有大出息。那时他总是把眼睛睁得大大的，听着大人说话，一副很感兴趣的样子。可是现在，这个男孩子成天不务正业。不用说，过不了多久，他可能就只知道追着女孩儿跑了。而在那之前，她必须阻断他对库尔特的影响。眼下库尔特的好胜心还能保证他不偏离正道，所以跟瓦尔特淘气几个钟头也没什么损害。不过她还是

---

1 交响乐大师古斯塔夫·马勒。

要提防他，这是肯定的。

伊达仰面躺着，没过多久又翻了个身。她觉得腰椎有些刺痛。施特劳斯一家对她的款待可谓是慷慨大方。唯独客房的床垫让她觉得，在男主人理查德眼里自己并没有那么重要。

有时候伊达觉得他很讨厌，特别当他固执己见的时候。就拿前几天去附近的湖边散心那件事来说，就在理查德定下计划的当天，老天幸运地下了一场及时雨；第二天，伊达感觉身体不适。第三天，还是身体不适。因此她提议大家尽管出发，不用管她。

可理查德并不接受伊达的提议。他说他们要等她好一些再去。然而伊达打心眼里不想去湖边！只要是湖边，她都不想去。一潭动也不动的死水，不管绕着它走上几圈，最后还不是回到同样的地方。她并不觉得哪里惬意。

装烟的袋子呢？尽管之前打定主意夜里不抽了，伊达还是忍不住把手伸向床头柜。她用手指夹住袋子，深吸一口气。一闻到烟草的香味，她的心立刻平静下来。只要想到要去湖边散心，她就痛苦万分，这怎么能行，她绝不屈服。

她刚把手指伸进袋子，立刻又抽了回来。医生先生。她怎么会想起他来？都怪瓦尔特，没完没了地玩着他的怀表。他把银色的表链绕在食指上，然后弹开——合上——弹开——合上：咔咔咔咔。仿佛医生先生就站在她的身后。十六年过去了，怀表发出的清脆的咔咔声依然回荡在她的耳边。

有什么东西在啃着房梁，听得她毛骨悚然。这座房子可能也撑不了多久了。但是就目前而言——她对自己说——这里还算是个不错的容身之地，尽管床垫很糟糕，尽管理查德很固执。她的房门上了锁，没有人动过她的钥匙。洋溢着礼貌和客气的房子。它很安全，不像……不，它跟湖边的那座房子不一样。

首相遇刺及凶手是谁的新闻是伊达在二十二日的报纸上读到的，这张报纸晚了两周才被送到波利奇卡。尽管如此，这个消息对她来说还是太突然了。

弗里德里希·阿德勒！刺杀帝国首相的不是别人，竟然是弗里德里希·阿德勒……这消息可靠吗？

她的手抚过纸面，仿佛觉得自己眼花看错了似的。然而白纸黑字清楚地写着：十四点四十五分，弗里德里希·阿德勒走进麦瑟夏登餐厅，点餐，结账，然后朝卡尔·施蒂尔克伯爵开了四枪，将他击倒在地。

伊达恨不得立刻牵着库尔特的手离开这座房子。施特劳斯夫妇从未在人前掩饰过他们的政治立场。他们跟恩斯特一样，对社会民主党心怀疑虑，想必对伊达的亲哥哥走上这条政坛之路更是心存芥蒂。不过以前，他们总是对此避而不谈，现在可好，报纸就在房子里，所有人都看到了。

理查德打量着她，她觉得他的目光仿佛在指控她也应该为此罪恶行径负责似的。他自己为什么不上前线？因为脊椎问题而不具备作战能力？倒是可以时不时地在卧室里做"晨间运动"。像理查德这样的人一点用处也没有，伊达恼火地想，可是奥托不一样。要是奥托此刻在她身边就好了。

报纸上还写了弗里德里希·阿德勒在开枪之前享用的午饭：鸡蛋面皮汤，牛肉卷心菜，李子蛋糕配上吉斯胡波尔 [1] 的矿泉水，还有一杯咖啡。

伊达的舌头和胃完全被凶手的菜单吸引了。这让她更加恼火。战争让人变得如此庸俗，一顿牛肉和蛋糕组成的午餐竟然也能抢了

---

1 奥地利地名。

政治的风头。她把报纸扔在桌子上。她觉得胸口好似有一块钢板，堵得她喘不过气来。

要给远在西伯利亚的奥托写封信吗？好像没什么意义。但她需要答案。她必须知道他是怎么看待这件事的。他们有权利为了一党之私枪杀帝国的"大总管"吗？那么下一个又会轮到谁？

这些问题在她的脑海里跳个不停。她必须甩掉它们。唯一的办法就是写信给海莲娜。反正她也欠海莲娜一封回信——海莲娜定期给她寄来奥托来信的副本，但她从来没有回复过，因为她一直过不了自己心里这一关。不过现在情况不一样了。

她走到写字台前，开始写信。才写了几行就意识到这些内容根本无法寄送出去。她的信会被打开。而她刚刚写下的这些内容，会给她和奥托惹来麻烦。

伊达把纸撕碎，重新又拿出一张，简单地写道：**弗里德里希？**海莲娜会看懂的。她并不愚蠢，这一点伊达不得不承认。

她正准备往信封上写地址，一抬眼却看见信纸开头写着自己的名字。她叫阿德勒，弗里德里希也叫阿德勒。要是被邮局的某个别有用心的人看到了，不知会得出什么样错误的结论呢。

她再一次将写好的信纸揉成一团，又在另一张纸上写下：**弗里茨？**她折好信纸，把它塞进信封，却又重新取出。她还是拿不定主意。

她手持钢笔，用笔尖去戳信纸开头的"阿德勒"，直到它变成一个边缘染着墨迹的破洞。

笨蛋。看着破了相的信纸，她不由得扇了自己一耳光。还不如自己去寻找答案，然后堂堂正正地面对施特劳斯一家。

整整一个下午，伊达都待在她的房间里，几乎耗尽了剩下的所有烟草，坐上饭桌时神色更是紧张不安。她再三提醒库尔特，尤其在今天，一丁点儿错误也不能犯。

晚饭期间，她一直努力说着轻松的话题，尽量让谈话远离当前时事。斯黛菲和理查德的笑也多半出于礼貌。当伊达实在无话可聊时，他们也就不出声了。每个人都盯着自己的盘子，只听见刀叉和陶瓷碰撞发出的声响。

女仆来收拾饭桌时，理查德终于打破了沉默。"啊，"他说着，将餐巾扔在桌上，"这个施蒂尔克，没有人给他公正的评价，这比死亡更加不幸。"

医　院

维也纳，1917

维也纳的街头到处可见形容枯槁的人群。女人、孩子和老人在垃圾堆里翻找残羹剩饭，食品店的货架空空如也，情况甚至比他们离开前更加糟糕。不过，他们必须连夜离开，因为有消息传来，恩斯特在一次进攻行动中险些丧命，后来被送到维也纳的一家战地医院——这就是伊达所了解到的全部信息了。

医院里连走廊上都躺满了伤员。伊达一路问过去，一个护士朝她走过来，手里拿着一张姓名卡，上面登记了恩斯特的病房和床号。那里也挤满了一排排床铺。

伊达一点点挪进去。床铺的编号混乱得让人绝望，每一眼望去都是命运的残酷。伊达含着眼泪，在终于找到恩斯特的那一瞬间，又将泪意忍了回去。恩斯特的耳朵上缠绕着带血的纱布，他看起来很疲劳，一簇簇蓬乱的毛发，仿佛一条长了疥癣的狗。不过所幸，他的四肢还健全！

他微笑着朝她伸出手，她抓紧他的手：冰冷，潮湿，手指虚弱无力。他把她拉向自己的怀抱，伊达犹豫了一下，弯腰轻吻了一下他的额头。

她直起身。恩斯特抚摸着被她吻过的地方，说："就为这个，我活下来也值了。"

他的声音很大，几近嘶吼。一颗炮弹在他耳边爆炸，从那以后，不仅左耳几乎听不见，而且还伤到了神经和平衡感——还没完全站起来就差点摔倒。伊达扶着他躺回他的床位。

一个满脸倦容的医生告诉她，恩斯特的听力已经无法挽救了。另外他要在医院待到外伤好了为止，可能还要几个星期。

"记得来看我，每天都来，好吗？"恩斯特请求道。他不想再孤身一人，他忍受了太久前线的血腥。好些日子里，漫天的烟尘甚至让他分不清白天还是黑夜。

要整天坐在这里守着他，什么也不做？伊达挠了挠下巴。

尽管维也纳的情况十分糟糕，但离开波利奇卡让她觉得如释重负。特蕾莎总有办法弄来吃的，而且香烟也有卖的了，哪怕价格高得离谱。另外伊达还请到了一位著名的单簧管演奏家。眼下音乐家们根本没有演出机会，所以他有大把时间，可以每天给库尔特上上课。

换了一个社交环境让她觉得好多了。共同生活了这么长一段时间之后，她和施特劳斯一家之间产生了一种倦怠感，没错，几乎可以称之为厌恶了。所以现在重新见到爱尔莎真是太好了。姐妹之间有好多话要倾诉，甚至还有一个小小的惊喜——爱尔莎趁着汉斯从前线休假回来，怀上了第二个孩子，距离她上次生育已经十六年了。

爱尔莎觉得这是一件喜事儿，伊达则认为这个孩子来得不是时候，但她的话并没有让爱尔莎心生畏惧。她那乐观的情绪反而感染了伊达，甚至还说服了她一起做美容。她们回到伊达在维佳大街的家，爱尔莎在伊达头上涂了一种黑乎乎的膏体，它竟然完美地遮盖住了刚刚长出来的白发！只是事后，伊达的两边太阳穴像是被抹了鞋油一样。

她收获了不少赞美。就连病房另一头的某个病人也隔着老远问她："您换了新发型？"

"被您看出来了！我今天换了一种梳法。"伊达撒谎说。

相反，恩斯特却对此丝毫没有察觉。等到伊达主动向他说起时，他却疑惑地噘着嘴巴问道："有吗？跟这里的其他护士看起来没什么不一样呀。"

也许是吧。因为现在伊达也穿着护士服。这也算是她的一种妥协吧：她受不了整天无所事事地守在这里等他康复，所以当她听说医院急需临时护工时，就立刻报名了。

她为口渴的病人喂水，给自己拿不住勺子的病人喂饭，分发止痛药，更换纱布。她亲眼见到那些痛苦的创伤。化脓的伤口，腐烂的双脚，以及在血痂之间安营扎寨的蛆虫。尤其是那股腥甜的气味，让她几乎喘不过气来。

尽管如此，医院的工作给她带来的快乐更胜于以前护理爸爸。她常常下了班也不走，留下来整理床铺号码。如此混乱的编排完全不利于收治病人。

当然，不管是谁在病人之间多走动几圈，都能听见各种流言蜚语。比如某个上流社会的人如今为了一袋面粉什么都肯干，或者某个名媛太太因为丈夫离开得太久而找了第三者。

有一次，她甚至还听见一个探视者怒斥弗里德里希·阿德勒——对她来说这不仅仅是一个名字这么简单——那个人激动地说，刺杀首相的阿德勒并没有被绞死，竟然只判了终身监禁。

这样的特赦简直是奇耻大辱！新登基的皇帝卡尔竟然向维也纳的无产阶级屈服了。

旁边有人附和说，卡尔真是个软蛋，根本比不上弗兰茨·约瑟夫。

伊达听不下去了。其实她也一直在看报纸，密切关注着此事的进展：先是判了死刑，然后又改为监禁。不过她很庆幸他逃过了死亡。毕竟他曾经对她那么礼貌，那么友好！但是她清楚地知道，这并不能为他的所作所为开脱罪责。

她转过身，快步离开。这时，一个念头浮现在她的脑海：不管怎么说，能与一个凶手相识一场，也是一件有趣的事。

休 养

塞默灵，1917

奥托先从西伯利亚的战俘营被转到圣彼得堡，被那里的医疗委员会鉴定为伤残；然后在九月份的战俘交换中被送返回国。现在丈夫和哥哥都回来了——伊达至今觉得这真是个奇迹。

"其实我根本没有残疾，"晚餐时，奥托解释说，"那些医生压根没给我检查，只是随便写了个肺尖卡他[1]。"说着，奥托拍了拍胸口。

他们一起去布雷滕斯坦因疗养院住了几天。在塞默灵这个地方，人们几乎感受不到战争留下的痕迹。只有奥托觉得愧对这里的一切：丰盛的食物，各种有益健康的小玩意，都让他觉得很不舒服，因为他的身体根本什么问题也没有。不过，当初坚持要来这里的是海莲娜，在这件事上，伊达罕见地支持了她。这里的空气清新，一步一景，要想让奥托忘却三年战俘生涯，再也找不到比这里更合适的地方了。

---

1 肺部炎症的一种。

"最后，俄国媒体认定我是一名间谍，这也可以理解，因为我们专门有一名外国同志负责斡旋各方，推广革命以及革命的影响。他们也没有向媒体解释，而是直接想办法疏通了后门让我离开。其实我很庆幸能够回家，但是这样的方式方法……"他揉了揉眼睛，"我不得不说，让人不太好受。"

他的话听起来像是在预习之后如何向大众解释。不过，奥托之所以语速缓慢，吐字清晰且大声，也是因为恩斯特的缘故，毕竟餐厅里环境嘈杂，恩斯特的耳朵又不好。但凡伊达发现丈夫在走神，没有专心听奥托说话，就碰一碰他的肩膀以示提醒。他的餐刀从手里滑落，也由伊达负责捡起来，再擦拭干净。虽然恩斯特时不时地还会抽搐几下，但其实他已经恢复得差不多了。他能够利用手杖维持身体平衡，只是一些太过剧烈的动作还不太行。伊达觉得，以后应该也可以的，他会慢慢康复的。

但在另一些事情上，很遗憾，他还是从前那副老样子。比如在大厅的角落里，他会趁人不注意用手搂着她的腰，嘴唇贴在她的耳边说："你要慢慢地重新习惯我。"

她微笑着挣脱他的怀抱。他的身上还残留着强烈的战争痕迹，一到夜晚就扩张开来，粗鲁，暴力，她在他身上嗅到了前线的气味。

在客厅里抽烟。

"过来，伊达，让我暖一暖你。"

"谢谢，可是我不冷。"

"以前你不是总觉得冷吗？"

"是的，那是以前。"

在露台上打桥牌。他把腿伸进她的裙子里。

"走开，恩斯特！你想把你的'底牌'亮给全世界的人看吗？"

回到他们的房间，恩斯特的两只手四处游走着。

"伊达，你不想再要一个可爱的宝宝吗？一个可以亲亲抱抱的小宝贝。"

"拜托，恩斯特，怀孕本身就是一种病，分娩更是非人的折磨。"

"我觉得，孩子毕竟是个新的希望。"

"希望什么？请你告诉我？"

"伊达，别把事情想得过于复杂。"

"你不是已经有了一个儿子吗？还有什么不满足的？你没看到他多么崇敬你吗？这还不够？"

"可是我想说的并不是这个。我想说的是……伊达……除了生孩子，我们还能做什么？"

这样的讨论没完没了。最近她几乎见不到奥托，他在忙着思考和写作，以及和海莲娜聊天。直到前天她才有机会跟他相处了几个小时。他们一起沿着山路蜿蜒而上，一直走到塞默灵的山口。

伊达本打算跟他好好聊聊。其实经过了这么久，她已经接受了海莲娜搬入奥托住处的事实。不过这几天亲眼见到二人相处之后，她还是觉得有些别扭。他们两人并不般配。在海莲娜的身边，奥托看起来就像个小男孩。她经常盯着他俩看，却怎么也习惯不了，这两人根本不像一对情侣。只是，现在怎么跟奥托开口呢？该怎样告诉他这段关系实在太可笑呢？

伊达还没想好怎么说，奥托却先开口了："我要谢谢你。"

"谢我?"

"是你帮她在军营大街的家里安顿下来。"

伊达脸红了。还好奥托没看见。

"当然,还谢谢你跟她保持来往,谢谢你毫无保留地接受她成为我们家的一分子。"

伊达摇摇头。

"就算你不接受我的感谢,"奥托继续说,"我也不瞒你,在战俘营的那些日子里,得知海莲娜和你保持着来往,给了我莫大的安慰。"

伊达突然绊了一下。奥托连忙拉住她,但是她还是崴到了脚。她一瘸一拐地走到一棵倒下的树前,奥托扶着她坐下,并为两人点上了香烟。他继续夸奖她,说她在战地医院帮忙是多么慷慨无私。总之她做的这些好事他都听说了。

伊达吸了一口香烟,思索着该怎么把话题再引到海莲娜身上去。此时奥托还在一直滔滔不绝地说着。他说高昂的食品价格逼得他们不得不动用爸爸留下的遗产。可是不吃饭又不行。

吃饭?伊达心想,也许这是一个合适的切入点,让她借机提起海莲娜。她那么肥,就算处境艰难,这么久了也没见瘦下来。

怎么说到意大利语了?伊达惊讶地抬头望着哥哥。她光顾着自己的心事,没怎么听他说话。

"你现在在教库尔特说意大利语?"奥托又问了一遍。

伊达点点头:"他既然痴迷于歌剧,自然应该听得懂唱词。"

"很好,很好。"奥托说。他顿了一会儿,又说:"他长大了……一见到他我就想起自己已经离开了整整三年。"他再次停顿片刻,接着说:"他应该会在一个完全不同的时代里成长。虽然现在还不能说,但是到处都已弥漫着变革的气息。只是我们不能像俄国人那样搞革命，我们不能再使用暴力，也不打算反复制造流血冲突。"

伊达很惭愧。当自己还在为个人私事伤神动脑时，奥托却始终关注着那些更重要的事情。

"也许我还会被派往前线，也不知道是什么时候。"

伊达抓住他的手臂："你又要离开？"

奥托的脸色阴沉下来："我试试看能不能让他们至少把恩斯特留下来。我在国防部那边有关系，但愿能让他去做个文职，把剩下的兵役服完。"

"那你怎么办？"

"大家都希望我能去国防部，在那里也可以为党效力——即使通过这种'脚踏两只船'的方式。不过，回前线的几率还是大一些。"

"可是你已经被鉴定为伤残了！"

"鉴定是在俄国人那里做的，不是在这里。而且，你看看，我并没有残疾。"

仿佛为了证明自己的话不假，奥托一下子站起来，朝伊达伸出胳膊。伊达扶着他站起身。这次散步没有达成任何结果。

她的心情沮丧，在奥托的搀扶下，一瘸一拐地回到了疗养院。奥托又要去参军？这个念头她想也不敢想。比起上前线，她倒宁愿他留下来，跟那个海莲娜继续在一起。

"把这一章再练习一遍，"她吩咐库尔特，"我不想再听见任何一处错误。Ma ora devo andare da tuo padre[1]."

---

1 意大利语：但是现在我要去爸爸那儿了。

难道她得一直这样看顾着所有的人吗？恩斯特刚一入职国防部，就意外得了肠胃炎，不得不在家待着。伊达只好照顾他，给他喂粥，并用湿毛巾给他额头降温。

其实他早就该去上班了。因为人手实在不够，国防部已经下发了通知，要求但凡还能走路的，必须立刻回来工作。然而恩斯特只知道用睡衣袖子蒙住早已不再发烫的太阳穴，不断地呻吟着。

"可是你看起来已经好了。"伊达说。

他虚弱地摆摆手："求你了，把窗帘拉上。嗯，这样好多了。"

伊达坐在他身边的床沿上，一边叹气一边抚摸着毛毯——是他嚷嚷着冷，她才给他盖上的。

"趁现在只有我们两个人在，伊达，"恩斯特开口说，"告诉我，你非得这么一直跟库尔特说意大利语吗？"

伊达不想回答。

"难道他还不够优秀吗？"

伊达忍不住了，她不耐烦地摇摇头："你不是病了吗，还有精力纠缠这些问题？"

"比如你不懂匈牙利语，我就不会跟儿子讲匈牙利语。"

"别打岔，恩斯特。你能不能告诉我，你还要在家里躲多久。"

恩斯特仿佛没听见她的问题。这是他最近惯用的花招。

"恩斯特，你应该庆幸奥托为你在国防部搞到了这么一个职位。"

"国防部，那不过是一帮无所事事的人待着浪费时间的地方。"

"无所事事，浪费时间？说得好像你现在比他们强多少似的。"

"我这是文明人的 Laisser-faire[1]，跟他们完全不是一回事。"

---

1 法语：自由放任。

"你不去，奥托就会有麻烦，你也无所谓？"

"他会因为我有麻烦？"

"归根到底是他把你弄进去的。"

"没错。"

"你还好意思说？"

"伊达，你知道我在国防部是怎样被人盘问的吗？你不知道，因为被盘问的人是我，不是你！'您那位大舅子服役结束后打算做什么？''您那位大舅子给自己起了另一个名字，叫海因里希·韦伯，是吗？''您那位大舅子承担着重要的职位，却同时还在宣扬为人民革命，您怎么看待这件事？''您知道您的大舅子表面上在为陛下服务，暗地里却参加了社会民主党代会吗？'伊达，正是你哥哥这种吃里扒外的做派，我才被他们这样围追堵截。"

"什么吃里扒外。海因里希·韦伯是哥哥很早以前写作用的笔名。再说，他的党员身份至于让国防部的那些先生这么惊讶吗？他也从来没有隐瞒过呀。"

"我总觉得用不了多久，他们就会煽动警察对付他。现在已经有传言说他会被驱逐到土耳其。"

"你说什么？"

伊达愤怒地站起来，掀开恩斯特身上的毛毯。

"把毛毯还给我。"

"我照顾了你几个星期，而你却现在才跟我说实话！"

"早点告诉你又有什么用呢？"

"起码我能提醒他小心！"

"奥托早就知道啦。就算早点跟你说，唯一的结果就是让你生气而已。生气有用吗？谁的忙也帮不上。要我说，最好的办法就是让他不要再这样下去。社会民主党根本没有发展前途。"

伊达扔下毛毯。

"你瞧，伊达，"恩斯特想要握住她的手，"现在这种情况不是很好吗？与其在国防部说着一些言不由衷的话，还不如根本不去。"

她低下头。

"原来是这样。"

恩斯特从床上坐起来，竖起食指，仿佛刚刚想到了一个好主意。

"要不，"他说，"让儿子再学一门语言？你觉得呢？ How about we start speaking English, my dear. Das wäre doch a wonderfulle Sache[1]. (让我们开始说英语吧，亲爱的，这是一件多么美妙的事情啊。)"

---

1 原句英语与德语混杂。

共和国

维也纳，1918

History in the making（创造历史），库尔特以前不知道，原来妈妈的声音还可以这样甜美。We will witness history in the making, dear.（亲爱的，我们将见证历史是怎样被创造的。）他点点头，说，yes.（是的）。

今天的家庭作业只要写一遍，连音乐课也停了。妈妈拉着库尔特的手，带着他一起穿过一条又一条街道。库尔特已经不是小孩了，他早就想挣脱妈妈的手，但又不忍心破坏妈妈今天前所未有的好心情。他只求不要撞见其他人，哪怕被熟人看见的几率非常渺茫。库尔特的年纪已经足以让他明白，大部分班级同学的父母亲今天并不会出现在集会现场。他们不愿意来，就像他的爸爸一样。

"不要摆出一副支持共和的架势，"他叱责妈妈，"不就是去看看你那了不得的哥哥怎么登上领奖台的吗？"

妈妈刚想反击，但爸爸却没给她说话的机会。

"你所支持的政党，却致力于剥夺你的财富。皇帝陛下有觊觎过我们的财产吗？从来没有！可是那些社会民主党人会把我们的一切都抢走!"

妈妈摇摇头:"我不能、也不想这么草率地讨论这个问题。而且,今天去议会参加集会的人都很乐意成为共和国的公民!"

"那都是些捡破烂的人!"爸爸嚷道,"只要答应给口饭吃,他们马上就跟着走了。"

妈妈不理他,只是拉起库尔特的手,牵着他走出家门。一出家门,她的心情就变好了。这跟他所熟悉的妈妈不一样,恰恰相反,以前往往只是一句话,或者一个错误的动作都能激起她强烈的反应。库尔特倒是宁愿从今天开始,每天都有一个新的共和国宣布成立——只要妈妈开心就好。

有轨电车现在很不准时,所以他们步行前往第一区。他们在海报墙前停下脚步,一起读了皇帝的弃权声明,以及贴在旁边的公告——国家议会宣布成立共和国。

妈妈其实早就读过这两份告示。这会儿她在一旁打量着库尔特,想必在期待他做出恰当的反应,毕竟这是一件大事儿。可是他一时间却想不到该怎么做,因此只好与她四目相对——眼下他的个头已经和她差不多高了——嘴里重复着那句话:History in the making(创造历史)。

妈妈满意地笑了,接着又问他有没有仔细地看告示内容。皇帝虽然发表了弃权声明,但那并不是退位,二者还存在着很大的区别。不过没有什么再能阻挡共和国的成立,她想让他擦亮眼睛,看清楚每一个细节。有时候,细节往往会体现出巨大的差异。

库尔特严肃地点点头,他不敢流露出此刻对妈妈打心眼里的钦佩。

街上全是人,都是要去议会的。越接近目的地,氛围越发浓烈。但那不是欢庆,而是一种迷茫。议会前面的广场拥堵得水泄不通，库尔特被挤得动弹不得。他觉得以前在妈妈身上见识过的所有情绪如今全部汇聚在了广场上，纷纷朝他倾涌而来。

下雨了。帽子和伞挡住了他们的视线。妈妈不愿再留原地被推来推去，她决定从人群中开辟出一条路来。她一遍又一遍地在别人耳边大声地吼着"让一让"。就这样，他们终于来到了由一排排工作人员组成的"人墙"前。后面的人还在往前推。妈妈打量了一下四周，发现根本没有必要站在距离议会这么近的地方，还不如去找一个更加便利的位置，最好能够毫无遮挡地看到入口前的圆柱式大厅。

为了看清楚大概情况，库尔特好几次都跳了起来，直到妈妈提醒他注意举止文明。不过他果然发现了一个视线更佳的地方，并告诉了妈妈。没想到妈妈立刻不顾形象地连跑带跳冲了过去，她说，这个位置的确不错。

从这里可以清楚地看到议会，而且不会被人冲撞到。同样站在树下的还有一些零零散散的围观者，他们紧紧盯着议会入口处。坡道上挤满了人，有些甚至爬到骏马雕塑和喷泉景观上。雨伞之间夹杂着几个标语牌，上面写着：**共和国万岁**。而另一面长长的条幅上却写着：**社会主义共和国万岁**。人们纷纷挥舞着旗帜，多数是红色，也有一些红白相间。

库尔特四下张望。一些戴着圆顶礼帽、衣领浆得笔直的绅士们身旁站着穿着朴素短上衣、戴着平顶帽的男人们；而穿着工裙戴着头巾的女人们旁边则是一群盛装打扮的夫人小姐。他甚至发现其中一名女子穿着裤子，这样的打扮以前他只在舞台上见过。

长裤勾勒出女子双腿的轮廓和臀部的曲线。他盯着她看，本是为了打发时间，却不知为何，心里像触了电一般，几乎忘记了他们此行的初衷。没过多久，那名女子便消失在人群中。库尔特找了好一会儿，再也不见她的踪影。

人群中不知从何处响起了歌声，库尔特听不清他们在唱什么，只是依稀辨别出旋律为大调，类似缓慢的进行曲节奏。他跟着节奏打起拍子，心想要是有人能指挥一下该多好，那样的话大家的声音会整齐很多，起码不像现在这样，各唱各的。

这时妈妈拉住他的衣袖，指着议会大厅的平台，说："快看，是舅舅，你看见他了吗？"

库尔特伸长了脖子，果然在一群先生们之中发现了奥托舅舅。

"他为什么挥舞着手绢？"妈妈问，"看起来好像要投降似的。还有那边，看到了吗，弗里德里希·阿德勒也在。哎呀，他的气色看起来不太好。真没想到他也来了，毕竟他的父亲刚刚过世，而他本人也才出狱不久。"尽管说的是死亡和监狱，但妈妈的语气中却充满了喜悦之情，"注意，要开始了！"

其中一位先生走上前台，开始他的演说。广场上逐渐安静下来，但并没有安静到让人听清他的每一个字。妈妈将食指贴住嘴唇，仿佛这样就能让人群不再说话似的："他们在宣读新的宪法。"

两面旗帜沿着旗杆向上升起，可是还没到顶部，又突然被降了下来。有人欢呼，也有人发出嘘声，而那位先生还在继续讲话。又过了一会儿，升旗仪式重新开始了，只是这次的旗帜跟刚才的不一样，白色部分被撕掉了，剩下的红色部分拼在一起。欢呼声多了，嘘声也更响了。

妈妈一直牵着他的手，目光始终没有离开奥托舅舅，此时的奥托平静地望着台下拥挤的人群。宣读完宪法的那位先生返回原位，另一位又走上前来。人们发出更大的呼喊，以至于妈妈什么也听不清。尽管如此，她依然入神地倾听着，偶尔也关切地抬头看一看升起的旗帜。

这一轮的演讲结束时，台上有几位先生摘下帽子，还有一位抽起香烟来。舅舅又挥了挥手，然后他们一起退到立柱后面，看不见了。眼下没有人知道接下来会发生什么。难道共和国就这样宣布成立了吗？

妈妈依然望着舅舅刚才站立的地方，关注着那里发生的事情。一个库尔特之前没见过的男人走出来，高举着拳头宣读了一篇文章，引起了一片喝彩声。这时，一群士兵冲上了平台。

他们拿着枪！

"快走！"妈妈说着，转身背向议会大厅。他们的身后响起怒吼和尖叫。突然一记清脆的爆裂声响起，妈妈惊恐地四下张望着。库尔特也随着妈妈的目光看去，然而除了攒动的人群，什么也看不到。随着更多的枪声响起，好几百人朝他们这边涌过来。库尔特愣住了，妈妈却抓住他的肩头，用严厉的口吻告诉他必须立刻离开这里。可是他们找不到出口，四面八方全是人。

这一瞬间，库尔特突然想起以前爸爸妈妈大声争吵时的场景。爸爸穿着一件家居服，原本正坐在写字桌前在本子上写东西。吵架的时候，他的双手激烈地比画着，铅笔从手里滑落下去，笔尖断掉了。于是他只好拿起一把小刀，笨拙地削着笔尖，他的手颤抖个不停。两年来，库尔特一直很担心爸爸，生怕再也见不到他。太荒唐了，他想，战争结束了，爸爸也回来了，可是他和妈妈却有可能被踩死在议会前的广场上？他们怎么可以丢下爸爸一个人不管，任凭他颤抖着坐在桌子前？

库尔特摇摇头，雨水沿着他的额头流进眼睛里。议会大厅方向传来更多的枪声。库尔特被挤得几乎喘不过气来。但是他依然坚定地对自己说，他们能挤出去，他们一定能挤出去！日后再回想起今天，只不过是一次冒险的经历而已。

果然，不知何时开始，人群变得稀疏起来。妈妈仍然拉着他拼命往前走，直到身边的喧哗完全消失才停下来。他们来到库尔特不认识的一条街上，走进一家咖啡厅。在温暖的房间里，库尔特这才发觉自己已经湿透，快被冻僵了。一名侍者走过来，妈妈想要点咖啡。侍者指着一张纸上的两种价格问她，要现磨的还是冲泡的，两者价格差了好多。

"两杯现磨的，谢谢。"

两杯！库尔特几乎不敢相信。妈妈看出他的惊讶，于是对他说，今天的他，表现得足够成熟，完全可以喝一杯咖啡。言下之意是只限今天。侍者端上咖啡，库尔特拿起杯子就喝。他的舌头被烫了一下。咖啡好苦啊。不过，他其实并不在乎它究竟是什么味道。

回家之前，妈妈一再提醒他不要跟爸爸讲太多关于今天的经历。库尔特向她保证：绝对不会从他的嘴里吐露出一个字。反正他有自己的事情要做。他的手指已经迫不及待地跳跃着，想要赶快回家拿起他的单簧管。他预感自己完全能够以前所未有的快节奏演奏出经过句[1]，他觉得自己现在如此清醒，无比地清醒，仿佛开了天眼一样。

几周后，妈妈宣布库尔特近来表现良好，因此可以陪妈妈一起去位于巴尔豪斯广场的外交部。库尔特觉得这是个不错的奖励，他也很好奇舅舅的工作环境，一定跟眼前这辆配了司机的专用汽车一样棒，毕竟他已经是主管外交事务的国务秘书了。

可是走进接待处时，库尔特觉得有点儿失望，放眼望去全是一些破旧家具、灰蒙蒙的锦缎和厚重的地毯。库尔特心想，如果爸爸

---

1 乐曲中急速的短小片段或乐句。

来了，肯定不会喜欢这里的布置。这次他又没跟着母子俩一块儿出门。其实库尔特不是很理解爸爸为什么那么讨厌这个新成立的共和国。妈妈告诉他，舅舅现在对于这个国家来说，就像以前的皇帝陛下一样重要——虽然他们受到的接待看上去远没有皇家那么体面。

其他受邀前来的人都在谈论着库尔特不感兴趣的事情。他无聊地踮起脚尖，摇晃着身体。不过马上被妈妈喝止了。大人们不停地聊啊，聊啊，落地钟上的金色指针仿佛停滞了一般，时间过得好慢。

忽然，妈妈在库尔特耳边低声说，快站起来，站直了，总统要过来打招呼。总统先生好像很乐意见到他们，甚至还问起库尔特在学习上有哪些进步，以及在音乐方面是不是依然那么突出。

库尔特不知道该怎么回答，于是妈妈替他告诉总统，他正在上文理中学，最近在音乐老师的推荐下还去了音乐学院学习。接下来她一定又会重提那段老皇历——说他怎样以马勒的风格演绎了瓦格纳的钢琴曲。

库尔特觉得特别难为情。那都是好久以前的事儿了，现在他的演奏水平进步多了！更何况，他其实没怎么模仿马勒的风格。马勒也许是个出色的指挥家，但库尔特觉得他的作曲水平并不怎么样。

妈妈的话似乎给总统留下了深刻的印象，他亲切地低头望着库尔特。库尔特的耳朵里嗡嗡直响，他只记得自己必须站起来，站得更直些。这时，总统将手放在他的肩膀上，提出了一个简直让人难以相信的建议：库尔特可以带着妈妈和爸爸随时光临政府在剧院的专属包厢。

真的吗？他的心狂跳起来。

总统点点头。

库尔特别想好好感谢一下总统先生，他想告诉总统先生，他一定会去，恨不得每天都去！然而刚要开口，又被妈妈抢了先。她说谢谢总统的美意，她觉得十分荣幸，不过这样恐怕会影响库尔特履行学习的义务。

妈妈的一番话让他凉了心。他很想发誓自己绝对不会怠慢了学习，却一句话也说不出来。就在这一刻，他突然觉察到了自己内心深处对妈妈的抗拒：他讨厌她！她太过严苛，而且根本不明白什么重要，什么不重要。她只知道逼着他履行义务！内心的愤怒刺痛了他，他觉得自己马上就要哭出来了。

这一切都被总统看在眼里。他用平缓的语气说，就他目前对这个年轻人的了解，他并不认为库尔特会因此荒废了学业。再说那个包间政府以后也不见得会使用，他们目前要把所有的精力集中在和平谈判上。这么好的位置空了也可惜，倒不如提供给有兴趣的年轻人。

妈妈再次点点头，对总统说谢谢，并表示自己还要和丈夫商量一下。库尔特不知道妈妈这么说是什么意思，她做事从来不会听取爸爸的意见。如果说家里总要有一个人说了算，那一定就是她。

回家的路上，尽管憋了一肚子怨气，但他还是忍住了没有发作。他问了很多关于舅舅工作的事情，不过妈妈的解答他只是心不在焉地听着。她提到了南蒂罗尔州，提到了版图变小后的奥地利应该如何发展。舅舅主张跟德国结盟，这样做在文化、经济和国际关系方面都有好处。

等妈妈结束讲解之后，库尔特提出想在晚饭前把下周一的作文写完。虽说只要写两份就行，但他现在很想再写一份。

他的花招太过明显。妈妈瞥了他一眼，说，一篇作文到底要写几份由她说了算，而不是他。然而库尔特还不死心。一回到家，他立刻跑到爸爸跟前，将总统的邀请一五一十地告诉了他。爸爸跟他一样热爱音乐，他绝不会错过任何一场音乐会或者歌剧演出。

谁知爸爸并没有站在他这一边。恰恰相反，他提出了激烈地反对。他说绝对不会允许自己的儿子跟一群共产主义者坐在一起，这件事以后谁都不许再提。

库尔特感觉到泪水快要涌出眼眶。看来没有希望了。这时，妈妈来到他的身后，她反驳爸爸说，这个包厢跟社会民主党没有关系，它是属于政府的，总统的邀请是极大的荣誉，根本不可能拒绝。

库尔特诧异地转身看着妈妈，是什么让她的态度有了一百八十度的大转变？从她的神情中，他找不到任何答案。不过无所谓，现在的她依然是他最爱的妈妈。

一九二二年深秋，一位耳鼻喉科医生邀请我为一名四十二岁的已婚女病人做二次会诊，她已卧床不起好些时日，还患有梅尼埃病。会诊开始时，她的医生也在场。在她讲述病症时，她的丈夫只听了一会儿，便离开房间，再没回来过。她将她的病痛描述得十分细致，包括右耳里让人难以忍受的声响以及挪动头部时产生的眩晕感［……］中途，耳鼻喉科医生离开了房间，紧接着这名女患者开始以一种暧昧的语气跟我闲聊。她问我是不是精神分析师，是否认识弗洛伊德教授。我反问她是否跟教授很熟，以及是否接受过他的治疗。她仿佛一早猜到我会这么问，立刻回答说她就是教授治疗过的"朵拉"，接着又补充道，自从在弗洛伊德那里治疗之后，她再也没有看过精神医生。显然，我对弗洛伊德病例的了解非常有利于诊断她的转化情况[1]。

——菲利克斯·多伊奇《〈歇斯底里案例分析片段〉脚注》

---

1 多伊奇的研究领域为精神症状向躯体病症的转化。

没 落

维也纳，1922

她幸运地熬过了战争，始终保持乐观的心态，即使遇到再糟糕的事情也要拼命往好处去想。等到终于松了一口气时，便任由自己沉湎于幻想，幻想着伟大的时代从此开始。哥哥主管国际事务时，那的确是一个伟大的时代，只可惜眨眼间便过去了。奥托没能把南蒂罗尔州从意大利手里夺过来，向德国靠拢的计划也因此而失败。这曾是他向战胜国立下的最重要的目标。所以不久后，奥托就主动递交了辞呈。

他很快便走出了辞职的困扰。在伊达看来，他似乎觉得如释重负，因为他终于摆脱了当下的精神负担，又可以不受阻碍地钻研未来了。她其实很能理解他的辞职，不过她也不得不承认，如此近距离地观察着国际事件的发展，这让她很享受。她甚至加入了奥托所在的党。偷偷地，绝对不能让恩斯特知道。起码现在还不能，因为眼下的情境本来就已经很糟糕了。不，糟糕都不足以形容，应该说是一场灾难。

可这并不是社会民主党的过错，哪怕恩斯特并不这么认为。社会民主党并没有像他之前预言的那样没收他们的财产。主要还是因为经济不景气以及卡尔叔叔的去世。就算卡尔叔叔没死，他能阻止工厂的没落吗？谁知道呢。还没等卡尔落葬，工厂就申报了破产。一夜之间，恩斯特失业了，伊达也失去了在鲍威尔与盖尔伯公司的股份。

这样一来，男主人再次赋闲在家。他整天坐在风琴前作曲，赚不到钱养家，心情却前所未有地愉悦起来。

伊达试着说服奥托允许她动用剩下的遗产，而不仅仅是领取利息部分，却被他拒绝了。他说那样的话遗产很快会被花光，到头来他们连赚取利息的本金都没有了。虽然这也算是遵从了爸爸的意思，但一点儿都不切实际。他们再也没有钱请客了，更惨的是还要为下个月的房租愁眉不展。

就连亲生儿子也越来越没心没肺，只要一有时间就在剧院流连忘返。其间政府的专属包厢已经不在塞兹手里了，不过她那伟大的儿子也不知用了什么方法，居然向继任总统禀明了他必须继续使用的原因，于是包厢就像一件家具似的，又由新政府交付给了库尔特。从此，家里再也难见他的身影。可是，眼见着就要毕业考了！

伊达只好坐下来，试着让自己安静。安静，一定要安静下来。也许过几个月会好的，现在只需稍微勒紧一点儿裤腰带。没过多久，恩斯特主动提出去找一份室内设计师的工作，而且已经通过熟人介绍有了第一个顾客，这让伊达又生出希望来。又过了好些日子，她觉得恩斯特似乎已经在这个新行业里站稳了脚跟，因为他总是夸口环形大道上有一处他接手的豪宅，吹了好几个月，以至于人们都觉得那处豪宅里所有的一切，包括门把手都是由他亲自设计的。然而后来，豪宅的女主人——一个特别年轻特别漂亮的女人向大家展示了恩斯特为她的房子挑选的东西：一块地毯和一把椅子。

其他没有了？就这些？

你得看看这是什么样的地毯，什么样的椅子！恩斯特试着让伊达认可他的专业水平。没错，这两样东西确实很精致。但是即便如此，他也用不着跟这个特别年轻特别漂亮的女人在一起待上几个月吧！

哪里有几个月，恩斯特否认说。他们俩不过花了几个星期去寻找合适的物件。

鬼才信！

尽管她心里一清二楚，但丈夫还是坚持他的说辞不松口。他也只能坚持，因为伊达已经明白他出轨了。否则这几个月根本无法解释——是的，足足几个月！而且她还有一个证据：恩斯特的设计工作换来的只是一个笑话和一些零用钱，别的没了。

对此，他狡辩说，自己是个行业新手，不能开高价把顾客吓跑了，下一单会想办法提高佣金。不过，伊达凭什么相信奇迹会发生？

然而她的确需要这样的奇迹。她不想回到哥哥那里，向他坦白付完房租后才一个星期她的钱就所剩无几了。她曾寄希望于爱尔莎，可是爱尔莎却说他们也很缺钱，再说她知道伊达起码还有爸爸的遗产。她还让她的小女儿跳舞给她们看，仿佛在炫耀女儿的乖巧漂亮：仿佛这是天底下最讨人喜欢、惹人怜爱的孩子——她明知伊达的儿子成天在外面浪荡到深更半夜。要只是在剧院泡着也就罢了，伊达通过各种小道消息得知他现在跟一个女孩子在一起。他的心上人显然要比自己的妈妈更重要。

后来，她终于打听出来，那是佩塞尔家的女儿，她们姐妹俩经常在周末跟库尔特一起弹奏音乐。可惜选错了人！他看上了玛姬特，而另一个叫耶拉的显然更优秀。奥托也是，他始终不明白海莲娜根本不适合他。噢不，他甚至执意要娶她——娶一位老奶奶。

库尔特，奥托，恩斯特，他们这些人的随心所欲引发了她耳朵里尖锐的铃声，像是玻璃爆破一般刺耳，日以继夜。那声音在她的额头后面振荡，逐渐膨胀成锥心刺骨的偏头痛。那声音越来越响，让她无法入睡。脑袋里天旋地转，她难受，难受到连床都下不了。她真想把脑袋卸下来，还不如朝着脖子砍上一斧子，一了百了。

请来的耳鼻喉科专家含含糊糊地说这是什么梅尼埃病，可是他又找不到病因，所以只好请人来会诊。来会诊的医生不再拿着乱七八糟的工具掏她的耳朵，而是换成一些烦人的问题来纠缠她。开始她都一一作答，但其实只是为了尽快摆脱他。

可是答着答着，她突然明白了耳鼻喉科专家请来的这位同事真正的身份。事实上，他是想在有限的时间内对她进行精神分析治疗。她看出来了，没错，她一下子看穿了这一切。

于是她告诉他：二十年前，她曾在一位医生先生那里就诊。她还忍不住告诉他，那位医生先生还记录了对她的诊断分析。她满意地发现会诊医生看向她的目光仿佛在打量一件展品，又接着问他——其实她自己也很想知道——医生先生当年的诊断到底对不对？

会诊医生并没有正面回答她的问题，他试图把话题引回她当下的病情：造成耳鸣和失眠原因可能是她夜里一直在等着听儿子回家的开门声。

他神色骄傲地公布了这一诊断，仿佛能够一举治愈伊达所有病痛一般。由此可以看出，他一点儿也不懂什么是精神分析，因为单单一次解释根本不够。致病的原因往往不止一个。比如说，她的耳鸣是不是跟恩斯特的听力丧失有关系？有没有可能是以前被爸爸捧在手心里的她根本不愿意成为另一个男人的耳朵？她的这些症状难道跟恩斯特的出轨没有关系吗?

　　而他竟然还是死不认账,坚称他永远不会欺骗她。不,不,当然不,爸爸当年也是矢口否认。

　　确实,会诊医生来过之后,她的病情好转了。虽然让她纠结的这些问题一个也没有得以解决,但她不得不向二次上门的会诊医生承认,她已经可以从床上起来了,哪怕只有几小时。不过她绝不会把自己的康复看作会诊医生的功劳。有时,病痛的确会自动减轻,在某一天又莫名其妙再次来袭。她还记得以前医生先生给出的解释:旧瓶装新酒。

治 愈

维也纳，1924

斯黛菲·施特劳斯是个天使，是个救星，是个名副其实的好人。"伊达，你应该开一家桥牌沙龙！"早在战争开始之前，她就这么说过。当时伊达只当她是酒后戏言。而现在，正是这个建议拯救了她。斯黛菲听说皇家酒店有几个房间空了出来，而且酒店主人也有意将它们出租，她当机立断，立刻租了下来。

斯黛菲很会说话。她没有挑明这样做是为了帮助伊达一家摆脱经济上的困境，而只是一再强调自己很怀念以前在伊达的庇护下经常打牌的日子。

皇家酒店紧挨着斯蒂芬大教堂，酒店的所有者是几个意大利人，态度友好，不过毕竟还是精打细算的商人，房间的租金高得离谱。尽管如此，斯黛菲仍然坚持帮伊达付了头三个月的房租，还声称这"纯粹是出于私人目的的投资"。

开业那一天，客人一直挤到了走廊上。斯黛菲·施特劳斯叫人打印了纸条出来，上面写着这里的营业时间以及新手课程的日期安排。起初伊达对于教新手打牌并没有多大兴趣，不过在这一点上斯黛菲态度相当强硬。她说这样的课程很受欢迎，能够赚到钱，而且还能立刻招徕大批顾客。另外，她还建议伊达不要把窗帘完全拉开，白天也要让电灯亮着，以此营造出夜晚的氛围，在这样的气氛中客人们才更愿意为自己点上一杯酒，下注也更加大方爽快。

从第一周开始，桥牌室就宾客满堂。不知是不是灯光的缘故，这里大白天也觥筹交错。新手课程迅速吸引了一大批学员。这才一个月，伊达就将一笔可观的数目收入囊中。这是她第一次自己赚到的钱！

她原本打算至少将租金的一部分退还给斯黛菲，不过相比之下有一件事情更加刻不容缓。她必须马上去一趟位于凯尔特纳大街的麦德林厄珠宝店。

伊达径直来到柜台，要求柜员把手表拿给她看一看。"当然。"女柜员取出一个铺着天鹅绒的抽屉，上面摆放着一排精美的女士金表。"珠宝款式的都在这儿了。"她向伊达推荐道。

但伊达并不想要珠宝款的手表。于是她问是否还有其他的。

女柜员摇摇头，说，很遗憾，其他的就只有男款了。

伊达想了想，让她把男表拿出来瞧瞧。

"当然。"女柜员看了她一眼说。她取出另一个抽屉。

伊达一块一块看过去，比较着哪一块跟爸爸的手表最为相似。很可惜，是其中最贵的那一块。不过，她对自己说，手表是必须要买的，毕竟在桥牌室得随时注意时间。

在女柜员疑惑的注视下，她拿起那块最贵的，戴在手腕上。表带太长了。

"这个比较适合男士的手腕。"女柜员劝说着，她精心描画的眉毛之间挤出了一丝细纹。

伊达扬起下巴。"那么我建议您帮我多打几个孔，"她说，"这是可以的吧？非常感谢。"

啊，现在她感觉好多了。自从开了桥牌室以来，她的满腹愁绪都不见了，耳鸣也消失了。当然这也一定程度上归功于开始赚钱养家的库尔特。他一边上着音乐学院，一边机缘巧合当上了马克斯·莱因哈特舞台剧的音乐指挥。

事实上，这既是库尔特的幸运，也是另一个人的不幸。起初，库尔特只是去乐团帮忙演奏单簧管。演出时，乐团一般都待在舞台下面。可是有一次排练时，乐团指挥要去台上听一听音效。于是他把指挥棒交给库尔特，让他在下面继续指挥。乐团在库尔特的指挥下一直演奏着，突然上方发出咔嚓一声巨响，指挥的一条腿穿破了木板，晃晃悠悠悬在各位音乐家的头上，扭曲着，上面还有撕裂的伤口。原来他在台上拼命跺脚，想示意库尔特结束演奏。可是库尔特并没有听见，后来，舞台地板终于承受不了他愤怒的力道，裂开了。

诊断结果出来了，指挥的胯骨骨折。导演只好拜托库尔特接过指挥的职责。后来，在他的指挥下，乐团第一次演出便获得不错的成绩，因此莱因哈特立刻决定留下他，这样一来，原来的指挥即便康复，也回不来了。从此，库尔特每周指挥三到四场演出，有时候一个晚上甚至排了两场，而且在不同的剧院。他的出场费虽然不高，但对家庭收入来说也是一笔重要的贡献，因为恩斯特再次放弃了室内设计师的工作。就这样，伊达一家安然度过了通货膨胀下的经济难关。

当然也多亏了极有生意头脑的斯黛菲。事实证明开设新手课程是正确的，那些学员在伊达的教导下不仅牌技飞快进步，而且大部分都成了她的忠实拥趸。桥牌室常客的数量不断增长，而汉斯·福格斯——爱尔莎的丈夫，依然是她最喜欢的客人之一。他的牌技精湛，有时候就连伊达也得从他那儿学上两招。他非常擅长用大手笔的赌注激起别人的兴奋，也常常用玩笑来挑衅别的客人，有时也说一些无耻下流、却让人后知后觉的笑话。只要有汉斯在，桥牌室总洋溢着所有人喜闻乐见的氛围。

皇家酒店成了伊达第二个家。她每天一早过去，在那里待很久，多数时候直到半夜才回家。桥牌室是她的庇护所，她的宝藏，她的生命意义，也是健康和快乐的来源。

偏偏爱尔莎的到来扫了她的兴！开业后几个月，爱尔莎突然毫无征兆地出现在她的面前，弗里达也陪着她一起来了。伊达看着她阴沉的表情，立刻生出一种不祥的预感。她问她们要不要喝点什么。

姐妹俩拒绝了。弗里达甚至不肯坐下，她没好气地站在门口，看着爱尔莎和伊达两人坐下来。爱尔莎不安地在牌桌上东摸摸西摸摸，将伊达刚刚堆放整齐的东西弄得乱七八糟。她看起来疲惫不堪，伊达心想。漂亮的脸蛋上长了皱纹，头发也不像平日那样精心打理过。

爱尔莎掏出一块手绢，轻轻擦了擦鼻子。"汉斯昨天又来这儿了。"她顿了一下，说。她的语气不是在询问，而是在陈述事实。

"是的，他在我这儿。"伊达承认。

"这次他又输了多少？"

伊达吸了一口气，"跟每次输得差不多。"她含糊地回答。

"之前我还寄希望于艾薇的出生能够让他收敛几分。他才刚好了一阵子，可现在又……伊达，他连我们最后的饭钱都输光了。"

堂姐压低身体，握住她的手："你不能让他再这么赌下去了。"

"我？"伊达惊讶地问。

"再来就把他赶出去。"站在门口的弗里达说。

伊达抽回自己的手。

"我知道,男人不能管得太紧,"爱尔莎说,"可是现在……我缩减了家用,能省得都省了,我也知道家丑不能外扬,只是现在真的撑不下去了。我想不出别的法子了。"

伊达抱起双臂。"听起来不太妙啊,"她说,"的确很不妙。"她直视着爱尔莎的眼睛,说:"可是你要知道,我不能禁止他来我的桥牌室,再说,这样做有什么用呢?"

堂姐疑惑地望着她。

伊达避开她的目光。"爱尔莎,"她说,"即使他不来我这儿,也会去其他地方。"

"可是伊达……"爱尔莎哀怨地说。

伊达抬起胳膊:"我说的是实话。"

"为了戴上名贵的手表,你就不在乎其他人的痛苦吗?"弗里达冷不丁插嘴说。

伊达看都没看她一眼,将袖口放下来,遮住手腕上的表。"爱尔莎,请你冷静一点,"她平静地说,"汉斯打牌打了这么久,我有什么办法改变他呢?"

堂姐哭了起来:"可是你一定要这样火上浇油,眼睁睁看着我完蛋吗?"

"我没有。"伊达坚定地说,"但是我也不会禁止一个能够独立思考的人来我的桥牌室。"

"走吧,爱尔莎,没有用的。"弗里达说。

爱尔莎慢慢站起来,朝门口走去,整个人无力地倚靠在弗里达身上。

"我没想到你是这样的人,伊达,真的没想到。"弗里达甩下一句话，转身离开了。

　　她们走后，伊达又把牌重新整理好。这个爱尔莎，简直像个孩子一样，她对自己说。她竟然想要从一个完全错误的角度入手解决问题。就算汉斯输光了钱，那也怪不到我的头上。再说，要是他想去别的地方，也没人能拦得住他。

　　她摇摇头，卷起袖管，把手表露出来，然后打开电灯。第一批客人想必已经在来的路上了。她的思绪突然中断了一下——姐妹俩的指责还是伤到了她，毕竟她也不是一块木头。不过，她心想，这只是个时间问题，爱尔莎一定会再次来到这里，向她道歉，一定会的。如果爱尔莎真的来了，那她也会毫不犹豫地立刻原谅她，就像爱尔莎以前总是不计前嫌地原谅她一样。当然，以前伊达惹爱尔莎生气的都是一些小事情。反而是今天发生的事，已经远远超过了伊达能够容忍的程度，她还想怎么样呢！

建　造

维也纳，1927

听说约尔雷最近在维也纳山脚下为社会民主党建造上百间工人住房。奥托邀请伊达一起去看一看，她便欣然接受了。当她到达工地时，那里已经聚集了一小群人。她的房东约尔雷立刻向她迎来："阿德勒夫人，很荣幸见到您。"他又问起伊达家人的情况。

于是伊达骄傲地告诉他，库尔特刚刚接受了人生中第一份来自外国的邀约，现在已经在德国凯泽斯劳滕剧院工作了。约尔雷连忙向她表示恭喜，作为回应，伊达也祝贺他拿下了如此大手笔的订单。

结束了寒暄，她退到一边，打量着四周。在聚集的人群中，她认出了党委书记丹纳伯格和州议员布莱特纳，剩下的大概都是一些党员或者工会成员。奥托也在其中，他正在跟别人说话。伊达举起手跟他打招呼，奥托点点头，朝她走过来。刚刚正在跟他说话的那一对男女也跟了过来。

"让我给你介绍一下，这位是席勒·马莫雷克[1]，"奥托说，"他为《工人报》写稿，是一个优秀的记者，也是我们这儿最好的记者之一。"

马莫雷克举起帽子向她示意。奥托又转向那名女子："这位是他亲爱的太太希尔德。"

希尔德满脸笑容，亲昵地握住伊达的手摇了几下，带着几分相见恨晚的意味。伊达随口问奥托海莲娜在哪儿，却意外地捕捉到奥托脸上瞬间闪现的不悦，不过只一眨眼工夫，又消失了。

奥托说，很遗憾，海莲娜今天没来，她要去上统计学的研讨课。

他抬起手臂，将两只手分别搭在伊达和希尔德的后背，抱歉地说，他要去主持开幕式了。

把手放在女士的后背——伊达发现，这并不是他一贯的风格。临走他还祝他们玩得开心——这也不是他一贯的风格。更异于平日的是，他竟然迈着摇摇晃晃的步伐走向发言人。直到看见他偷偷地用手抚平后脑勺那几簇桀骜不驯的头发——这才是奥托，她认识的奥托。

"同志们！"他高声说，"社会民主党一直将人民的健康与幸福视为最高目标。今天，当我们再次提及这些目标时，它们已经不再是不可实现的空想，而是一条我们在政治上用实干开辟出来的道路。"

他的声音依然洪亮而清晰，伊达放心了。前段时间那么多次竞选演讲让他学会了用这样的声音说话。为此，他甚至让人往他的喉头打针，以前没嫁人的时候，她也接受过这样的治疗，难受极了，

---

1 席勒·马莫雷克，奥地利作家，曾翻译中国古典小说《醒世恒言》。

她永远也忘不了。好在这一招对他管用。

"今天我们脚下的这片地基，几年后将成为一个家，一个让上千名工人以及他们的家人负担得起的家，"奥托接着说，"我们的楼房将配备休息室，晚上可以在这里看书；聚会厅，让大家无须前往酒馆也能够拥有社交生活；宽敞的庭院，夏日傍晚可以坐在一起享受习习凉风。同志们，这就是我所说的'人民的健康与幸福'，这也是我们的选民继续坚定不移追随着社会民主党的原因。"一个长长的停顿，人群鼓起掌来。"下面，让我荣幸地欢迎克里斯特先生和约尔雷先生讲话。"

奥托退下去，把位子让给两位建筑师。他跟人群中的伊达对视了一下，仿佛想要确认自己的演说是否得到了她的认可。随后，他又移开目光，在人群中搜索着。伊达不知道他到底在找什么。

克里斯特示意大家跟在他的身后。伊达小心翼翼地走在人群后面。她的皮靴底部每次抬离泥泞的地面都会发出一记清脆的响声。她左看右看，在各种建材和工具车之间找到一位置，让她能够好好站着，不至于陷进泥地里。

建筑师告诉大家，他们脚下的地基上将建起五个单元，而这五个单元将根据各自栽种的植物来命名。梨花苑、丁香苑、枫树苑由他负责，另外两个单元则由他的同事约尔雷规划设计。

他领着人群来到正在施工的枫树苑。伊达努力让自己不至于滑倒在黏兮兮的泥地上，后面的解说没怎么仔细听，而克里斯特又讲了太多具体的技术细节。终于轮到她的房东发言了，他们来到约尔雷负责的单元，从基本架构可以看出，这是一个幼儿园。相比较而言，约尔雷更懂得如何抓住听众的兴奋点。他热情地向大家描绘了这个专为工人子女准备的、采光通透的儿童之家，又一个接一个地介绍了其他便民设施：配套的青少年宫，两个自带熨衣房的洗衣中心，一个图书室和一个妇幼保健中心。而且他还给商店预留了位置，就在特利斯特大街，那将会是一家门口带有花园的餐馆兼咖啡厅。另外，这里的每一套住房都能供电、供暖、供水，还有自家的厨房可以用。从现在开始，工人住的房子将成为所有住房的标准，因此这个住宅区具有绝对的前瞻性！

一番赞美后，约尔雷宣布此次参观结束。人们三三两两地彼此聊着天。

伊达离开人群，一边抽烟一边等着奥托。她低头看向自己的靴子，上面全是泥浆，皮革都被浸湿了。这双靴子肯定完蛋了，她郁闷地想，不过即便如此，这一趟参观还是值得的。以后这里一定会变得非常壮观。

这句话待会儿一定要讲给奥托听，他肯定很开心，她心想。她看见奥托正在跟希尔德·马莫雷克告别。等一下，这是她熟悉的动作，她太熟悉了！他的手从她肩膀往下，一直抚摸到她的手臂，久久不放，还有落在她脸颊上的轻吻，希尔德的整个身体都在迎合那个吻。当着席勒·马莫雷克的面！当着伊达的面！

后来，他们来到军营大街奥托的家里喝茶。伊达将双脚伸向火炉，想要烤干湿透的长袜。海莲娜端来红衣主教蛋糕[1]，问起他们今天的情况。伊达将叉子插进蛋糕，故意说："马莫雷克夫妇人很不错，特别是希尔德，很有魅力的一个女人！"她顿了一下，凑到海莲娜跟前，问："你们见过吗？"

奥托连忙插嘴说："伊达，海莲娜当然认识马莫雷克夫妇。"他生气地看了她一眼，岔开了话题。

不过他逃不掉的。等到袜子烤干，伊达立刻跟着他走进书房：

---

1 奥地利传统甜点。

"你要跟海莲娜离婚吗?"

奥托惊呆了:"你怎么会有这样的想法?"

"我眼睁睁地看着爸爸和佩皮娜厮混了那么多年,我知道两个已婚的人出轨是怎么一回事。"

奥托看了看周围,确认只有他们两人在。"这完全是两码事。"他说。

伊达从他的桌上拿起一支烟:"有什么不一样呢?"

他摇摇头,给她点上烟。

她深深吸了一口:"你的那个希尔德,还挺漂亮的,而且年轻,她的确更适合你。"

"不是你想得那么简单,"奥托说,"海莲娜对我来说是一个重要的才智支持。"

"希尔德看起来也不笨呀。"

奥托无奈地倒吸一口气:"这一切都不关你的事。"

伊达噘着嘴唇,吐出烟圈,又吸了一口烟,却呛住了,咳嗽起来。

奥托站起来,理了一下桌上的香烟:"我们不谈这个了,好吗?"

"这是你的秘密。"

"伊达,这跟你没关系。"

"当然没关系,"她的笑声沙哑,"要不要我问问海莲娜的想法?"

奥托按住她的肩膀,警惕地看着她。

"行啦,"她终于说,"我闭嘴行了吧,我就看着,什么也不说。跟以前一样。"

剧　院

凯泽斯劳滕，1932

"噢不，真的不用了！"伊达摊开手掌捂住酒杯，乐呵呵地对莫尔尼茨说，"喝得够多了，真的。我喝了几杯来着？起码三杯了！"

演出之后，恩斯特和伊达随着库尔特，还有几个剧院同事一起走进一家餐厅。歌唱演员莫尔尼茨举着酒瓶，继而来到恩斯特身边，替他斟满。然后她举起自己的酒杯，用咏叹调的旋律庄严地唱了一句："致阿德勒先生苹果一样的面颊，让人很想咬上一口！"

莫尔尼茨调侃的究竟是老阿德勒还是小阿德勒的脸蛋，在座的没人说得上来。只见她微微露出格外雪白的贝齿，对着空气轻轻啃了一口，所有人都被她逗乐了。

伊达的手早已从酒杯上拿开。莫尔尼茨并没有放过她，她再次走过来，一边深深地望着伊达的眼睛，一边为她斟酒。"为了今晚所有人的团聚，喝一杯。"她说着，作势要去拥抱他们所有人。

特鲁迪·莫尔尼茨算得上是一个交际方面的天才。只消一个小小的拥抱，就把他们从酒桌上的散兵游勇变成了一个团队。她一开口，要么晓之以理，要么动之以情，或者，二者兼有。

特鲁迪举起食指，换上一副忧心的表情。"您的儿子这些年来过得真不容易。"她对伊达说。

导演助理会心地点点头，第二小提琴手也是如此。化妆师飞快地喝了一口咖啡，剧务朝库尔特那边鞠了一躬，经理秘书则握住库尔特的手。然而库尔特只是叹了一口气，说，那又能怎么办呢？不过好在都熬过来了。

在场的每个人都清楚是怎么回事儿，除了伊达和恩斯特。接着有人告诉他们，战场上归来的经理得了吗啡上瘾症。

"然后他试图用烈酒和女人来戒除吗啡，早上十点就开始用水杯喝樱桃酒，"女秘书抱怨道，"还有他身边那帮来来去去的女人们，后来我实在懒得数了。"

库尔特打了个手势，让她不要再说了。

"总的来说，西塞勒博士是个大忙人，所以我们偶尔得帮他一把。"

"偶尔！"化妆师和导演助理异口同声叫道。

"要是没有你们，"莫尔尼茨望着库尔特和经理秘书，补充道，"我们早就关门了。是你们承担起这一切，你们就是我们心目中最优秀的领导。"

大家伙儿纷纷点头。

"话虽这么说，但西塞勒博士毕竟也是一名出色的指挥家。"库尔特说。

莫尔尼茨用拳头在桌子上敲了一下："你也是啊，库尔特！"

所有人都鼓掌表示赞同。随后，秘书小姐又哀叹起来。她说，眼下库尔特要离开剧院，这该怎么办呢？没等她说完，伊达站了起来，走过恩斯特和莫尔尼茨身边，问，盥洗室在哪里？她喝了酒，视线有些不清楚。这时有人给她指了一条路，她努力维持着体面，朝盥洗室走去。

今晚的她，裙子起了褶皱，发型也散了。她吃力地将发饰重新插进头发。**你也是啊，库尔特！**照镜子的时候，她的心里始终回荡着这句话。莫尔尼茨说得没错，库尔特今晚指挥得棒极了。恰恰是这个姑娘的认可让她觉得尤为欣慰！发饰插偏了，不过她也顾不上了，就这样吧。

她在走廊上遇见了库尔特。

"妈妈，你在这儿呢！"

"唉，库尔特，你不用总是担心我。"她说着，却踩到自己的衬裙，绊了一下。库尔特连忙走上前，伊达靠着他的手臂，一动不动。

"这位莫尔尼茨……"她含糊不清地说。

"嗯？"库尔特疑惑地看着她。

"跟她结婚吧！"

"妈妈。"库尔特白了她一眼。

"听我说，她是个理想的结婚对象！"她抓住他的手腕，"向她求婚吧！"

库尔特抵触地摇摇头。

"什么意思？难道你觉得她不好？"

"倒也不是。"

"那是为什么？"

"现在时机不对，我马上要离开剧院了。"

"恰恰现在才是最好的时机。我不相信像她这样的人才会在凯泽斯劳滕待多久。在维也纳，她会得到更多的机会。"

"特鲁迪有很多追求者。"

"那又怎样？"

"相信我，太难了。"

"瞧你说得，只要你们俩的关系确定下来，就没什么难的了。去求婚吧，就在今天！"

库尔特挣脱她，逃走了。她撩起裙子，朝他追过去："撇下你妈妈一个人——这是你新学的德式礼仪吗？"

回到大厅，迎接她的是特鲁迪的笑声。库尔特坐下来，立刻跟导演助手聊了起来，看也不看特鲁迪一眼，仿佛故意要惹妈妈生气一般。

伊达问恩斯特，德国餐馆灯光是不是比维也纳的要昏暗？她连盘子里的肉都看不清楚。但是呢，她又说，朦胧的光线很适合莫尔尼茨，她发现舞台般的明暗效果加上餐桌上跳动的烛光把莫尔尼茨高高的颧骨照得特别亮堂。

真的。烛光中的莫尔尼茨，让她盯着看几个小时都不觉得厌烦。

他们乘坐第二天早晨的火车回维也纳，并为自己订了一个包厢。伊达把面朝前进方向的座位让给恩斯特。往日她不太能接受背向的座位，不过眼下，她需要以此来消除轻微的头晕。他们打开窗户，温热的夏风吹进来。火车一路经过欣欣向荣的莱茵河畔：树木，草地，村庄。

"莱茵河的水永远流不进多瑙河，"伊达望着窗外的河流说，"尽管如此，它还是很美，真的很美。"说完，她弯下腰，凑到恩斯特跟前，好让他听得更清楚。"那个莫尔尼茨的嗓子也算不上特别好。"她说。

恩斯特赞成地摇摇头。的确，不是太好。

"不过她的舞台表现力抵得上一百个好嗓子。"伊达又说。

恩斯特又点点头:"是的,真的是无与伦比。"

"的确,你这辈子也算见识到了。"

恩斯特朝她眨眨眼:"我们以后还有机会再见识一下。"

"库尔特说这个莫尔尼茨很难追。"

"是吗?"

"我却觉得他的想法完全错了。"

"天下所有的母亲都会遇到这样的难题:知道怎么做是对的,可是却帮不上忙。"

伊达的手指关节不耐烦地敲打着木头墙面:"回到家我要去做头发,还要找裁缝定几件裙子,现在大家都穿短一点儿的,等了这么久,总算等到短裙流行了。这破裙子害得我昨天晚上差一点儿摔倒。"

恩斯特咧了一下嘴:"真是被裙子绊的吗?"

伊达直起身子。"你知道我的酒量。我跟奥托不一样,他从来不喜欢喝酒。"

"要是由着他的意思来,我们早就被勒令禁止饮酒了。"

伊达瞪了他一眼。可是当恩斯特一脸坏笑地问她要不要找乘务员点一杯啤酒喝时,她又不生他的气了:"如果有捷克啤酒,就点捷克的。捷克啤酒永远是最好喝的。"

火车继续行驶。过了一会儿,餐车那边飘来一阵饭菜的香味。不过,伊达肚子不饿。眼看就要到捷克斯洛伐克的边境了。她已经没有心情再跟恩斯特开玩笑。是谁往她的啤酒里掺进了几丝愁绪?她关上窗户,烤肉的香气中混杂着不新鲜的油脂气味。

恩斯特又把窗户开了一道缝。她没理他,只是盯着她座位扶手上粗糙的布料发呆。到达边境时,恩斯特将他们的护照拿出来让军官检查。伊达几乎没注意他们的长相，因为她连头都没抬一下。恩斯特来到她的身边坐下。

"火车开动了吧?"他小心翼翼地抬起她的下巴问，"我们以前从没有这般靠近过。"

"是比平时靠得更近。"她叹了一口气，并且很诧异恩斯特竟然看出了她的难过。

他揽着她的肩膀。"工厂已经倒闭快十年了，你却还是放不下。"他温柔地摇晃着她，"沉湎过去是没有用的，你瞧，工厂关门之后，我们还不是照样站稳了脚跟。"

"**我们**这个词用得真好。"

恩斯特忽略了她的挖苦。"想想昨天晚上，你多开心啊，"他抱紧她，"那个莫尔尼茨让你想起了从前，索纳塔尔的时代，对吗?"

伊达点点头。

他抚摸着她的头发，同时又留意着不弄歪她的发饰。"我也很怀念他。"他承认。

他们就这样长久地坐着：伊达的头贴着恩斯特的胸膛，背朝着火车前进的方向，回忆着从前的时光。他们俩都很难受，也正是这份难受，让两个人在抵达维也纳的当晚，紧紧相拥而眠。

登 门

维也纳，1932

圣诞节的星期五，他们开车去奥托和海莲娜家。家里的厨娘玛丽亚领着伊达和恩斯特走进客厅。客厅里除了奥托和海莲娜，还坐着另一位客人：来自巴黎的莱昂·布鲁姆。他想利用这几日空闲时间跟外国的同志们交流一下想法。

既然有如此重要的客人在——伊达迫不及待地问——希尔德和席勒·马莫雷克夫妇来了吗？

"他们圣诞节来这里做什么呢？"海莲娜不快地问。

"噢，我只是觉得希尔德人很不错，而且席勒·马莫雷克也一定很想了解一下法国的近况。"伊达敷衍地答道。这时，奥托极不自然地邀请所有人到餐桌就座。他说玛丽亚已经端上了红烧牛肉，要趁热吃。

餐桌上的氛围很压抑。奥托和海莲娜一直在抱怨，抱怨经济，抱怨总理。布鲁姆一脸忧虑地点着头。只有恩斯特坐在那里，胃口大开，对菜品赞不绝口。他说他已经好多年没有吃过这样的红烧牛肉了。

玛丽亚谦虚地说，其实只是肉和酱汁的简单搭配，不过在眼下的条件下说它是珍馐美味也并不为过。她为恩斯特又添了一份。

"不要指望大部分人都是明智的，"海莲娜继续说，"凭着区区一张选票，陶尔斐斯[1]就能赢得选举。万一议员中有人生病或者迟到，一切就会陷入僵局，所以他才从故纸堆里扒出这部法律来，以为有了它，他就可以为所欲为了。"

"不过，并不是他扒出来的，"奥托反驳道，"这部授权法曾经被很多人滥用过，当然应该被废除。让我们拭目以待吧，在此期间我们要小心提防，不能让独裁得逞。"

"可是你打算怎么做？他根本不跟你讲话。"海莲娜说。

"我曾经在一个不太私密的场合骂过他见风使舵，"奥托向布鲁姆解释，"所以他对我很恼火。其实，像他这样脸皮薄的人，不适合搞政治。"

布鲁姆会心一笑。

海莲娜却没有笑："我们的总理说了，授权法有益于共和国的重建，这一点已经清楚地表明他对民主的态度，足以让我们警醒。"

"所以我们要求举行新的选举，也许情况会得以改善。"

"但愿吧，"海莲娜答道，"我还是不相信他。"

"现在的人连一点礼貌都没有。"伊达插嘴说，"布鲁姆先生，您大概没有试过在 assemblee nationale[2] 被人骂作犹太蠢猪吧？"

布鲁姆摇摇头。

"奥托为新选举辩护时，甚至还有人向他扔墨水瓶。"

"在我们国家，人们在这种场合表现得也不是很文明，"布鲁姆举起勺子比画道，"不过目前为止还没泼过墨水。"

---

1 奥地利总理。

2 法语，国家议会。

奥托笑了笑。他说其实也没那么严重。相比之下更让他担忧的是邻国的局势。小小的奥地利反而成了民主的孤岛。

他的语气变得严肃起来。基于眼下这种情况，阶级斗争必须先放在一边。不过，他希望不要太久。毕竟资本主义已经明确无误地表明了它没有能力让数百万世界人民脱离水深火热。

恩斯特说了句失陪，便朝厨房走去。他还再添一份美味的红烧牛肉。

等他回来时，奥托正在强调尽管局势艰难，他依然坚信选票具有革命般的力量，坚信通往社会主义的和平民主之路绝不会被中断。

恩斯特转身再次朝厨房走去，他说去看看蛋糕好了没有。

"噢，亲爱的！"伊达惊呼，她看见恩斯特又端来一盘红烧牛肉。玛丽亚拿着蛋糕托盘跟在他身后。

"新鲜出炉的。"她把托盘放在桌上，轻轻拍了拍伊达的肩膀，"我很高兴您的丈夫爱吃我做的菜。"

好心的厨娘根本不懂恩斯特借着她的红烧牛肉耍的什么伎俩。幸好这时门铃响了，是库尔特。昨天晚上他在美因茨指挥了一场圣诞音乐会。他问候了大家，并请大家原谅他的太太没来。她因为旅途劳累，必须好好休养一下嗓子，后面还有演出任务。

布鲁姆不能亲眼见一见她的新儿媳，这让伊达很失望。她告诉他，特鲁迪是个妙人儿，她第一次见到她时就知道这正是库尔特的理想伴侣；她又说，当然特鲁迪也懂得，她是何等幸运才能拥有库尔特这样的丈夫，不然，她也不会心甘情愿地接受结婚带来的巨大损失——新娘的父亲听说库尔特有犹太教徒的亲戚后，剥夺了女儿的继承权。亏他想得出来！

莱昂·布鲁姆沉思着点点头，之后却又把话题引回政治上。这正中奥托下怀。其间恩斯特又让人给他拿来第二块蛋糕，然后流露出了想要回家睡觉的意思。伊达看了看时间，是的，的确很晚了。她也得马上去皇家酒店了。

桥牌室出人意料地热闹，不过她应该能搞定。傍晚时分，库尔特打电话来，让门房转告伊达，说他爸爸情况不太妙。

她就知道！太过分了，恩斯特去厨房拿了这么多吃的，无非就是想表明他对社会主义毫无兴趣。所以即便把胃撑坏了，也是他活该。

两小时后，门房又来了，带来库尔特的另一通留言。伊达犹豫着，可是她总不能因为恩斯特一点点儿胃痛就把桥牌室关了吧？不，哪有那么严重。

等她打开家门，已经是午夜过后了。库尔特把她让进屋，她看见特鲁迪也衣冠整齐地站在走廊里。伊达连忙走到恩斯特床前，立刻发现库尔特丝毫没有夸张。恩斯特灰暗的面色及痛苦的呻吟都预示着这绝不仅仅是胃的毛病。

接下来的几个小时，她一直陪在他身边。天一亮必须马上叫医生，库尔特坚决地说。可是，不管他打了多少通电话，仿佛所有医生都离开维也纳去度假了。就连此时在部队医院见习的瓦尔特·施特劳斯都联系不上。最后，库尔特设法找了一位退休多时的家庭医生。他用听诊器听了一下恩斯特的胸口，便让库尔特去买一种心血管药物。其他的还是要等一位心内科医生来诊断。

两天两夜过去了，那位心内科医生终于回到了维也纳。家人日日夜夜看护着恩斯特。库尔特将客厅的留声机搬到爸爸床头。巴赫和海顿安抚着他，让他入睡，库尔特则在一旁忧心忡忡地盯着爸爸睡梦中剧烈起伏的胸膛。

伊达小口小口地喂他喝水，一勺一勺地喂他吃粥。现在他已经消化不了其他的食物了！她把一个热水袋放在恩斯特的肚子上，自己的脚下却失去了平衡——她已经两天没有合眼，也忘记吃东西了。特鲁迪连忙叫女佣拿了些面包过来。

恩斯特呻吟着，他的肋骨之间火辣辣地疼。伊达躲在卧室门口哭泣，她说她没法儿走进去，看着他这样，她也很痛苦。于是，她便离开了。

心内科医生确诊恩斯特得了心血管梗死，他直言病人恐怕挺不过去了。恩斯特先是提出要听舒曼，然后又换成亨德尔，再换成巴赫。晚上，当医生再次上门时，他惊讶地发现病人居然熬过了白天。他说还是有希望的，让恩斯特继续休养着。

殡仪人员到来之前，伊达一直握着恩斯特的手，将他的拇指按在她的嘴唇上。小小的指甲盖冷冰冰地贴着她的唇。她摘下他的婚戒，戴在手指上，跟自己的那枚叠在一起。

尸体被带走之后，她扔掉裹尸布，打扫了卧室。她和库尔特一起为葬礼挑选音乐，并商量了丧宴要准备什么菜色。库尔特提议让小提琴手演奏一曲恩斯特自己的作品，却被伊达严词拒绝了。她不想破坏大家对恩斯特的美好回忆。她还在根格罗斯百货公司买了一件丧服，特鲁迪陪她试穿了衣服。

她努力让自己忙碌起来。于是在清理恩斯特遗物的同时，也顺便把自己的东西收拾了一下。她翻出了自己的婚纱，却发现裙摆上的裂痕比她记忆中小得多，是的，几乎看不出来。这就是当初让她耿耿于怀很久的那件"被毁掉"的婚纱吗？伊达紧紧地抱住了它。

她在桥牌室门口贴上**"处理家事暂时关闭"**的告示，去找理发师里斯为她做了头发。

好多人来到塞默灵火葬场，来到恩斯特的墓前，多得简直数不过来。下葬之后，这些人几乎全部出席了维佳大街的丧宴，一如往日举办聚会时的盛况，只是这一次，男主人缺席了，欢乐消失了。不过笑声还是有的——玛丽亚的红烧牛肉！以后再也没有人像恩斯特这样爱吃这道菜了。接着又有人说，要是当时他多喝点儿酒就好了，因为酒包治百病嘛！

其他人的话听起来就没这么诙谐了。有人小声议论着，说伊达在恩斯特发病的当晚还在桥牌室逗留到很晚，她从来不在乎丈夫的健康状况。另一个人也低声回应说，她这个人就像一块冰一样冷漠，她跟堂姐爱尔莎已经好几年没说过一句话了。爱尔莎跟恩斯特相处得还不错呢，这次连他的葬礼都不愿出席。

是的，连葬礼都不来。这让伊达很受打击。再说现在爱尔莎已经离了婚，更没有理由纠结过去的恩怨了。

正是因为这个缘故，伊达一直挂念着爱尔莎何时才与她联系。元旦过后，一阵非常突然的门铃让她的心咯噔了一下。可是认出来客后，她的膝盖却一阵酸软，差一点倒下去。她不得不用两只手扶住门框，支撑住自己身体。

佩皮娜说，她看到了讣告，又兜兜转转通过好些人了解到事情的经过。汉斯当年走得也很突然，如今已经去世四年半了。她问伊达，你是不是还不知道汉斯已经死了？

这让伊达猝不及防，其实她也说不清楚自己是否知道汉斯的死讯。反正对她来说，他已经死了好久了。他的死跟恩斯特的死完全是两码事。

"没想到我会来，是吗？"佩皮娜轻声说。她的眼睛依然又圆又亮。圆嘟嘟的嘴巴好像一颗心的形状，只是没有从前那么丰满了，尤其是上嘴唇，上面浮现出一道一道竖纹。

"让我进去，我们一起好好聊一聊，就像以前一样，好吗？"

伊达震惊地摇摇头，不，怎么可能，绝对不行。然后当着她的面，用力甩上了门。

V

湖　畔

梅兰，1898

她的睡袍被汗水浸透，她在发抖。这是哪里？不是维也纳，也不在湖畔，而是在梅兰的家里，在床上，刚刚从睡梦中惊醒。让她发抖的并不是梦魇——她倒宁愿这只是一场噩梦。

她慢慢回忆起这一切是怎样开始的：在维也纳时，她去弗洛伊德医生那里看了病，之后，爸爸带着她去了加尔达湖，妈妈则返回梅兰。父女俩来到采勒卡家的度假屋，爸爸将她留在那里，而他自己要去罗马酒店过夜。那天下了雷阵雨，天空中交替着电闪雷鸣。爸爸很担心采勒卡家的木屋会不会着火，但那天的佩皮娜特别热情活泼，她很快消除了爸爸的担忧，并邀请他一块儿进来坐一坐，等这恶劣的雷雨过去了再出发去酒店。

爸爸二话不说就同意了。他们三个坐在小屋里，一边抽烟一边谈笑风生。佩皮娜和伊达彼此都很诧异，因为她俩从未见过对方吸烟。爸爸显然特别开心，他吐出一个又一个烟圈，故意卖弄给她们看，因为伊达和佩皮娜吐出的烟完全看不出环形。夜深了，伊达困了，便上床睡觉去了。

当她第二天早晨醒来时，佩皮娜已经出门了，她跟爸爸约好了早晨要开会。于是伊达与两个孩子以及孩子们的家庭教师共进早餐。她们很聊得来。采勒卡家的家庭教师比她自己的亲切得多，她的那位老师经常发火，只有见到爸爸的时候老师的心情才会好一点儿。

第二天，汉斯也到了。佩皮娜却突然觉得身体不舒服，这样的情况在梅兰时也时常发生，而且恰巧都是在汉斯外出归来的时候。可是佩皮娜却哀叹着，说她也没有办法呀，她明明才做过疗养。

"病了就是病了！"于是她躲进楼上的房间里不出来。爸爸这时也还没从酒店过来。伊达只好带着孩子们，跟家庭教师以及汉斯一起吃午饭。

奥托和克拉拉还是那么好玩，就连汉斯也不像平日那般尖酸粗鲁。尽管佩皮娜不在，气氛还是很欢快。只有家庭教师的举止有些奇怪，她一句话也不说，就连汉斯请她把桌上的盐递给他，她也装作没听见。先前对待伊达的友善全部消失了。

午饭后，伊达觉得有些疲倦，就回房间去了。佩皮娜正在她房间的沙发上打盹儿，见到伊达进来，她坐起身，笑着指了指伊达床头柜上的一本书，故作嗔怪地摇摇头，说，先是抽烟，现在又看这样有趣的书，这还是她认识的伊达吗？

伊达觉得有些难为情，她都还没怎么翻过这本书，只知道是个意大利人写的。

佩皮娜脸上的笑意更浓了。她问伊达，是不是存在着某个特殊的人，或者某件事促使她去读这本书呢？这本《爱的生理学》[1]背后一定隐藏着某些特别的事情。她眨眨眼睛，让伊达把触动她的事情

---

1 《爱的生理学》，作者为十九世纪意大利著名医学家、人类学家保罗·曼特伽扎。

全部说出来，用不着害羞。

　　其实伊达的确想到了什么，但那并不是一个疑问，而更像是一种感觉，一种让她自己都震惊不已的感觉。她咬紧牙关。说出来？——根本不可能。

　　慢慢来，一件一件回忆——一天后，家庭教师把伊达拉进厨房里，她的眼中噙着泪水。她说她有话要告诉伊达，她觉得伊达身上拥有某种让她信赖的品质。

　　伊达惊讶地点点头。要是她预先知道接下来会发生什么，那她一定头也不回地离开厨房！家庭教师告诉她：就在伊达跟爸爸妈妈住在维也纳的那段日子里，佩皮娜出人意料地外出疗养去了，于是她只好独自带着两个孩子跟采勒卡先生一起留在梅兰。

　　"后来，"家庭教师睁大了闪着泪光的眼睛，"他就开始抱怨，对，就是采勒卡先生，他说他不喜欢他的太太，要我对他好一点。"

　　说到这里，家庭教师背过身子，伊达以为故事就这样结束了，没想到她只是平复了一下情绪，随后又转过来对她说：

　　"采勒卡太太确实不怎么关心他，这些我都看在眼里，所以我就……但是此后他就不理我了，就好像……"她双手握拳抵住自己的太阳穴，"就好像我跟他之间什么都没有发生过。"

　　家庭教师从发髻中揪出一缕头发，用力地拉扯着，就好像要以此惩罚自己似的。伊达也不由得摸了摸自己的头发——她最讨厌有碎头发垂在发辫外面！这时，家庭教师拉住伊达的手臂，问她能不能帮帮自己。她承认开始的时候很嫉妒伊达，因为伊达跟采勒卡先生关系不错，但是后来她告诉自己：伊达还是个孩子！他对待她的态度就如同对待自己的儿女。她恳求伊达——好心的伊达——能不能为她说说好话？她希望汉斯——说到这里家庭教师连忙改口——

是采勒卡先生，不要这样对她。

伊达没有回答她，只是呆呆地望着她脸上滑稽的小雀斑，它们跟她哭泣的表情格格不入。不过伊达最后还是点了头，但只是为了能够赶紧离开厨房而已。

家庭教师搂住她的脖子。伊达愿意帮她，她开心极了。她无法忍受眼下的生活，又不能回到父母身边。当初她把这里发生的一切都写信告诉了父母，他们很震惊，要求她立刻回家。可是她并没有这么做。所以现在，他们与她断绝了联系。

第二天，佩皮娜的身体好些了，便去找爸爸开会。孩子们正在上课。这时汉斯提议他们两个坐船到对岸去，既可以打发一下在家的无聊，还可以顺道散散步。

他是如此坚持，听不得任何借口。伊达只好对自己说，反正走不了多远，大概中午就回来了。或许，她还可以借此机会帮帮家庭教师？虽然这件事让她觉得很不自在，但孩子们似乎很依赖他们的老师，那就看着孩子们的分上？她愿意为了孩子们帮她一把。

于是她跟汉斯一起上了船。他摸出一支香烟，不是给自己，而是伸手递给了伊达。他说，有人告诉他，伊达现在也抽烟。

伊达惊讶地接过香烟。他替她点上。抽着抽着，她咳了起来，可平时抽烟的时候她并不咳嗽。汉斯笑话她，并给自己也点上一支，深深地吸了一口，仿佛在证明他多厉害似的。

他们一起抽着烟，大部分时间里都沉默着，望着湖面，下船，上岸。汉斯建议他们到附近的树林里走走。太阳升起来，光线穿透了树林。起初路上还有其他的同行者，没过多久就朝四面八方各自散去了。他们有一句没一句地聊着，除了天气和一路上看到的景物，伊达实在想不出其他的谈资。至于怎样才能把话题转移到家庭教师身上，她更是毫无头绪。

突然，一阵恐惧涌上她的心头。要是船没等他们回去就开走了怎么办？虽然还有一个多小时才返航，但她还是请求汉斯马上原路返回。他妥协了。为了你，他说。当湖面再次出现在眼前时，汉斯提议再来一支烟。

伊达没有说不。汉斯停下脚步，可是他掏出的不是烟盒，而是一个小口袋，他从口袋里取出烟丝，装进烟纸里。伊达看着他用舌头浸湿烟纸，觉得有些恶心。当他把卷好的香烟递给伊达，却突然趁机抓住了她的手。

你的头发，你的眼睛，多么可爱，你太美了！只要你开口，我马上离婚，只要你说一句话。佩皮娜什么都不给我。

他没有抓牢她的手。她把手抽回来，朝他脸上扇去。他松开她，她跑掉了。他呼喊着她的名字，他的语调先是惊恐，然后带着哭腔，最后转为愤怒。

伊达没有回头看。她只想快点跑到岸边，不要去码头，就沿着湖岸，跑，跑，跑。她希望能够绕着湖边步行去到爸爸的酒店。她问路过的一位先生，到罗马酒店还有多远？那人说，估计两个半小时。

两个半小时，她对自己说，她可以的，一定可以！继续，继续。可是她的心脏好难受，脉搏太快了，她大口喘息着，眼泪，汗水和鼻涕一直流进了嘴里。正午的太阳炙烤着她的脑袋，她被热哭了。

也不知过了多久，她终于意识到自己不可能走到酒店。她擦了擦脸，想了片刻，把手伸进湖水里想要凉一凉。可是眼下的湖水热得像毒药。她发现那根香烟一直被她攥在手里，已经扭曲变形，烟纸破了，露出里面的烟草。尽管如此，它依然是她唯一的精神寄托，还能抽上一口的念想。

这时她才想起身上没带钱，付不起返程票。她又想哭了。她只能向路人乞讨了，继续忍受窘迫，继续忍受屈辱。

码头上已经站了一群人。伊达观察着那一张张面孔，寻思着应该跟哪一个开口。这时，汉斯朝她跑了过来。她痛恨自己——见到他时，她竟然一下子觉得轻松了许多！借着风声和蒸气发动机噪音的遮掩，他说："伊达，求求你别生我的气，耳光我不计较了，你原谅我，好吗？"

她不回答，只是四处看着，唯独不看他。于是他说："好吧。"压低了嗓音："好吧。"可是他的声音让人一听就明白，一切都不好。

他们回到度假屋，屋内和屋外完全是两个世界。佩皮娜和爸爸都在，孩子们跟着家庭教师散步去了。她的脑子里响起那句话：**佩皮娜什么都不给我。**

她说不出口，即便是对爸爸。她只是说，对不起，她要睡觉了。太离谱了，简直太离谱了。她的脑子里始终回响着某种噪音，她只好睁着眼睛，在沙发上辗转反侧，无法控制地一遍又一遍回想当时发生的事情。她可爱吗？真的有那么美吗？那不重要——她暗暗地骂自己——重要的是汉斯不检点的行为。可是，可是她也想变成美丽的女人。但绝不是为了他！就这样思来想去，不知何时，她睡着了。

一开始她以为自己还在睡梦中，见到的是梦中人的脸。然而并不是，有人站在床边，盯着她看。是汉斯！她问汉斯来她的房间找什么？

汉斯冷淡地答道，她好像忘记了这里是他的家，而这间卧室平时是他和他的妻子共享的。只要他想进来，谁都别想阻拦。说完，他离开了房间，伊达则一直待到晚饭时分才敢走出去。她的身体仿佛被接上了电极，电流刺痛着神经，皮肤整夜紧绷着，胸口和咽喉仿佛被勒住一般，让她难以呼吸。

明天一早立刻告诉爸爸湖畔发生的一切。她在脑海中斟字酌句，每想好一句话，心里就多几分恶心。她好想摇醒身边的佩皮娜，却又不敢。她蜷起双腿，把自己缩成小小的一团，也没能让自己好过一点。这时爸爸唤醒了她，说木屋着火了。等伊达惊恐地爬起来之后，才反应过来，木屋并没有失火，刚才是她在做梦。可是，她闻到的难道不是烟雾的味道吗？

再一次醒来时，曙光穿过卧室的窗户照进来。佩皮娜正在穿衣打扮，她马上要去爸爸那儿，伊达又要一个人在这儿了。

"佩皮娜！"她低声叫她。

佩皮娜着急出门，她没怎么询问伊达为什么突然需要一把钥匙，而是随手打开一个小盒子，取出里面的卧室钥匙递给她。

可是，当伊达想要午休的时候，钥匙不见了。余下的时间里，她就像个机器人一般呆呆的，想去质问汉斯，却又没有胆量，只好躲着他，也躲着那个总是用询问般的目光逼迫她的家庭教师。她要是知道这一切多好！然而即便伊达能够告诉其他人，也唯独不能告诉她。

白天结束，又是一个担惊受怕的夜晚。清晨醒来时，尽管疲倦不已，四肢酸痛，她还是动作迅速地穿好衣服，免得让汉斯趁机看到她衣冠不整的样子。早知道如此，还不如穿着白天的衣服睡觉呢。

爸爸跟她说，他必须动身了，他还有生意要做。殊不知她早已收拾好了行李。

为了保险起见，再捋一遍：两年前的六月，汉斯向她扑过来。今年六月，又发生了这样的事情。她十五岁，汉斯三十八岁。她试着计算出这些数字之间的意义关联，却没有得出任何结果。不管怎么算，结果都是大错特错，即便她把他们家的家庭教师加进去也是一样！

回家的路上，她又失去了跟爸爸开口的勇气。但是有一点她已经打定主意：无论事实多么糟糕——以及——多么让她恶心与疼痛，这次绝对不再怀疑自己。回到梅兰后，她还是不由自主地想着湖畔，但已经不再想起汉斯，而且她的感官好像全部失灵了。有一天早上穿衣服的时候，她脚下的地板突然裂开，她觉得自己掉进了湖里，湖水涌进她的体内，想要淹死她。于是她衣冠不整地跑到妈妈那儿，仿佛一个溺水者急于吐出肚子里的水一样，向她讲述了一切：汉斯，湖畔，求爱。

妈妈惊呆了。伊达从未见过她这样。她说今天晚上就要把这件事告诉爸爸。她让伊达上床躺着。伊达直接回到自己的房间，心里感到无比轻松，她终于又能睡个好觉了。

第二天，妈妈告诉她，爸爸给采勒卡先生发了电报——是的，她还是这么礼貌地称呼他。对方立刻主动提出要澄清这件事。

她期待着家人的同情，却没想到几天后，爸爸用颤抖的声音愤怒地说，汉斯在面谈时否认了她所有的指控。断然否认——爸爸强调。汉斯说他的所作所为问心无愧。伊达尖叫一声，但爸爸并不理会她，而是继续说下去：相反，汉斯跟他说了一件让他不开心的事情，非常不开心。佩皮娜告诉汉斯，她撞见伊达正在看一本关于性启蒙的书——《爱的生理学》。

"可是……"伊达刚要说什么，就被爸爸打断了。他说伊达是在这本读物的诱导下幻想了这一整出事件。

幻想？伊达跳了起来。

在这件事情上，汉斯从头到尾都是个正人君子。卡尔叔叔跟他的看法差不多。总之，他很惊讶自己的女儿竟然会产生那方面的幻觉。

幻觉？

再回忆一次：在湖畔，他说，佩皮娜什么都不给我。离婚。佩皮娜。离婚。湖畔。

那本书她几乎没怎么读过，唯一读过的部分也只是在说爱情是最神秘的化学现象，说人体内有生殖细胞，它们彼此结合，而这些结合多多少少都有一定的相似性。

佩皮娜什么都不给我。佩皮娜出卖了她！难道她们俩不是朋友吗？她们俩不是亲如家人吗？

最后一个问题的答案仿佛一下子撕开了她的眼罩。她走进之前一直不敢碰触的思维禁区，这里一片黑暗，而她却突然看清了一切。佩皮娜什么都不给汉斯，是因为她全部给了爸爸。她真是瞎了眼，爸爸的宝贝女儿竟是个瞎子，瞎子，瞎子。

　　这位病患——后面我将她命名为朵拉［...］此时已经出落成一个花朵一般讨人喜欢的少女，但也引发了父母极大的担忧。她的疾病主要症状变成了情绪低落和性情大变。显然，她既不满意自己，也不满意她的家人。她对待父亲极不友善，也无法跟想要她一起分担家务的母亲相处。她尽量避免人际交往［...］有一天这个女孩的父母在她的书桌上（或者是书桌里面）发现一封信，她在信里向他们告别，因为自己无法再忍受这样的生活。这让她的父母非常恐慌。她的父亲相当明智，他猜到女儿并不是真的打算自杀，但无论如何这件事情还是让他非常震惊。几天后，父女俩只不过说了几句话，女儿便昏了过去，并且醒来后完全不记得这回事。因此，尽管她很抗拒，父亲还是决定把她送到我这里接受治疗。

　　　　　　　　　　——西格蒙德·弗洛伊德《歇斯底里案例分析片段》

漆黑人影

维也纳，1900

伊达用力拉开书房的门，爸爸正坐在那里，一边抽雪茄，一边看文件。他诧异地抬起头看看她："你为什么不敲门？不准这样吓唬你的老爹。"

伊达来到他的写字台前。"他们也来了"，她清了清嗓子，"我知道，他们现在也搬到维也纳住了。是跟着我们来的吗？"

爸爸朝她弯下腰："乖女儿，你说的是谁？"他问。

"我还以为来到这里，一切就结束了。"伊达一咳起来就没完没了。爸爸递给她一块手绢，却被她一把打飞。"你不准再跟她来往！"她喘息着说，"采勒卡一家会毁掉一切。"

爸爸把手绢塞回去，又抽了一口雪茄："我不知道你又在胡思乱想些什么。你对他们的敌意完全不可理喻。"

"我根本没有胡思乱想。我亲眼见到你跟佩皮娜在一起，你明明知道，你明明知道的……"她又开始咳嗽，咳到干呕。爸爸突然站起来，用手松了松领带，仿佛嫌它系得太紧一般。

"你这个无知的小孩。"

"我只知道我知道的。"

爸爸又坐下来："如果真的是那样，那么没有人比你更应该好好感谢佩皮娜。"

"感谢她让你带着我们全家继续坠入不幸吗？"

"恰恰相反。是佩皮娜帮我们躲过了最糟糕的情形，所以我永远是她最忠实的朋友，我绝不会用绝交来伤害她，我亏欠她太多。"

"所以你就利用这美好的亏欠满足你自己。"

"你马上回自己的房间去！"

伊达双手抱在胸前，根本没有离开的意思。

"好吧。"他的声音听起来有些嘶哑，"我会告诉妈妈，从现在开始，家里打扫卫生的活儿也有你一份。我会亲自监督她好好管教你！"

伊达张开嘴，刚想反驳，却见爸爸面色苍白，看起来仿佛马上就要倒下一般。算了，她可负不了这么大的责任。

第二天，她去找妈妈分配家务。妈妈一下子来了精神，热情地谋划着她们俩应该从哪里开始。这让伊达有种别样的感动。最后妈妈决定，先从家里的波斯地毯入手。

伊达只好跟妈妈一起，将厚重的地毯卷起，拖到后面的院子里，再一张一张挂起来。她们俩轮流拍打着地毯，空气中顿时弥漫起灰尘。

看得出来，这让妈妈十分开心。这些日子里，她的洁癖愈发严重。她一刻不停地忙碌，比在梅兰更勤快。她在维也纳雇了更多的仆人：一个厨娘，一个女佣，一个清洁工，一个洗衣工和一个熨衣工。这些人全都得听妈妈的指挥，满足她苛刻的要求。

现在连她也被爸爸逼来做这种无聊的事，想到这里伊达就满腔愤怒。每拍打一下挂着的地毯，她的愤怒就多几分。她撩开额前的碎发，忍不住——不，应该是压根没打算忍着——她直截了当地问妈妈，爸爸说他们必须感谢佩皮娜，这话到底是什么意思？

妈妈的目光一下子黯淡了，她动作缓慢地将最后一张地毯挂起来："这是他跟你说的？"

伊达点头。妈妈拿起拍子："也许爸爸说的是他想要了结自己那会儿。"说着，她挥动胳膊。

"什么？"伊达惊得差点儿叫出声来。

妈妈停住动作："有一段时间，爸爸觉得他被疾病折磨得不成人样，甚至连男人都算不上了，严重到差点自我了断的程度，不过佩皮娜肯定察觉到了什么，她跟着爸爸，苦苦哀求他保重自己。"

妈妈把拍子递给她，但伊达却一动不动："爸爸想要自杀？"

"行了，别再说了！"妈妈只好自己拍打起来，"我都已经告诉你了。还想让我重复几遍？"

伊达不说话了。她看着妈妈取下地毯，再把它们卷起来。

"刚学会怎么干活，现在又忘记了吗？"妈妈苦涩地说，"也是，反正现在你的目的也已经达到了，对吗？"

灰尘烧灼着她的肺，她的眼前全是一闪一闪的亮点。她揉一揉双眼，却摸到额头上全是冷汗。但她还是强忍着不适，吼道："胡说八道！你们全都在撒谎。"她本想飞奔回楼上的卧室，却发现一条腿又不听使唤了，只好一级一级地蹒跚而上。回到房间，她砰的一声关上了房门。

她在房间里呆了好一会儿才鼓足勇气出来，而且专门等到爸爸出门上班之后，她才跑去找奥托——那条腿还是不怎么使得上力气。搬来维也纳以来唯一一让她开心的事，就是又可以跟哥哥朝夕相处了。奥托房间的门开了一条缝。她推开门，以为会在写字台前看见他，却不料他正穿着背心，站在卧室中央举哑铃。看到伊达时，他吓了一跳。

"你怎么一点声音都没有？"

"我只是不想打扰到你。"

"真的吗？那你真是太贴心了。"他放下哑铃说。

他的上臂又白又软，像面团一样。他察觉到她的目光，有些难为情地套上一件衬衣："你找我有事？"

伊达四下看了看。"我……"她一时语塞。

奥托扣上衬衣扣子："快说呀，我可没那么多时间。"

"你要去上课吗？"

"下午才有课。"

"上课之前还要去中央咖啡馆？"

"别那么好奇。"

"问一下也不行吗？"

奥托用手抹了一下脸："说吧？"

伊达的目光在房间里游走。床铺得很整齐，写字台靠着窗，窗户开着，烟灰缸堆得满满的，桌面上残留着烟草的碎片。还有书，到处都是书。她随手一指："我想找本书。"

"什么样的书？"

"我能看的书。"

"傻瓜，我的这些书你根本不感兴趣。"

她噘起嘴。

"伊达，拜托，你连《资本论》的第一章都没读完。你要是感兴趣，早就读下去了。你总是这样三心二意。"

伊达的两只手绞在一起："那本书你逼我读的，我又没得选。"

"世上真正没得选的，是要么挨饿，要么为了生存做牛做马。"奥托不耐烦地答道。

伊达哭了："你满脑子都是剥削和饥饿！"

奥托吓了一跳，他看着她："怎么了，伊达，你不舒服吗？"

"我从来就没有舒服过。"

他抓起她的手，用力握住。

"你也许没看见，因为你整天只知道埋头学习。可是只要你抬起头，就能发现爸爸和那个佩皮娜·采勒卡……在这里也是，她也搬来了维也纳！"

她的话并没有让奥托感到多么惊讶。"说实话，对于搬家这件事，我没有理由抱怨，"他顿了一下，又说，"而且你要知道，作为子女，我们也没有权利批评爸爸的行为。或许，爸爸找到了他喜欢的人，我们应该替他高兴。"

"汉斯·采勒卡——他怎么办？"

"那就不关我们的事了。"

"也许不关你的事。"

她的双唇颤抖着，但是奥托并没有注意到。他走到写字桌前，摩挲着一本书的封皮："你这么在乎汉斯过得好不好。"

"我才没有！"伊达叫道。

奥托拿起那本书，两只手掂了掂重量："最需要我们同情的，是妈妈，你不觉得吗？"

他翻开书，粗略地看了几行。

伊达还以为他会把这本书递给她，然而他又把书放回原处。她的眼泪再次涌上来。哥哥读过这么多的书，对某些事情的看法却是大错特错。真让人难以忍受。

"我的宝贝女儿，"爸爸说，"你对我跟采勒卡一家的猜疑根本是无中生有，你是在幻想有人要欺负你。不过，弗洛伊德医生能够帮你找到治疗的办法。我们都想看到你恢复健康，从幻觉中走出来。你是个乖女孩，那才是真正的你，我知道。"

说得对，说得非常对。十匹马都甭想把她拉到医生那里去！一百匹，一千匹也不行。别想这么容易就把宝贝女儿糊弄过去。我看到了，就是看到了。我才不像奥托那样故意视而不见。整件事对他来说是一笔划算的交易，他可以如愿在这里上大学，而代价就是闭上嘴，任由爸爸想怎么鬼混就怎么鬼混。

保重自己。呸。他怎么可能自杀，他根本没那个勇气。我可不一样！让我来给你们示范一下是怎么回事。我要找一把刀，绳子或者安眠药也行。我要让爸爸好好看看他把宝贝女儿逼到了什么份儿上。读完我的遗书，他们这辈子就再也不会开心了。你们就彻底地、永远地绝望吧！

面团饺[1]，蘑菇，肉酱。伊达一直低着头，把自己盘子里的面团饺切成无法再切的碎片，然后用刀捞出蘑菇，把切碎的面团饺挤到边上，再就着肉酱把蘑菇统统压成糊状。

"伊达，好好吃饭，你已经不是小孩子了。"爸爸警告她。

她头也不抬，用叉子尖在那一团糊糊中挖出一个洞。

"这些蘑菇可都是我亲自采摘的。"妈妈责备道。

"那我更要小心吃下去会不会闹肚子了。"伊达冷笑着说。

爸爸放下刀叉："不许这样跟妈妈说话。"

伊达耸耸肩。

---

1 奥地利传统美食。

爸爸四下张望了一下："你哥哥在哪儿呢？"

"还能在哪儿？中央咖啡馆呗，跟他的同志们在一起。"

"谁允许他去的？"

妈妈拿起雪白的餐巾，轻轻擦了擦嘴，说："奥托已经这么大了，可以让他在外面吃饭了。"

"只要他还在我家住着，就不准去咖啡馆参与那些毫无意义的政治讨论。"

"奥托并不觉得那是毫无意义的。"伊达一边低声说，一边继续扒拉蘑菇，一不小心把酱汁溅到了桌布上。

"你弄脏了我漂亮的桌布！"妈妈惊呼。

爸爸问："这就是你学的餐桌礼仪吗？"

伊达挑衅地望着他，拿起叉子塞进自己嘴巴。这时，她的舌头突然尝到一种味道，这味道简直扭曲了她的肠胃。她费力地呼吸着。

"伊达。"

这是她的名字。

"伊达！"

是的，是在叫她。究竟是谁呢？

她睁开双眼，看见爸爸正满脸担忧地俯身看着她。她认得这些靠垫，还有更衣间。她在自己的房间里，躺在自己的床上。

"时间到了吗？"她迷迷糊糊地问。

爸爸莫名其妙地望着她："吃晚饭的时候你昏倒了。"

"晚饭？"

"伊达，你的头脑还清醒吗？"

"我好累。"

"你不记得刚才发生了什么吗?"

从她的角度看上去,爸爸的鼻子和胡子显得格外巨大。

"孩子,你好好想想!"

他的鼻子和胡子封锁了她的视线,她什么都回忆不起来。

"伊达?"

他在叫什么?

"我的宝贝女儿!"

那不是爸爸,那是一条漆黑的人影在呼唤她的名字。

"说话呀。"

她张不开嘴,再说,有什么必要向一条人影解释什么呢。它在说什么?去医生那儿?不,噢不。它没有权利做这样的决定。绝对不行。别这样,不要再逼她去弗洛伊德医生那儿了。

躺 椅

维也纳，1900

爸爸陪她一起去伯格大街十九号，替她敲门，把她送进屋里。她必须自己走上楼。站在诊所门口，她犹豫了一下，感觉到身后父亲的目光，他一定还在街上站着没走。于是她敲了敲门。

弗洛伊德博士打开门，请她进来。诊所的走廊比她记忆中的更加阴森。他像上次一样，示意她跟着他走，把外套留在候诊室。不一样的是，他并没有走进自己的书房，而是指了指隔壁房间的一张躺椅。伊达走过去，坐了下来。

这是一张检查身体用的普通躺椅，上面罩着椅套，她以前也见过好几次。不过弗洛伊德博士并没有给她检查身体的意思。他既没有为她听诊，也没有查看她的喉咙，更没有检查她的脉搏。而是坐在躺椅旁边的一张沙发上，跷起了二郎腿。

伊达看了一眼窗外简陋的天井，又看了看医生先生，然后她的目光再次回到窗户上。她心想，他的脸比上次见到时更加圆润了。黑色的胡子还是跟以前一样没怎么仔细修剪过，一头微微泛黄的白发格外引人注目。

医生先生开口道,你爸爸告诉我,你上个星期昏倒了。

伊达耸耸肩,盯着窗外光秃秃的树枝。

这种情况经常发生吗?

她再次耸耸肩,还是一言不发。他的问题就这么悬在空中,悬了很久很久——她觉得。她忍不住咳嗽起来。医生先生动了一下,他拍拍扶手,解释说,他必须首先了解一下她的病史,所以请她把以前所有的病症全部告诉他。

"上次说得还不够吗?"伊达问。

上次是什么时候来的?医生反问,有一年了吧?

"远不止一年,准确地说,是两年零四个月。"

医生先生挑起眉头,问她为何记得这样清楚?

她只是点点头,却不愿透露为什么。正是那年夏天,她在这里看完病后去了湖边,可怕的湖边。

幸好医生先生没有深究。他承认当年她确实告诉过他一些事情。不过他现在想要听她讲述整个病史,从童年开始。

"从童年开始!"

是的。他要她回想一下,把所有可能跟病症有关联的事情全部说出来。在什么情况下第一次发作,后来类似的情况是不是反复出现,是不是每次都引发同样的症状。

伊达苦着脸说:"我觉得这样会很累。"

她无须考虑累不累这个问题,医生先生说。

他审视着她。伊达的心底突然涌出一阵强烈的反感,她真想一句话都不说,宁愿用余下的时间继续盯着窗外看。

第二天同样的时间,她坐上躺椅,医生先生继续询问病症。她实在想不到什么了,也说不出具体什么时候犯的病。她只记得当年爸爸生过的那些病。

于是她向医生讲述了爸爸的肺结核，因为这个缘故，他们搬去了梅兰。还有爸爸的眼疾，以及她那时如何如何照顾他。她害怕说出那句话——爸爸也许会死，当她还是个小女孩的时候，这个念头让她非常痛苦，现在依然如此。

医生先生倾听着她讲述的这一切，并没有打断她。幸好如此。平时她总是感觉每个人都没有耐心听她把话说完。她说爸爸神志不清时偶尔会把她和妈妈弄混，这时医生先生突然背过身去，伸手从沙发旁的架子上拿了什么东西。她停住了。

请继续，医生先生说，他依然背对着她。然而她已经忘了说到哪里，只好看着他从一个盒子里取出一支雪茄，又从旁边的容器中拿出一根火柴，将雪茄点燃。他深吸一口，络腮胡上两侧分别凹下去一块，然后再将烟雾吐出——仿佛这也是治病的重要环节之一似的。

父亲病重的那段时间，她自己的健康如何呢？他接着问道。

"我很健康！当时我必须照顾他，不过后来，"她突然想起什么，"等爸爸康复得差不多可以回去上班的时候，我却在一次徒步中出现了呼吸窘迫，不得不卧病在床，好几个星期。"

"很好！"医生先生说，听起来似乎很满意的样子。

伊达困惑地看着他。

这正是我们要走的方向——他解释说，寻找症状以及与此息息相关的生活经历。这件事情发生在她几岁的时候？

伊达努力想了想："这个重要吗？"

原则上说，所有的细节都可能很重要，他答道。

爸爸问伊达治疗进展到哪一步了。伊达说，治疗根本还没开始，到目前为止她和医生先生只是闲聊而已。

爸爸问，闲聊的时候有没有说到她的幻觉呢？

伊达咳了一下。没有，一直在说她以前的病，别的没了。

爸爸苦恼地望着她。他说他必须亲自跟医生谈一谈。他要确保医生先生首先治疗最迫切的问题，毕竟这才是他支付诊费的原因。

伊达无所谓，反正等十四天的尝试期结束后，她才不想继续留在那儿呢。

"我哥哥出生于一八八一年九月五日，第二年十一月一日，我出生了。"

医生先生好像对此不是特别感兴趣。

"您不是说过，所有的细节都可能很重要吗？"她再次试探道。

"有时候是，有时候不是。"他顿了一下，答道。

"这句话您之前并没说过。"

医生说，他们每次都要着眼于新的发现，看看能不能找到有意义的关联。在出生日期这方面，他并没有发现什么有价值的东西。

"可是，我哥哥和我的生日之间正好隔了一年零两个月，我倒觉得这很有意思。"

普通的数字在她眼里具有非同寻常的意义——医生先生如此总结。

还有几次，尝试期就结束了。医生先生倾听了她的诉说，这点不假，尽管如此，她还是受不了他提出的问题以及得出的结论。她曾提到自己得了阑尾炎，如此特殊的经历却被医生先生判定为无关紧要。与此相反，她随口提到的胸部压痛却引起了他的重视。可是这根本没有性命之忧啊，那种压痛有时也会击倒她。她要么躺在软垫子上，等着疼痛退去，要么干脆忍着痛，该干吗干吗。的确很难受，可是阑尾炎比这危险多了，正是因为阑尾炎，她的一条腿到现在还是使不上力气。她真的不明白医生先生到底在寻找什么。

还剩几次就结束了，几次而已。

医生先生要求她平躺在躺椅上。她磨磨蹭蹭地撩起一层层的裙子，抬起双腿。除了靴子上的系带，其他的一律不能让医生先生看到，绝对不行！裙褶叠在膝盖下面，鼓起一个包，她把它拉平整，然后扭头去瞧医生先生。

往前面看。他的声音从身后传来。

伊达只好又转过来。她以为医生先生会查看她的喉咙或者做一些其他的检查。然而他既没有站起来，也没有把沙发挪到她的视线范围内，他就这么对着她的后脑勺说话。

他让她把所有的事情在脑子里过一遍，然后告诉他，她想到了什么。

她枕在垫子上，双腿伸直。就这样躺着跟医生先生谈话吗？她觉得好别扭。

"关于疾病吗？"她问。

不一定。想到什么说什么，绝对不要因为她觉得不重要或者没有意义而去隐瞒某些事情。闭上眼睛，这样不容易分神。

伊达闭上眼睛。她听见一声响动，是木质地板发出的嘎吱声。伊达的心跳加速，她必须马上睁开眼睛查看一下，医生先生现在是不是正站在她的面前，盯着她……

别睁开眼睛，也不要朝屋里看来看去。医生说。

他的声音听起来情绪不佳，不好幸好他仍然坐在她的身后。她看了一眼前方，然后眯上了眼睛。两只鞋尖之间露出的地毯图案在她的眼前闪过，胸口的压痛又开始了。

没有动静，她告诉自己，他还坐在原来的位置，并没有像汉斯那样盯着我。医生先生不会对我做什么的。

"你在想什么？"他问。

"我在想我必须躺在这儿。"

"还有呢？"

"我不知道。"

他让她自己说，不要等着他盘问。

伊达沉默着，她感受到医生在她的背后等待着。

"我刚刚在想着午餐。"她只好撒了个谎，随即又懊恼自己想到的借口如此蹩脚。

医生先生仿佛很满意。午餐，他重复道。同样的话从他的嘴里说出来，立刻变得意义重大起来。

他问她为什么想到午餐。

"也许是因为我哥哥最近经常不在家吃饭。奥托现在每天都泡在咖啡馆，跟那些社会民主党人在一起。"

他说，她的语气听起来似乎对此很不高兴？

让我不高兴的是另外的事。伊达想说，却又憋回了心里。她的心跳开始加快。医生先生不会对我做什么的，她对自己说。她试着让自己尽可能地保持镇定，回答道："我并不反对社会民主党。"

即便如此，他还是觉得她对哥哥的缺席耿耿于怀，她听见医生在她的背后说。紧接着呲的一声，他划了一根火柴。

"我只是不想就我一个人跟爸爸妈妈吃饭。"

为什么？

"因为总是会吵起来。"

为什么她不愿意再做一个听话的女儿，一定有原因吧？医生先生问。

"我们想法不一致。"她含糊地回答。

吵架自然是因为想法不一致。她得说得具体点儿。

"爸爸一定告诉过您吧。"她终于忍不住说了出来。

她睁开眼睛，盯着紧闭的候诊室大门。烟雾钻进她的鼻子。

医生先生那边没有任何动作。他一定在抽雪茄。闻起来没什么特别的。他抽的雪茄肯定比爸爸的便宜。她正在琢磨着，医生却发话了。他的声音听起来有些沙哑。

"是不是在关于采勒卡先生的那件事情上想法不一致？"

伊达坐起来，转身面对他："您瞧，我就知道爸爸一定跟您说过。您想必也认为是我撒了谎。"

医生先生举起手。他说，事实上，她的父亲的确跟他讲述过这一场持续了很久的争吵。不过他打算先听一听另一方关于这件事的说法，再做出判断也不晚。他请她说下去。

伊达犹豫着，她不知道该从哪里说起。

"差不多两年零五个月前。在夏天。爸爸和我去采勒卡家做客。"她顿住了，她实在不想把那件事从头到尾再说一遍。不过最终，她还是战胜了自己。

伊达从伯格大街的诊所走出来。她没有回家，而是右转，经过"柯美尔"肉铺的橱窗，上坡直行，一直走到蛋糕店。她有一种久违了的轻松感。医生先生相信她！相信她对他讲述的一切！他没有提出任何质疑。

她欢欣鼓舞地走在伯格大街上，心里如释重负——尽管躺着说话有点儿别扭。好吧，还有两次治疗。其实她觉得治疗到今天就可以结束了。顺利结束。

或许她应该……也许可以将弗洛伊德医生想象成律师，她心想。也许他能够让爸爸相信她所说的才是真相——而不是汉斯！比起她，爸爸一定更愿意听从医生先生的话。

只是这么做还需要耐心。她恨不得医生先生马上跟爸爸说出一切。不管怎么样，今天算是迈出了重要的一步。终于有一个人相信她的话了，终于！

她告诉他，尝试期结束后她还想继续治疗。医生回应道，他也愿意她继续做他的病人。遗憾的是，后面几次治疗中，他们并没有谈到要怎样去说服爸爸相信真相。

在医生的要求下，她又以这种别扭的姿势将自己平放在躺椅上，半坐半躺，背后靠着一个软垫。接下来，医生先生请她说一说她做了什么梦。

为什么说这个？

他的回答是——为了解析。

她继续追问，怎么解析。他说他不打算向她解释理论，他可以用例子来说明——只要她说出她做的梦。

她说在接受治疗的这些夜晚，她并没有做过什么梦。他却说，很快，梦就会出现。十一月一日，她的心情跟天气一样阴沉。十八岁了。她没有什么特别的感觉。又是万圣节，跟每年一样。不过跟她没什么关系，反正她也不过节。医生先生也不放假。他和她一样。尽管他们从没聊过这些，但她从一些小事上可以看出来。

另外，医生先生做事总是那么"想当然"。他说的那些概念，她只能凭猜测去理解。大多时候她都装作听得懂他说的话，因为这样一来她的虚荣心也得到了满足。

他会不会给她生日礼物？肯定不会是花。他那儿只有盆栽，以及一束干枯的黄花柳插在花瓶里。她在想什么呢？她不是最讨厌花吗！

奥托送给她一本书。一本小说。她是应该读一读小说，因为他不相信她有能力做一些正经的研究。可是他忘了，就在搬来维也纳之前，她明明时常去听五花八门的科学讲座。

不管怎么说，奥托的礼物总比爸爸的好多了。他的礼物简直太厚颜无耻——一小瓶香水。玫瑰精华和茉莉。伊达一下子就闻出来了。

她的心情太糟糕了，竟然很期待去见医生。因为糟糕的心情让她有一肚子的话想要倾诉。而且，现在她已经习惯了那张躺椅，躺上去，她就可以随心所欲地骂人。骂香水，骂爸爸偏偏在她生日这天出远门。他竟然还说是为了保持身体健康，需要换一换空气。

说得没错。那个佩皮娜今天肯定也离开了维也纳。她知道这是他们惯用的伎俩，她也知道香水是谁买的，事后爸爸再把钱塞给佩皮娜，一笔划算的生意就这么成交了。如此安排对他自己最有利。

噢，伊达愤怒极了。

第二天是星期一，她悄悄地朝诊所走去。昨天积累起来的怨气让她突然觉得有必要说一说当年在店里被强吻的事情。迄今为止她还没有告诉过任何人。不过，她不能对医生先生隐瞒。胸口的压痛不见了，可是咳嗽又发作了，还伴着恶心，让她差点儿呕吐起来。

要是汉斯现在被她撞见，她一定当街吐他一身……今天的治疗中她一定实事求是地告诉医生先生，尽管发生了这一切，但爸爸和汉斯之间并不存在什么协议。至少汉斯从来没有向她抱怨过爸爸。他只在妈妈面前说过几次，这是她之前偷听到的。其实她也是现在才明白到底是怎么回事，而且妈妈当时肯定也没仔细听汉斯说话。

她谁的话都听不进去，除了在剧院，只有在那里，她每次都能头头是道地分析自己最喜欢哪个歌者。也许以后得用唱的，才能让妈妈听懂。要是那样的话，只怕她又要对歌唱水平评头论足，而对内容置若罔闻了。

后来汉斯给伊达送过花，送过礼物，妈妈也都装聋作哑。他给伊达写信，告诉她一些旅行见闻，对此妈妈也无动于衷。相反，平时一些小事却能让她觉得有伤风化。今天她要再次告诉医生先生：在她的家里，只要能维系和平，一切都可以被容忍。

医生问，她说过她很关心采勒卡家的孩子，是吗？

她点点头："是的，我经常照顾他们。"

他说，那她肯定碰见过孩子撒谎的情况。而且她一定也知道：一旦孩子的谎言被识破，那么他多半只知道通过针锋相对来保护自己。孩子们会反过来说：你才是个骗子。其实这么做的目的只是不愿意承认他们说了谎罢了。

"我不记得采勒卡家的孩子有没有说过谎，"伊达思索着，"不过我妈妈那边的亲戚中有一个堂姐曾经这样做过。"

这时她突然灵光一闪："所以爸爸指责我诬陷采勒卡先生，是因为他自己撒了谎！"

遗憾的是，医生先生并没有认可她的结论。他只是含含糊糊地说，她指责爸爸以前因为采勒卡太太的缘故欺骗她。现在她又指责他猝不及防地外出去疗养。

"是的，因为这太明显了。他才回来几天，而且根本没有不舒服。他又撒谎了！"她生气地喊道。

但医生的意图并不在此。他说她自己的病痛发作具有同样的倾向性。她想借由生病来达到心里的某个目的。对此他并不怀疑。

"您不能这么想！我没有假装生病！我巴不得身上的病早点好起来，我想借着生病达到什么目的？没有的事。"

医生先生提醒她静下心来，听他解释。

"好的，当然，我会的。"

他又回到先前她对爸爸的指责，说爸爸以生病为借口满足他的私欲。医生解释说，他认为在此背后隐藏着她的自责。当她指责爸爸的时候，其实也是在说：**我**以生病为借口满足**我**的私欲。

伊达摇头："不，这并不是我要说的。"

没有直接这么说，是因为她永远不可能承认，即便是对她自己，医生继续解释道，因此她间接地说了出来。

"间接地。"

拐弯抹角地。

"您认为我想满足什么私欲？"

医生回答她说，她心里的目的是通过生病让爸爸疏远采勒卡太太。她向他哀求过，同他争辩过，都没有成功。所以希望通过吓唬爸爸来达到目的，比如说写遗书，或者用晕倒来唤醒他的同情。医生说他非常肯定，只要爸爸向她保证愿意牺牲采勒卡太太来换取她的健康，她会即刻痊愈。

伊达试着去理解医生先生的思路，但并没有完全明白。"不过，"她辩解道，"这样做一点用也没有，好几年了他们不还是这样。那我为什么还继续装下去，难道我傻吗？"

不，她不傻，他说。因为即便如她所说，这一切都没有用，至少她也报复了爸爸。她也许知道爸爸有多在乎她，每次被问到女儿的健康状况时，他的眼里都噙着泪水。

"报复。我从来没想过。"

她一定想过，医生先生反驳道。而且，他还希望她的父亲不要被她打动，因为那样一来，她就会明白她的手上握有什么样的利器，并且以后绝不会放过任何一次利用生病达到目的的机会。

"也就是说，假如爸爸不退让，我的病一定不会好。我的病一定不会好，那是因为爸爸——一个已婚男人——跟一个已婚的女人鬼混？"

不，她错了。她的重点不应该放在社交规范上。他说。

伊达犹疑地摇摇头："如果我不再纠结于拆散爸爸和采勒卡太太，那么我的病就会痊愈？"

她听到医生先生发出了赞许的声音。推理得好，不过没那么简单。

"为什么不呢？"

因为每一种症状都不仅仅基于一个基座。

基座，她觉得很有趣，听起来跟爸爸说的"健康的支柱"有点像。那么她的病需要几个基座？她调皮地问。

这还有待发掘——这就是他的回答。

弗洛伊德博士跟她以前遇到的所有医生都不一样，她向爱尔莎解释说。她每天都要去，一周六次。治疗费用高得惊人。他不使用任何医疗器具，只想跟她聊天。不过聊天的时候她不能看着他，他坐在她的身后，而她必须躺在躺椅上，闭着眼睛把脑子里想到的事情告诉他。

爱尔莎吃了一惊。他想用这样的方式治好伊达的病？她的妈妈——愿她安息——也曾经找他看过病，只不过没告诉过她。

伊达点点头，是的，是的，他说要这样控制住她的病情，不过她的咳嗽变得更厉害了。

爱尔莎问她究竟跟医生说了什么。

基本上什么都说，伊达含糊地回答。不过他似乎对梦特别感兴趣。

这又是为什么呢？

她也没搞明白。不过她有别的事情要告诉爱尔莎——弗洛伊德博士向她讲解了孩子是怎么来的，比她从前的家庭教师解释得更加详细，也更容易理解。

爱尔莎瞪大眼睛问，弗洛伊德博士到底说了什么？

伊达把医生先生向她讲解的受精过程告诉爱尔莎。算是一个预先警告吧，万一爱尔莎订完婚之后真的决定结婚要小孩呢。就所学的这些知识来判断，伊达真的不建议她这么做。

爱尔莎仔细听着，她承认伊达所说的这一切对她来说完全是新鲜的。她本来已经深深地爱上了汉斯，但是现在看来还是要好好考虑一下为妙。

伊达点头说，这么想是对的。

爱尔莎又问她为何去年辞退了她的家庭教师？

那个人啊，伊达轻蔑地说，她的心思根本就不在这儿，也不好好上课。她哼了一声，又说，她再也不想跟任何家庭教师打交道了。

她几乎无法躺着。尽管一再嘱咐女仆把她的胸衣尽可能地系松一点儿，她还是感觉自己像是卡在一把老虎钳里。她吃力地向医生先生尽量详细地描述着今天突然发作的腹痛。她把它比作燃烧的木柴。说话的时候，她的双手僵硬地捂住胃部。尽管她很想侧过身子，蜷缩成一团，但还是强迫自己面朝上躺着不动。描述完毕之后，她等着听医生开口说些什么。通常，他都会给一个点评。

可是这一次，他什么也没说。沉默了很久。她只听见身后传来怀表表链的声音。寂静中酝酿着新一轮令人头疼的长篇大论。她的肚子咕噜叫了一声。伊达打算开口说些什么来掩饰尴尬，随便说什么都行，这时，他冷不丁问她，这是在模仿谁？

她没听懂他的问题。

医生先生说，他的问题就是字面上的意思。她的肚子疼是在模仿谁？

"弗里达，我的堂姐，"她困惑地说，"昨天刚刚抱怨说肚子疼，可是——"

医生先生伸手拍了一下躺椅靠头的一端，说，被他猜中了！

伊达吓一跳，忍不住又咳起来。医生仿佛没有察觉她的惊慌，接着又拍了一下躺椅。伊达微微躬起身体，躲了一下。

"可是我并没有模仿弗里达。绝对没有。她只是想找一个借口去塞默灵疗养。我之前有没有跟您说过？后来我不愿意再跟爸爸去加尔达湖，于是爸爸经常带着那个弗里达一起去，因为他不能一个人去见佩皮娜，否则也太明目张胆了。在这件事情上，直到现在我都无法原谅弗里达。现在她再次展示了自己不好的一面，她想去疗养是出于嫉妒，她无法忍受爱尔莎居然订了婚。结婚是一件很可怕的事情，这一点我也跟爱尔莎说过。像今天这样的疼痛好久都没有出现过了。医生先生。尽管如此我还是觉得这跟弗里达的肚子痛……您自己也说过，并不是每一种症状在每个人身上都有同样的诱因。任何事情都不能一概而论，是因人而异的。"

医生先生承认她说得有道理，但立刻又指出，即便如此，人们还是要关注相似之处。"有烟的地方，一定有火。"他意味深长地说。

伊达再度蜷起身体。医生的手进入她的视线范围，它指了指着她脚边的毯子。他建议她把毯子盖上，温暖有利于对抗疼痛。医生先生的声音听上去带着同情，也比刚才温和多了。

她感激地坐起来，起身的时候突然不觉得疼了，仿佛他寥寥几句关怀就足以缓解疼痛似的。

只有在这一次的治疗中，她盖了毯子。诊室的暖气一直很足，比家里舒服多了——家里因为妈妈要通风的缘故冻得要命。而且，这里的壁炉也一直熊熊燃烧着。也许这就是为什么她会想到用火把和燃烧的木柴形容胃痛。可能这是一种无意识的潜移默化。

她还注意到其他的一些现象，比如医生先生总是向后拉伸肩背，好像很疼似的，这时他的关节会发出咔咔声。也许他的肩部动作也是在模仿某个人，或者这是他为了满足某个目的而刻意发展出的症状。他对于她病症的阐释极可能受到了他自己生活的启发，至少他本人就是个范例。

这些日子以来她还第一次在治疗中讲述了一个梦境的片段。医生先生把她的梦解剖成几个部分，并描述了一个他自己曾经的梦境。他梦见了一个朋友，而这位朋友却化身成为他的一个被家里人当作傻瓜的叔叔，出现在梦中。

伊达并没有能力把医生先生织出来的所有丝线都彼此联系起来，但他将他的梦解析为：他对于自己——而不是他的朋友被提名为教授这件事并不疑虑，而是万般庆幸。他的结论是，每一个梦都必须被看作一个愿望的满足。

但是，那些糟糕的梦又是怎么回事呢——那些反复出现，充满恐惧和危险的梦？毕竟没有人会有自我损害的愿望。而且通常事情都会呈现出很多个方面。不仅在梦中，在真实生活中也一样。她甚至在医生先生本人身上也发现了这一点。他原本是一位稳重的先生，常常受到肩痛的困扰。不过最近，她见到他突然完全改变了行走方式。那是在治疗结束后，她沿着楼梯往下走，还没到门口的时候，一转身瞥见他匆忙上楼的样子——楼上是他的私人房间。他一步跨越两个台阶，动作中竟洋溢着一种让她意料不到的青春活力。这真的是同一个人吗？

　　她已经太多次地抱怨爸爸，以至于她觉得医生先生大概已经听腻了，所以他才一再地将话题引到汉斯·采勒卡身上，偶尔也引到佩皮娜身上，以及她们从前结下的亲密友谊，她们那时甚至同床共枕过。

　　这引起了医生先生的注意，伊达倒没觉得这有什么。她也从来没有放在心上，她放在心上的只有她那位仿佛十分伟大的爸爸，若不是因为他的缘故，她也不至于辞掉她的家庭教师。这也是她抱怨他的一个理由。

　　医生打断她的话，他说当她提到采勒卡太太为何爱慕她的父亲时，再三强调他是个有能力的男人。而他在此处却听出了某些弦外之音，好像"父亲是有能力的"这句话的背后隐藏着截然相反的情况。

　　伊达思索着，与"有能力"相反的是什么？是爸爸对一些事情无能为力。是的，事实上，听起来也没错。因此她点头表示同意：爸爸在很多事情上都欠缺能力。就拿这件事来说，他就意识不到他与佩皮娜·采勒卡之间的关系是不正当的，一点儿也不正当。

　　医生说，他觉得她应该知道爸爸的病史到底造成了他在哪个方面的无能为力。

　　她只好又点点头。这些年来爸爸确实因为生病有一些事情无法办到。

　　可是，如果她真的具备这方面的知识，那便陷入了自相矛盾，医生接着说，怎么可能一方面坚称父亲与别人有着普遍意义上的恋爱关系，另一方面又承认他没有能力去实施这样的关系。

伊达愣住了。她很确定爸爸和佩皮娜之间存在那种关系。这并不矛盾啊。也许医生先生对此有完全不同的理解？世上存在着各种各样的关系。爸爸和佩皮娜的关系不同于爸爸跟妈妈的关系，更不同于爱尔莎和她的未婚夫。于是她说："关系一定有很多种形式。"

这话不假，医生承认道，接着又问她，关于关系的形式这方面的知识她是从哪里获取的。

知识？

找不到知识的来源吗？好吧。好吧。这个以后再说。那么他们先抛开生殖器，谈一谈父亲和采勒卡太太的恋爱关系中别的器官的需求。

什么？他们刚刚说过生殖器？他们不过聊了一些普普通通的……保持镇定。不可以被他识破她的前后矛盾。就这样假装下去——快点头，瞧瞧他接下来怎么说。

现在，他想谈谈她自身的症状之一。

既然要谈她的症状，那么接下来话题就会回到她身上，也就避开了最糟糕的部分。

医生解释说，她的心思不断地被父亲和其他女人的婚外情所占据，这就给了她某种刺激诱因，导致间歇性的咳嗽发作。

接下来，他肯定又要把咳嗽歪曲成她用来拆散爸爸和佩皮娜关系的手段了。就仿佛她希望将咳嗽传染给这两人似的，让他们从此无法彼此说话，彼此交流？这样就能阻止有能力的爸爸——也可能是无能为力的爸爸在佩皮娜的耳边山盟海誓？

他继续说，这个刺激诱因，即是她想象出来的一个情景——两个人实现恋爱关系，不过并不是通过传统的方式，而是 per os[1]。

per os？

他说，如果她一直这样想象的话……

可是她压根没有这样想象过！她很少想象什么东西，更没有得过什么癔症。他难道听不懂吗？

这不是有意识的想象，他的声音从背后传来，极有可能是无意识的。如果这一想象一而再再而三地在她的内心上演，就有可能形成对口腔的刺激，继而导致咳嗽。

啊，无意识的。这叫她说什么好呢？

伊达清了好几次嗓子，分别在：躺在床上没起来的时候、吃早饭的时候、女佣帮她更衣的时候，以及弯腰穿靴子的时候。喉咙里不痒了，咳嗽消失了，她的病好了！她迫不及待地要把这个消息告诉医生先生。

她时不时地看一眼钟，想要确定是否已经到了出门的时间。她想象着医生先生该有多么高兴，也许他又会用手拍一下躺椅靠头的部分，这次她一定不会被吓一跳。

时间到了。伊达把大衣留在候诊室，像往常一样朝躺椅走过去。医生现在已经坐在他的沙发上。她刚打算躺下，并向他汇报今天的好消息，他却生气地摆摆手，让她去把门关上。

她退回去，关上了门。医生先生带着些许的愠怒观察着她。平时她总是随手关上候诊室的门，只是今天，因为好消息的缘故，她疏忽了。她摸摸自己的脖子。会不会咳嗽又回来了？不，她安心地发现并没有。她的好消息还在。

---

1 通过嘴巴。

她一躺下，立刻说："医生先生，您听，不，您听不出来，因为什么都没有。我不咳嗽了，喉咙也不痒了，什么都没有，我的病好了。"

她抬起肩膀，期待着来自身后的确认，期待着医生的手落在她的躺椅上。然而什么都没有发生。只是有人清了清嗓子——这次是医生先生。

鉴于该症状在阐释完毕后立即消失，他有理由认为治疗是有效的——过了一会儿，他终于缓缓说道。但他并不打算赋予这一变化过多的意义。

伊达很失望："为什么呢？"

因为她的咳嗽本来就常常自动消失，然后再次发作。

"可是我……"

即便他通过分析真的猜中了某种无意识的想法，并让它不再需要通过咳嗽表达出来，但这种想法依然可能再次出现。身体层面的病症具有保守重复的特质，而新产生的无意识想法极有可能再次利用 Tussis nervosa[1] 寻求释放。她可以从这个角度来理解：再次发作的咳嗽，就如同装着新酒的旧瓶[2]。正是因为这样，即便她的咳嗽已经自动治愈，他仍然打算继续把精力放在口腔刺激上，并以此为契机追溯到她的童年。他听她的父亲说，她小时候吮吸拇指的习惯保持了很长一段时间？

伊达在躺椅上翻了一下身。他刚才的话令她很不舒服。不知他跟爸爸之间又聊了些什么？

"吮吸拇指。"她说。不是很多孩子都这样吗？克拉拉当时也是。

---

1 神经性咳嗽。

2 旧瓶装新酒，该典故出自《新约·马太福音》第九章，指旧形式与新内容。

现在，医生先生直截了当地问她，是否还记得自己曾经是个吸吮拇指的小女孩？

吸吮拇指的小女孩，多么可怕的一个词！不过她的确有印象。她的印象中并不包括爸爸如何戒断她的这个习惯——想必他是这么跟医生说的：他必须让她戒掉，这么大的女孩子还吮手指太不像话了。

对此她完全不记得。不过有一个场景依然清楚地浮现在她的眼前。那应该是在梅兰的家中，她坐在那儿，嘴里含着拇指——她甚至清楚地记得是左手拇指——奥托坐在她的身边，她用右手拨弄着他的耳垂。

伊达觉得这样的画面有点儿奇怪。奥托一点儿都没有反抗，就这么安静地坐在那儿。不过，这也符合他的性格，他一贯这样默默承受，一声不吭。

她把这些说给医生先生听，继而又说起奥托如何惹她生气，以及他既选择维护妈妈，同时又成功地利用自己的政治立场跟父亲多多少少唱起了对台戏。

医生先生打断她的话，问她，堂姐的腹痛如何了？

伊达不明白，为何他的思绪又跳到了那里？

"还是很糟糕，"她答道，"她心里明白，那是她接受不了爱尔莎未婚夫的缘故。"

这么说吧，跟未婚夫相关的只是有意识的部分，医生先生说。根据他的经验，胃痉挛经常出现在沉迷自慰的人身上。

"是吗？"伊达敷衍地问了一句。

她身后的医生先生动了一下，也许坐在沙发上的他低下了身体。她是否有理由相信堂姐是个手淫者？他问道。

伊达尴尬地抚弄着裙子。什么意思？这该如何回答？

医生先生又重复了一遍他的问题。

想象着起床，让女佣来帮她更衣，想象着迈出哪怕一小步，抬起头，举起胳膊，把叉子送进嘴里，再拿起茶杯，吞下一口。

她躺在软垫之间，呆呆地望着天花板。即便只是这么望着已经让她觉得很吃力。闭上眼睛？那就更没有力气了。

想象着爬下床，走出房间，走出家门，走下楼梯，走出大楼，走上坡，就用这条又不听使唤了的腿。这么远的路，她会累死的。

然而，她还是步履艰难地去了。她必须去。

"您刚才熄灭火柴的动作跟我爸爸很像。"

这又不是什么特别不同寻常的动作，医生先生有些不快地答道。

"话虽这么说，但是看上去真的一模一样，分毫不差。不过我知道，除此之外您跟我父亲一点都不像。您对待我非常坦率，毫无隐瞒，也从不骗我，不是吗？医生先生？"

医生问，是不是他做了什么，让她以为他可能欺瞒了她，所以她才故意这么说？

"不是这样的。只是……这种品质我已经很久没在爸爸身上看到了。"

关于这一点，他们已经谈过了，医生说。不过，既然她再次提起，他就有理由猜测，她对父亲的愤怒中还包含其他的隐情。她知道的：有烟的地方……

"就有火。可是，那又是什么隐情呢？"

这得由她告诉他，医生说。

"我不知道呀。"

医生说，她当然不知道，不过她最终一定会向他揭示谜底，至于在什么时候，这个可以交由他来识别。

接着，医生又问，汉斯·采勒卡是如何熄灭火柴的？

一个完全无关紧要的问题。医生先生只是想把话题再次引到汉斯身上吧。伊达打了个哈欠。待会儿她一定要抽一支烟，烟能提神醒脑。只是在这里，只有一个人能在诊所抽烟——这是不成文的规定——而这个人并不是她。

是的，她对医生说，当年妈妈派她去照顾生病的父亲，那会儿她还很小。是的，那时她很爱父亲。

她也知道俄狄浦斯的寓言。谁没读过索福克勒斯[1]呢？医生先生难道想说这儿也有个预言家，就在维也纳？格林津[2]的预言家？

是的，当然，这只是个玩笑。有时候，人们摆脱坏事的办法就是嘲笑它。

医生先生想说的并不是这个。

好吧，不是这个。

先说一说他的另一种解读。俄狄浦斯的故事是对一种典型关系的诗意呈现。

是的，每个儿子都爱他的母亲，但并不像爱伊俄卡斯忒[3]那样。

女儿对父亲也一样？

她妒忌佩皮娜？因为佩皮娜抢占了父亲身边的位置，而这个位置在妈妈退出之后明明是属于她的？他的思路真够错综复杂的。

慢慢来，再从头捋一遍。他说她爱上了爸爸？但是她却不记得

1《俄狄浦斯王》的作者，古希腊悲剧作家。

2 维也纳的一个区。

3 俄狄浦斯的母亲。

了，什么也想不起来了。不，她只在一位堂姐妹身上碰到过类似的事情，不是爱尔莎，也不是弗里达。是妈妈那边的亲戚，比她小的表妹。在她的父母大吵一架之后，她悄悄告诉伊达，说她恨她的妈妈，要是妈妈死了，她就要嫁给爸爸。

这只是一种比喻，不是吗？难道医生先生想说的就是这个？

爸爸在沙发上坐着，胳膊搭在扶手上，手里拿着一张打开的报纸。沙发旁边是一张茶几，上面摆着一个白兰地酒杯。那是她拿给他的，随后她在他对面的沙发上坐下来，拿起一本书，将它打开。不过她并没有全神贯注地读书，而是观察着爸爸。

他跷着二郎腿，上面的那条腿裤脚不小心被拉上去几分，袜子和裤边之间露出一截小腿和腿肚子。

伊达仔细地看了看他的小腿：上面长着毛。因此她打算建议爸爸以后买长一点儿的袜子，这样坐下就不至于被人看到裸露的小腿了。

除此之外她的内心没有任何想法。

爸爸的脸被报纸挡住了，伊达只看见报纸上方没被挡住的几缕卷发。爸爸不像医生先生那样往头发上抹发油，他只用一把粗糙的梳子理一理卷发，再用熨斗把两撇胡子尖儿熨成形，一周一次。每隔几天，理发师还会上门服务。医生先生那一大把胡子肯定不需要用熨斗来打理。

自打记事起，她就喜欢爸爸的卷发，她遗传了爸爸浓密的头发，但是很遗憾并不卷。小时候，她很喜欢揪爸爸的头发，爸爸也由着她。一定很疼吧，爸爸当初一定很慈爱，很有耐心，才能忍受被揪头发的疼痛。她喜欢这一段回忆。但这并不意味着什么。还是，意有所指？

爸爸合上报纸，伸手去拿旁边的白兰地。伊达连忙低下头，装作在读书的样子。爸爸喝了一口酒。白兰地看起来很像蜂蜜，不过喝起来却一点儿也不像。她曾经在给睡前的爸爸端酒时趁机偷偷尝过几次，每多试一次，就愈发不喜欢它的味道。白兰地肯定是男人喝的饮料。妈妈更喜欢喝雪利酒。伊达觉得那个比较好喝。不过，说到底，她最喜欢的还是香烟。

这些天来，她还悄悄地观察了奥托。他明显站在妈妈那头，只要有空就殷勤地去帮她的忙。但是爱上妈妈？伊达敢说她知道恋爱中的奥托是什么样子的。当初他在赖兴贝格读文理中学的时候，经常跟一个女孩子去滑冰和徒步——只要一提她的名字，他就会脸红，有一次甚至连话都不会讲了。要知道他一向说话都很得体的。

爸爸放下酒杯，又打开了报纸。他的手指头抓在报纸边缘。纤长的手指。要是她有这样的手指，一定能够更好地在钢琴上驾驭八度音程。而爸爸这双带着戒指的、钢琴家般的手，甚至能弹出十度音程。

好啦，没什么好佩服的。她一点都不想知道这只婚戒曾经多少次地碰触佩皮娜的手。这样的念头又出现了，医生先生将其称之为"强迫性思维"，因为她根本停不下来。只是，她如此讨厌佩皮娜，真的是因为嫉妒她吗？如果是嫉妒，那就意味着她想要取代佩皮娜，让爸爸牵着她的手。

可是就根本不是这样！伊达啪的一声合上书。爸爸放低报纸，朝她看过来。

"要不要再给你添一点儿酒？"她站起身来问道。

"好的，你太好了。"爸爸说着，把酒杯递给她。她来到饭厅的餐柜前，拿起一瓶白兰地，将杯子斟满。把瓶子放回去时，几滴酒沿着瓶颈滴落在柜子里。她看到了，不过这小小几滴酒自己会干的。

她把酒杯放回茶几上，发现桌面上摆着十个克朗。"拿着，"爸爸的声音从报纸后面传来，"这是你的酬金。"

伊达犹豫地拿起钱。

"但是不要只买香烟。给自己买点漂亮的东西。"

"好的，爸爸。"伊达回答道，同时默默问自己，他是不是也这样背地里给佩皮娜塞过钱。好吧，她的脑海又被强迫性的念头占据了。她已经认真地审视了自己，还有奥托以及他跟妈妈的关系。可是现在，她可以说——应该是必须承认，不，嗯，不是承认，她必须再次强调：她感觉到自己对爸爸依然有着亲密的依恋，但仅仅并且只是以女儿的方式。最好的证明就是——医生先生想必已经想到了——她起初非常相信爸爸和佩皮娜，甚至在很长一段时间里都支持他们两人见面。医生先生打算如何解释这一点呢？不，她依然坚持认为自己的愤怒源自一种普世的道德感，在这个社会中她的愤怒完全是正当合理的。

伊达说完这一切，转头看向窗外。后院放着一辆肉铺的小推车，一个小伙子身穿沾着血污的围裙，将宰杀好的牲畜扔进小车。那不是柯美尔师傅本人——伊达经常来，所以认得他，一定是个伙计吧。

她没有必要绞尽脑汁去琢磨这件事，医生先生说，还不如好好想一想，是不是爱上了父亲，即便她没有察觉，但表妹想嫁给她爸爸那件事其实早已验证了医生的观点。

根本没有！伊达坐了起来。是他总是要求她讲一讲生活中的例子！那只不过是一个七岁小女孩的童言无忌罢了！

那并不是童言无忌，医生坚持道。

伊达压抑住一声叹息。刚才的一番话，她在家里就打好了腹稿，一生气，竹筒倒豆子般全部说了出来，早知道还不如不说呢。

她的注意力又转向肉铺的伙计，他还站在小推车旁，把牛肉一层又一层地垒上去。

不过，他还是打算回应一下她提出一项质疑，医生先生继续说，那就是为什么一开始的时候她并没有在意父亲和采勒卡太太之间的关系，这值得好好研究一番。

肉铺伙计消失在伊达的视野中，只有肉还留在小推车上没人管。

医生先生说，为了弄明白这个问题，他想回过头说一说他的另一项观察所得。她曾经告诉他，采勒卡太太通过装病来躲避采勒卡先生。

伊达把目光从窗外收回来。关于这一点，他们不是早就聊过了吗？

医生先生没有理会她的疑惑。他说，事后伊达又补充说，她自己当时也病了一段时间。

伊达承认了。

医生先生问她具体得了什么病？

这她倒是知道的。当时她失声了，而且也咳嗽。

那么，她是怎么同别人交流的？

伊达回答说，通过写字。开始发病的时候，用手写字对她来说来得特别容易。

他并不觉得惊讶，医生拍了一下手说，他经常听到失语症病人说，当他们无法使用声音这个工具时，书写就会变得更为流畅。

字写得快其实也是一件好事，伊达插嘴说。

原则上是的。不过，如果加上来龙去脉，它其实可以被当作一种暗示。

伊达终于忍不住叹了一口气。

没什么好叹气的，医生先生说，他们现在的分析方向是对的。当时她的失语症持续了多久？

"三到六周。"

她说话声音太小了，他听不清楚，医生提醒她。

"三到六周。"她提高了音量。

"是这样。"医生先生郑重其事地说，因为在心理分析的技巧中，存在着这么一个规则：隐藏在内心的内在关联往往会通过联想表现出时间上的相邻性，因此他必须结合后面的发生的事来分析。采勒卡先生外出的那段日子里，他给伊达写了信。医生说，如果他理解得没错的话，采勒卡先生有时只把返家的日期告诉她一人而已，对不对？

伊达点点头。

而且在那段日子里，她不能说话，只能快速手写。这意味着什么？

伊达什么也说不上来，所以还是保持沉默吧。

医生先生却说，她的沉默绝对是最正确的回答。当她的爱人远离时，她就放弃了说话；因为如果不能和**他**说话，那么说话也失去了意义。这样一来，写字就变得重要起来，成为与远方的**他**沟通的唯一手段。

伊达吓得跳了起来："爱人？"

在他看来，她的失语症发作时间跟采勒卡先生外出之间的关联并不是偶然的。

"我只是说，失语症大概持续了三到六周。"伊达抗议道。

医生先生却反驳道，采勒卡先生外出的时间也是这么久。这二者之间存在着一种关联，尤其是对她这样重视日期意义的人来说，这再明显不过了。

"可是，后来我的失语症持续了好几个月，跟采勒卡先生在不在城里一点关系也没有！"还好她还记得这一点！

一点也不矛盾，恰恰相反——医生先生并没有放弃。他说，如果每次失语症的发作时间都一样，那么她的爱情早就被发现了。异常的发病时期只是为了模糊其中的关联。

"刚刚您还认为我嫉妒佩皮娜，爱上了爸爸，现在又说我爱上了采勒卡先生，我怎么可能同时做这两件事。"第二件事她差一点说不出口。她觉得自己呼吸都困难了。

当然可能，医生先生自信地答道。两者之间甚至互为条件。她在孩童期对爸爸的爱恋转移到了采勒卡先生身上，这是一个完全健康的过程，这也解释了她为什么在开始的时候忽视了父亲和采勒卡太太之间的关系：为了掩藏对采勒卡先生的爱恋。

肉铺伙计拿着几只拔了毛的母鸡走进后院。哈，鸡，她心想，脑子里突然一闪而过：医生先生有一次随口说过，他一点也不喜欢吃鸡肉。她连忙把这些杂七杂八的念头赶出去，深吸一口气："不过……"

不过什么？

"如果真是这样，那我应该对采勒卡先生的求爱感到非常开心才对。可事实上我并没有。"

是的，这的确是让人惊讶的地方，医生先生答道，她在湖畔经历中的不正常反应想必也让采勒卡先生吃了一惊。毕竟，正是在她无数的微小暗示下，他才鼓足勇气向她求爱。

伊达的身体晃了一下："我绝对没有给过他任何暗示！湖畔没有，店里也没有！"

背后又传来他的声音：也许她自己没有意识到。潜意识里产生的东西，对她本人来说，其原因几乎是不可考证的。他之前跟她解释过心理压抑的原理。

他的确解释过，并且他马上还会再解释一遍。医生先生经常反复地讲解他的理论，而且非常详细。听他说的时候，她有一种感觉，那就是刚刚听懂了他的逻辑，并且被他察觉后，他就立刻拓展出另一种新的思路。

接下来的治疗中，伊达开始在脑海中盘点并配制一道道菜品。烤鸡，红酒烩鸡，鱼片和炖肉丁。她不再倾听医生先生的话。把鸡洗净，用盐腌制，再放进一锅水里。洋葱剥皮，切成四块。等到鸡肉煮熟，汤汁过筛，黄油和面粉一起搅拌，再加点鸡汤……蛋黄、奶油、肉和蔬菜……想着想着，她的胃口大开，感受到了久违了的对晚餐的欲望。

买件大衣吧，爱尔莎建议。她听说最近艾斯德尔斯百货商店里新开了一个女士时尚专柜。

伊达摇摇头。她对新大衣不感兴趣。

或者，买一件皮货？爱尔莎又说。

爸爸可能没这么多钱。

爱尔莎还不死心。她说，买一条窄一点的狐狸皮披肩要不了多少钱。

狐狸皮？伊达做了个鬼脸。不要。

那就一双手套。

妈妈刚刚给她带了两双过来，伊达反对道。

爱尔莎翻了个白眼。不要大衣，不要皮货，不要手套……那帽子呢？

不要帽子。

那她就想不到什么了，爱尔莎说。要想把钱花掉，出门看看不就行了。

伊达说，这才是个好建议。

离开家的时候，爱尔莎还在琢磨：买把手枪吧！这才叫不落俗套。小小的一把，可以放进手袋里。到时只需要随便把手袋一开，就能轻而易举地成为街头巷尾议论的焦点。

伊达轻轻推了一下爱尔莎：这算什么想法呀？

她认识一家卖武器的商店，就在这附近——爱尔莎继续逗她。

那就先去那里看好了，伊达不甘示弱。渐渐地，她也觉得这个想法不错。再说，最近她经常会有想要杀死某个人的冲动。

爱尔莎哈哈笑了，她挽着伊达的胳膊。她们途经商业博物馆，伊达直直地看着前方，这样一来，即使医生先生不巧从旁边的楼房里走出来，她也有理由忽视他——只要死盯着面前的石子路，就不必装作看不见他了。

他在她的背后，坐着，而她半坐半躺，把自己呈现在他面前。她已经第五十次这样做了，她数过。五十次！而他的怀表链发出的碰撞声简直让她发疯。

医生先生要求她不要小声地嘀咕。这是另一种形式的反抗。

他为什么不能像其他正常人那样坐着？让她能够面对面看着他说话？

她并没有大声说出她的异议，因为她已经知晓他的解释——为什么这样的座次安排是有意义的。医生先生最不缺的就是解释。

当他刚提出伊达爱上汉斯这个论断时，伊达根本无法接受。可是后来，她仔细想了一下，汉斯给她送过花，给她写过信——书里那些相爱的人的确都是这么做的。于是她得出的结论是，也许以前的确存在某种爱恋，不是在店里那会儿，肯定不是，而且现在已经不存在了。不过在此期间，也许她可能有过这样的想法——偶尔也会期待他的信。可是今天，她只希望跟汉斯永不相见，这辈子都不要再见到他。这一点她非常肯定，毫无疑问。

尽管他坐在她的背后，尽管表链的撞击声还在，但迄今为止有一点是好的：她现在能够熟练地解析梦境，起码这是奥托做不到的事情。这让她很满意。说到梦境的时候，医生先生的特点就是很喜欢自我引用，他时常提到他最近写的一本书。不过，主张某件事情的正确性，理由却是自己曾经这么写过，这难道不奇怪吗？

其实——伊达心想——这样是不行的。也许她有空可以问问奥托。更何况医生先生曾经提到的教授职位，似乎他最终也没有获得。

如果这样的话，他们无法继续下去，医生先生抱怨说，今天她的表现特别让人无法忍受。

"我天生就是这样。"她回击道。

医生先生没有理睬她。他说，她的父亲曾经抱怨她的母亲能够破坏所有人在这个家里待下去的兴致。

"他观察得还真仔细。"

他说，她的父亲很担心她从母亲身上学到了这一点。

"她身上没什么值得我学的。"

那么，她觉得自己比母亲更聪明吗？医生问。

"只有奥托比我聪明。不是精明，而是聪明。而且他从不生病，不像我风一吹就倒。所以我跟着妈妈去做无聊的疗养，奥托就从来不用去。奥托身上的轻微症状，到了我这儿就能要我的命，这有什么特别意义吗？"

医生先生觉得这没什么意义。可能就是纯粹的身体因素。她的身体比较弱，所以跟哥哥相比不怎么受得了儿童时期的病症。

"不过，这不可能是唯一的原因。我觉得任何症状都是由不同的原因引起的。"

那是心理上的症状，他纠正道。然后，他问伊达，妈妈是因为什么病痛才去疗养的？

"因为便秘。"

便秘很少需要疗养。还有什么？

伊达没有回答。

便秘只是她母亲为了去疗养而假托的借口，医生先生推断道。

"妈妈没有假托任何借口！她有很多值得指责的地方，但是这件事上并没有。"

但是听起来很像是个借口，如果她除了便秘没有其他问题的话……

"她还患有黏膜炎。"

也是肺上的？

"不是，是其他位置。下面。"

妇科方面的。

"妈妈说是黏膜炎。"

具体一点呢？

"我不知道妈妈会不会介意我告诉您。毕竟她并不是您的病人。"

堂姐弗里达也不是他的病人，医生先生反驳道，可是提到她的病症的时候伊达一点儿也没有犹豫。

"弗里达已经康复了，她的肚子现在不疼了。"

医生先生让她不要转移话题。

"我没有转移话题，我只是说了脑子里想到的。"

可是，现在她明显在袒护妈妈。

又来了，沉默，带着要求的沉默。

"白带异常，"她迅速地说，"妈妈白带异常。很恶心。是爸爸传染她的，他在结婚前很浪荡。"

她是从哪里知道的？医生先生问。

"妈妈的姨妈说的，那时爸爸病得快不行了。她说爸爸结婚之前就有那个病，后来又传给了别人。很多事情上我真的很讨厌妈妈，但是我也能理解她为什么生爸爸的气。"

她自己也生爸爸的气，医生先生说。

"我有我自己的理由。"

她自己也患有生殖器黏膜炎吗？医生先生问。

"什么？"

有还是没有？

"没有妈妈那么严重。"她承认了。她觉得极其别扭，即使医生先生本人就是医生。

她不用感到难堪。她并没有做错什么。

他的语气非常坚决，因此她又向他透露了一点，那就是她的白带同妈妈的比起来颜色更加发白。

Fluor albus[1].

那一定是医学名称。

她什么时候有白带的？

"好久了。"

她听见身后传来哼的一声，她不明白这是什么意思。医生先生

---

1 白带，拉丁语。

接着又说：在黏膜炎这方面存着对母亲的高度认同。

她否认。

但是她刚刚才说过，她有自己的原因。她其实是想说，她的黏膜炎也是她父亲造成的，不是吗？

"是，可以……这么说。他把病传给了妈妈，又传给我。但这是不一样的。"

所以这是对父亲的又一项指责，医生说，这些日子她应该已经学过指责的背后隐藏着什么吧？

伊达扭过头。她说的全都是当时从妈妈的姨妈那儿听来的。

那位姨妈说爸爸婚前就得了病，但没说传染了她。

"她的确没说，"她承认，"但我非常确定，就是他传给我的。"

现在他有了另一个线索，医生先生透露说，发生在年轻女孩身上的白带问题大多是自慰引起的，其他所有原因都不重要。因此他可以这么说——医生先生总结道——她指责父亲将生殖器黏膜炎传染给她，其实也是指责自己的自慰。

伊达使劲地摇头。"我没有指责自己！不，没有！我只是说了我心里想的。是您刚才问我妈妈得了什么病，以及为什么必须去疗养。"

他说他对此没什么印象了。她越是着急反驳，他就越觉得自己的判断完全正确。

伊达用手捂住嘴巴。这回真是浑身长嘴也说不清了。

她去店里取那只钱包大小的手袋时，觉得它越看越顺眼。之前她跟爱尔莎琢磨了很久要不要买它。要是买的话，就得把爸爸给她的钱全部花光。不过最终她还是把钞票数好，放在了商店的柜台上。可惜手袋不能立刻带走，因为链子要再改短一些，而且店员小姐坚持要在包的衬里绣上伊达姓名的首字母。

伊达打开手袋，摸了摸绣上去的花体字母线条，然后把包挂在手腕上。金色的链条闪闪发光。伊达转过身，去照店里的镜子。店员小姐连连称赞她有眼光。她想把手袋从伊达身上拿走，好把它包装起来。

伊达谢过她，说不必了。她看了看墙上的钟，她得抓紧时间，才能准时赶到医生先生那里。

加快步伐对今天的她来说并不困难，这要归功于新手袋带给她的欣喜。她拐过弯，走进伯格大街。平时她总是走在街的另一边，而且打扮得也没这么漂亮。一件全新的小事情，一个精美的小饰物，不仅修饰了外表，还顺带让她的内心也受到了鼓舞。

今天来给她开门的不是医生先生本人，取而代之的是他一名助手。他将伊达领到候诊室，请她稍等片刻，因为医生先生还在为另一名女病人治疗。

伊达点点头。这倒是头一次。不过这又让她感到很安心，毕竟还有其他人也睡过医生先生的那张躺椅。前不久她还反复纠结过这个问题——自己究竟是不是唯一一个躺在上面的病人呢？

助手帮她脱下外套后，就离开了。一个女人的声音从另一间屋里传出来。伊达很想知道她在说什么。她似乎有很多话要讲，医生的声音倒没怎么听见。

时间早就到了吧。伊达四下张望着，可是候诊室里并没有钟。朝着走廊的门上镶着磨砂玻璃。通往阳台的窗台上摆着绿色植物。衣帽架上除了她的大衣，旁边还有一件，一定是那个女病人的。

声音越来越近，还有脚步声。伊达打开她的手袋，她还想最后再看一眼绣上去的名字缩写。她的指尖划过绣花，随即拉上拉链，站起身来。

门开了，一位女士走进候诊室，后面跟着医生先生。她敷衍地朝伊达这边打了个招呼，然后又转过身去，再三感谢医生抽出时间来为她提供了宝贵的建议和无法估量的帮助。

医生先生的两只手背在身后，带着不为所动的表情应对着女士友好的话语。女士一边走向衣帽架，一边问："明天还是这个时候?"

医生先生做了个肯定的手势后，就一言不发地朝诊室走去。伊达跟着他走进去，并关上了房门——她再也不会忘记了。她坐上躺椅，紧接着将两条腿也放上去，并且自我感觉动作特别轻盈。手袋就搁在她的身边。

她很期待圣诞节的到来——伊达以这样的开场白开始本次治疗，可是刚说了几句话，就立刻被医生先生打断。他请她看一看她的手袋。

伊达并没有把目光投向手袋，而是转过头，想看一眼医生先生，她期待着他的赞美。

不要回头，看看手袋，他生硬地说。伊达低下头，发现手袋的拉链开着。她把它又拉上了。

现在已经太晚了，她听见他说。

什么太晚了? 她再次回头去看他。这次他回应了她的目光。

医生问她有没有注意到自己在说话的时候反复地去掏手袋? 打开它，然后不受控制地将手指插进去。

不受控制?

他说，此刻，也就是被发现之后，她当然停止了这一举动。不过，进一步的观察显示，这样的动作——本人的意识并没有察觉或者并不想察觉——表达了潜意识的念头或冲动。

医生指着她的新宠说，这种由两片料子缝合起来的手袋其实跟生殖器的外观没什么差别，而她的玩弄——打开，再把手指插进去——清楚无误地用肢体语言传达了她平时喜好的某种举动。

"可是……可是……我为什么不能用这个手袋？现在就流行这样的啊？"

医生先生并不是这么看的，他认为那可能只是有意识的动机。这样的辩解并不能排除她的动作来源于潜意识这种可能性。

"可能性，"她重复道，这一次语气中带着气愤，"来源于潜意识的可能性！"说着，她直直地坐了起来。

是的，这一点他已经向她解释过了，他说。紧闭双唇的人，指尖却会说话，信息甚至会从他全身的毛孔泄露出来。

"只是，就算您解释过，也算不上是证据。"

医生先生没有回答。

"能算是证据吗？"她挑衅地问。

医生吸了一口气。不，他回答道。即便这样的释义完全契合目前的情况中出现的关联性，他也不能通过强迫的手段来证明。

伊达躺了回去。"原来是这样。"她说。她的声音中毫不掩饰胜利的喜悦："不能就是不能。"

妈妈皱起眉头："现在男人也插手家务事了。"

"我没有插手，而且也不想管家务事，我只希望女主人夜里不要把餐厅锁起来。"爸爸说。

"这还**不叫插手**？"

"门可以关上，但不要锁着。"

"那就没有意义了。房间一旦打扫干净，就不应该再进人了。"

"身为一家之主，我想随时能喝到白兰地。"爸爸发火了。

妈妈依然很平静："这当然是可以的。让女儿来找我，我去开门，而且我要看着她别闯祸。"

"从现在开始，伊达会小心一点儿，不会再把东西洒出来，好吗，伊达？"爸爸说着，朝她看过来。

伊达点点头。

"光是嘴上答应有什么用，还是照样犯错。"

"那把所有房间锁起来就有用吗？"

"有我在一旁看着，伊达才会更小心，才不会简单地认为反正会有人跟在她身后收拾烂摊子。"

"那奥托晚上回家呢，他怎么进自己的房间？"

奥托举起手。妈妈点点头，让他自己说。

"我可以请妈妈来帮我开门。"

"每次进房间的时候都叫她？这样不行的。还有夜里呢？总有要出去做些什么事的时候。"

奥托又举手了："只是个建议而已。我也可以自己配一把钥匙，紧急情况下我可以从里面开锁。"

"只是在紧急情况下？"妈妈问。

"而且只从里面开。我保证。"

妈妈用食指点了点下巴，考虑着他的建议。

伊达凑到奥托跟前。"那你也给我配一把钥匙吧？"她故意大声地"耳语"道。

"伊达！"爸爸佯装生气地叫道。

"随便我们的一家之主和他多嘴的女儿怎么嘲笑我。反正房间是锁定了。"

"只要我还是一家之主，所有的房门都得开着！"

"那我就在餐柜上加一把锁。"

爸爸无力地举起手。"餐柜随便你支配。"他认命地说，声音听起来像是一个负了伤的将军，终于交出了武器。

　　她在医生先生那里等待的次数越来越多。前些日子见过的那位女士没有再遇见过，而是换了一位男士，他似乎也定期来睡躺椅。她心想，不知他随身带的那支手杖是不是也被医生先生解释成恶心的东西？想起医生先生上次没能抵挡住她的反驳，她依然觉得很自豪。他的那一套说辞中没有一条能被证明。根本无从证明。

　　可是今天等的时间也太长了吧！那位男病人说话声音该有多轻啊，什么也听不见。为了打发时间，她拿出奶奶寄来的信。刚刚粗略地看了一下，便听见一阵脚步声。她把信叠起来，匆忙地塞进裙子口袋。门打开了。

　　医生先生随意地朝她鞠了个躬，算是打了个招呼。然后转过身，等着她跟上来。伊达有些不高兴地站起来。既然没有其他病人在，为何还让她坐在这里等这么久？

　　她跟上他，关好门。

　　还没坐到躺椅上，医生就发问了，问她刚刚藏了什么东西。

　　藏？这个问题让她很惊讶。

　　医生又说，他记得刚刚她在站起来的时候把一张纸条藏了起来，不让他看见。

　　"噢，您说的是奶奶的信。"

　　是的，而且她似乎并不想让他见到这封信。为什么呢？

　　伊达呼出一口气。"您说呢？"她就势从裙子口袋里掏出了信。

　　他接过她夹在指间的信。她听见他将它打开。短暂的寂静过后，医生先生发出一记不满的声音，然后弯下腰，将信放在她的身边。

　　伊达决定任由这张纸躺在那里，不去动它，直到本次治疗结束。她要用这样的方式提醒他，他刚才的要求简直就是多此一举。

医生先生没有做出其他的评价，就回到了例行的程序中。他问伊达，今天想到了什么？

伊达闷闷不乐地回答说，昨天夜里她做了一个很短的梦，而这个梦近些年来曾经出现过好几次。她感觉到背后医生先生的情绪起了变化。他让她说一说她的梦。

她原本因为信以及无谓的等待时间生了他的气，但既然医生先生能够这么快地调整好他的情绪，那么她也许也能做到。

她梦见房子着火了——她的语气变得友善了一些。爸爸站在她的床前，是他叫醒了她。她飞快地穿好衣服。妈妈还想把她的首饰盒救出来，爸爸却说，他可不想让他的两个孩子因为她的首饰盒被烧死。他们匆忙地下了楼，跑出房子。而她总是在这个节骨眼上从梦中醒来。

医生先生问，这个梦的诱因会是什么呢？

这一点她十分清楚。诱因就是妈妈和爸爸围绕着餐厅要不要锁上的争吵。然后她尽可能一字不差地向医生先生还原了那场争执。

接下来，他又问她第一次做这样的梦是在什么时候。她答不上来，但是记得在湖畔采勒卡家时曾做过这个梦，也说得出当时的诱因，在刚到那里的时候，爸爸很担心雷雨会让木头小房子着火。

她刻意用了"小房子"这个词。因为医生先生一直非常留意她的遣词造句，她故意要把采勒卡家的度假屋描述得特别穷酸。

具体什么时候做的梦？他接着问，是在与采勒卡先生发生那一幕之前还是之后？

她不仅在意自己的用词，也同样在意医生先生的。她不喜欢他一再地用这种方式提起汉斯对她的冒犯：一"幕"，好像那只不过是一出戏而已。

她必须反驳这么无关痛痒的用词。汉斯甚至偷偷地潜进她的卧室！现在她必须把这件事告诉医生先生。她气得眼泪都出来了。他潜进她的房间，偷看她睡觉。

医生先生倾听着，没有打断她。至少他用了"追逐"这个词来表达汉斯入侵卧室的行为。可是紧接着，他用冷漠的声音分析道：梦的意义现在变得更加清楚了。她心里想着：那个男人想要侵入我的房间。"我的珠宝盒受到了威胁，万一出了什么意外，那一定是爸爸的错。"因此她在梦中选取的场景表达了相反的意义，即爸爸将她从危险中救了出来。在梦的领域，一切都变成了截然相反的样子。

不过，秘密还是在妈妈身上。如她所知，在获得父亲宠爱这件事上，妈妈是她最早的竞争者。她曾经告诉他的圣诞节手镯事件中，那件曾被妈妈退回的礼物，她其实很乐意接受它。

他又建议用**给予**来代替**接受**，用**拒绝**来代替**退回**。也就是说，她愿意给予爸爸被妈妈所拒绝的东西，而这里涉及的东西，自然跟首饰有关。她可能想起了采勒卡先生作为生日礼物送给她的珠宝盒。于是她展开了一系列平行的想象，在这里，采勒卡先生站在了爸爸的位置上，她的妈妈也被采勒卡太太所代替。即她愿意给予采勒卡先生他的太太所拒绝给予的东西。

由此——他继续说——她便生出了这个必须花费很大力气去压抑的念头，正是这个念头将所有元素以必要的方式转换到了对立面：在他看来，这个梦证实了她为了抗拒自己对采勒卡先生的爱，而唤醒了昔日对父亲的爱。

而且他并不认为这个梦在湖畔经历之前就曾经出现过。她之所以不记得那是第一次做这个梦，是想刻意抹去梦与采勒卡先生之间的关联。所有的这些努力证明了什么？证明她的内心并不是真的害怕采勒卡先生，而更多的是害怕自己，害怕她内心想要委身于采勒卡先生的诱惑。而这个诱惑再次证明了她对他的爱有多深。

听完医生先生的长篇大论，伊达的脑袋嗡嗡直响。他抓住所有有利的契机，把一切都扭曲到了截然相反的一面。她抓起身旁奶奶写来的信，将它用力捏成一团。她必须拒绝这样的解析！

他用比之前更为冷漠的平静答道，她当然不愿意接受这一段解析，不过，他们还没结束。

"妈妈，我们过节不吃鸡吗？"

"你怎么会有这样的想法？"

"我特别想吃鸡肉。"

"伊达，我们圣诞节吃鹅。其他的都不是节日菜肴。"

"可是烤鸡或者红酒炖鸡也是过节吃的呀，我也可以帮厨娘一起做。"

"过节的时候你得帮所有人干活。"

"柯美尔肉铺的鸡特别肥美，我可以订几只，我去取。"

"伊达！"

"至少新年前夜可以吃吧？"

"那天要去看戏，出发前喝汤。"

"鸡汤吗？"

圣诞节前的最后一次治疗。医生先生停止了说教，这让伊达获得了意料之外的开心。他一开始长篇大论，她就头疼。仿佛外面有锤子在敲打什么东西，一下一下地让她的头更痛。平时诊所一直很安静，而她听到的敲打声想必是肉铺传来的，有人在用斧头劈东西。快过节了，肉类商品要备得比平时更多。

伊达想象着斧头落在肉上，将骨头劈碎。一瞬间，她的灵魂出了窍，她并没有躺在躺椅上，而是手脚张开躺在肉案上，斧头的刀锋就悬在她的上方，马上就要落下，将她劈开。她摸了摸太阳穴，一脸痛苦的样子。

今天又是心情最糟糕的一天，医生先生说，为什么呢？前些日子她的开朗情绪明明是一天比一天匀速增长。

她在这一周的确甚少抱怨。还能怎样？医生先生自己喋喋不休地说了这么多。这也能被称作开朗情绪……

他说他打算再跟她聊聊她的梦，梦的根源一定在她的孩童时期。

接下来是关于尿床的一些猜测。然后他宣布伊达的梦解析完毕。就在他打算就此结束时，伊达犯了个错，她要补充一些东西，她有话要说。

"烟雾，医生先生，我从梦中醒来时闻到了烟雾的气味。我昨天夜里才想起来。"

既然是现在才想起来的，那就是新的内容，医生先生说。这跟他本人有关，因为他说过一句话：有烟的地方就有火。

"可是当时在湖畔，当我从梦中醒来时，确实有烟的气味，那时候我还没听说过您的这句话。"

前不久她和父亲来这里看过病，她一定注意到了他也抽烟。他说着，真的拿了一支雪茄在手上。

"可是奥托……"

"在这件事情上，他跟烟味没有关系。"医生先生反驳道。

"那爸爸和采勒卡先生呢？他们俩都极度爱抽烟，采勒卡先生还给我卷过一支烟，就在他那个……之前，您懂得，我不想再说一遍了。"

不幸的求爱，他替她补充道，那么她到底想说什么？

"没什么。"

他却说，她一定有什么目的，否则不会主动提出来。

她还是坚持："我不知道。我告诉您，只是为了整件事的完整性。"

医生先生停了一下，又说，如果她不愿继续听他的解析，他就只好把烟雾事件补充进来，用作分析的依据。这也许是她在梦中描摹得最为隐秘、也最被压抑的一个念头，它引诱着她证明自己愿意委身于这个男人。她闻到的烟味，无非表达了对于亲吻的渴望——亲吻一个抽烟的人自然会尝到烟的味道。如果她当时接受了采勒卡先生的求爱，那么这样的亲吻一定会不止一次地反复出现。

"我的确经历过，"她愤怒地说，"直到现在还觉得恶心。我怎么可能渴望采勒卡先生的亲吻？"

对此医生先生也有答案。恶心感保护她抵御献身于男人的诱惑，因为献身这件事这是被她历来接受的智力及道德教养所禁止的。她的症状正是产生于这种紧张关系中——在教养与真实欲望之间。比如她一再提到的胸口的压迫感就是这样来的。她羞耻地感受到了采勒卡先生的兴奋——在被拥抱的时候一定有所察觉。她压抑了这种感受，并用无关紧要的胸部压迫感取代了它。这还没完。

听到这里，伊达真想堵住自己的耳朵。但是她必须听医生先生继续说下去，她必须听着他强加在她身上的解析——他说因为爸爸的缘故，她认为所有的男人都有性病，采勒卡先生也是，这就跟她的分泌物有了联系。她对拥抱和亲吻感到恶心，是因为她认定这二者跟白带有关系。而且——医生先生说，他的声音里有掩饰不住的骄傲——白带与自慰之间也存在着关联。通过自慰，她让自己不能屈服于对采勒卡先生的爱慕。他可以应她之前的要求天衣无缝地证明这一点：之前她把奶奶的信藏起来不让他看见，信里其实并没有什么不同寻常的内容——这能证明她很想让他把信从她手里夺走?! 伊达反问。是的，这是个信号，意味着她愿意让他揭示她的秘密——一个在之前所有医生面前都隐藏着的秘密，因为她一直很害怕导致痛苦的真正原因被别人发现，所以她才会对医生这个行当持抵触的态度。

至于对父亲的控诉——认为是他导致她生病，其背后隐藏着自我控诉，以及 Fluor albus（白带）。玩弄手袋。堂姐弗里达。最后还有她的胃痉挛。伊达发现，所有的一切都被他用来对付她了。

离开诊所的时候，伊达在楼道里闻到一缕淡淡的甜味。医生先生和她都没有祝福彼此节日快乐。他只说他周五起继续营业，然后便向她道了别。淡淡的甜味，是因为楼房入口处湿漉漉的，来自肉铺的血腥被人凑合着用水冲刷过。坑坑洼洼的地面上留下了一个个小水洼，里面漂浮着浅红的黏液。

她撩起裙子，一步三个台阶地走下楼，又踮着脚尖走出了大门。快到大街上去，到了那儿斧头就劈不到她了。

"我们的伊达看起来脸色苍白。"

"不，不，她并不苍白。现在她有一个出色的医生，这是头一个让她满意的。"

"我说过吧? 奇迹会发生的。"

"有一个分离派[1]的艺术展马上要结束了，我们一定要去参观一下。"

---

1 分离派：奥地利新艺术运动中产生的著名的艺术家组织。

"烤鹅的味道美极了，凯特，非同寻常！"

"我很高兴。你们想想，伊达之前还非要过节的时候吃鸡。真不知道她怎么有这样的想法。"

"男主人万岁！亲爱的凯特，你有一个慷慨大方的丈夫。让我们为他的健康喝一杯。致我们慷慨大方的男主人！"

"给你们讲一个好笑的故事，特别好玩。有一个拉比和一个牧师是朋友……"

"啊？这样也行？"

"当然可以！好吧，他们是朋友，有一天，牧师邀请拉比去忏悔室偷听别人告解。"

"你们瞧，妈妈送给伊达的礼物多漂亮：一副纸牌，每张牌都是手工绘制的。多么贴心的礼物。"

"是呀，待会儿我们来玩一局。"

"第一个走进忏悔室的是一个女人，她向牧师承认欺骗了她的丈夫。牧师答道：你犯下了严重的罪行。为了让上帝原谅你，你要念主祷文和万福玛利亚，并往捐赠箱里投入十个克朗。"

"伊达，你真会洗牌！你的手指多么灵巧敏捷。看来，这阵子你就光顾着练习打牌，别的什么事情都没做呀。"

"第二个来找牧师的还是一个女人，她忏悔曾经欺骗过丈夫两次。牧师又说她犯下了罪行，她必须念两遍主祷文和两遍万福玛利亚，并往捐赠箱里投入二十个克朗，这样上帝才会原谅她。这个女人也像前面那个一样付了钱，走了。"

"告诉我，这里一点儿都没下雪吗？我们那儿的雪都有一米高，好几个星期了。"

"这时，牧师突然觉得有些不舒服。他让拉比替代他回应信徒的告解。"

"毫无疑问，这样一间忏悔室里一定有一股霉味。"

"不要再打断他啦。"

"于是，拉比坐在忏悔室里。这时，又来了一个女人，她说：'我欺骗了我的丈夫。'拉比说：'你犯下了严重的罪行。为了让上帝原谅你，你必须念三遍主祷文和三遍万福玛利亚，并往捐赠箱里投入三十个克朗。''可是，另外一个人犯了同样的罪行，她只要付十个克朗，'女人生气地回答道，'上帝面前不是人人平等吗？''是的，是的，好心的女士，'拉比回答道，'不过这样下次你就不用专门跑来啦，而且还可以再欺骗你的丈夫两次。'"

"这个故事真讨厌，真叫人讨厌！"

"不过也有点儿好笑。"

"话说他有一点是对的，那个拉比。天主教徒最会做生意……"

"告诉我，伊达，你的牌技似乎跟洗牌一样好。"

"跟你们在一起真是太开心了！不过现在我们要出发了。我得出去走走。"伊达看了看四周。并没有在分离派的参观者中发现她的家人。这样才好。热闹了好几天了，现在她宁愿一个人待在陌生的人群中。她走进旁边的房间，房间入口处就摆着一个半身塑像。一个粗糙的方形六面体上面连着一个年轻女子的头像。她有着丰满的嘴唇，伊特鲁里亚式[1]的鼻子，鼻梁上方的一双眼睛挑衅地望着伊达。

这个女孩一定没有潜意识，伊达心里暗自发笑，就连医生先生也不能把他那一套强加到这种没有头脑的东西身上。

她四下张望着有没有其他自己可能感兴趣的展品。可是这里只有一些客厅家具。她顺着铺在木地板上的长地毯，走进一个狭窄

---

1 位于意大利中部，古代城邦国家。

的、天花板却很高的房间。这里跟其他展厅不一样，这里的展品彼此之间互相搭配，所有的一切都呈现出不可思议的协调感。房间中央竖立着一根孤零零的柱子，它被用作花瓶，上面安放着常青藤和一些枝干。对面的两堵墙上挂着女子头像的三联画。这次的头像很完整。头像的下面连着细条状的身体，身体上萌生出花朵。

只有花朵，没有疾病。不要身体了，只要头脑就好，伊达心想，一个高雅的头脑，仅仅通过艺术就能够满足它的需求……她突然感到一阵喜悦，还有一种好久不曾感受到的信心。

"伊达，你在这儿！所有人都在等你！"

爸爸拽着她的胳膊，将她从高雅中拉了出来。她的两条腿跟在他身后行走，但是他别想触碰她的大脑。就算不允许她留在这儿，她也可以在家继续。她突然想起奥托送给她的那本小说。她恨不得立刻把它拿在手里——从第一行读到最后一行——以此来继续滋养自己，让自己高雅起来。

"新年的这出《蝙蝠》绝对会再创佳绩。尤其是饰演阿尔弗雷德的那个男高音！我好些年没听到过这样的声音了。"

"伊达，请给爸爸拿一杯白兰地好吗？"

"妈妈，餐柜的钥匙呢？"

"阿尔弗雷德也是我最喜欢的角色，一直都是。"

"我需要餐柜的钥匙。"

"他被抓进监狱，也没有办法反抗。"

"妈妈，钥匙在哪里？"

"事实上他并无过错，全是爱森斯坦夫人的责任。"

"不喝酒，爸爸睡不着。"

"我看了这么多次《蝙蝠》，每次都被这个爱森斯坦伯爵夫人气死。阿尔弗雷德则相反，他唱得多好！"

"妈妈？钥匙……"

"不过我还是更喜欢真正的歌剧，这种轻歌剧太单薄了。"

"钥匙在哪里？我已经问了一百遍了！"

"我的老天，你也太没耐心了！我马上给你，就不能让妈妈先把话说完吗？不对，不对，钥匙我来拿。这种事情不能交给伊达去做。"

万事皆难。昨天晚上躺在床上读着奥托送的小说，她认为自己已经明白了要从这样的书里汲取什么。她感觉到一阵轻松，似乎身体也已痊愈。然而好景不长，今天一切又卷土重来。她拖着沉重的脚步行走在冰冷的下雨天，几乎连下巴都抬不起来，脑袋整个儿都木木的。她的小说也没有进展，亲戚们离开得太晚，她只来得及读了几页，就睡着了，还做了梦，她现在还记得梦的内容。做梦方面她眼下可谓是训练有素。虽然这样的技能她宁愿荒废掉。

她考虑着该不该向医生先生隐瞒这个梦，考虑着除了这个梦，还有什么可以向他讲述的。什么都想不到。最好不要去。奶奶说得对，她看起来那么苍白。医生先生根本治不了她身上的病痛，前些日子还把一大堆责难都强加在她的头上。而参观展览、阅读几页小说却比前面整整三个月加起来的疗效还要好。还有三天，这个月就要过去了，这一年也要结束了。

她来到大楼入口，像梦游似的推开沉重的木门。走进去的一瞬间，她决定给予医生先生最后一次考验。她要把这个梦告诉他——她梦见爸爸死掉了。如果他这次能够抛开那些关于汉斯、对父亲的爱，或者白带等等见鬼的想法，得出不一样的结论，那么她会再做其他的考虑。

不！她怎么能指望他就此罢手。她不想再听凭为了自圆其说而将一切扭曲。至于她梦见自己向人打听火车站在哪里，他认为她其实是在寻找一个盒子，这又让人想起了她过节的时候找妈妈要餐柜的钥匙。不管是盒子还是钥匙，一切对他来说都代表着生殖器。火车站表示"性交（Verkehr）[1]"，茂密森林中的仙女（Nymphen）——她之前在分离派艺术展上见过的，不管可不可以按照字面意思来理解，实际上指的就是小阴唇[2]。随后他突然再次提到了之前并没怎么关注过的盲肠炎。她的盲肠炎，一下子变得比其他的一切都更有深义了。

他开始推算。并当着她的面算出来她发病的时间刚好距离湖畔事件九个月。这样一来她的一条腿感觉麻木的症状也突然说得通了。湖畔的一幕发生过后，九个月时间足够她分娩一个小孩，即把"失身"的后果延续下来——因为他声称盲肠发炎除了分娩之外再无他意，这就证明了她在潜意识中非常惋惜湖畔事件的结局，因此不自觉地修正了它。

伊达宁愿听到钟鼓螺号，或者讥笑震耳，也不愿听他继续说下去：她想必也看到了，她对采勒卡先生的爱并没有随着湖畔一幕而终结，而是一直持续到今天——虽然只是在潜意识里。

她不再反驳他，只是在医生先生表示出满意、并作为犒赏给自己点燃一支烟时，简明扼要地问："这跟前面的结论有什么分别？"

她的内心依然鼓乐齐鸣，讥笑连连。医生先生根本不知道，他果然没有通过她的考验。

"医生先生，您知道今天是我最后一次来治疗吗？"伊达咬着嘴

---

1 Verkehr 一词多义，既可以表示交通，也可以表示性交。
2 Nymphen 一词多义，既可以表示仙女，也可以表示小阴唇。

唇。明明在脑子里想好要用果决的句式说出来,说出口却变成了一个问句。

他的声音从背后传来:他不知道,因为她之前没有跟他说过,仿佛这只不过是个普普通通的开场白而已。

她马上就会让他知道没那么简单。她把两只手臂交叠起来,抱在胸前。

"是的,我本来想着坚持到新年能被治好,再久我就等不了了。"这次终于说她想说的话。

她知道的,她随时有退出的自由。医生先生的声音却与他冷静的话语不相符,听起来有些高低不平,带着生气,是的,她觉得还听出了几分惊讶。接着,他清了清嗓子,又恢复了平日的镇定。"不过今天的工作还是要继续。"他说,"什么时候做的这个决定?"

这个问题来得措手不及。怎么回答呢?她总不能告诉他昨天才下定决心的吧?必须显得更加深思熟虑一点儿。两周吧,听起来像是经过了足够的考虑。也许她的潜意识早就纠结于这个决定很久了,只是昨天才意识到?她觉得完全有可能啊。她的确不满于他的解析很久了。于是她答道:"我想应该是十四天前。"感觉一点儿也不像是捏造的。

他说,听起来就像是女佣或者家庭教师提前十四天的离职报告。

不,她要立刻反击。而且她也知道该怎么办。她想到了采勒卡家的家庭教师,汉斯也追求过她。她早就该告诉医生先生了。

直到她说完,医生先生都没有显示出明显的激动。他像询问天气一般地问,那位家庭教师是否在这次冒险中怀上了孩子?

伊达也努力用同样不为所动的语气予以否认,即使她认为这个问题太过离谱。医生先生根本不在乎汉斯让那个家庭教师陷入了什么样的不幸。

很遗憾，他立即以其人之道还治其人之身，开始了一番比较：当汉斯用曾经追求家庭教师的话语来接近她时，之所以被她扇了一耳光，并非因为她从原则上抗拒他的表白，而是出于嫉妒。他宣称她从那时起便将自己同采勒卡的家庭教师等同起来。家庭教师曾经写信告诉过她的父母，伊达便也向她的父母告知了汉斯·采勒卡的追求，并不是出于被冒犯的委屈，而是嫉妒的报复。

"嫉妒，报复，又来了？跟对待爸爸一样……"

他却打断她说，刚刚她辞退他，就像辞退家庭教师一样。

伊达的呼吸变得急促："可是，如果我只是想报复，那我为什么拖了那么久，为什么没有马上告诉父母呢？"

她究竟拖了多久呢，医生先生又问。

她用不着细想，记得非常清楚。"六月的最后一天发生的事情。七月十四日告诉的妈妈。"还没等说完，她就已经知道医生先生会做出什么样的歪曲了。

果然——他高兴地说，又是十四天——这对于一个正在任职的人来说是个别有意义的时期！他说他现在可以回答她的问题了。她其实十分了解那个可怜的女孩。她不想立刻离开，是因为她还抱有希望，因为她期待 K 先生……

"K 先生？"

"当然是采勒卡先生"医生没好气地改口说。就像她刚刚说的，那个女孩希望采勒卡先生的感情会再度回到她的身上，这想必也是伊达的动机。她拖了十四天，就是想看看他会不会重新发起追求。只有这样她才能够确定他对自己是认真的，而不是像对待家庭教师那般玩玩而已。然后他又问：采勒卡夫妇之间是不是常常把离婚挂在嘴边？

"一向如此。"她回答道，马上又在心里埋怨自己为何要回答。

医生先生逼问她，难道她真的不相信他想要离婚是为了娶她吗？

"我为什么要相信这样的事情？我年纪还小，离结婚还远着呢。"

那当然，不过她曾经亲口告诉他，妈妈十七岁就订婚了，然后等了两年才嫁给她的丈夫。通常女儿都会把母亲的爱情经历当作范本。

"可是他强吻我的时候，我才十三岁！"

他没有理会她的抗议，他说后来采勒卡先生并没有重新追求她，告诉父母的后果竟是来自他的否认与诽谤，这一定让她感到深深的失望。

"当然！"她几乎尖叫着说。

医生先生也提高了声调，听起来仿佛不再是在跟她讲话，而是在进行法庭陈词。他说他看出来了，没有什么能让她如此愤怒，除了一件事——那就是认定湖畔一幕仅仅是她的幻想。他现在明白了，她不想别人揭穿她的幻想——幻想着采勒卡先生的求爱是认真的，他不会放弃，直到她嫁给他。

伊达简直不敢相信。她攥紧了拳头。噢，真蠢啊，她怎么可以这么蠢。愚蠢的同时，还满怀着希望。她怎么能够指望医生先生协助她，让爸爸相信汉斯对她的追求？他从一开始就没打算这么做！不，他花了这么长时间，就是为了不停地向她游说，直到连她自己也不得不相信她对汉斯的爱。这跟包办婚姻有什么分别！不仅如此！他收了爸爸的钱，让她跟他的暧昧对象重归于好！他向她灌输这一切都是她的嫉妒所致，她就是想要报复。根本是毫无意义的中伤！

不。皮条客的时代结束了。她活在一个全新的世纪,她对它抱有更多的期待。是的,今天午夜,她要庆祝她的新世纪。从现在开始,她要自己治好自己的病,让爸爸和他的皮条客医生大吃一惊。

她听见身后传来沙发挪动的声音。他说,今天的治疗结束了。伊达也从躺椅上坐起来。她故意没有跟他说谢谢,但是仍然想保留基本的礼貌,于是她祝福他新年快乐,以此向他告别。医生先生笨拙地鞠了一躬作为回应。她看也不看,径直走进候诊室,拿起挂在衣帽架上的大衣和帽子,离开了诊所。

木门在她的身后关闭。她抬起下巴。从现在开始,只有她,只有她自己才能决定她的生活。她不在乎身边的行人和头顶灰暗的天空,她只是清楚地知道,她的下巴已经高高扬起。再也没有人能够说服她相信什么,爸爸不行,医生先生不行,其他的什么势力都不行。一九○一年一月一日,对于她来说,迟到了一年的新世纪开始了。一九○一年一月一日,她庄严地重复道,伯格大街十九号。

VI

最后的办法

维也纳，1934

二月十三日。奥泊尔宁大街，伊达爬上楼梯，她不知道她到底住在哪一层，她从没来过这里。她匆匆忙忙地巡视了一遍门牌号，在四楼找到了她的名字。她按下门铃，门锁从里面被拧开了。

"伊达？"佩皮娜吃惊地后退了一步。

伊达连一声问候都没有，跟跟跄跄地越过她，走进屋里。她的头发乱蓬蓬的，人冻得发抖，因为疲劳还有些发烧。

"伊达，你在这里找什么？"她听见佩皮娜的声音从背后传来。

"收音机在哪里？"她抛下一个问句，也不管主人有没有邀请，便迅速走进客厅。

二月十二日。伊达从床上坐起来，审视了一下头脑是否神志清楚。昨天在桥牌室度过了一个漫长的星期天，现在她觉得自己仍然沉溺在昏昏沉沉的睡意中。一杯摩卡才能将这睡意驱散。

她站起来，走进厨房。喝着咖啡，抽着清晨的第一支香烟，同时翻阅着报纸。没什么特别的新闻。副刊中有一篇评论，写的是约瑟夫城剧院首映的一出话剧。大概不值得一看。

马上要到桥牌室的营业时间了。今天是玫瑰星期一[1]，她要早一点儿开门。她梳好头发，穿上衣服，叫了一辆出租车。

等了好久好久，车才来。

"您迟到了。"上车的时候，她说。

出租车司机耸了耸肩："仁慈的女士，我没有再晚一点儿来已经算您走运了，现在城里出了大问题了。"

"怎么了？"伊达问。

"电车不开了，停电了。"

"真的吗？"伊达望着窗外，若有所思。街上果然比平日冷清许多，"您说，是因为有人罢工吗？"

"就我所知不是的。"司机看了看后镜中的她，"我肯定不罢工。"

伊达心不在焉地点点头。她的耳边响起了奥托的话：把总罢工当作最后的斗争手段。周六的时候他还充满信心，觉得和平状态能够继续维持下去。她仔细想了一下：奥托说这话的时候是周六，也就是前天。中间只隔了一个周日，应该不会发生什么大的变故吧。

"这些当兵的又在捣什么鬼。"司机说道。

士兵们沿街拉设了铁丝网。旁边还有一些警察，其中两个人朝他们的车走来。司机刹住车，摇下车窗。警察打量着他："去哪里？"

"客人要去皇家酒店。"

警察将头伸进车窗，对伊达说："城内戒严了，您必须出示证件，才能进入封锁区。"

---

1 德语区国家狂欢节期间的其中一天。

出租车司机拿出他的证件。

"噢，我事先并不知道。"伊达说着，去掏大衣口袋。

"您有证件吗?"

"等一下。"她又把手伸进大衣里。

司机不耐烦地转过头。

"出什么事了吗?"伊达一边翻找，一边装作漫不经心地询问。

"有几个赤色分子在找麻烦。"一个警察答道。另一个笑了："不过一切都在控制中。"

"那可未必。"伊达不悦地回答，她从大衣里掏出几张钞票，递给前面的司机。司机头也没抬，就交给了车窗外面的警察。警察数了数钞票，连再见都没说，转身离开了。

"请继续开吧。"

"我并不是站在警察那边，"司机接着说，"不过我建议您有时候还是别乱说话。您说呢?"

"我加入社会民主党已经好几年了。如果您觉得有问题，麻烦去载其他客人吧!"

"不，不，"司机连忙安抚她，"其实我并不反对你们的党。只是说说而已。"

接下来的路上，他们不再说话。酒店门童帮伊达打开车门。酒店门楣上用花体字母拼成的霓虹灯，平日里不分昼夜地亮着，此刻却一片灰暗。"皇家酒店"不亮了。

"阿德勒夫人。"门童问候道。

"Buon giorno[1]，韩西。"伊达带着询问的表情指了指字母霓虹灯。

门童打开大门，说："停电了。"

---

1 意大利语，你好。

"是的，你知道出了什么事吗？"

"还能有什么事？"他摆摆手，"发电厂那帮人接错了插头，不就没电了。"

"没有发生罢工吗？"

"就我所知没有。不过天黑之前我们肯定能用上备用电源。"

伊达摘下帽子："对了，韩西，电话还能打吗？"

门童摇摇头："什么都用不了。"

到了桥牌室，伊达还是不死心，不停地去按开关，没有用。一些来参加狂欢节桥牌比赛的客人——他们还特地戴上了五颜六色的帽子——围绕着城内封锁这件事开起了玩笑。可是他们当中也没有人知道到底是怎么一回事。有几个人的确曾经听到过罢工的风声。所有人都一致认为比赛绝不能因为某个政治事件而被取消。

伊达发着牌，暗自希望牌局不要出现不必要的拖延。她必须弄清楚城里发生了什么事。那个警察说有几个赤色分子在找麻烦，究竟是什么意思？比赛一点一点慢慢地推进着。

灯光重新亮起时，他们已经打到了最后一局。作为回应，客人们纷纷发出"噢""啊"的惊呼，有人还开起了"要有光[1]"这样无聊的玩笑。一位显然就要输了的女士，竟然声称直到现在她才看清手里的牌，这算是难度升级吧。客人们纷纷被她逗乐了。有人请所有人喝柠檬甜酒，酒的颜色鲜黄明快，比皇家酒店的灯光还要强几分。

最后一局结束了。比分计算出来后，两位赢家又请所有人喝了一圈甜酒。伊达在侍者身后轻声喝道"Presto[2]"。等他端来满满一

---

1 语出圣经旧约《创世记》：上帝说，要有光，便有了光。

2 意大利语：快点。

托盘的小酒杯后，伊达敷衍了事地举杯向客人们祝酒，一不小心，甜酒洒出了玻璃杯。她的手指又黏又湿。等客人走光后，她抓起裙子的边缘，将两手擦干，立刻走出空荡荡的桥牌室。她锁上门，快步沿着酒店长廊走下楼。韩西还在当班。"Va bene, signora ？[1] 备用电源还行吗？"

她的心一沉。"电话好了吗？"她大声地问门童。

门童耸耸肩："您试试吧。"

伊达拿起听筒，线路还是断的。她转身朝桥牌室跑去，那里的小餐厅里有一台收音机。她锁好门，确认了一下这里只有她一个人，然后才拧开旋钮。然而没有一个台在播报新闻。所有频道要么在放进行曲，要么在放一些无病呻吟的流行歌。

●

二月十一日。奥托将听筒贴紧耳朵，线路很不好，总是有咔嚓咔嚓的干扰音。

"我找波尔纳什克先生……波尔纳什克。"

海莲娜坐在沙发上，一脸担忧的表情。

"他们说找不到他。"他朝她这边低声说。

海莲娜刚想回答，奥托却竖起了食指。

"怎么可能呢，"他对着听筒大声说，"你们再找一找……好的，我等着。"

他从裤子口袋掏出手绢，捂住听筒的下端："我跟你说，他向我们隐瞒了什么，线路被宪兵队窃听了。"

---

1 意大利语：好啦，女士。

快到午夜了。半小时前，他们刚刚走出电影院。"今天不谈政治。"奥托宣布。因为从年初开始，他们一分钟也没闲着。两人本想去看嘉宝主演的《克里斯蒂娜女王》，海莲娜很喜欢这部电影，可是对奥托来说，没有什么比得上《战舰波将金号》。

回到军营大街的家里，安东·迈耶尔和阿洛伊斯·雅尔科茨早已等候在楼道里，他们将党委书记兼防御联盟[1]主席的一封信交给奥托。

奥托打开信封，读完后，请迈耶尔和雅尔科茨稍等片刻，然后将海莲娜拉进屋里。

门刚刚关上，奥托就低声咒骂道："他简直是个火药桶！这样会爆炸的！"

海莲娜脱下大衣，问："究竟发生什么事了？"

奥托解释说，波尔纳什克跟联盟内的几个同志决定，一旦政府下令在林茨进行挨家挨户的大搜索，那么他们绝不会再继续毫无作为。他要号召大家暴力起义，紧接着发动全面进攻。

> 我们向维也纳电话告知了"武器搜索已开始，正在进行抓捕"，希望你接到通知后告诉维也纳工人阶级，甚至全体工人阶级，战争即将开始。我们绝不后退。我并未将这一决议告诉这里的党委会。如果维也纳的工人阶级袖手旁边，这将会是他们的耻辱。

奥托啪的一声将信纸拍在衣帽柜上："这分明是威胁，强迫我们进行革命斗争！"

---

1 奥地利左翼武装力量。

海莲娜拿起信，飞快地扫了一眼最后几行。奥托已经冲到了电话前，让人连线林茨的帆船酒店。

"您说狂欢节星期日是什么意思？"他不解地摇摇头，"请您找一个能联系上波尔纳什克的人跟我说话。喂？喂？您还在听吗？"

线路断掉了。奥托将听筒放回去："把迈耶尔和雅尔科茨叫进来！"

海莲娜从沙发上站起来，快步走向门口。奥托连忙从笔记本里撕下一张纸条，写道：

> 关于奥托叔叔和婶婶的身体状况，明天才有定论，医生建议等等看，暂时什么都不要做。

迈耶尔和雅尔科茨走进屋子，海莲娜跟在他们身后。奥托将纸条交给雅尔科茨："您看得懂我的笔迹吗？"

"看得懂，鲍威尔同志，一切都很清楚，"雅尔科茨说，"可是，原谅我多嘴，我觉得波尔纳什克的计划是合理的，我不明白您为什么不愿响应他。"

"我们在不定期的大搜索中已经失去了数百支武器，"迈耶尔也附和道，"防御联盟的同志们被抓进了监狱，卫国团[1] 占据了我们的基地……"

雅尔科茨打断他的话："我们的党还打算浪费多少机会，我们还要被法西斯分子欺辱多少次？"

奥托直视着雅尔科茨的眼睛："我们目前的处境的确很棘手。接下来几天极有可能发生斗争，一旦真的发生，所有人都希望胜利

---

1 奥地利右翼武装力量。

站在我们这边。这一点我们是一致的，对吧？"

"就这一点而言，是的。"雅尔科茨答道。

迈耶尔也点点头。

"很好，"奥托说，"卫国团公开宣称要攻打维也纳市政府。只要他们动手，对我们来说就是自卫反击的信号，而林茨的局部冲突形势不明，而且早已不具备完全的打击力度，我们的自卫反击战不能因此而受到拖累。"

"话虽没错，"迈耶尔回答道，"但是……"

"但是什么？"奥托打断他，"难道你们非要被自己的急躁牵着鼻子走吗？"雅尔科茨和迈耶尔犹豫着面面相觑。"还有什么问题吗？"

雅尔科茨用手抹了一把脸："那好吧。"

"那么仔细听我说，"奥托抓住他的肩膀，"你们在儿童之家的驻地有一部电话。打电话给理查德·波尔纳什克，他在帆船酒店。从我这里联系不上他。请把纸条上的话一个字一个字地转告他，此外什么也别说，千万别说。我想，那边的线路也被监听了。"

奥托又对迈耶尔说："请您乘坐下一班火车去林茨。必要时去按门铃，把波尔纳什克叫醒，让他不要轻举妄动，明天立刻到维也纳来，立刻！请转告他，我不赞成他的特别行动，那样做只会适得其反。也请告诉他，千万不要让自己一辈子活在懊悔中。历史不是个人所能强迫的。"

迈耶尔做了一个立正的动作。

奥托愿意相信雅尔科茨和迈耶尔会听从他的话。即便如此，他还是在他们离开后给波尔纳什克发了一封电报。

婶婶的情况几乎毫无希望。故手术推迟至周一医生会诊。

海莲娜煮了咖啡，把小香肠热了一下。

"他是我们看着成长起来的，"奥托生气地说，"还是工人大学的第一批毕业生，现在却如此胆大妄为，已经把刀架在我们的脖子上了。"

"你也别小瞧了你的威望！"海莲娜提醒道。

可他却摇摇头："波尔纳什克会不会听我的还很难说。好长一段时间，他都在批评党的领导方针。他说因为犹太人的缘故，工人阶级投靠了纳粹分子。"

夜里两点半，一个小男孩来按门铃。是雅尔科茨派他来的，说他们至少联系上了防御联盟在林茨地区的负责人，他保证一定将奥托的指示转达给波尔纳什克。

这并没有让奥托安心。一月底以来，民意日益沸腾。先前藏匿在施韦夏特[1]一家香肠工厂内的军火库被查处，这件事在同志们之间引发了不安。上周，陶尔斐斯又派人搜查了我党办公室和《工人日报》编辑部。一开始，有理智的人为了维护工人和职员的权益，一直在关注宪法改革方面的谈判。可是后来，一些臭名昭著的激进分子发出了越来越大的声音。对抗反社会主义压迫的暴力起义在所难免。

他又不可能一个一个亲自去说服！快四点了。奥托抓住自己的头发。海莲娜握住他的手。

"你必须做好准备，面对明天的一切，"她说，"当务之急是现在好好休息。"

然而他毫无睡意。他的内心汹涌澎湃。他犹豫着要不要像海莲

---

1 位于维也纳东南的一座城市。

娜一样服用安眠药，却又担心，昏睡会让他错失灵感，他急需一个不会导致流血冲突的办法。等天一亮，他必须立刻想法子了解党的财务状况。危机之中，财政储备事关生死存亡。他将整个预警计划捋了一遍：总罢工，等敌人做出回应，再占领兵营和警局，同时接管政府统治权。总罢工是关键的一步，它能让敌方瘫痪，为我方争取必要的时间。但前提是所有人必须拧成一股绳，齐心协力才行。

海莲娜已经睡熟了。他抓住她的手臂，让它紧贴着自己。他好久没有像这样碰触她了——这个想法让他不由得一惊。在一起差不多二十年了，可如今妻子的身体竟然让他觉得如此陌生。上一次这样温柔抚摸的对象还是希尔德。

奥托将海莲娜的手拿到嘴边，轻吻着她的指尖。他闻到一股白兰地的气味。他不知道海莲娜背着他把酒藏在什么地方，他只知道她偶尔会喝上一杯。喝酒违背了他的原则，但她做得并不过分。而且，在这样一个夜晚，他也没有办法生她的气。

海莲娜翻了一下身，面对着他。奥托松开她的手臂，她张着嘴，发出沉重的呼吸声。他注视着她的额头——连睡梦中也充满忧虑地拧着；稀薄的灰色头发，一直到发尖都蜷曲着。他突然感到一阵强烈的恐惧，失去她的恐惧。如果能熬过这次危机，他一定会多花一点时间跟她在一起。海莲娜不仅是他的同志，更是他的伴侣。

仿佛赞同他的决定一般，海莲娜轻轻呼出一口气。奥托愿意将这当作一个好兆头。他并不觉得眼下的局势和反应对他有利，但他觉得刚刚对海莲娜许下的诺言会为接下来的日子开一个好头。但愿海莲娜的赞同是对的，但愿他能够实现他的诺言。

他从床上起来——反正也睡不着了。走到房门口，他又转身回来，轻轻地拉开床头柜，摸出一个药瓶。他拧开药瓶，小心翼翼地取出一颗胶囊，将它塞进衣架上的背心口袋里——海莲娜已经将他第二天要穿的一套西装准备好了。然后，他来到电话旁，检查了一下听筒是否挂好。他在沙发上坐下，目光锁定电话机。这样他觉得踏实多了。

二月十二日。怎么了？他一定是睡过去了。海莲娜站在他的面前，她已经穿戴整齐。厨房里传来玛丽亚摆弄餐具的声音。奥托舒展了一下僵硬的四肢，抬头看看钟，快八点了。

他从沙发上站起身，还带着几分懒懒的睡意——虽然他并不想这样。他正准备去穿衣服，电话铃却响了。两小时前，林茨防御联盟的成员们聚集在一起，听波尔纳什克进行战前动员。七点刚过，警察就冲进了帆船酒店。波尔纳什克只好投降，不过投降之前，他发出了暗号：

> 帆船酒店被警方占领！呼吁立刻行动！发动总罢工！马上将消息通知维也纳！通知施泰尔[1]！通知采矿区！

根据汇报，现在防御联盟与警方正在进行枪战。奥托开始给党委会成员挨个打电话：弗利茨病了，十点以后到姑妈家取药。意思是：在防御联盟负责人多伊奇的姐姐家秘密会晤，地址在贡本多夫大街。

快到八点半，海莲娜接替他接着打电话。不出一刻钟，奥托走出家门，赶往党部大楼。在路上，他与一个警察擦肩而过，好在那个警察并没有注意到他。奥托意识到自己已经将警方归入了敌方阵

---

1 奥地利西北部城市。

营。看来，发生在林茨的事件似乎还没有引起敌方的警觉。

这样最好。这就意味着他们仍然占有优势，或者，政府认为林茨事件根本没这么重要。要是能够大事化小，小事化了就更好了。怎样才能让敌人觉得波尔纳什克主导的冲突只是一次孤立的行动呢？

党部大楼已经骚动起来。一名煤气行业的工会人员等在他的办公室门口，他说三刻钟之后，他们要停止供气，声援林茨。

奥托提醒他，不要抢在统一命令下达之前擅自行动。可是对方并不买账。

他说他们已经袖手旁观很久了，他要求党部做出回应，要求跟林茨勇敢的同志们一样，立刻行动起来！

说完，他不等奥托做出回答，掉头就走。奥托气得直拍桌子。波尔纳什克和他的那帮家伙！为什么这些人不明白呢，不听指挥只会导致一团混乱！只有精密部署、彼此配合的行动才能施展出最大的威力。

他无力地跌坐在办公椅上，觉得衣领紧紧地勒着脖子，简直透不过气来。他解开领口。难道这次的社会主义革命就这样由一个政治上无关紧要的小人物发动了？这就是社会民主党人反抗陶尔斐斯的暴动吗？他恼火于自己竟然不知如何作答。他清一清嗓子，想要赶走耳朵里的嗡嗡声。现在还来得及，他对自己说，还来得及将这些顽固分子控制住。在这座城市里，停气是家常便饭，这并不会造成什么大的损失，顶多只算释放出了某种信号。就算再有疑问，林茨毕竟不是维也纳，光是停气也算不上总罢工。

奥托吩咐从现在起他不接见任何人——除非那人带来关于林茨的新消息。为了保险起见，他让人拿来账本，又派了一个同志去将工人银行的外汇提现。奥托让人开车送自己去贡本多夫大街，已经快十点了。一进走廊，他就听见屋里的讨论声。有人接过他脱下的大衣，并问他想要喝点儿什么。仿佛这只是一个平常的邀请，而非危急关头的会晤。

他要了一杯咖啡。在他走进客厅的一瞬间，所有的对话戛然而止。丹纳伯格看着他，瓦戈尔、工会秘书绍尔其和柯尼希都在。奥托问候道："革命友谊万岁！"

同志们点点头，回应了他的问候。奥托坐下来，跟他们一起讨论最新的消息。一些防御联盟的成员还在跟林茨警方激战，至于那些陷于包围的同志能不能扭转战局，坐在这里的他们就只能猜测而已。不过，这又有什么分别呢？结果不是一样吗？如果林茨的武装力量战斗失败，他们就必须一致对外，证明我方的战斗力。如果林茨战场打赢了，那么他们还是得乘胜追击，敲响整个奥地利革命的钟声。

突然，大家都不说话了，屋里寂静得令人害怕。奥托伸出拇指和食指，捏住鼻梁根部，闭上了双眼。他觉得自己陷入一片黑暗，天旋地转。将林茨当作一场独立行动来收场的希望彻底破灭了。工人阶级不可能就此忍受下去，因为前几周的压迫实在过于严酷。但是他们必须保持克制，这是当下的最高目标。

他站起来。"不管情况如何紧急，我们都不能犯错，不能本末倒置，自乱阵脚。我们不要忘了，"他想了一下该怎么表达，"不要忘了，无论遇到什么样的逆境，我们的准则一直都是以法治国家为基石开展行动。只要我们的行动以此为准则，就能够避免在林茨以外地区引发暴力冲突。"

铁路工会的同志哼了一声："以法治国家为基石。只有我们还跪在这个基石上慢慢往前爬。政府早就在独裁的舞台上载歌载舞了。"

奥托抬起手。"大家也许不相信，但是我们的确低估了敌人！我们当然不能袖手旁观，但是我也不想因为波尔纳什克的鲁莽行动失去理智！他现在在哪里？已经被抓了！"奥托环视一圈，接着说，"至于波尔纳什克，以及他的刚愎自用——在你们面前我也没必要掩饰，我很愤怒，恨不得杀了他。可是，现在事情已经发生了，波尔纳什克强迫我们必须一致行动。只要还有可能，就要在民主的框架内行事。因此总罢工一定是我们最优先的斗争手段。在罢工过程中，工人、职员和所有民主的追随者必须团结一致，成为对抗政府的一座堡垒。"

丹纳伯格和绍尔其赞同地点点头。柯尼希却摇头说："万一他们把我们抓起来呢？我们也不能反抗，就这么带上民主的信念去蹲监狱？"

"柯尼希同志。相信我，如果您的铁路工人让全国铁路瘫痪，这样的打击效果比任何武器都要厉害。去组织罢工吧，您马上就会感受到它自身的威力。当然，为了以防万一，我们必须武装好自己。因此我主张下达命令，将现有的武器分发下去。"

这时门铃响了。奥托留意听了一下，然后又环顾了一圈："各位，同意总罢工和发放武器的，请举手。"

所有人都举手了，除了柯尼希。多伊奇匆匆走进来。门铃又响了。奥托看了看手表："一定是科尔纳。"

跟科尔纳一起走进房间的，是下奥地利州副州长海尔默。奥托再次向他们总结了一下情况。

"这个决定意味着开战？"多伊奇问。

"不，"奥托坚定地反驳道，"只有受到敌人的攻击后，我们才行使自卫权。"

"我依然觉得这不是一个很好的策略。"柯尼希又发话了。

"现在不是讨论的时候，"奥托斥责他，"决议已获多数票通过。"

奥托派科尔纳和海尔默前往下奥地利州议会，为和平再做一次努力。丹纳伯格还是负责平息针对政府的愤怒。他自己和多伊奇坐车去维也纳山上，借学校董事会的办公室建立起共和国防御联盟的指挥中心。然而当他们到达时，那里已经被封锁了。

于是他们决定前往位于乔治-华盛顿花园的旅馆，先到那里商量一下指挥中心的地点。到了旅馆后，他们接到消息，称发电厂十一点半已经停工，十一点四十七分起，有轨电车的发电机组关闭，这对所有工人而言是一个信号——总罢工开始了。

奥托能够想象得到，这个消息犹如野火一般迅速席卷整个城市，很快，借助群体抗议，一切都会陷入瘫痪：铁路，工业，报纸，店铺。这时，又一个消息传来：陶尔斐斯已经宣布维也纳进入军事管制。警察正在待命。

与此同时，多伊奇也为指挥中心找到了新的驻地。一名商人表示愿意将商店后面的房间提供给他们使用。是时候离开了。报信的人骑着摩托车，在旅馆里进进出出，已经够引人注目了。多伊奇催促奥托尽快动身去枫树苑里的商业街。他打算到了那里再发出下一波暗号。

奥托走进商店，店主朝他鞠了一躬，说鲍威尔先生能光临敝店，是他的荣幸。这让奥托觉得很不自在，他摆了摆手。店主将他们带到后面的房间。多伊奇打开一张地图，在上面标出几个战略上特别重要的地点。他们沉默了好一会儿，屋里安静地令人生疑，这时他们发现店里并没有电话。店主所知道的一切消息都来自邻居家的收音机。

又一个摩托车信使到了。他说一百步开外的样子有一个水塔，就在十字架下的纺织娘[1]附近，防御联盟在那里集合，建立了据点。奥托和多伊奇立刻动身前去察看。他们到达的时候，队伍正在划分战斗小组。一触即发的紧张以及即将迎战的兴奋，这对曾经经历过战争的奥托来说再熟悉不过了，他不想再经历一次，永远不要。可是现在，他又站在了这里。

他们走近队伍，呼喊和发令声纷纷停止。奥托提醒大家千万小心，声音在高高的水塔内部引起的回声，把他自己吓了一跳。他定了定神，放慢语速，继续说下去。他说他还记得共和国防御联盟当初是为了自卫、为了保护民主共和国而成立的。因此他希望他们拥有勇敢、果决的同时，也要有耐心，耐心等待着这次危机是否还能通过其他的办法解决。然而此时的形势的确要求大家具有战斗意志，所以他在讲话结束时高声呼吁："如果真的走到了最后一步，那么，要么胜利，要么死亡！"

男人们纷纷鼓掌，吹起口哨。奥托强迫自己，刻意地挥舞着拳头。多伊奇在他后面发言。他对防御任务做出了指示，并承诺尽快将武器送到他们手上。

回到指挥中心，又一个消息送到：塞默灵地区十一点十五分已经率先交火。"就知道开枪！"奥托恼火地说。

多伊奇连忙安抚他，说那边可能误会了他们的指示。然而当他在地图上圈出交战地区时，却一脸掩饰不住的得意。这让奥托非常不满。

这时，绍尔其同志走进来。他汇报说总罢工的呼吁还没有传达到所有地方。但是有轨电车停运还不到两个小时——奥托自言自语道，在停电的情况下想把暗号传送给所有人，的确需要很长时间。

---

1 维也纳一处著名雕塑。

接下来的消息一个又一个传递进来：上千名电车工人计划下午上街游行；库德里希大街发生枪战；敌我双方在安卡[1]面包工厂周围交火。

奥托忧心忡忡地盯着多伊奇继续在地图上标出交战区。此刻，至少那股得意劲儿已经从他脸上消失了。奥托刚坐下来，立马又跳起来："约赫曼同志来了。"

罗莎·约赫曼走进商店，来到指挥中心所在的房间。"我们有传单吗？"她问，"门口有一些人，他们骑着自行车，想来帮忙，在等待指示。"

"我们有传单吗？"奥托转身问绍尔其。绍尔其摇摇头。

"海报呢？"

他又摇摇头。

"那我们只好靠口口相传了。绍尔其，去把暗号告诉骑手，让他们送出去。如果路上有什么发现，立刻回来报告。"

奥托握住约赫曼的手。"您瞧，"他指着地图说，"这里，这里，还有这里都已经开战。局势进展得这么快。"

"有人告诉我，您需要一名速记员？"

她的问题让奥托一下子没反应过来，不过他愣了一下，很快便露出了笑容。"很好，确实有这么一回事。这栋楼里有一台收音机。您能把新闻听写下来，然后向我们汇报吗？"

约赫曼离开后，奥托提醒自己要为传单写几句宣传语，再找一个摩托信使去印刷，然后分给其他人散出去。然而这时，一名自行车骑手调头回来了，报信说海尔默和科尔纳被捕了。

奥托开始在狭小的空间里来回踱步。"无论在何种情况下，谈

---

1 奥地利著名烘焙制造商。

判总还是有可能的，"这话听起来像是对在场所有人说的，但更多的是只是安慰自己罢了，"丹纳伯格怎么样了？"

骑手双手插在上衣口袋里，耸了耸肩。

那还在这里等什么？奥托将他往外赶，还不快去找他？

骑手匆匆离开了。紧接着，罗莎·约赫曼拿来了第一波新闻：市中心已经被武装部队封锁。市政厅、联邦总理府和电报局都由炮兵和步兵把守。

"鲍威尔同志，敌方一点儿都没有犹豫。我们必须马上下令武装抵抗政府，否则会让我们的人继续处于危险之中。"多伊奇提醒他。

奥托没有停下脚步："继续等待罢工消息没有意义了？要不要再等等看丹纳伯格那边有什么动静？"他咬住嘴唇，他不喜欢被多伊奇逼迫的感觉。犹豫了一会儿，他终于承认："不，没有用了。"

多伊奇离开商店，想要找一个摩托车信使，将"**全部上街，全体开枪！**"的命令发送出去。约赫曼回去继续守着收音机。奥托从一面墙踱到另一面墙，暗自祈求好消息的到来。

无济于事。卫国团和武装部队阻止了电车工人的游行，位于玛丽安娜大街的发电厂、弗兰茨·约瑟夫火车站周围地区也被警察部队封锁了。多伊奇在地图上标注出失守的地区，这时，店主走进屋子，脸色苍白地低声说，枫树苑外面已经被警察和士兵团团围住。

他们被包围了。

●

伊达正打算关闭收音机，音乐突然中断了，一个声音宣布，社会主义-共产主义势力企图颠覆政权，不过政府已经控制住了局势，粉碎了罢工计划，参与罢工的人一律辞退，立即生效。此外，几个为首的闹事者已经被捕，其中包括奥托·鲍威尔。

伊达的胃扭缩成一团。柠檬甜酒从她的喉咙里喷射出来，留下烧灼的痛感。收音机里又恢复了华尔兹舞曲。她旋转着接收钮，希望找到其他频道，听见更多消息。什么都没有。她必须去一趟军营大街，必须跟海莲娜或者玛丽亚说上话！

她走出皇家酒店，街上几乎空无一人。狂欢节似乎已经结束，放眼望去，找不到一辆出租车。伊达弓着背，用胳膊抵住小腹，以此来压制不断袭来的胃痉挛。鹅卵石路面上还覆盖着结了冰的残雪，每走几步，她都趔趄一下。

走到艾森巴赫大街的路口，她看到一个由士兵把守的关卡。大部分人都等在关卡外面想要进到城里来，只有伊达要出去。人群没完没了的询问让障碍物旁的士兵不堪其扰。于是他们转向伊达，要求她出示证件。伊达故技重施，在包里摸了半天，最后拿出的不是证件，而是几张钞票。士兵们见到钞票，看了看彼此，又打量了一下伊达。他们中的小头目吼道："您在侮辱军官！"

伊达毫不退缩："我之前遇到的其他军官可没这么假惺惺的。"

其中一名士兵抓住伊达，摇晃着她："现在是军事管制，您要是再这样，我们可以直接把您关起来。"

伊达被晃得差点没站稳。关卡的另一边好多人在大声嚷嚷。"放开那位女士！"有人叫道。

小头目看也不看他们一眼。"回去吧，"他对伊达说，"下次带上证件再来。"

"或者出手大方点儿，这点小钱能买什么？"另一名士兵嘲讽道，马上被他的长官训斥了一通。

伊达急匆匆地赶到之前坐出租车经过的那个关卡，却发现已经换了另一拨人马。她犹豫了。她需要换一个策略。也许眼下装惨比钞票好使。她朝那帮士兵走去，故意放慢了脚步。就说丈夫病重……她必须立刻回到他身边。

一个士兵调整了一下步枪的肩带，叫她出示证件。

"他得了心肌梗死，求求您，让我过去吧。"

站岗的男人们同情地望着她，却还是摇摇头说："没有证件不能通行。"

"可是我必须去看看奥托！"伊达一惊，自己竟然把心里话说了出来。

"只要国家击退了敌人的进攻，立刻放您过去。"

"进攻？好吧，问题是，究竟谁在攻击谁？陶尔斐斯大概把你们的脑子挖掉了吧。"这回她索性大声地说出心里的想法。

她继续赶路，呼吸开始变得急促。走几步就必须停下来喘口气。放眼望去，已经没有别的出口了。想要去军营大街，就必须绕一段远路。

她看到一个妓女的裙子被铁丝网钩住了，长筒袜被扯破，还流了血，那女子只好将外衣撕下一块。伊达移开目光，掉头就走。她没有力气去帮助那个姑娘，她对自己说，尤其是眼下这个时候。

一直走到瓦莎大街，她终于找到了另一个关卡。这次她打算试试自己的魅力，再说一些恭维的话。她用手指梳理了一下头发，努力让自己走稳一点，然后露出笑容，朝关卡走去。

"瞧瞧，谁来了！"她听见其中一个男人大声说。她犹豫了一下，继续走过去。"这个女人跑了好几个关卡，就是想出去。瞧她傻笑的样子。就那么点钱，还撒谎，别想从我们这儿出去啦。"

●

下午，刑警开始在枫树苑搜查指挥中心。他们也进了商铺，幸好被店主非常巧妙地骗了过去："警官先生，您没看见我在开门营业吗？我要是听信赤色分子的那一套，早就关上门去罢工了，不是吗？"

他们安置的岗哨就在后厢房的窗外，哨兵站得这么近，奥托从窗户伸出手去就能够得到他。让人大跌眼镜的是，他们到目前为止不但没有被发现，竟然还能将指示传递出去，继续组织防御联盟的自卫战。他们从隔壁房间出去，躲过岗哨，去跟报信的人接头。不过，自行车骑手来得越来越少，大部分人找不到机会绕开刑警的包围圈。

因此他们能够获得消息几乎少得可怜。而且送到他们手里的，都不是什么好消息：丹纳伯格也被捕了，塞茨被免除维也纳市长的职位。他们的队伍里出了叛徒，他泄露了武器藏匿的地点。而福拉尔贝格州和克恩滕州传来的消息说，那里的兄弟姐妹们拒绝参与大罢工。

奥托坐在房间最后面的一个角落里，绍尔其在他的旁边啃着手指甲。唯一的好消息是他们的两千名战士占领了中央牲畜市场。然而卡尔·马克思大院[1]那边却报告说已经有人牺牲了。附近的水塔被武装部队占领，曾经承诺战士们派发的武器，已经永远不可能送到了。

屋里闷得很，尽管如此，奥托还是冻得发抖。他害怕接到其他的消息，却又焦急地等待着它们的到来。"多伊奇，"他轻声示意

---

1 维也纳一处建筑景观。

道，"我想亲自去外面看看情况。"

多伊奇表示反对："您不能出去，让我去吧。"

"不行，"奥托摇摇头，"我必须自己去看看发生了什么。"他死死地盯着多伊奇，直到后者点头。

"走吧。"

他们爬上山，寒冷和突如其来的运动让奥托感觉到肺部一阵刺痛。爬到小山丘的最高点，下面的火车南站一览无余，他们看到了最不想看到的一幕：火车站灯火通明，一列火车正在进站。远处依稀能够听见枪击的声音。

他们从后门回到指挥中心，正好遇上一脸震惊的绍尔其。"怎么了？"他问。

"火车南站正常运行，没有罢工。"多伊奇苦涩地说，随后又埋头标注地图去了。绍尔其也垂下了头。

约赫曼走进来，低声概括了一下最近的新闻：军队投掷了手榴弹，攻打位于马尔佳雷滕的罗依曼霍夫，并占领了那里。另外还有报道说奥托·鲍威尔已经被捕，说他当时正准备带着社会民主党数百万资金逃往外国。

奥托震惊地一掌拍在额头上："他们知道这样最能瓦解罢工者的意志。"

所有人都沉默了。约赫曼将记录了新闻的纸条折起来。绍尔其把手指关节捏得咔咔直响。奥托失魂落魄地站在那里不动。

他想，这一切的发生皆源于人们蔑视了民主原则。是他们自己的同志为社会民主党的坟墓掘了第一铲土，资本主义接手完成了后面的事。工业地区的长期失业会使得正直的工人们沦为乞丐。参与罢工的工人们，即便他们愿意，也不能放弃自己的工作，因为除了工作，他们一无所有。而那些仍在工作的，还在犹豫要不要拿工作当赌注。因此火车奔驰着，城市里灯火通明，电台依然在播送着陶尔斐斯们的煽动与宣传。原本指望着总罢工能够解除政府的战斗力，没想到它早已失去了锋利的牙齿。枪打空了。他的人白死了。

奥托对自己说，坟墓虽已掘好，但社会民主党还没有被钉入棺材。一定还有机会，一定还有其他他至今还没有想到的选择。突然，一只手搭在他的肩膀上。希尔德？不，不是希尔德，站在他身边的，是约赫曼同志。

"敬爱的同志，"她低声说，"您不能待在这儿。他们迟早会发现我们的。"

奥托摇摇头，不。他抱起双臂："我不会像个胆小鬼一样，把您丢下不管，尤其在这个时候。尤其是，我们还没有把所有的可能性都尝试一遍。"

"我们跟外面完全孤立了，"多伊奇打断他，"什么都做不了，只能坐以待毙。"

奥托拍了拍背心口袋："在被捕之前，我会服毒自尽。"

是约赫曼在摇晃他吗？不，原来是他自己在颤抖。不对，的确是约赫曼在摇晃他，同时，他自己也在颤抖着。

"您必须离开，这是您的义务。如果被卫国团发现了，他们一定会将您立刻枪决。"

"那您怎么办，约赫曼同志？"

约赫曼站起来，目光划过他们每一个人，然后回答道："如果我们现在就出发，所有人都能出去，各走各的。"

"解散指挥中心？"多伊奇试探地望着奥托。

奥托虚弱地回道："好吧！"

绍尔其点点头。约赫曼已经站在门口了："从这里走。"

逃亡。他并非事先没有做好计划。可是一个原本只是用来保命的紧急计划，现在竟然成了现实。奥托生生地将马上要涌出的热泪忍了回去。

不知何处传来一记沉闷的爆炸声。是火箭，是步枪，还是手榴弹？离得太远，很难分辨。约赫曼指了指楼梯，从这里下去能够走到地下室的另一头。普雷尔同志在杂货铺里等着，汽车就停在几条街开外的地方。他会开车把奥托送到捷克大使馆。

见到普雷尔，奥托在失望的同时，也觉得如释重负。他转身对约赫曼说："我们必须在这里告别了。"

约赫曼同志点点头："能给我一个告别的拥抱吗？鲍威尔博士？"

普雷尔催着他赶紧动身。他递给奥托一套钳工制服："在这片地区，穿着西装等于自投罗网。"

离开杂货铺时，天已经亮了。火箭的爆炸声，子弹的嗒嗒声，发布命令时的吼叫声，统统停止了。他们步伐缓慢，压低帽檐，微微躬着背，很像正准备去换班的工人。杂货铺位于乔治-华盛顿花园的边上。临走时，奥托再次回头望去，他看见军队和警察已经做好了冲锋的准备。

●

二月十三日。关卡过不去，没有一条路能够让她离开第一区。最终，伊达只好返回皇家酒店，趁门房不注意，悄悄溜回桥牌室。她在那里一直熬到天亮，才来到走廊上，想再试试给奥托家里打电话。

韩西正在上早班。"您也没回家?"他问。

伊达指了指电话。

"请吧。"韩西说。

线路恢复了正常。伊达接通军营大街。她突然感觉到一股近乎鲁莽的信心:奥托一定会接电话,这一切只不过是一出蹩脚的狂欢节闹剧罢了,日后说起,只会让他们俩哈哈一笑。

然而接电话的并不是他,是厨娘玛丽亚。"他们搜查了房子,"玛丽亚抽泣着说,"哪儿都搜了,每个角落,太野蛮了……"

"他们有没有说他在哪里?"

"什么都没说,凶得很。所有东西都被查封了。"

"可是他们不可能一句话都不说吧?"

"他们就一直盘问我,我叫什么,在这里干了多久,还有我丈夫是做什么的。这跟我丈夫一点儿关系都没有!他们在这里留了一个人,像一只恶狗一样盯着我,我哪儿都去不了。"

"海莲娜呢,她怎么样了?"

"您的哥哥昨天早晨八点就出门了,您的嫂子十一点走的。后来一切都乱了套,我就再也没有他们的消息了。"玛丽亚开始放声大哭,"我只希望他们别枪毙他,他们不会那么做的,对不对?他们没有权利那么做……"

伊达放下电话,又在话机旁坐了好久。枪毙?电话线晃呀晃,听筒看起来就像一具被绞死的尸体。她连忙移开视线,看了看表。周二早上她有桥牌课。不过时间还早。再过三个小时,第一批客人才会到来——如果他们还能来的话。

她扇了自己两巴掌,先是右边,然后左边。她不能让自己失去控制。在皇家酒店,没有人知道她的哥哥是谁。这样最好。她不能拿桥牌室冒险。她要镇定地走出去,要一份早餐,还有咖啡,大份的咖啡，然后自己跟自己玩几局。伊达又扇了自己一记耳光，作为对这个计划的最后确认。

她为自己摆好牌局，却总是发呆，过一会儿又把牌洗一遍，重新摆上，再继续发呆，就这样反复了好多次。渐渐地，桥牌室客人多了起来。只是她今天不做任何讲解。她也容忍了学员们的失误，这在平时是绝对不可能被她放过的。她用沉默应对客人们对街上各种事件的评论。不过种种迹象表明，其实也没有人真正关心发生了什么。这本身也是一桩耻辱。

早上的课程结束后，她不安地在房间里走来走去，没完没了地抽着烟。时间过得太慢了。她又给奥托家打了一个电话，但这次没有人接听。

晚上的牌局没几个人参加。有人咒骂着外面的封锁，认为根本没有必要，动乱早就已经平息了。可是——伊达心想——这才是更让人担忧的，不是吗？

她凭借罕见的克制力一直撑到牌局结束。她强迫自己去思考怎么一步一步出牌。牌桌，纸牌，玩家，这几个小时里，把注意力一直放在这些事情上面。然而等到客人们纷纷告别，对奥托的担心变得愈发强烈。此时，他家里的电话线已经被切断。今天夜里，她不能再待在酒店里了。她身处一片迷茫之中，每一分钟都觉得被勒得喘不过气来。

伊达的呼吸变得艰难起来。她必须出去！只是，街上的情况并没有好转。玛丽亚的担忧一直残留在她的脑子里不肯消失。她漫无目的地走过一条一条街道，没有光，也没有人。咖啡馆和餐厅早已关门。没有一盏灯亮着。她该去哪里呢？去哪里呢？

她靠在墙边，把手伸进大衣口袋找烟，拿出来，给自己点上。

吸了一口之后，她的脑海里浮现出一个想法，不过马上又被她否定了。然而任凭她再怎么绞尽脑汁，也想不出第二个主意。刚才的那个念头太疯狂了，太荒唐了，就连她自己都觉得很可笑。再来一个耳光吧，还是不要再发疯了。

●

奥托对自己说，保持头脑清醒。他提醒自己分清楚什么重要，什么不重要。重要的是，他眼下正坐在送他离开祖国的汽车里，向同志们细细描述过去几小时发生的事变，当然，也是为了抢在陶尔斐斯诋毁他之前澄清一切。不重要的，是他个人的安危，这一点无须考虑，他坐在这里，并不是为了逃命，而是为了阻止社会民主党最后的衰亡。

车上的同志们虽然连连点头，但他觉得他们并没有仔细在听他说话，而是紧张地望着窗外。突然，副驾驶将手指放在唇边，示意他不要说话。竟然禁止他说话？

他这才反应过来：前面马上就要到达警察设立的关卡。几个身穿制服的人端着枪，对准他们的汽车。奥托的身体往下滑了几分。同志们也都挤到他身边来，试图给他一些遮挡。

司机摇下车窗。奥托无助地看着他将警察要求的证件递出窗外。他们出示了一个不知哪来的捷克斯洛伐克护照，照片上的人跟他就算离远了看也一点儿都不像。

护照上不是我，他在心里默默地说，警察马上就会把我从车里拽下去。他摸了摸背心口袋里的毒药，这时，司机突然用地道的维也纳方言告诉警察，他要送一帮外国人去巴登小镇，为了确保他们的人身安全才有意走了小路。他想确认一下，这里没发生什么事吧?

那名警察惊讶地望着他,也没仔细察看,就把一叠护照还给了他。然而司机并没有就此罢休,他继续缠着警察问这条路到底安不安全,直到警察近乎粗暴地叫他快点儿滚,不要妨碍他们做事。

司机一脚油门,将车驶出警察视线后,转身冲后面咧嘴笑了笑。奥托不敢置信地揉着脑门。至少,他们已经出城了。于是他从刚刚被打断的地方开始,继续做他的汇报。汽车绕着维也纳兜了一大圈,来到菲沙门德,畅通无阻地开上了通往普雷斯堡的道路。沿途的一些村庄里仍然设有卫国团的岗哨,不过司机却越发地胆大妄为。有时他甚至直接将车开到岗哨边上,去问士兵们这条路走得对不对。神奇的是,他们每次都放他通行,甚至没往车里看上一眼。不到两个小时,他们就到达了边境。

倘若边境警察真的上车搜查,同志们会将他们拖住,让他则趁机下车,一路狂奔至边境栏木那里。奥托自己也说不清他以前有没有跑过这么长的距离。但是这一段赛跑对全党上下至关重要,他默念着,大腿肌肉开始紧张起来。

一名同志将车门拉开了一条缝,司机带着一叠护照走进海关大楼。他似乎在那儿说起了自己在维也纳过海关时的一些荒唐故事,渐渐地,所有奥地利边检人员都被他吸引,围了过去。

奥托将脸埋在手心里,绝望地大笑起来。一场最为致命的灾难过程中,竟然还发生了这样一出闹剧。有人会信吗?

●

"他们说他被捕了,其他的什么都没说。起码没有更糟糕的事发生。这是个好消息。我必须把它当作好消息看待。"伊达抬起头,用询问的目光看了一眼佩皮娜，继续拧着电台接收按钮。佩皮娜耸耸肩。

"伊达，我不知道。"

伊达用手撑住愈发沉重的脑袋："你的电话在哪里？"她一边问，一边想要站起来，却没有成功。佩皮娜扶着她的胳膊，将她带到电话机旁。没有用，还是联系不上任何人。

这时，伊达才发现自己仍然穿着大衣。佩皮娜去了厨房。伊达精疲力竭，她已经听不懂收音机里在说什么了。

"先吃点东西吧，伊达。"佩皮娜端着一个盘子回到她身边，"快吃吧，吃完好好睡一觉。"

伊达抓起面包，点了点头。她一边吃着，一边任由佩皮娜为她铺好客房的床，准备好睡裙，她甚至乖乖地听信了她的劝说——一切都会好起来的。

可是，即便再累，她还是睡不着。她在床上辗转反侧，用最后一点力气从大衣口袋里掏出她的香烟。等到暮色降临，她感到自己已经摆脱了所有的疲劳。她轻轻地爬起来，穿好衣服。

她从广播里得知起义已经被镇压，封锁解除了。她麻木地走进佩皮娜的卧室，床头柜上放着一个相框。太晚了，她已经来不及将视线移开——照片里是汉斯，晚年时的样子。

佩皮娜好像一夜之间就已经忘记了昨天收留过什么人，她仿佛受到惊吓一般，瞪大了眼睛望着伊达。好在很快，她便恢复了常态。她朝伊达伸出手："这么快就要走了？"

伊达点点头。

"奥托有消息了吗？"

伊达摇摇头。

佩皮娜用力握住她的手："但愿下次不要再这么哭哭啼啼的

了，上次是我，这次轮到了你，希望下次见面，不再是因为亲人的去世……"

伊达抽回她的手："奥托没有死。"

佩皮娜叹了一口气："我们都希望最好的结局。愿奥托和你，一切都好。"

伊达的目光再一次投向相框里的汉斯。

"也许我永远不可能原谅你们，"她不由自主地摸了一下脖子，继续说道，"不过即便如此，佩皮娜，你今天收留了我……你值得我敬佩。"

首　演

　　她从报纸上得知，奥托在布尔诺，但并没有收到他的只言片语，连一个音节都没有。她只好振作起来，放下这一切——即使她自己的房子也遭到了搜查。她听从特鲁迪的建议，跟理发师里斯约好时间。特鲁迪向她保证，只有多多关心外表，才能减轻内心的哀愁。她的儿媳妇是一个多么睿智的人。

　　里斯亲自来为她服务。他问伊达对发型有什么特别的想法，这是伊达几周来第一次感觉到心情舒畅。她要求把头发稍稍剪短一些，然后染一个新的发色。剪刀绕着她的脑袋咔嚓作响，而她和里斯则聊得热火朝天。她告诉他，库尔特现在大部分时间都在国外演出，今年年底，他将作为指挥，在人民大剧院进行维也纳的第一次首演。在黑暗的日子里，她尤其需要这样的好消息。

　　里斯将涂好的染色剂重新洗去后，伊达的心情好极了，于是将出行的计划也毫无保留地告诉了他。她打算让桥牌室歇业一段时间，她要去捷克斯洛伐克。

　　其实她也只是顺口一说，与其他顾客跟理发师的聊天并没有什么分别。不过里斯似乎特别感兴趣，重复道："噢，去捷克斯洛伐克。"接着，他们聊到了那里早春的天气如何如何。伊达并没有多想。然而两天后，刑警敲开了她家的门。他们开车将她带到警局，命令她证明身份，回答各种各样的问题——关于她本人、婚姻状况、子女及收入。

认识理发师里斯吗？

当然。

跟他有来往吗？

难道从她的发型上看不出来吗？她反问道。

警察们显然没什么幽默感。他们继续问她，最近四周有没有出过国？

她否认了。警察要求她提供证人的名字，与她不能有亲密关系，而且能够担保她没有去过外国，特别是捷克斯洛伐克。

最后一次去那里是什么时候？

去年，去看望施特劳斯一家，他们住在波利奇卡。

为什么在护照上没有显示？

当时她并不知道还要办理这个手续。

最后一次见她的哥哥是什么时候？

最近跟他有没有联系？

上个月，即二月十二日和十三日，她在什么地方？

伊达不得不具体地告诉他们她在桥牌室逗留的时间。十二日她在那里过了夜，第二天则睡在佩皮娜·采勒卡家里。她懒得向警察解释那么多，只是简单地将佩皮娜称为他们家的朋友。

是的，她的确对理发师里斯说过几周后打算去捷克斯洛伐克旅行。

不，二月十二日至今，无论是奥托·鲍威尔还是其他的逃亡者，她跟他们没有一点联系。

　　她在口供上签了字，将施特劳斯一家和佩皮娜家的地址、连同皇家酒店所有目击证人的名单一并交给警察。然后，她被释放了。

　　走出警局，她看了看四周是否有人跟踪自己。现在，在这座城市里，想必到处都是耳目吧。

　　毫无疑问，在她看来，新手课程里的新来的学员一定是个探子。他的桥牌打得太烂了。她怎么没早点儿想到有人混在客人当中打探消息呢？这个男人向她提了很多问题，下课后还想留下来，陪她一起抽烟。不过，他的牌技太差，派他来当探子岂不是太过明显？这位莫里茨·保罗-史夫先生对桥牌没有一丁点儿感觉。但是他为人特别和善，为她加油助威的样子简直像个骑士。

　　她仔细地观察了这个年轻男子很久，留意他有没有向其他客人打听过她，或者在其他方面有没有特殊的举动。然而她没有任何发现。他只喜欢跟她聊天，而且聊的都是一些再正常不过的话题。只是当他夸赞她的新发型时，她的怀疑又冒了出来，不过很快，她便得出结论：他的赞美背后并没有隐藏着什么不堪的东西，那都是发自内心的。

　　再说，她也不可能总是去怀疑这个，怀疑那个。她必须继续她的生活，必须要在客人面前表现得友好。疑神疑鬼只会影响她的生意。警察再也没有来找过她。希尔德·马莫雷克倒是联系过她，给她带来了奥托的消息。当时她很想跟漂亮的希尔德多聊一会儿，不过她太紧张了，她对伊达说，她只有几分钟的时间。

　　就在同一天，伊达在街上还遇见了爱尔莎。爱尔莎径直朝她走来，还抬起胳膊，好让伊达看到她。伊达决定立刻结束她们之间无聊的争吵，她要与爱尔莎重归于好，这才是眼下正确的选择。是的，是的，没错。她愿意无条件地原谅爱尔莎的一切错误，她对她的所有指责，还有她愚蠢的固执。

伊达正准备挥动手臂，开心地呼喊她的名字，却愕然发现，爱尔莎并没打算跟她打招呼，她抬起胳膊，只是为了理一理帽子。然后，便突然地转方向，离开了。

伊达的目光跟随着她，她多么希望堂姐再看她一眼。可是爱尔莎始终僵硬地昂着头，越走越远。她们为什么不直接走近彼此呢？爱尔莎竟还是不理她，她真是太无情了！眼下难道不是大家抱团取暖、尽弃前嫌的时候吗？

莫里茨·保罗-史夫先生是一个出色的聊天对象。他博学多才，看过很多戏，对时下流行的展览也略知一二。伊达喜欢他铿锵有力的观点，还有他对广受好评的特鲁迪·莫尔尼茨的满腔崇敬，特别是当他得知那是伊达儿媳妇时表现出的钦佩之情。他们之间的聊天之所以让她觉得很自在，那是因为她流露出了真实的自我。

"史夫，您真是一个糟糕的玩家。"她直截了当地对她说。

"是的，所以我才来这里，请您教一教我。"他答道。

伊达摇着头说："可是我并不会魔法呀。"

保罗-史夫先生闻言，深深地看着她的眼睛："无论如何，我听说了，您是这个城市里最优秀的。"

当然，他确实是个马屁精。但是这让她十分受用。他的赞美，他对她教学艺术的颂扬——喜欢听这个又不犯法。以及他用那双绿宝石一般的眸子望着她，偶尔用手拨一下额前黑色的小卷发……的确，莫里茨·保罗-史夫是很特别的那一种人。他们在一起抽烟的时候，他坚持要为她点燃火柴。过了些日子，她主动跟他提起这件事，她问他，有没有觉得他的绅士风度有点儿过时了，现今的女士完全有能力自己动手划火柴。他答道："那是当然！"

"可是？"

"可是每次给您点烟的时候，都能看见您在不同光影下的样子。您真的忍心剥夺我这小小的快乐吗？"

伊达脸红了，像个不谙世事的少女一样。她觉得很不好意思，脸愈发地绯红。可是莫里茨·保罗-史夫只是继续凝视着她，带着憧憬和请求，手指间拿着燃烧的火柴，他是如此的恳切，几乎忘记了火焰的存在，直到它烧到他的指尖。他这才将火柴丢掉地上，咒骂着用脚将它踩灭，随即又说了声抱歉，并给伊达看他手指上的水泡。

她噘着嘴，凑近莫里茨·保罗-史夫食指尖上的水泡，轻轻吹气——这并不犯法，但也不太符合礼数。他俩以前常在一起吞云吐雾，看着两人口中呼出的烟雾交织在一起，但这次不一样。这次的呼气是真正的碰触。

伊达躺在床上。他烫伤的手指，她的双唇，她呼出的气息。她有三天没见到莫里茨·保罗-史夫先生了，尽管如此，他一直存在于她的脑海中，每秒钟都陪在她身边。睡衣的花边压在她的脚踝上，沉甸甸的，她不得不把裙子撩起来。莫里茨·保罗-史夫。她要摆脱对他的思念。她把一条腿重重地压在另一条上面，把手夹在膝盖之间。或者，让他——莫里茨·保罗-史夫，跟自己完全合二为一。想到这里，她的手往上滑去，滑向曾经——很久以前——属于恩斯特的区域。一个被遗忘的地方。

她幻想着：年轻的莫里茨·保罗-史夫先生正在她家的客厅里，坐在恩斯特生前常坐的椅子上吃晚餐。他在饭桌上的表现照样优雅迷人，她看着他用整齐而锋利的牙齿咬住叉子上的食物。走廊上的莫里茨，浴室里的莫里茨，湿漉漉的卷发，因为沾了水的缘故披散在赤裸的肩膀上。她把手伸进他的头发。裹着被子的莫里茨，躺在她身边的莫里茨，没穿衣服的莫里茨。

快一点。手指，呼吸，莫里茨。再快一点。他的卷发，和她新染的栗色头发，发丝纠结缠绕，直到分辨不出是他的还是她的。快，快点，再快点。莫里茨。

过了很久，她才终于找到了其中的关联。那是早春的某一天，她在散步时看见一个年轻的女孩子，拿着一个手袋，在身边晃来晃去。她漫不经心地跟一个女朋友在一起逛街，嘴里喋喋不休地说个不停。伊达观察着她，或许是因为寒冷，女孩垂下头，颤抖着发出一声呻吟。那一瞬间，手袋和呻吟在伊达的内心如同拼图一样组合在一起，直到这时，她才彻底明白了当年医生先生的暗示。

她不得不找一张长椅坐下。经过了这么多年，她是多么迟钝啊！伊达拉上大衣衣领，遮住脸，同时也挡住她的羞愧。而另一种感觉也愈发清晰起来，她想，直到现在才体会到这种快乐，真是太遗憾了。她当年想当然地装出一副什么都懂的样子，经过了几年，几十年才越来越明白这是怎么一回事。可是这所有的快感，只能由她自己来发动，这让她觉得很伤心。

她好久都不敢尝试唤醒这炽热的感觉。现在她又有了勇气。再来一次，莫里茨·保罗-史夫。

后来她一直等着胃痉挛再次发作，当年医生先生说过，这是一种惩罚性的表现。可是奇怪的是，疼痛一直没有出现。过了好久，她的身体几乎完全健康，这还是第一次。

月底时，她终究还是生病了，只是小小的感冒而已。

"您去哪儿了？"莫里茨·保罗-史夫先生问她，"我一直在担心您。"

"好啦，别傻了。"伊达摇摇头。

他噘起嘴巴："您说话的语气，好像我是个傻小子似的。"

伊达认真地凝视着他："您是吗？我不这么认为。"

"有件事情，我一直想跟您说。一件很愚蠢的事情。"他低下头看着地板，卷发滑落到面前，不过他并没有把它拨开，仿佛想借此遮挡住自己似的。

伊达打开烟盒，递给他一支香烟："说吧。"

他把烟夹在指间转来转去："您要知道，若不是对您怀有巨大的信任，我绝不会开口的。"

伊达也为自己拿出一支烟："可是，如果您还不说的话，我就会失去耐心。"

"我需要您的耐心。"

"那就请吧。"

他为她点火，她弯腰凑近他。她宁愿一直这样靠在他身边。

"我不记得有没有跟您提起过简切克先生？"他开口说道。

她摇摇头。

"也不是什么了不起的大事儿。弗兰茨·卡尔·简切克是布拉格一位机器制造商。当年我在布拉格的时候，是他的……怎么说呢，我想，可以说，我是他的亲信吧，帮他跑腿送信，有需要的话也会给他打下手。您要知道，简切克先生是一个遭受过伤害的人。在他最需要帮助的时候，他的家人背弃了他。我尽了最大的努力，让这个成功但却伤心的人快乐起来，哪怕只有一点点。因此他也定期给我一笔钱，这并不是什么丢人的事，我也没什么好隐瞒的，不是吗？"他探寻地望着伊达。

"那现在……"

保罗-史夫打断了她。"很遗憾,现在简切克先生已经不在人世了。他的身体从来就没好过。"他压低了声音,神秘地说,"可是我相信,若不是他家人的毒害,他一定还活着。"

"下毒?史夫先生!若真如您所说,那是犯罪啊!"

"的确是犯罪,但是没有办法举报。确切地说,应该是心理上的毒害,最终导致他的死亡。"

莫里茨·保罗-史夫顿了一下,牙齿咬着下嘴唇,飞快地瞟了伊达一眼。然后摇了摇头,仿佛想要从沉重的回忆中解脱出来。他接着说道:"简切克先生虽然情绪多变,但一直头脑清楚。他的家人,尤其是他的妻子不但伤了他的心,那帮忘恩负义的混蛋竟然还明目张胆地企图把财产转移到他们的名下,不过简切克先生并没有屈服,他把其中的大部分财产馈赠给了我,这也是我未曾料到的。您想想,我当时只是一个无名小卒。"

伊达赞许地点点头:"他真的很了不起!"

"您一定能够想象得到我当时是多么震惊。他的家人也一样……"

伊达情不自禁地笑了起来。

他却望着她,目光中充满发自内心的痛苦:"那个寡妇请了律师,想要推翻遗嘱的合法性,还要求我返还简切克先生去世之前给予的馈赠。"

"您没给自己找一个律师吗?我可以给您推荐。"

莫里茨吐出烟圈:"不用了,阿德勒夫人,我有律师。问题不在这里。"

"保罗-史夫!"伊达的语气严肃起来,她看了看手表,"还有一刻钟,我就要继续工作了。有什么话快说吧。"

"好,那我就直说了。布拉格的公证人是站在我这一边的。遗产已经判给了我，这些天我也一直在等着。只是，我也不知道为什么，也许您比我更了解情况，毕竟您曾经继承过一家工厂……"

"不，没那么夸张。"

"可是您的家族的确曾经拥有工厂，不是吗？所以我想，您对这种事情一定很了解。现在的情况是，可能要延缓财产的清算。"

"但是，他们向你保证钱一定会到账？工厂值不少钱吧？"

"噢，是的，是的，只是手续问题。"

"很好，那么，我觉得您大可不必担心。"

"如果您这样认为，那就太好了。这等于给我吃了定心丸……不过还有一件麻烦事，唉，您一定觉得我是一个十足的蠢货。"他叹了一口气，伊达觉得略带了一丝夸张的成分，"计划赶不上变化，我本来以为两个月前就能接收遗产，结果现在……现在我陷入了困境。而且……我简直开不了口，尤其是您眼下也并不宽裕。可是……我还是想问问您，有没有可能……"

"没钱了？"伊达打断他。

莫里茨·保罗-史夫先生耸耸肩，并没有否认。

"史夫，史夫，史夫，"伊达一边抽烟，一边沉思，"果然是一件麻烦事。"

律师摇摇头："您的哥哥被指定为财产的管理人，我也无能为力。不过您哥哥名下的财产有一些也属于您，例如您父母亲的婚戒等等，所以我可以向资产清算处提出申诉。但愿我们能成功。"

伊达不耐烦地点点头："亲爱的梅利奇卡先生，那些首饰对我来说当然很重要，但更重要的是钱。我已经五个月没有拿到一分钱了。"

律师无奈地低下头："这不是法律上的事情，仁慈的女士，很遗憾，这是政治事件。所有的障碍都来自政府方面，我一早就去过联邦总理府，他们一开始连谁负责这件事都不肯告诉我。"

"但是您现在知道了？"

"有人让我去找警察总署的亨德利希博士。"

"那就麻烦您去向警察总署阐明这件事的急迫性。"

律师摊开手掌，放在写字台上："仁慈的女士，我跟您明说了吧，就算我们能证明那是您的财产，您的哥哥只有管理权，最终还是得看他们愿不愿意给我们通融一下。所以我不想过早地施加不必要的压力。我们必须跟警察总署搞好关系。"

"也许我应该亲自去一趟，把我的处境讲给他听。也许这样，亨德利希博士会加快速度？"

律师警惕地看着她说："我劝您千万别这么做。"

"给我一个解释。"

"恕我直言，我跟您打过交道，了解您的脾气，不管我多么钦佩您，仁慈的女士，在现在这种情况下，我还是更相信自己作为律师的法律素养。"

伊达叹了一口气："那就请您快点出场吧，拜托了！"

她坐在巴登小镇的赌场上，绞着自己的手指头。她的命运如何，全押在下一张牌上。她必须赢，否则她会输光桥牌室所有的收入。她想不到其他的办法，只能靠百家乐[1]来赌一把运气。如果拿不到爸爸留给她的钱，她连维佳大街的房租都付不起了。保罗-史夫一周又一周地搪塞她，他说只要再等几天就好了，他的律师很有信心。换作她自己的律师，她可不敢这么说，因为那位梅利奇卡先

---

1 一种法式纸牌游戏。

生在警察总署至今毫无半点进展。

下一张牌。如果打的是桥牌，就不可能这么快打到如此大的金额。老实说，她还是更喜欢桥牌。打桥牌可以靠策略，而百家乐只有幸运女神说了算。她必须得到幸运女神的眷顾，必须！

她输了。直到工作人员收走她的筹码，她才如梦初醒。发牌器转去了下一位客人那里。有人在提醒她下注。伊达手上已经没有剩余的筹码了。更糟糕的是，现在她的全部身家连一注筹码都买不起。在搬去小房子之前，她不得不跟好多东西一一告别。那些精挑细选的家具：再见了，从娘家走廊里搬来的木头长椅；再见了，灯具；再见了，窗帘；再见了，三角钢琴；再见了，恩斯特的管风琴。最后，她只留下一些画、照片和书籍。

空荡荡的房间在她看来像是一座被洗劫一空的博物馆。地板上的刮痕是旧时沙龙留下的最后痕迹，欢声笑语，音乐，还有在这里长大的库尔特——所有的一切都一去不复返。

她把房屋钥匙和一封感谢信留给约尔雷。之前提出退租时，她感觉到约尔雷对于她搬出去这件事并没有表现出多大的遗憾。就在几年前，社会民主党还把最好的建筑订单给了他——现在呢，他才不要跟她扯上什么关系呢。

相比之下，位于科尔马特的新居实在寒酸极了。背街的两间房，低矮的天花板，几乎见不着阳光。不过也有一个优点：离她的桥牌室不到五分钟的距离。这样她就可以多睡一会儿，除了房租便宜许多，连打车的费用都省下来了。是的，她现在学会了权衡成本和收益。

可是，偏偏在库尔特首演的那个晚上，在人民剧院，她遇到了保罗-史夫。她已经有一阵子没见到他了。他偶尔还会来桥牌室，来了也总躲着她。她早已计划好要与他对质，没想到在前往人民剧院的路上非常偶然地发现了他的踪迹。

当时她正坐在出租车里往窗外看。有人正在用油漆在房屋外墙涂画纳粹十字符。她正打算对这帮毛头小子破坏性的行为做出抨击，目光却不由自主地被吸引到了前方。

她首先看到的是他的背影，那一头标志性的卷发绝不可能让人认错。一定是他。出租车向前开去，不，她没看错，她的心跳先是变得好快，然后又乱了节奏。他不是一个人！

出租车开了过去。她还在回头看，可是车子很快转了一个弯。

特鲁迪在人民剧院门口迎接她。她轻吻了伊达的脸颊。她的香水味道钻进伊达的鼻子，让她觉得十分惬意。这还是第一款让她喜欢的香水。香水的味道，还有特鲁迪风趣的聊天本领让她的注意力转移到了其他事情上。她们来到休息厅，时不时地有人走过来跟她们说"加油"。特鲁迪大方地接受对她丈夫的美好祝愿，她的笑容真挚，让每个前来询问的人都感受到她的激动：这次首演太重要了。

她们落座后，观众厅的灯光暗下来，此时，保罗-史夫再次浮现在她的脑海中。刚才看到的到底是不是他？街灯的照耀下，她真的看清楚了吗？正在这时，库尔特穿着燕尾服走进管弦乐池，在一片掌声中从音乐家们身边走过，来到属于他的指挥台。

前两幕她一直在忙着听儿子表现得如何。他完成得很好。但是在第三幕，刚好在浮士德和玛格丽特第一次相遇的时候，她又想起了他。

她感到针扎一般的强烈痛楚。年轻的保罗-史夫身边有一位先生，伊达一开始并没有注意到他，可是当汽车开过的那一刹那，莫里茨·保罗-史夫正好转身朝向他。她一下子明白了，他们俩是一对儿。不知为什么，在她的认知中，他要么孤单一人，要么与她一起。她压根没想过他可能还有其他的人际关系。

那位先生——伊达只来得及匆匆扫了他一眼——他跟她差不多年纪。保罗-史夫面对他的样子，故意向前倾的肩膀……这正是他为她点烟的姿势！那位先生显然很享受他的靠近。这一切她都看着眼里，尽管只有那么一瞬间。他跟她一样享受。

第三幕，孟菲斯特以浮士德的名义将一个首饰盒放在玛格丽特的门前。伊达觉得坐不住了。不，她心想，不。她想要把注意力再次集中在舞台表演和库尔特的指挥上。可是她做不到。她变成了一个恋爱中的老女人吗？她是吗？她还没有傻到放弃借条的程度，还不至于。但也够蠢了，竟然相信……伊达使劲并拢膝盖。他先勾引她的，不是吗？那并不是她的幻觉呀。

特鲁迪悄悄地将头转向伊达这边，慢慢地握住她的手，按了一下。这样的碰触让她觉得很安心。她收回思绪，继续观看库尔特在台上挥舞着指挥棒。

可是，当她看到可怜的玛格丽特被浮士德抛弃时，又开始了胡思乱想：她怎么可以让自己就这样被迷惑？一而再再而三地听信他的借口？他还说再等几天，财产的事情就有眉目了。她竟然心甘情愿地纵容了他好几个星期。她掉进了史夫设置的圈套！现在，他好像又有了新的目标。不知道他从那个男人身上索要了多少钱呢？噢，伊达，你这个傻瓜。

"啊！"特鲁迪轻呼一声，瞪大了眼睛望着她。原来伊达不知不觉中捏痛了特鲁迪的手。她想松开儿媳的手，可是现在不行。她怕自己会从座椅上跌下去，怕到时没有人帮她。

史夫！一个长着一头漂亮卷发的男人，却一肚子诡计。等一下，会不会是舞台上的故事误导了她，让她得出了错误的结论？今晚的剧本不对——《阿依达》《特里斯坦》，甚至《茶花女》都不像

《浮士德》这般要命，它夺走了她所有的希望。她是失去了一大笔钱，然而更糟糕的是，她还颜面尽失！这一切让她如此难堪！

这时，特鲁迪发出一声尖叫，音量不大，却很尖锐。周围的人生气地看着她。伊达这次真的把她的手捏伤了。

●

"八千两百七十一先令，"库尔特惊叫，"就这么随随便便地给了别人！"

特鲁迪挑了挑眉毛："在我看来，那不能算是别人吧。"

"你什么意思？"

"别的暂且不说，你没看见当她一提起那个史夫时，眼睛里都闪烁着光彩吗？"

"算了吧。"

"至少，她是同情他的。"

"花了八千两百七十一先令去同情一个人，太贵了吧。她失去理智了吗？"

"别说了，库尔特，"特鲁迪劝道，"她已经够自责了。这时候不需要亲生儿子再跳出来说她疯了。"

"你什么时候变得这么宽容了？"

"也许是因为我很同情她？"

"我的上帝！女人和她们的同情心！"

"请你收起你的坏脾气。"

"八千两百七十一先令。足够让人恼火了。"

"库尔特，我想提醒你一下，我为你放弃得更多。"

"这根本是两回事。我们其实并不需要你父亲的遗产。"

"要是我们现在在好莱坞，我早就不用惦记他的遗产了。"

"唉，你又来了。"

"也许我现在已经成为华纳兄弟[1]的明星了！"

"八字还没一撇呢。制片人只是向你提出邀请而已，再说我们都已经决定了，去洛杉矶发展并不适合我们。"

"我们决定了？库尔特，你说的是你。你压根没问过我的意见。那时候我已经开始上英语课了。"

"特鲁迪，看看我们，现在在这里也有很多演出呀。我做指挥，你当歌唱家。求求你了，好莱坞明星？谁爱当就让谁当去吧。"

---

1 美国著名影视制作公司。

运　动

赖兴贝格，1937—1938

　　《名歌手》[1]，在赖兴贝格剧院。出任这出剧的指挥是他的荣幸，但也是一份苦差事。不过今天晚上他已经取得了很大的进步，库尔特说。第二幕中合唱段落之间的间奏——那节奏分明像魔鬼在骑马——已经被他驾驭得不错，他把剧中贝克麦瑟的唱段处理成幽默感十足的哀叹，又让骑士的诗意独白表达得更加空灵。

　　他的紧张一直持续到最后。大结局时，所有为这出戏做出贡献的人全部聚集在最后一幕的节日大草坪上：舞台音乐家、配角、动作指导，还有合唱团和独唱歌唱家。

　　库尔特的耳朵跟着他的成员们上了台，眼睛却始终盯着总谱。他要确保让这出戏完美落幕，因而过了好一会儿才反应过来舞台上发生了什么。"Heil Sachs（**祝福萨克斯**）！"合唱团唱道，歌声充满洋溢着胜利的激情。库尔特抬起头来。"Heil dir Sachs（**祝福你，萨克斯！**）"只是，他们为什么要模仿德国人，在刚说出"Heil"这个

---

1 瓦格纳歌剧，又名《纽伦堡的名歌手》。

词的时候把胳膊举起来[1]？

落幕时，掌声雷动。库尔特离开乐池，沿着楼梯走上去，他用手绢擦了擦额头，背心已经湿透了。扮演小艾娃的女歌手满脸喜悦地朝他走来，拉起他的手，将他拽上了舞台。他挥手示意乐队起立，掌声愈发热烈。库尔特回头看了看合唱团，团员们排成排，弯腰鞠躬，胳膊垂在身体两侧，仿佛刚才什么都没发生似的。

服装师在更衣室帮他脱下燕尾服，并向他表达了热烈的祝贺。剧务敲门进来，跟他说下次演出时需要留出更长的中场休息，否则工人们来不及更换舞台布景。

库尔特换好衣服，梳好头发，走下楼梯，朝舞台出口处走去，几个合唱演员兴高采烈地跟在他身后。其中一位女士称赞说，今天晚上的演出大获成功。

库尔特犹豫了一下，然而他并没有在她的评价中听出别的意思。于是他感谢了她的配合，随后来到一家餐馆，特鲁迪和几位同事已经在这里恭候多时了。

享用丸子和煎肉的时候，他们把演出从头到尾又回忆了一遍。舞台布景自然无法得到所有人的认可，但他们一致觉得观众今天晚上观看得格外仔细。这么长的剧情，出现一两个打瞌睡的纯属正常，今天却连一个睡着的都没见到。

无论如何，这就已经是了不起的成就了——特鲁迪的总结让大家都很开心。然而新来的导演马格纳却在此刻十分突兀地问大家，合唱团在某些地方不按导演的安排擅自行事，对此他们有什么想法。

---

1 纳粹的标志性动作：举手，说"Heil Hitler"。

所有人都安静下来。库尔特喝了一口红酒。马格纳所说的，他的确都看到了。紧接着，他又喝了一口。

特鲁迪耸耸肩。"是吗？合唱团只是开了个玩笑吧。"她说。

"玩笑？"马格纳语气平淡地重复道，"我没有幽默感，理解不了这样的玩笑。"

特鲁迪摇了摇头，继续安抚他："合唱团那帮人一直这样，开起玩笑来不知道轻重。"

马格纳缓缓地点点头。库尔特不太确定自己的耳朵还灵不灵。他的意识有点儿模糊，并且持续了好一会儿——直到特鲁迪把话题引到波希米亚果酱蛋糕上，这是今天的饭后甜点，一定要尝一尝。必须，她坚持道。真的没有比这更好的了。

第二天早晨，马格纳特意在舞台入口处截住他。"我很愿意相信您太太的话——她是一位非常了不起的女性，"他一边低声说着，一边陪同库尔特一起走向排练厅，"真的，我很愿意相信那只是一次没有成功的玩笑。但是，最近几年在德国，我真的见得太多了。"

库尔特停下脚步。"马格纳先生，我可以告诉您，我太太看人看事一直很准，"他压低音量，又说，"在这种情况下我也不好说什么。"

马格纳仍然一脸严肃："听我说，阿德勒先生，我们之间并不是很熟。但就我对您的了解，您绝不愿意跟纳粹党人扯上关系。所以我就跟您明说了。在德国，我有非常明确的政治立场，只是犹太人的身份让我遇到了不少障碍，总之我是回不去了。如果昨天的事情并不是一个玩笑，那么我可能就不会继续留在这里了。"

"马格纳，我向您保证：我一定会管好合唱团的。"

"到底谁管着谁，也许很快就会变了。"说完，马格纳连声再见都没说，就走掉了。

●

　　这样的日子里给自己找一位伴侣是一件既困难又冒险的事情。但自从身边有了特里斯坦的陪伴，伊达感受到了好久未曾有过的轻松。在特里斯坦面前，她甚至能够畅所欲言内心最深处的想法："自从库尔特和特鲁迪去了赖兴贝格，留下我一个人在维也纳，我就觉得时间过得好慢好慢。他们极少邀请我过去，只有首演才叫我去看。那样也行，只是库尔特现在是个高高在上的指挥家啦，根本没有时间陪我。不像你呀，我的特里斯坦，你有大把的时间！我也没生库尔特的气。哎，我在说什么呢，有时候他确实让我受了委屈，算了，让他自己慢慢去体会吧。至少他对不起他的妈妈。"

　　她可以这样毫无顾忌地一路抱怨下去："我有好几个月没见到奥托啦。想去看他，得偷偷摸摸地才行。这事儿我只告诉了你一个人哦。除了你，其他人我都信不过。你根本想不到这些人多么可怕。告诉你，千万别犯傻，不要轻信任何人，否则会付出昂贵的代价。"

　　她可以在特里斯坦面前肆无忌惮地说人坏话，绝对不必担心给他留下不好的印象。"你看看皇家酒店的门童韩西，他变胖了，活生生把自己吃出了一个大肚子，脾气又很差，真让人讨厌，尤其是他对某些政客的热乎劲儿，特别恶心。"

　　她每天带着特里斯坦一起去桥牌室，他也极少抱怨。不过她对他也百般照顾，当然她完全有能力做到这一点，并毫不忌讳地在人前卖弄——一个老妇人，一条黑色的雪瑞纳。唯一遗憾的是不能带它一起去看戏。每次她看完演出回到家，特里斯坦总是生气地蹲坐在屋里最偏僻的角落里，看也不看她一眼。不过不会持续太久，因为它生性比较开朗。另外它对艺术也有一定的理解力。是的，她坚信它有，只要一听到音乐，它会竖起耳朵，不发出一点声音。

的确，特里斯坦是一个非同一般的生灵，是她的伴侣，它保护着她，让她变得平静安宁。这在眼下的日子里无疑非常重要。

希尔德的到访对伊达来说也是一种帮助。可是这一次，曾经那么漂亮的马莫雷克太太，出现在她面前的时候，却面色发灰，容颜憔悴。就连特里斯坦扑上来迎接她，她也表现出一副嫌弃的样子。要知道，平时她一直都夸它乖巧可爱。看来今天它那无拘无束的快乐对她来说有点过分了。伊达将特里斯坦关进卧室，然后沏了茶。

希尔德坐在那里，面对着茶杯，一言不发。她不用开口，伊达也知道发生了什么。她在街上都看到了：维也纳到处是旗帜，到处是纳粹的追随者，商店先是被抢劫，随后关门倒闭，新的武装力量用残酷的手段到处寻衅滋事。

"加糖吗？"

希尔德摇摇头。

"给你换杯咖啡？"

还是摇头。

"我知道了一些事情。"

伊达站起来，走到橱柜前，拿出一瓶朗姆酒。

"它会让我们好受一些。"她旋开瓶盖。

"谢谢，我不要。"希尔德说。

伊达给自己的茶杯里倒了一些酒："怎么，奥托不让你喝酒？"

希尔德艰难地笑了一下："不，我不是一个享乐主义者，对酒没什么兴趣。"

"我这儿有面包，如果你想吃点热的话，还有昨天剩下的汤。

巧克力糖怎么样？我家里还有一些，不知放哪儿了……"

她刚打算站起来，却被希尔德拉住了："别走。就在这儿坐着就很好。现在一切都……起码你这里还很平静。"说完，她还是端起了茶杯。她的身体陷进沙发里，显得那么瘦小，仿佛被忧愁折磨得整个人都缩水了。她喝了一口茶。

"结束了，"她停了一下，说，"没希望了。"

伊达直起身子："这话什么意思？奥托会找到办法继续革命的，一定会。"

"但不是从布尔诺开始。"希尔德答道。

"那从哪里开始？"

"巴黎。"

"巴黎？"

希尔德点点头："也没有其他的办法了，现在的情况……这么多年来，奥托一直希望德国和奥地利能够联合起来，没想到却是这样的方式！"

伊达不再添茶，又加了一些朗姆酒。希尔德揉揉眼睛，把眼妆都弄花了："运动完全失败了。"

"但是还有国际上的。"伊达反驳道。

希尔德痛苦地微笑了一下："奥托让我转告你，尽快去找他。"

"巴黎确实值得一游。"

希尔德站起来："不，伊达，他叫你搬到他那里住，尽快。"

伊达也站起来，生气地说："他是怎么想的？我不可能放弃这里的一切！搬到他那里，我哪来的钱生活？"

"我也不知道这一切该怎么办。"她绝望地看着伊达说。关在卧室里的特里斯坦嗥叫起来，丝毫没有停下来的意思。

●

"去美国？"特鲁迪双手掐着腰，"你在跟我开玩笑吗？"

库尔特走到窗前："华纳兄弟的那些人一定对你还有兴趣。"

"一定没有。对他们来说我已经人老珠黄了。"

"可是这也没过多久啊。"

"他们的时间是按秒计算的，库尔特。"

"相信我，我是很想留下，而且妈妈也在这儿。可是所有的尝试都落空了。在这里我已经找不到工作机会。"他转过身面对着她，"只有去美国，我才有发展前途。"

"你一定是在开玩笑。"特鲁迪在梳妆台前坐下，做了一个深呼吸，"为什么你不在赖兴贝格再演一季呢？"

"不可能。"

她抬起下巴，手里拿着一个粉扑："他们明明愿意请你！"

"那家剧院全是纳粹！"

"当然，现在到处都是纳粹。可是，到目前为止，这跟我们有关系吗？要我说，没有。"

"特鲁迪，他们现在已经进入领导层了。"

"你怎么知道？"她打量着镜子中的面容。

"马格纳甚至说有可能打仗。"

特鲁迪用力将粉扑往桌面上一丢，扬起一阵粉尘："你不要听他的，他太神经质了。"

库尔特想握住她的双手，却被她挣脱了。她拿起一支毛刷，说："对了，弗利茨·蒙戈尔说，要是我现在在德国的话，会有大把的机会。被提拔的可能性前所未有地高。"

"蒙戈尔，他这么说目的绝不单纯。"

"是的，他是为我着想。"

"一个可怜的马屁精，"他苦笑道，"而你根本没正眼瞧过他。"

她继续手里的动作，仿佛没听见似的："库尔特，德国有那么多剧院，不可能每一家都那么看重意识形态。你一定会找到工作的，请你相信你的才华。"

"你想一想，万一被人知道我的舅舅是谁，会发生什么？"

"俄国人不喜欢你舅舅，德国人也是。奥地利没有人希望他回来，他去法国的时候，捷克斯洛伐克人简直欢天喜地。你的舅舅是个不受欢迎的人，也许他该问问自己……"

"不要把政治事件说得好像八卦新闻似的。"

"对一个真正的艺术家来说，政治跟八卦没有什么区别。"

"蒙戈尔说的？"

这时，她提高了音量："请你不要再影响我的事业。"

"噢，那是**你的**事业。"他咬牙切齿地说。特鲁迪威胁地举起毛刷。"你扔一个试试！"他挑衅地说。

她却放下手臂，飞快地闭了一下眼睛。粉底也遮不住她脸上的疲态。

"别再想什么事业了，特鲁迪，这里没有，德国也不会有。我决心已定。"

●

七月的炎热笼罩着他的办公室，纠缠着他，逼得他额头全是汗。他喘息着，把海莲娜叫进他的房间。海莲娜看了一眼烟灰缸，满满的烟头，几乎装不下了。她拿来一条毛巾，将它在瓶子里浸了一下，然后轻轻敷在他的额头。"少抽点吧。"她恳求道。

奥托烦躁地靠向椅背。有一段话，他本想问问她是什么意思，结果也没读给她听，就这么把她赶出去了。等海莲娜走出去，关门的那一瞬间，他立刻给自己点了一支烟，继续埋头为《新闻纪事报》撰写文章。人们必须向奥地利的犹太人伸出援手，他写道。他呼吁世界上所有正义的国家立刻向他们打开国门。

也许让他难受的不是炎热，而是眼下的困境，逼着他写下如此绝望的字句。他的视线有一些颤动，不过还是坚持写完了文章。果然，第二天，他的身体好一点儿了。为了让海莲娜高兴，他决定今天的香烟减半。

可惜这个计划在他工作了才一个小时之后彻底流产。此刻他无法再放弃这唯一的享受了。何况，香烟给了他急需的能量。今天是周六，办公室不忙，他要好好利用这一段时间。

他正在着手写一篇详细的分析文章，他在文章中写道，通过希特勒主义取得的经济繁荣并不会持续很久，反而极有可能令经济陷入前所未有的悲惨境地。他想，如果人们不愿关注人道主义灾难，那么也许从经济角度入手让人更容易接受。

晚上，回家的路上，他的气喘再次发作。其实距离他们居住的公寓并不远，可是他必须一再地停下来休息。每一步都走得极其艰难。

他把星期天的时间预留出来，用来阅读交到他本人手上的求助信。他一个一个仔细地看完，打算在下周一的流亡者会议上按照紧急程度挨个介绍一下。在他过去的一生中，他习惯把个体的命运视为样本，以此为基础发展出更加宏大的视野，用它来帮助更多的人。而这样的时代，已经过去了。

先这样吧，他默念道，并看了看钟。再过三个小时，弗里德里希·阿德勒和他的家人就要到达巴黎了。他们从布鲁塞尔过来。三个小时，他要好好利用起来。

他看着阿德勒走下火车。经过这些年，阿德勒的面容跟他的父亲——他曾经的导师越来越像，而这多多少少缓解了奥托在阅读求助信时内心滋生的绝望。就连阿德勒的声音也像极了他的父亲。若是闭上眼睛，奥托还以为回到了过去的时代。

当天晚上，弗里德里希、海尔茨和他一起聚在一起。明天的会议上，他们要讨论如何让流亡者援助工作更有效率，海尔茨为会议起草了一份决议，他们一起讨论了一下，有几处奥托觉得还需要修改。然后，他们坐在一起吃晚餐。大家都觉得很累，没有聊天的欲望。

回到公寓，奥托立刻上床，但是根本睡不着。他试着舒展四肢，胃压得难受；他蜷起两条腿，又感觉到一阵刺痛。他的皮肤紧绷着，紧得让他受不了。他在流汗，脑子里天旋地转。海莲娜过来看他，她觉得是尼古丁中毒。

奥托觉得不是，他说这阵子他抽得并没有以前那么厉害。他的胃发出咕噜咕噜的声音。他凭着极大的意志力强忍着走进厕所，腹泻开始了。他的身体仿佛想要把吃下去的食物全部排泄出去。拉完之后，似乎也没什么进食的欲望。他艰难地吸着气，可是他的呼吸太急促，吸进的空气还没到咽喉又被呼了出去。海莲娜站在上了锁的厕所门口，呼叫着他的名字。他想说些什么，好叫她不要慌张，但张开嘴却只能发出一声连他自己都觉得可怕的呻吟，紧接着又是一阵剧烈的绞痛。

海莲娜又敲了敲门。"奥托，"她叫道，"奥托，你说话呀。"

他说不出话来。她还在敲门，越来越用力。他试着站起来，却跪倒在地上。门把手动了一下。他匍匐在地上，手脚并用，朝她的呼唤慢慢爬过去。爬到浴缸旁边，他用手撑在浴缸的边缘，吃力地蹲坐起来，总算够到了插在门锁上的钥匙。他使出全身力气，将钥匙转了一圈，随后再次瘫了下去。

海莲娜走进来，看见奥托跪倒在地，大口喘息着。她试着扶他站起来，发现他还没来得及提上裤子，脱到脚踝的内裤绑住了他的双脚。海莲娜索性将他的裤子扯掉，然后把手放在他腋下，使出全身力气将他往上拉。他的腿站住了，但是上半身却抬不起来。海莲娜把他的胳膊绕在自己的肩头，帮助他直起身子，他发出撕心裂肺般的嚎叫。她就这样一点一点地把他往床上拖，短短几米的距离，却仿佛走了一辈子。

"我去打电话叫医生。"她一边给他盖被子，一边说。

奥托却一把扯下被子，说："别叫医生。"

海莲娜离开房间。他看着自己的胸口剧烈地起伏着。安静下来吧，他对自己说，他不允许自己被肉身阻挡，他必须快点恢复思考。

海莲娜联系不上任何医生。后来，女管家想到，他们也许可以报警，警方会派指定的医生过来。奥托阻止了她。他不喜欢海莲娜违背他的意愿自作主张。他努力让自己相信，现在他已经好多了。可他的喘息，以及肋骨之间的烧灼感显然并不认同他的想法。

午夜过后，医生终于来了。他把奥托的身体翻过来，为他听诊。奥托把胃部的症状描述给医生听，医生点了点头，给他打了两针，随后把海莲娜叫到一边，告诉她，他认为是心肌梗死。海莲娜想要立刻叫人把奥托送到医院去，医生摇摇头，说病人现在不宜移动。

"你瞧，我没事的，"医生走后，奥托对海莲娜说，"连医院都不用去。"海莲娜只是紧紧抿着嘴唇，轻轻抚开他额前的碎发。

奥托找她要烟，可怜巴巴的样子让她不忍拒绝。可是他连一口都没抽完，就还给了她。四十年来，他第一次觉得香烟的味道那么难闻。

等到又一波咳嗽平复下去，他伸出一只手，海莲娜将它握住，吻了一下。他合上眼睛。

不一会儿，他又从睡梦中惊醒："帮我垫高点。"海莲娜拿起一个靠垫放在他身下，但他并没有觉得好受些。肺里发出的啰音越来越响。海莲娜连忙跑下楼，他需要立刻看医生。

好好呼吸，奥托默念着，其实没有那么难，只是他太累了。他强迫自己睁开眼睛，起码要坚持到海莲娜回来继续守着他。他做到了。海莲娜回来说，她给莱希特同志打了电话。也许他有办法。

"不要再找医生，有你在就够了。"奥托喘息着说。海莲娜勉强地朝他微笑了一下。

"伊达，"他的话几乎听不清楚，"我们必须快点把她接过来。不能再把她留在维也纳……"

海莲娜轻抚着他的肩膀："等你好了，我们一起想办法。"

有人敲门。女管家进来说，莱希特先生的电话。海莲娜却摆摆手，她不愿离开奥托的身边。她要继续安抚他，鼓励他，做出各种各样的承诺，比如明天一早，她就会把纸和笔拿进来，让他在床上继续工作。行，那几本书也一起拿过来，信件也可以。但是有一个条件——现在他必须休息。

奥托闭上眼睛，躺下来，他的身体扭曲着。不过海莲娜不想再打扰他。哪怕多睡一分钟也是好的。

又有人敲门。这次是莱希特同志。他终于联系上了一名医生，医生答应尽快赶来。莱希特走到奥托的床前。奥托的面容看起来很年轻，表情也很放松。莱希特垂下头。"鲍威尔太太，"他说，"我不是医生，也没有经验，可是……"

"那就等医生来，看医生怎么说。"海莲娜打断了他。

大概凌晨四点，弗里德里希·阿德勒带着妻子一起来了。他们也走到奥托的床前。弗里德里希说出了他看到的事实，这一次，海莲娜没有打断他。

●

不可能。伊达手里捧着海莲娜的电报，连连摇头。这不可能是真的！她放下电报，去给特里斯坦喂食，然后穿好衣服，仿佛什么事都没发生一般。她像梦游一样走进桥牌室。第一批客人来了，她尽可能快地开局，心里想着回家要给海莲娜打个电话。那一定是为了躲过追捕故意打的幌子。一定是的。事实上奥托假借死亡的掩护从法国逃去了另一个国家，在那里隐姓埋名，继续工作。是的，这才是事实真相，一定是的。

送走最后一批客人后，伊达吹了一记口哨，把特里斯坦从狗窝里唤出来，准备离开皇家酒店。路过走廊时，一张不知被谁遗忘在台几上的报纸印入她的眼帘——《人民观察家报》[1]。

奥托的名字竟然在报纸的标题页？上面写着：《犹太裔工人叛徒的下场》。她走上前去。文中写道：在一个他和他的祖先只被赋予客居权的国家煽动手足相残，除此之外不值一提——一个犹太人而已。

伊达颤抖着跪倒在地上，将她的脸紧紧贴在特里斯坦的毛发上。他竟然背着这样的骂名。她放声大哭。奥托。奥托。奥托。

---

1 这份报纸始创于 1887 年，原名《慕尼黑观察家报》。1923 年被希特勒买下来，并改名为《人民观察家报》，用作宣传纳粹党的极端民族主义。

启　程

布拉格，1938

离开欧洲之前，他还想再见母亲一面。本来他已经登上了开往维也纳的火车，却突然得知明天起，奥地利护照将在帝国失去效力，必须换成德国的。他的船下周从鹿特丹启航，他不能冒着被收缴证件的风险回去。因此火车一停，他立刻提前下车——还好没有过境。他随便上了一辆往回开的火车。

火车把他带到了布拉格。在这里，除了马丁·马格纳，他不认识任何人。他给他打了电话。他突如其来的拜访倒是让马格纳十分高兴，明亮的眼睛里闪烁着兴奋的光。然而这并不能掩盖他的焦虑，库尔特察觉到了。马格纳说，就连布拉格也不安全了，现在他既没有工作，想出境吧，又没有签证，情况很不妙。"现在说说您吧，亲爱的阿德勒先生，"他说，"您过得还好吗？"

库尔德看得出来，马格纳尽管满心忧虑，对他的关心却是真诚的。于是他告诉他，自己写了七十多封求职信，才被芝加哥的一家音乐录音室录用。可是签证很难弄到。美国驻捷克斯洛伐克的领事迟迟没有签发签证。多亏了他最近刚刚去世的舅舅帮忙，他拿到了由法国签发的签证。"我那位被万人唾弃的舅舅,"他沉思着说,"一方面,他拖累了我们,但是这次幸亏有他。"他接着告诉马格纳,舅舅的去世给母亲带来了沉重的打击。报纸上对他的污蔑更是让人难以承受。可是——他叹了口气说——母亲还是坚持留在维也纳。

"所以,"他用手抹了一下脸,"我只好孤身一人先去大洋彼岸,毫无依靠。而且……我的婚姻,也已经成过去式了。"

好吧,他也没办法让收留他的马格纳开心一点儿。临走的时候,他谢过马格纳,并塞给他几张钞票作为住宿费。但他无论如何不肯收。

两人握手告别时,马格纳说:"您可以帮我一个忙吗?我好像有个叔叔住在新泽西,他也叫马格纳……"

"那太好了!为什么您以前从没提起过呢?"

马格纳低头看着地板:"不瞒您说,关于这个叔叔,我知道的很少很少。大概几十年都没有联系了。"

"我会试试看能不能找到他。"库尔特说。

马格纳再次握紧他的手,感激地,但并没有抱多大的希望。库尔特也用力回握他的手,他希望借此把信心传递给他,哪怕只有一点点。

他庆幸马格纳没有收下他的钱。去荷兰的路费高得惊人,因为要绕开德意志帝国,他只好兜了一大圈。最后,还支付了一笔昂贵的费用,往纽约发了一封电报,将他的行程告诉耶拉·佩塞尔。

想要登上 S. S. 史特丹号就必须出示证件。他的护照现在在德意志帝国已经失效,但所幸这里还是承认的,再加上美国驻巴黎领事出具的文书，证明了他"**希伯来人**[1]"的身份。奥托舅舅之所以这样安排，大概是为了尽快拿到签证吧。

邮轮顺利地在平静的海面上航行。库尔特万万没想到无事可做也能让人备受折磨。自从打定主意要去美国以来，他马不停蹄地忙碌着，等到现在终于闲下来，特鲁迪的离开给他带来的情感重创便逐渐显现出来。夜深人静的时候，他追寻着她的情影，她闪闪发光的眼眸，她的唇，还有她极富感染力的笑容。他好想拥抱她，弥补她，让她重回自己身边。他们曾是多么郎才女貌的一对儿。

可是，行程过半时，他的悲痛和对她的渴望却发生了逆转。现在他满腹怀疑，认定她不仅离开了他，而且还给他戴了绿帽子，跟那个事业有成的德国经纪人在一起了！他幻想着自己当着特鲁迪的面狠狠扼住情敌的咽喉。不过，很快，他的幻想便退去了，另一个新的念头叠加进来：如果他没记错的话，当初在凯泽斯劳滕怂恿他追求特鲁迪的人，正是他的妈妈。

纽约上西区，耶拉·佩舍尔打开公寓大门，张开双臂。"库尔特，是你吗？真的是你！"她大声叫道。因为担心自己的手腕，她并没有拥抱他。"我现在只敢碰我的羽管键琴。"她一边说，一边招手示意他进来。

一个**女佣**接过他的行李箱。屋里到处堆着书籍、乐谱，还有已经被翻得破旧的报纸。唯一还算空旷的就是放置着羽管键琴的客厅桌子。耶拉没有继续客套，而是直接坐下来，开始弹奏。巴赫。技巧精湛，而且带着让库尔特为之一振的灵气。想当年，他、耶拉还有玛姬特一起学琴的时候，她的演奏就已经十分突出了。他不禁又

---

1 本节之后用加黑字体表示者，原文为英文，有别于全书其他处的德文。——编者注

想起了母亲——当她得知他和玛姬特谈恋爱的时候，还再三地向他强调她更喜欢姐妹花中的另一个——生怕他听错了。没等他回过神来，他的肚子叫了起来。

耶拉弹了一会儿，停下了："你在这儿待多久？两天吗？我很想跟你一起宅在家里，不过就我对你的了解，你一定还想去看看这座城市。"

他没有否认。耶拉叫**女佣**过来帮她穿上外出用的靴子，库尔特则趁着等待的时候去打了一个电话。电话机就在隔壁房间。他请接线员帮他接新泽西的马格纳先生，没想到真的接通了。

接电话的是个女人。库尔特告诉她，他受马丁·马格纳先生的委托打电话来，能不能请他的叔叔接一下电话？

"**他走了。**"女人直截了当地说。

"**什么时候回来呢？**"库尔特问。

"**永远回不来了，**"女人说，"**两周前死了。**"

"噢。"库尔特只好说，他很抱歉。

"**真的吗？**"女人问。

他故意忽略她话里的讽刺，继续问她是不是马格纳的妻子。

是寡妇，女人纠正他。

那么她一定愿意为去世丈夫的侄儿做一些事情，库尔特继续说。他向她描述了马格纳的处境。他现在最需要的就是一纸证明，证明她是他的亲人以及第一联络人，这样他才能申请美国签证。

"**不，不，不。**"女人回答说，她说她不想跟流亡者扯上关系。

"您不必担心，他不会给您添麻烦的，我向您保证。"

"是吗，那您又是谁呢？"

"刚才我说过，我叫库尔特·阿德勒，我向您保证——"

"我不会签任何文件，更不会为了一个——"她顿了一下，又继续说道，"我跟犹太人已经断绝来往了。"

库尔特仍然不放弃："只需要您的签名而已，除此之外您不用承担费用，而且根本也没有任何费用——"

"阿德勒，您刚才说，这是您的名字？"女人再次打断他，"您也是一个流亡者，我说得没错吧？"

库尔特思索着恰当的回答，可惜没有想到。他只好把话题岔开："请允许我把我芝加哥的地址留给您好吗？万一您改变主意的话。"

"你们这些人的地址我不需要记。"说完，她结束了对话。

库尔特叹了一口气，放下了电话。

库尔特回到客厅。"怎么样，搞定了？"耶拉问他。

库尔特比画了一个不确定的手势，然后问道："对了，玛姬特还好吗？"

耶拉拿起粉盒和镜子，开始往鼻子上扑粉："我刚刚还在纳闷，你到底打算什么时候问起她。"

库尔特不由得皱起眉头。这些扑粉的女人们！

耶拉给袒露的胸口也打了粉底："我跟她说了好久了，让她也来。可是她不愿意抛下鲁道夫一个人。她说除非她真成寡妇了，她才能离开。"

"我都不知道鲁道夫生病了。"

"那时是病着。六月底就去世了。说句不该说的话，幸好他解脱了。可是现在玛姬特哪都去不了，只能等着手续办下来。不过起码还有人能保证她的安全。你能想象得到吗？这个疯丫头直接给希特勒写了一封信，跟他说了一下她的情况，希特勒竟然真的把信转给了一个叫弗里克的人。他向玛姬特保证她不会有事。只是，这帮人到底可不可信呢?"

耶拉抖了一下粉扑,空中扬起一团粉红色的细小粉尘。

"过来!"她挥手示意库尔特。库尔特朝她那边走近一步。"再近一点。"耶拉举起胳膊,在他的额头上擦了点粉,把库尔特吓一跳。"我们家自己生产的。"她骄傲地说,"妈妈想在这里也开一家**化妆品公司**,跟维也纳的一样。你觉得呢? 海莲娜·佩舍尔[1]粉底"。

库尔特退后两步。

"噢,"她又说,"反正你也不懂。相信我,男人的脑门还是用粉遮一下油光比较好看。"她咔嗒合上粉底盒,把它塞进手袋里。"我们走吧!"

他们刚刚散了一小会儿步,耶拉便提出要去她的一个女朋友家坐一坐。"就一会儿。"开门的时候,她向他保证道,"我必须带你去看一样特别的东西。要知道,我家那台羽管键琴只能拿来练手而已。"

耶拉带着他走进一套富丽堂皇的公寓,他们穿过长长的、两侧摆放着雕塑的走廊,来到音乐室,这里除了两架三角钢琴之外,还放着一台巴洛克式的羽管键琴,上面描绘着各种图案,宛如一件珠宝。耶拉掀起琴盖,将它竖起来斜放在琴弦上方。

"这台**羽管钢琴**曾经属于夏特莱侯爵夫人,她是数学家兼物理学家,跟伏尔泰一起写过一本关于牛顿哲学的书。"她坐下来,开始弹奏,"当然,她也是伏尔泰的情人。你知道伏尔泰在她去世后说了什么吗? 他说她是一个伟人,唯一的失误就是身为女人。"耶

---

[1] 耶拉的母亲。

拉哈哈一笑，"我觉得说得很对，不是吗？"她的兴致盎然，音量也提高了几分，想要盖过琴声："你不觉得吗？"

他们继续待在这里，因为耶拉毫无起身离开的意思。她连问也没问一下，就开始向他试演她最新的演奏会曲目。

库尔特没有反对。他仔细聆听，并提出一些改进的建议。他们就这样度过了一整天，接下来的一天依然如此，一直持续到他不得不坐火车前往芝加哥。他的确很享受跟耶拉在一起工作，可是即便如此，在离开的时候，他还是对她怀有一丝怨恨。她的演奏堪称世界级别，接下来的巡回演出肯定会取得巨大的成功。但是他更想多看一看纽约。下次吧，他打定主意，下次他一定要做他想做的事情。

"J"

维也纳，1938—1940

　　退租。这对伊达来说是个晴天霹雳。皇家酒店的女主人解释说，单凭受洗证书还不够，她还需要一个种族证明。没有雅利安人身份证明，伊达就不能继续经营桥牌室。

　　她必须在一周内把桥牌室腾空。这样一来，她住的小房子下个月的租金就没着落了。她只好再次借住在施特劳斯家。好在他们眼下不在维也纳，他们打算把位于捷克的纺织厂卖掉折现。

　　在维也纳，伊达已经没什么好留恋的了。她必须去巴黎，此外没别的选择。她恨不得立刻乘坐下一班火车离开这里，然而这是不可能的。出境之前，位于罗斯柴尔德宫的犹太人移民局榨干了她身上最后一笔钱。

　　因此伊达每天只能吃一顿饭，特里斯坦的伙食也精简到不能再减的地步。施特劳斯一家接济了她一些钱，不是很多——斯黛菲含着泪告诉她，他们的计划落空了，工厂不太好卖，而理查德非得等到工厂处理好了之后才肯考虑移民瑞士。好在瓦尔特也跟库尔特一样去了美国。斯黛菲说，他在哥谭医院做实习内科医生，希望实习结束后能顺利留下来。"他这个年纪，还去实习。在我们这里，他可是自己开诊所的。"她叹息着，小心地将信叠好，仿佛舍不得将它放下似的。

与瓦尔特相反，库尔特好几个星期音信全无。伊达接连给他写了好几封信，都没有收到回复。开始她很生气，后来变得不安起来，最后急得连身体都快垮了——担心儿子，也担心自己。万一她凑不出去法国的路费怎么办？前些日子，那帮人在一家洗衣房拿左轮手枪抵着几个孩子的脑袋，就因为他们"长了一副犹太面孔"；他们把一个男人打到残废，还说那是"割礼"。伊达现在只敢出门买一些必需品，而且尽量不惹人注意。

不久，她竟然得到了一个人的资助，好吧，这让她真的非常意外。

"我不能接受。"

"必须收下。"佩皮娜说着，把一个信封塞进她的怀里。

伊达将信封放回到桌上。

"拿着吧，伊达。你若不收，我会后悔没有早点把钱拿到你的桥牌室里输光——其实不是一样吗？"

"不，那是另一回事。"

"连希特勒都治不好你这固执的毛病，是吗？"

"前几个月你经常光顾我的桥牌室，我都知道。"

"你都看到了。"

"是的，可是，你难道不想离开这里吗？"

佩皮娜摆摆手："我哪儿都不去。风一定会转向的。"

出发之前，她必须申报行李：把每一件都登记在一个清单上，一个都不能漏掉，否则——他们吓唬她说——就会取消她的出境许可。最后，她终于拿到了德意志帝国的护照。第一页上印着一只鹰，用爪子紧紧抓住一个橡树叶花环，花环正中是纳粹的十字符号。旁边盖着一个鲜红的、巨大无比的印戳："J[1]"。这是一个让伊达无比厌恶的身份证明，然而在登上开往瑞士的火车之前，她不得不再三地出示它。

在位于费尔德基希的边境上，她被要求出示过境签证。他们拦下了整列火车，将每一个无法出示签证的人都揪了出来。伊达他们被检查了好几次，她一路上战战兢兢，害怕自己的资料有什么不对的地方，害怕又出了哪些新规定。她把一只箱子夹在膝盖中间，另外三个则放在目光所及的行李架上。特里斯坦藏在她的座位下面。

终于来到巴黎，敲开海莲娜家的门。"Mon dieu,[2]"她听见海莲娜的惊呼，"你对这只小狗狗做了什么？它已经瘦得像皮包骨头了。"

伊达听了，真想立即掉头离去。她分明已经尽了最大的能力来照顾特里斯坦。可是她太累了，懒得再去辩解。"带我去看奥托。"她简单地说。

她们一言不发地穿过墓园，穿过石棺和陵墓。步行半小时，或者更久一些，最后走到放眼就能看见墓园后墙的地方。岩石的上方堆积起一个覆盖着绿色植被的小山丘，上面长着一棵栗子树，栗子树下整齐地排列着几处坟墓。伊达一眼就发现了它，光溜溜的一片土地，放着一块朴素的石板，上面镌刻着奥托的生平。

她把手伸进大衣里，掏出烟盒。海莲娜帮助她打开盒子，她自己的手指已然不听使唤。

"你看，"海莲娜说，"在这里，有好多人陪着他。"她指着环绕

---

1 犹太人（Juden）首字母。
2 法语，我的上帝。

在周围的坟墓说："都是一些功勋卓著的同志们。他的葬礼……大家聚集在一起，展示了国际社会主义的凝聚力。如他所愿。"

伊达点点头，点燃香烟。海莲娜缓缓地在奥托的坟前跪下，开始清理野草。

"你还不知道吧，"她说，"我马上要离开这里了，去瑞典，我女儿那里。"她抬头望着伊达："以后你来照看他的墓，好不好？"

伊达没有回答。她的目光钉在海莲娜的手腕上，那是奥托的手表。"它现在在你手上，这是爸爸的遗物。"她说。

海莲娜抚摸着手表外壳。"求求你，把它留给我吧，"她说，"我能带走的遗物已经够少了。"

伊达转动着自己的手表，最终还是点了头。就让它陪在海莲娜身边吧，反正她已经有了自己的手表，她自己赚钱买的。离开奥地利的时候，不管花了多少钱，遭受多少磨难，她都没舍得将它卖掉。

"我不会一个人来扫墓的，"伊达说，"听说希尔德·马莫雷克很快也要来了。"话一出口，已经来不及收回了。

海莲娜陡然一惊。过了一会儿，她方才开口："你听错了吧。"然后又继续在墓碑前弯下腰，狠狠地从泥土里拔起一株小灌木："她不会来的，不，不会的，她跟席勒一起去西班牙了。"

很快，特里斯坦的肚子胖了起来，她的情况也改善了许多。莱昂·布鲁姆请她吃饭，弗里德里希·阿德勒夫妇请她喝咖啡，吃蛋糕，他们还告诉她一些来自奥地利社会主义者驻外办公室的消息。她靠着与他们的交往生活着。真的，回想起在巴黎的最后几个月，依然无法想象那时战争已经爆发。一开始，报纸的号外一张接着一张，街上也来了好多士兵。所有人都希望战斗能在圣诞节前结束。

连伊达也偶尔忍不住偷偷地设想，一旦希特勒很快被消灭，至少被赶出奥地利，她就立刻返回维也纳。

然而，圣诞节过完了，战争还是没有结束。人们都说法国在德法边境线上挖了一排暗堡，即使来自空中的威胁一直都没有停止过，只要暗堡还在，战争就不会蔓延到国内。不过伊达的小日子却面临另一种挑战。海莲娜说得对，她发现希尔德的确没有来她们这里，来者另有其人。而且她们相遇在社会主义者驻外办公室！看见爱尔莎的一瞬间，她有一种大难临头的感觉，于是她立刻转身，逃了出去。

出来后，她要做的第一件事就是抽一支烟。"你知道那是谁吗？"她嘴上这么问特里斯坦，自己却仍然不敢相信。不，不可能，她一定是见到鬼了。难道真的是爱尔莎吗？她刻意隔了好久没有再去驻外办公室。可是为了领取那微薄的退休金，她总归还是要去一趟。

还好这次没有再见到爱尔莎，这让她放心不少。但是当她后来再去的时候，又撞见了她。毫无疑问，真的是她。特里斯坦还直接朝她扑了过去。伊达吓得闭上眼睛。当她睁开时，却看见特里斯坦已经坐下，正在摇尾乞怜。她决定不躲了，索性等着爱尔莎转过身来看清楚狗的主人是谁。

"冤家路窄。"爱尔莎看见伊达后说。她瞅了瞅特里斯坦："你的狗？"

伊达把狗唤回来："跟着我，特里斯坦……跟着我！你是不是想……"

"看来你把它调教得并不怎么样。"爱尔莎点评道。

伊达打了个响指："它平时一直很听话……特里斯坦！"

"我还是不打扰你办事了——不过前提是你的狗得配合才行。"

爱尔莎作势朝出口走去。伊达头脑一热，抓住她的手臂。

"这么久了，还不够吗？"

爱尔莎停住了："伊达，拜托，别在这儿吵架。"

"吵架？"她压低了声音说，"你大概都不记得我吵起架来是什么样子了吧。不过，我很乐意帮你回忆一下。除非……"

"什么？"爱尔莎问。

"除非你别再废话，跟我一起去喝杯咖啡。"

爱尔莎叹息着闭了一下眼睛。"我跟你去。"她说。她的嘴角咧了一下："不过有一个条件：让你的狗不要再冲我摇尾巴，正常一点，别像它的主人似的，一身的毛病。"

面对特里斯坦，爱尔莎的冷酷无情并没有持续多久，它实在是个可爱的小东西。而她与伊达之间相处的反而比较艰难。不过她们俩起码能够彼此倾吐一下现在的苦痛与忧愁。伊达告诉她，库尔特现在正尝试着在美国站稳脚跟。巧的是，爱尔莎也在观望着要不要去纽约。她的女婿在那里有亲戚。

自己去美国吗？不，这怎么可能呢。可是爱尔莎又告诉她一个消息，这让她意识到情况的严重性，同时也让她更加迷惘：妹妹弗里达跟她的丈夫走投无路，在布拉格双双自杀。

"啊，爱尔莎，那里的情况已经这么糟糕了？"她惊恐地叫道。

爱尔莎沉默地点了点头。

没过一个星期，莱昂·布鲁姆通知她外国办事处要搬到蒙托邦去，大部分同志已经在路上了。伊达也必须立刻离开巴黎。他还顺便带来一纸官方文书，上面证明了伊达已放弃德国国籍。布鲁姆建议她把旧的护照销毁。眼下，无国籍状态是更好的选择，特别是德国节节胜利的情况下。新的一波拘捕行动可能会威胁到他们的安全。

蒙托邦。她必须在地图上查看一番，才知道这个城市究竟在哪里。她发现，那里连海都看不到，而且自己现在刚刚在巴黎安置下来。为什么要去一个荒凉的小地方呢？

于是伊达决定先等一等。继布鲁姆之后，弗里德里希·阿德勒也给她写信，告之她搬家的事情，她都置之不理。直到隆隆的炮声和枪口的火光终止了她的犹豫不决。巴黎陷入了动乱。街上到处是推着平板车的人，车上装满了物资。伊达也开始打包她那些少得可怜的家当。她想着再去买一只箱子，并给布鲁姆留了一张字条，告诉他她这就上路。到了下午，她才无奈地发现，这个城市里已经买不到任何箱子了。大部分的商店都已关门。最后，她只弄到了一个装土豆的布袋，缝补一下，做成了一个行李袋。

布鲁姆晚上及时回复了字条。看在上帝的分上，她竟然还去城里找东西？他还以为她早就走了。他让她尽快坐火车去南方。随便哪辆火车。

火车站，拥挤的人群，堆成山的行李，大厅里的叫嚷，还有汽笛的啸叫声。伊达独自一人艰难地看护着她的箱子、特里斯坦和行李袋。只要进站的汽笛声传来——这声音盖过了她身边所有嘈杂的噪声。人们全然不顾有没有车票，火车门一打开，就拼命往车厢里挤。宪兵们努力帮检票员维持秩序。这时，另一辆火车也进站了。伊达身边的人纷纷拿起行李，朝车门跑去。火车还没停稳，就已经有人大力地摇晃车门了。

伊达把特里斯坦的绳子绑在自己的腰上，肩上背着行李袋，手里拎着箱子。还没走出一步，她的胳膊就止不住地发抖。一本书的棱角戳破了粗制滥造的布袋，抵着她的脖子。这时，她被一个人撞了一下，右手的箱子差一点被夺走，身边的特里斯坦狂吠着扑了过来。

　　火车停稳后，车门开了。等在站台上的人纷纷将行李扔进车厢。伊达赶到时，月台上已经拥挤不堪。身后还有越来越多的人涌进来。伊达大声叫着特里斯坦：跟着我！她的声音被汽笛声淹没，连她自己也听不见，她只能通过拴在腰上的皮绳来感觉特里斯坦的存在。

　　前几节车厢已经塞满了，还有人站在车门的台阶上，寄希望于里面的人还能再挪一挪，多空出一个人的位置来。

　　她的前面站着一个虎背熊腰的男人，后面是她看不见的推搡连同呼喊，她被夹在中间动弹不得。她觉得已经挤得不能再挤了，而身体和行李还在继续越贴越近。特里斯坦的皮绳快把她的腰给勒断了。她咬紧牙关，使劲推开前面男人的后背。果然成功了，她的呼吸突然变得顺畅起来！她当时并不明白这是怎么一回事。等她反应过来，立刻大声呼叫着："特里斯坦，特里斯坦！"——她腰间的皮绳断了。她四下寻找着，到处都是人的身体。特里斯坦！她的额头上全是汗，跟眼泪交汇在一起，纷纷落下来。

　　人群又有了动静，前面的男人让开了，伊达不想往前走，她要留下来寻找特里斯坦！可是后面的人还在不停地推挤她，车厢里传来一阵阵呼喊，她听不清那些人在喊什么，耳朵里嗡嗡地叫的厉害。

　　突然，她的面前出现了车厢的门。机不可失。她吃力地将箱子抬上车，这时，有人将她拽上了火车台阶。伊达回头张望着，希望站在高一点的地方能够发现特里斯坦的踪迹。可是刚才所站的位置上，她只看到一个妈妈，怀里抱着一个正在哭喊的孩子。伊达任命地任由别人将她推进车厢，一直往里走，经过一个个小包间。每个包间里只有六个座椅，却挤了十二个，甚至十五个乘客。

她走过三节车厢，全都塞满了人。到处都是胳膊，大腿，行李，脑袋。这时她终于发现一个包厢似乎还有位置，在最边上。她弯腰走进去，让肩头的行李袋滑落下来。有人抗议，说这个位置已经有人了。

伊达的视线变得模糊了。求求您，求求您，她哀求道。一张张面孔仿佛隔着涂满肥皂泡沫的玻璃杯。"我已经走不动了，不行了……"她突然惊觉自己说了德语。哪怕再简单的法语词汇，她此刻也想不起来了。

还好包间里有人听懂了她的德语。一个坐在窗边的男人妥协了，说他们还可以再挤一挤。"请坐下吧，夫人。"伊达下意识地要把两只箱子拿进来，却突然发觉它们一直被她紧紧地抓在手里。她艰难地松开手，低下头，看见那条断了的皮绳。她的心在抽泣，却只能压抑着。现在她坐在一个挤了十三个人的包间里。外面不断地有人拍打着火车车身，只是再也没人能挤上来了。

然后，火车就这么一动不动地停着。过了好久好久。检票员根本无法在车厢里走动。因此没人能够告诉他们这趟车什么时候出发。三个小时过去了，站台上依然充斥着拍打声和叫嚷声。伊达渴望听到一声犬吠，很可惜，没有。宪兵们用警棍驱散了一批扒在车门上祈求着想进来的人，但维持不了多久。

又过了两个小时——伊达的腿已经没有知觉了。一个年轻女子坐在了她的脚上——传闻说，火车得等到天黑时候才能出发。坐在她脚上的女孩叹了一口气。伊达身边的一个男人呜咽着说，他再也受不了被困在这狭窄的空间里了。还有一个人问能不能上厕所？有人摇头，不行。有人在私下里低语。大部分人还是沉默地忍受着，或者伸长了脖子企图够到一点点照进来的阳光。

伊达的心底升腾起疼痛与恼火。都怪她没早一点听布鲁姆的话，都怪她对弗里德里希·阿德勒的信置若罔闻，如果不是她这般固执，特里斯坦现在一定还在她的身边。这世上还有比这更蠢的事吗？

她在心里狠狠地抽打自己，直到愤怒和痛苦在她的胸口合二为一。这时，她的内心突然触动了一下。不，她对自己说，不可以这样，就让哀歌到此结束。这里的情况的确很糟糕，她自己连个容身之地都没有，特里斯坦跑丢了，她担心被枪击，担心饿肚子，也担心自己的膀胱爆炸。极有可能她的生命会终结在这趟列车上。不过，这完全是她咎由自取。这就是她恣意妄为的后果。没有什么好逃避的。

她扬起下巴，轻轻踢了一下坐在她脚背上的女孩。她惊讶地发现，她的腿竟然可以动了。女孩没有反应。伊达用鞋尖用力抵了一下她的腰侧，问她，能不能起来一下？

女孩睡眼惺忪地站起来。伊达也站起来，脚底有如针扎。她以前从未想过自己竟然会穿着鞋子踩在座椅上，伸手去够放在头顶的箱子。她费力地打开箱子上的锁扣，将一只胳膊伸进去，摸索了半天，终于找到了她想要的东西。

洗牌，一遍又一遍，也不知洗了多少次。交叠式，穿插式交替着来。扑克牌发出的啪啪声安抚着她。她的手指从刚刚拎箱子的劳累中慢慢松弛下来。伊达不停地洗着牌，直到黄昏，直到深夜。

火车站的灯亮起时，火车上的人们喧闹起来。为什么还不走？他们眼睁睁地看着隔壁轨道上的火车开走，站台上的人又开始了新一波拥挤，徒劳地想要爬上车。包厢后面的过道里也开始了骚动。这时，火车突然动了一下，骚动平静下来，他们终于出发了。

直到窗外疾驰的风吹到她的脸上，她才觉得如释重负。其他人的脸上也显露出一样的表情。窗外一片黑暗，什么也看不见。

这趟车究竟开向哪里？之前她一直没想起来问一问别人。克莱蒙-费朗，坐在地上的人答道。

"离图卢兹远不远？"她又问。

先前让位给她的那位先生摇了摇头。他说，无论如何，方向是对的。

求　婚

芝加哥，1939—1940

芝加哥的路面结冰了，他穿错了鞋子，因为他根本买不起冬靴——当他做完手术，恢复意识时，外科医生告诉他，他的骨折很严重，以后可能再也走不了路了。仁慈的医护人员给他注射了吗啡，剂量足以让他将每一个**护士**都错认为特鲁迪。等他习惯了每天的剂量后，他终于成功地把其中一个褐色头发的护士同其他的区分开来。至于骨折的严重后果，他根本不想听。

库尔特大骂那个德国籍的外科医生是江湖郎中，结果被后者停了吗啡。他痛得死去活来，但是头脑却很清醒，这样做的好处就是他终于记住了那个褐色头发的护士叫什么。她为他提供了一个很好的机会，让他进一步了解了美国。现在，医生在看过 X 光片后又有了新的诊断，他觉得值得试一把，库尔特的腿或许有希望恢复。只是这样一来，他必须在医院起码多待六个星期，出院后还要打着石膏，拄着拐杖度过好几个月。

他有一群颇有爱心的声乐学生，他们很担心他——所以跑到他的病床前为他唱歌，还偷偷把葡萄酒带进来给他喝，当然除此之外他们什么忙都帮不上。最后他连治疗费用都付不起，更别说房租了。不幸中的万幸是他还有一位德国籍的外科医生，他主动邀请库尔特住到他那儿去，直到他有钱自己租房子为止。

还挂着拐杖的库尔特开始尽可能多地上课，除了声乐课之外，他还兼任一家业余乐团的指挥。这份工作不怎么让人心动，但起码能带来一份收入。只是，想要靠着这点钱来资助母亲，还是远远不够。因此当他听说她已经到了巴黎——而且在没有他帮忙的情况下——他真的松了一口气。

其他人的境况变得更加糟糕。马丁·马格纳给他写了一封极为绝望的信，说他已经不能继续留在布拉格了。他每天都在不同的地方过夜，无时无刻不在担心被抓起来。库尔特没日没夜地上课，直到凑出一笔钱为马格纳办理移民。他为马格纳申请担保，假装他是他的堂兄。耶拉也是通过这种手段让好多音乐家们来到了美国。"我一下子有了一个大家庭。"她曾在电话里苦笑着说。

他的申请终于获得了官方的通过。遗憾的是，他跟他的恩人医生之间相处得并不顺利。还在医院的时候，库尔特就成功地将褐色头发护士的电话号码骗到了手，后来还跟她约会好几次。医生得知这件事之后大发雷霆，仿佛库尔特勾引了他的亲生女儿似的。

库尔特试着平息他的怒气，却被他赶出了家门。他去敲那护士的门，问她是否收留他。护士惊愕地望着他说，她的确听说过欧洲人的自由开放，但是他刚刚提出的要求对于一个单身的美国女人来说实在太过分了。

他不得不为自己租下一间公寓。很破旧，但至少有两张分开的床，再过几个星期，他可以把马格纳也接到这里来住。

马格纳来到这里时，感动得热泪盈眶，库尔特却打趣地说道："行啦，别哭啦，我知道这里比不上豪华酒店。"

马格纳并没有理会他的玩笑。"我会记住您的恩德，"他抹一下眼睛，"永远永远。"

虽然感觉已经过了太久太久，不过好在他的腿慢慢地又能走了。其他的事情也都在朝着好的方向发展。他在芝加哥歌剧院找到了工作，为此他必须买一辆汽车，因为去那里的路太远了。他买了一辆别克，引擎盖特别长，几乎延伸到了视线与路面交接之处。座椅又软又宽，像个沙发。不过尤其让他心动的是装进仪表盘里的收音机，还没有一个鞋盒大。要是爸爸还在，他一定很喜欢。这在使用手提留声机和笨重唱片的年代完全是不可想象的。

开上新车，而且终于在剧院找到了工作，这两件事情让他最近心情大好。只是他不得不停止声乐工作室的授课，以及放弃业余合唱团的工作——这是**芝加哥音乐家联合会**的要求。自打劳动合同生效起，他就加入了这个联合会。抱怨归抱怨，有人向他保证，工会在劳资谈判的时候必不可少，这一点他拭目以待。他的舅舅若是还在，一定不会相信如此强大的工会组织偏偏出现在美国。

他的被迫辞职还让他收到了一封信——一个叫作黛安莎的女大学生写来的，她曾经听过他几次排练。她在信里用优美的措辞坦率地写道，她很高兴他终于不用再把时间继续浪费在那群外行身上了。跟他们在一起，他永远别想实现他的艺术理想。

他们的第一次约会是在他的别克里。他带黛安莎一起去芝加哥城外，那里有一座排练厅，她聆听了合唱彩排，结束后二人又开车回来。就这样过了几个星期，又过了几个月，每一次见面他们聊得都很开心，久久不愿回到城里。马格纳偶尔也陪着他们一起去，他觉得黛安莎非常迷人，让他想起一个叫朱迪·加兰德的女演员，去年她主演了一部音乐剧，当时海报贴得到处都是。

一个聪明的女大学生，长相酷似但又不是演员。她会是他真正的另一半吗？库尔特问黛安莎愿不愿意嫁给他。她总是说不，整整一个夏天。秋天，库尔特决定在新的演出季到来之前外出旅行一段日子，可能会很久。黛安莎却觉得很受伤。他竟然能够忍受好几个星期都见不到她？

于是他邀请她一起上路。黛安莎却笑着说：她的父母绝不会同意，**永远不会**。为此，他们必须先结婚才行。

就这样，计划好的旅行变成了他们的蜜月。婚礼后的早晨，他们出发了：往西开两天，进入大陆腹地。漫长的车程对黛安莎来说并不是问题。大部分时间里，她都沉默地望着窗外，手里捧着一个记事本，偶尔将它打开，记下几个句子。

他们的第一站是埃斯特斯公园，位于落基山脚下的一个小城市。城市的后面耸立着雄伟的落基山脉。他要爬上去！黛安莎大笑，爬山？穿着这双轻薄的皮鞋？

"是的，为什么不呢？"

黛安莎凝视着他，仿佛想要弄清楚她嫁的这个人到底是爱开玩笑还是一个疯子。

他们在一间小木屋里过夜。风透过木板吹进来，就跟在空旷的夜幕下露营没什么两样。黛安莎躺在他的身边，拿着手电筒在读一本书。库尔特深深吸了一口气，享受着冷空气钻进鼻腔的感觉。被窝里暖暖的。他想，这样的气候，就连妈妈也没什么可挑剔的吧。

一想到她，他的内心就变得不安起来。他必须赶紧把她接到自己身边。都怪这几个月疯涨的船票。婚礼之后，黛安莎的父亲——他的新岳父塞给他一个信封。他极力做出一副友好的样子，但语气依然很严厉。他把信封给他时，眼神里充满蔑视，提醒他像**对待女王一样对待他的女儿**。

躺在简陋的小木屋里，库尔特心想，完全没有必要住什么**豪华酒店**。有他自己的积蓄和魅力就足够了。信封里的钱最好省下来用作母亲的盘缠。

黛安莎打断了他的思绪。她一边看书，一边头也没抬地问他，是不是坚持要去爬山。这里可不比欧洲，那些道路并不是给步行者走的。想要上山，他们既没有必要的装备，身体素质也不允许。库尔特翻身面对她，抽掉她手里的书。"我是说真的，"她说，"这几座山从下面看也很美，而且附近还有几个景色特别漂亮的湖泊。"

"湖泊，哼，爬到山上照样能看见。"

第二天他们还是开车去了格兰特湖，科罗拉多州最大最深的湖泊。来到岸边，库尔特悄悄在心底撤回了所有的怒气。玻璃一样清澈的湖面，被四周的针叶林包裹着。这片风景让他百看不厌。但是他并没有显露出来。他觉得自己只要不发出抱怨，黛安莎就应该知足了。不过，他确实反思了一下自己为什么会本能地抗拒湖泊。他明白了，这并非来自他本人，而是妈妈的厌恶在他心底的投射。她讨厌的东西很奇怪——手袋，湖泊。黛安莎纠正了他错误的态度，这是件好事。特鲁迪就做不到。她把她个人的发展看得比什么都重。

接下来他们驱车前往科罗拉多斯普林斯，半路上在一家汽车旅馆过夜。黛安莎规定自己睡觉前必须看完两篇小说。库尔特也参与进来。不过才看了几页，他又冒出了另一个主意，让两个人更好地打发这夜晚。

不久，黛安莎睡着了。库尔特也累了，可是旅馆的墙壁很薄，连外面汽车发动机的响声都听得一清二楚，房间里也弥漫着一股若有似无的尾气味道。库尔特思考着该如何度过这无眠的长夜。他拿起黛安莎的手电筒，把手伸进他这一侧床头柜的抽屉里随便翻了翻，果真找到了一件有趣的东西——旅客留言簿，上面有一些之前的住客们对于他们行程的描写。他翻看了一会儿，直到外面单调的发动机噪音慢慢变成了他的催眠曲。

派克峰。那儿将是他们的下一站。他说这是他从留言簿上看来的。只要空气清新，去哪儿黛安莎都无所谓。在弥漫着尾气味道的房间里睡了一夜，她觉得十分疲惫。她的脸色苍白，库尔特有些担心。要不要喝水？还是吃一颗薄荷糖？

她摇摇头，却从手袋里取出一个小酒瓶，喝了一口。这让库尔特莫名地产生了一股敬佩。她说，如果他不介意的话，她想在路上睡一会儿。

当黛安莎醒过来的时候，他们已经身在海拔差不多一万英尺的山上。"我们根本不需要用到体力。"他得意地说。他拍拍仪表盘："我们有现成的装备。"他拨动方向盘，驶入下一个弯道。他们的前方是根本没有经过修葺的沙石道路，路的另一侧便是陡峭的下坡。

"库尔特！"黛安莎一下子清醒了。

"我们开到派克峰去，一万四千一百一十英尺！大概四千多米，对吗？"

他们刚刚穿过一条森林界线[1]。弯道越来越窄，坐在副驾驶座的黛安莎紧张极了。

"我们回去吧，库尔特，"她央求道，"求你了。"

她指指右手边的观景平台，可是他只当看不见："这里掉不了头。"他瞪大眼睛，只盯着前方。盘山道路越来越陡峭，车速也慢

---

1 森林界限是指森林在纬度上或海拔上的分布界限。森林界限的位置与当地环境条件，特别是气候条件、边缘地带树种特性有关。

下来。以这样的速度，下一个弯道根本开不过去。库尔特踩了一下油门，但是没有用，只听见发动机在轰鸣。他想换挡，却不小心挂到了更高的档位上。轮胎打滑扬起一片尘土。他发现自己的视线变得模糊起来。这里的空气太稀薄了。不过他不想让黛安莎看出来。他紧紧握住离合器手柄，往回挂了两个挡位，再次踩下油门。

到达顶峰后，他终于忍不住下车呕吐起来，吐完后又激动万分。"这里的景色太美啦！"他陶醉地说，刚说完，又吐了。

黛安莎温柔地轻抚着他的后背。

比派克峰还要高！黛安莎不得不同意第二天再去征服另一座山，因为她不想让库尔特一个人开车。一开始还很顺利，半道上天气开始变得恶劣，路况也越来越糟糕，到处都是坑洼和石块，库尔特几乎无法绕开，因为无法预见有没有车突然迎面开过来，更无法预见它的车速。他只得希望他的车轴能够好好配合，希望别把排气管撞出一个洞来。

埃文斯山顶上的寒意像针一样扎人，库尔特觉得这里的空气仿佛更加稀薄。这次轮到黛安莎呕吐了，足足吐了他们两人的量。库尔特自己也觉得不舒服。他强撑着要去扶她，却被她勇敢地摆手拒绝了。

把车开下山后，库尔特宣布，自然风光已经看得够多了。更何况，市中心正在上演《被出卖的新娘》[1]。他们住进歌剧院隔壁的酒店。库尔特开了总统套房，他要用豪华的床榻和精致的丝绸桌布来补偿黛安莎这些天的辛苦劳累。两天还是住得起的，他想。

黛安莎却一整天都没怎么说话。她把自己藏在书本后面，看完

---

1 捷克作曲家斯美塔那（Bedrich Smetana，1824—1884）的三幕喜歌剧，是捷克优秀的民族主义作品。

一本，立刻又从箱子里拿出另一本。距离演出开始还有不到一小时——他们已经换好了衣服——这时，她突然哭了起来。这副模样怎么可以出去见人呢，她抽泣着。库尔特吻着她的脸颊问，怎么了？一切不都好好的吗？

不，不，不，她觉得自己根本不像一个蜜月中的新婚妻子。头发上连朵花都没有。没有任何一样东西能够表明这是一次特殊的旅行，一个特别的夜晚。

库尔特以前从未见过黛安莎哭泣，也不想见到。他就是喜欢她平淡的性情。他走出房间，悄悄地查看了一下酒店大堂里摆着的插花，想把它偷走。可惜那些花朵都是石蜡做的，刚摘下一朵，就在指尖碎掉了。

接待处的门童告诉他，很遗憾，这个点花店已经关门了，不过在办理入住的时候他好像提过，他的工作跟歌剧有关系？剧院的女高音也下榻在这里，她每天晚上都收到好多鲜花。

多么宝贵的建议！为此库尔特塞给门童一笔慷慨的小费。事实上，他是一个指挥——他说——说跟歌剧有关系也不算撒谎。接着，他又用另一笔小费换来了女高音的房间号码。

库尔特站在十九号房间门口悄悄地听了一会儿，约瑟芬·安东尼仿佛正在练唱剧中玛丽的角色。直到她停下休息，他才鼓起勇气敲门。女高音穿着一件浴衣开了门，恼火地看着他。

"我是芝加哥歌剧院的库尔特·阿德勒。"他飞快地说。

她的表情一下子明朗起来："芝加哥市中心的歌剧院，我能为您做什么？"

"请您帮我一个小忙。"

"噢？请说？"她愉快地哼唱道。

"您今晚要表演的天籁歌声，请原谅，我刚刚站在门外已经忍不住偷听到了。"

听到他的奉承，安东尼笑了，然后直视着他，说："现在请您告诉我，您到底想要什么。"

库尔特愉快地带着一张女高音的名片和一大束花回去找黛安莎，她趴在床上，连头都没有抬一下。床头柜上摆着笔记本和小酒瓶。库尔特跪在她身边，终于看到了期待中的笑颜。黛安莎爬起来，从花束中抽出几朵，折断花茎，灵巧地将它们编排起来，插进发间。

这一幅情景留在库尔特脑海中接连好几天不肯退去：一个年轻女子，带着倔强的神情爬起来，用一双巧手做出一顶花冠戴在自己的头上。美的同时又带着少女的娇羞。他终于能够发自内心地呼唤道——我的妻子，**我的妻子**，黛安莎。

在市中心停留之后，他们原本还有一个星期的时间继续旅行。然而国外传来的消息让人觉得局势越来越危急。他们从车载收音机里听到，法国的情况一天比一天严重。

库尔特给芝加哥歌剧院打了电话——在他离开的这段日子，邮件全部被转到了那里。其中果然有一封来自母亲的信。挂上电话时，他明白他已经没有多少时间了。走出酒店回到车里之前，他查看了一下钱包：岳父赠予的那一笔钱，已经被花得精光。

同　志

蒙托邦，1940

太讽刺了，她怀疑帮她找房子的人是不是故意的：Rue de la Comedie[1]. 社会主义者驻外国办公室在这里给她找了一个小单间，里面有一张床，一个洗手池和一个电炉。太小了，甚至比之前在巴黎住的房子还小。然而同时，她又觉得屋里空荡荡的，她日以继夜地思念着特里斯坦。

闹剧。不管怎么说，在抵达蒙托邦后的这个夏天，伊达还以为自己陷入了一出闹剧。这是法国南部的一个小城市，现在充满了奥地利社会主义者。一位女同志——采尔纳太太跟她住在同一栋楼里，她跟伊达说的每一句话都崇拜地提到奥托。她一直称她为"阿德勒-鲍威尔夫人"，最后伊达自己也接受了这个称呼，这样同志们应该一听就明白她是谁的人吧。

一开始，好多人以为她跟弗里德里希·阿德勒是亲戚。的确，他如此慷慨地帮助她，差点让她自己也相信他们是亲人。采尔纳太

---

1 法语路名，包含"闹剧"一词。

太就是他派来的。她帮着伊达适应这里的环境，帮她弄来食物和香烟。现在物价高得离谱，可想而知，战争已经蔓延到了法国境内。

入秋的时候，一则消息让同志们陷入恐慌：莱昂·布鲁姆被捕了，他被称作"法兰西国[1]的威胁"。如果维希政府[2]连布鲁姆都敢抓，那么他们这些人更是不在话下。可以想见，即使身处自由区域，他们迟早也会被拘禁，或者引渡给德国人。

最近几次聚会话题全部围绕着怎样快速地逃出法国，以及去哪个国家等等。伊达跟采尔纳太太一起坐在一角聆听着大家的讨论。如果他们不得不分散到各个国家，那么驻外办公室怎么办，是设立一个总部呢，还是几个分管不同国家的分部？

讨论到美国和英国的时候，一个同志突然冲着伊达发难。"她在这里做什么？"他面红耳赤地吼道，"真是不知羞耻！还好意思坐在那里旁听！想想你那位优秀的哥哥都干了些什么！胆小怕事，只知道让我们一味地等待、忍耐，拦下了想要起来反抗的同志。要不是那位鲍威尔先生，希特勒也不会出现在我们的国家。现在我们还要在这里养他的妹妹。要我说，呸！"男人朝她吐了一口唾沫，"滚蛋吧，你这个没用的傻娘们！"

几个同事连忙按住他，劝他说，他这么做根本于事无补，完全没有必要去攻击伊达。他挣扎了几下，但是没有成功。

采尔纳太太已经为伊达拿来了大衣，并抓住她的胳膊将她向外推。有人向她投来同情的眼神，有人用手指着出口的方向，也有人始终背对着她。太难堪了。

走出来后，伊达这才回过神来："他的口水吐到我身上了！"

---

1 此处指维希政权。

2 二战期间在德国攻入法国并迫使法国投降后，扶持法国政府要员组建的政府，存在于 1940 年七月到 1945 年间。因其实际首都在法国南部小城维希，而日后的法国政府又不认可该政府合法性，故被称为维希共和国、维希政权，或简称维希。

她听见采尔纳太太敲着公共厕所的门。她不开门，而是继续使着蛮力拿刷子刷自己的连衣裙。从肩头到裙边，一遍又一遍反复着。门外传来采尔纳太太低沉的声音："请您把门打开吧，这里还有还多人等着进去呢……有人已经实在憋不住了，开门吧，有话请跟我说，别让我担心好吗？阿德勒-鲍威尔夫人，求求您了，伊达？"

伊达没什么好说的。那个同志的一番漫骂气得她肺都要炸开了。弗里德里希来了，想安抚她，顺便也向她告别。他说他已经拿到了签证，要去美国了。

"您不打算想办法离开法国吗？"

"之前确实想过……"

他打断她，说，那就把这想法继续下去。即便她在党内不算活跃分子，维希政权也断不会允许她在这里继续安稳度日。

还没等他离开，维希政府就颁布了《犹太章程》。伊达得知后，又一次霸占了厕所，好久没出来。她在里面呕吐个不停，把胃液都吐了出来。

1941

蒙托邦

一月。他有能力结婚，却没有能力将自己的母亲接到身边，还好意思口口声声说这几周乃至几个月以来每天都在打电话，为她的签证想办法。她收到这么多封信，却始终没有一个好消息。这让伊达非常肯定——库尔特根本没有尽力。他根本不想跟她一起生活，否则他会想办法先把她弄去美国，然后将他的第二任新娘在婚礼前当面介绍给自己认识！他甚至都没写信告诉她，他和特鲁迪的婚姻已经结束了。

她在这里什么都不知道，她什么都做不了，就让她被冻死在这里吧。

扔进一枚二十五分的硬币，只够房间暖和半小时。她尽可能地省下硬币来供暖，可其他地方还是缺钱。她只好在家也裹着大衣，不分昼夜地躲在被窝里。

采尔纳太太鼓励她起来活动活动。可是四肢冻得太久，一碰就疼得厉害。而此时，她的亲生儿子却和新老婆一起享受着美国的温暖阳光！她一边咒骂着，一边一步一步缓缓地走动，直到两条腿的血液重新通畅起来。

二月。街上说德语的人越来越多，到处都在盘查。伊达几乎不再出门，她房间的百叶窗也总是关着。外面的光线透过窗棂投射在水磨石地面上，像是监狱的栅栏。她已经没东西可以吃了，只能靠采尔纳太太分给她一些食物。有时她恍惚间觉得特里斯坦就趴在床边，后来才发现，原来是自己的胃，被饥饿折磨得咕噜咕噜直叫。要是可能的话，她希望采尔纳太太不要再回她自己的家，最好变成特里斯坦，整夜蜷缩在她的床头，守着她。

三月。库尔特写信来，说他兜兜转转找到了外交部，他们表示可以想办法让奥托·鲍威尔的妹妹来美国。现在签证已经在美国驻马赛的领事馆，开往纽约的船票他也弄到了，埃克斯坎宾号，六月初从里斯本出发。

还要再等三个月才能上船？伊达心想，需要多大的耐心才能把这当作一个好消息？不过，起码他尽力了。但是关于他新娶的老婆，她依然无法原谅。

四月。她必须出示西班牙的过境签证，才能获得法国的出境许可。为此，新一轮的书信和电报又开始了。此时弗里德里希·阿德勒已经到了纽约，他联系了一个救援委员会，他说一位凯勒先生会帮她弄到过境签证。可是没过多久，凯勒先生便回话说很难办下来。

采尔纳太太努力安慰她，她说一切都会好的，毕竟还有好长时间呢。从那时起，伊达便每周向那位葡萄牙的凯勒先生询问一次，一而再，再而三，没过多久，那位先生便彻底联系不上了。

弗里德里希·阿德勒又告诉她，马赛的港口已经开放。那里有一个叫瓦利昂·弗莱的人，以及他所在的**紧急救援委员会**可以帮忙弄到船票。同一天，库尔特也写信来问她有没有收到弗里德里希的消息，他叫她立刻动身，不管怎么样都要找到其他前往美国的办法，因为她的签证在六月二十日之后就要过期了。

最后一样心爱的东西也留不住了。伊达解下手腕上的手表。她要跟它分离了，而爸爸留下来的那只手表现在一定还好好地戴在她嫂子的手上。她依依不舍将这只珍贵的手表交给采尔纳太太，请她代为典当，否则她凑不出去马赛的车钱。采尔纳太太并没当回多少钱。但起码够买车票了。

她们之间的告别非常简短。两人都不想当着彼此的面撒谎说以后还会相见，因为局势就摆在眼前。采尔纳太太在英国那边有亲人，眼下正在联络他们。"阿德勒-鲍威尔夫人，请您保重，"她的声音十分坚定，"这些日子跟您在一起，是我的荣幸。我这么说，并不是因为您的哥哥——伟大的鲍威尔先生。"

一大早，伊达登上开往马赛的汽车。马赛街上的宪兵和军人比蒙托邦更多。她尽可能不引人注意地来到美国领事馆，这里像是一座宫殿，位于公园正中央，伊达看见公园的长椅上坐着很多正在等待的人，如同拦路劫匪一般，看样子已经在这里苦苦守候了几天甚至几个星期了。

伊达沿着大理石台阶来到领事馆入口。门卫看见她走过来，连忙举起手让她停下，他说没有机会了，他们不再接受任何申请。伊达告诉他，她是来取签证的。门卫问了她的名字，叫她等一下。突然之间，无数双眼睛朝她看过来。她很庆幸门卫终于还是放她进去了。

领事馆里面空荡荡的。她的脚步声回荡在门厅里。一位秘书小姐站在楼梯转角处向她招手。伊达跟着她来到领事办公室。墙上的织花壁毯，角落里的古董花瓶，还有屋里摆放着的帝国风格[1]的精美家具。领事请她坐下，让人拿来签证，并在上面签了字，仿佛那不是普通的一张纸，而是国事文件一般。他把签证交给伊达的时候，目光充满期待。不过伊达接过来，干巴巴地说了一声再见。她干吗要去讨好一个傀儡，尤其是外面还有好几百号人在等着呢。

她把签证叠起来收好，起码不至于让人一把夺了去，然后乘坐电车进城，直接去瓦利昂·弗莱的办公室。办公室在一座破旧的公寓楼里，里面又脏又暗。这里也有好多人在等待，不过他们看起来没有那么绝望。工作人员脚步迅速地穿梭在走廊里。一个年轻女子指了指木头长椅，让她先坐下来。

他们办事的速度并不快。轮到的人会被叫到隔壁的房间去。一下午过去了，她等得有些着急。今天到底还有没有机会面谈呢？一位先生告诉她，委员会一直工作到深夜。

快到九点时，终于轮到她了。她走进另一个房间，这里摆放着好几张办公桌，房间最后面的墙上覆盖着一面美国国旗。一位女士挥手让伊达过去。她问她会不会说英语。**请坐**。女士说，这次的面谈主要是确定一下她的处境。她问伊达是否清楚，委员会的名额有限，只能为他们选中的当事人提供帮助。

面谈结束后，伊达找了一间名副其实的小旅馆住下。她的房间里没有窗户，只有一张木板床。墙纸上残留着别人刻下的字，还有一些伤风败俗的涂鸦。她仿佛听见几个轻浮女子的傻笑，到了深

---

1 十九世纪初欧洲盛行的艺术风格，被称为"帝国风格"（Empire Style），实际上，它是新古典主义时期的最后阶段，也是法国在主题和模式方面有意识地转到传统的古代而开创的新风尚。"帝国风格"持续到十九世纪二十年代，而且它是拿破仑执政时期法国的官方艺术。

夜，又换成了男人们的哭泣。漫长的等待开始了。

快到月底，弗莱的办公室还是没有送来只言片语。她唯一的吃食就只有土豆和水。难熬的时间和匮乏的食物让她越来越担心，紧急救援委员会会不会已经搬走了，工作人员也都离开了。这个念头让她坐立不安。她不得不亲自去看一看才放心。她偷偷地穿过阴森寂静的街道，一辆车都没有。人们彼此小声地说着话。军人的数量又增加了。

今天，坐在长椅上等待的人虽然没有那么多，但毕竟还是有的，大部分人都坐在那儿独自打盹，因此隔壁房间传来的叫嚷便显得格外大声。"你们全都在撒谎！"伊达听见了。"承认吧，像我这样的人对你们来说根本没有利用价值。你们只帮助那些大人物，一个小小画家，就让他进集中营去自生自灭吧！"紧接着是一连串安抚的话语，听不清具体内容。

最终，伊达还是顺利地等来了一位工作人员。他问伊达是否已经登记过住址，伊达点点头。于是他请她耐心等待，他们会通知她的，守在这里根本没有用。

好几天过去了，她无法忘记那天听到的叫嚷声，它已经渗入了她的骨头里。她连画画都不会，唯一的筹码就是她死去的哥哥。

五月。六月一天比一天近了。她有时觉得时间飞逝，有时却连每分每秒都觉得难熬，因为它为痛苦提供了太多的空间。也许她的爱犬已经在火车站被踩死，也许她再也见不到库尔特。还有奥托，啊，要是能躺在奥托身边就好了，起码再也不会有没完没了的恐惧与担心。

不过，就在她已经准备完全放弃的时候，弗莱的办公室给她送来了消息，他们让她立刻去一趟。之前负责接待她的那位女士向她问好，并告诉她："我们可以接受您的申请。后天有一艘船开往马提尼克岛[1]，船上还有位置。您的情况适用特别条款，也就是说，我们先借给您一笔钱，由纽约的奥地利驻外办公室为您担保。"

"马提尼克岛，"伊达点点头，"可是，那里不是属于法国的吗？跑那么远，最后还是在法国的领土上？"

"我们只能帮您到这里。到了马提尼克岛，您必须自己想办法去美国。最好现在就找人为您安排。"

伊达气馁地瘫倒在椅子上。

"夫人？"那位女士同情地望着她。

伊达抹了一下脸："您觉得我六月二十日之前能出去吗？"

女士用手指轻叩着她的台历："如果后天就出发的话，您还有一个多月时间，也不是不可能。"

一九四一年五月十日，她即将离开欧洲。这个日期是不是预示着幸运？五和十相加，跟一九四一四个数字的总和一样。这其中的和谐究竟是预示着此次远洋航行必将风平浪静，顺顺利利呢，还是一无所有呢？毕竟她已经很久没有研究过数字了。当她一大早赶到港口时，那里已经排了一条长龙。**委员会**的那位女士也来了，她将一些行程材料当面交付给伊达。另外，还介绍了同船的一对夫妻给伊达认识：作曲家艾里希·依托-卡恩和他的妻子、钢琴家弗瑞达。

女士告诉他们，昨天送去检查的行李马上就会还给他们。之后，她便告辞了。伊达排在依托-卡恩夫妇的后面，队伍中有几个人已经戴上了遮阳帽，这让她觉得有点儿夸张，这不过是一次简单

---

1 向风群岛中部的岛屿，法国的海外大区。

的航行罢了，夏天还早呢。她跟依托-卡恩夫妇之间也保持着一定距离。他们看起来似乎彻夜未眠，一副沮丧的样子。

随着队伍向前推进，蒙维索号出现在他们的视线里——这是一艘锈迹斑斑的货船，船体中央竖立着一根熏得乌黑的烟囱。行李分发处站着几名港口工人，一边高声嚷嚷着各种指令，一般分派着箱子和包裹。他们把伊达的行李扔在她脚边。其中一只箱子的侧面破了，伊达只不过用手摸了一下裂缝，工人就大声地叫她快走。她只好跟着人群一起，来到码头。

两名法国士兵分别站在登船口的两侧，要求他们出示证件。伊达拿出行程材料，其中一个比较年轻的士兵点了点头，让出了一条路。"Allez, allez![1]"水手们不停地催促着他们。伊达跌跌撞撞地走上甲板，经过一个羊圈来到一条斜坡，顺着斜坡往下走便是船舱，里面不怎么亮，空气也相当浑浊，而且弥漫着机油的味道。"女人和孩子到这里来！"

伊达停下脚步，让自己先适应一下昏暗的灯光，分清楚方位。"女人到这边来，去上面！"她拎着箱子，用尽可能快的步伐经过水手身边，经过一张张用脚手架做成的高低床，最早进来的一群女人们已经安置好了一切：她们中有人带着孩子和婴儿，还有一个孕妇，已经在休息了。伊达挑了一张下铺，因为她实在爬不上去。床上铺着稻草作为垫子。

"证件！证件！"士兵来了，是德国人，他们闯进了船舱。伊达闭上眼睛。有人在她肩上狠狠推了一把。她睁开眼，一支枪管对着她。是不是聋了？证件呢！她赶忙递上她的材料，两只手抖个不停。士兵在一张名单上寻找着她的名字。伊达不知道，如果她的名

---

1 法语，快点快点！

字在名单上，那是一件好事还是意味着彻底完蛋呢。

接下来，士兵点了点头，将她的证件交还。她如释重负地倒在床上，只剩下颤抖久久不能消去。

远　航

卡萨布兰卡，1941

　　山羊被宰杀时发出的惨叫声在船舱里都能听得一清二楚。船上一天供应一顿饭——烤肉和一小团米饭。羊肉的味道膻得要命。"简直像是在尿里腌过一样。"弗瑞德·依托-卡恩话一出口，立刻又为自己的粗俗点评道了歉。伊达很庆幸能够跟依托-卡恩夫妇同船。她跟身为作曲家的依托-卡恩先生聊十二音音乐 [1]，而身为钢琴家的依托-卡恩太太则打趣地说，就眼下的这种情形而言，钢琴不是一件好乐器。逃难的途中，笛子比它灵巧多了。不过话音未落，夫妇俩便感到一阵心酸。

　　除了音乐以外，艾里希·依托-卡恩先生的话不多。弗瑞达却告诉伊达，出发前两大，弗莱才将她的丈夫从居尔 [2] 救出来。她说她不想多谈集中营里的生活，但是他在那里的确看到有人死了，这一点无从隐瞒。尽管他已经幸运地得以释放，尽管夫妻俩终于能够

---

[1] 这种音乐于二十世纪由勋伯格在欧洲兴起，使用的是十二个半音，作曲时，把十二个半音组成的一个单位称为"音列"或"音组"，规定在一个"音组"中不得有两个相同的音，也不能缺少任何一个音。

[2] 法国比利牛斯-大西洋省的一个市镇。

离开，但心情却一直很压抑。他们丢下了太多人。

天色一暗，水手们就从甲板上把他们赶回去，然后一整夜锁在船舱里。叹息，鼾声，啜泣。第三天夜里，一名孕妇还因为阵痛大叫起来。前往非洲的海域天气恶劣，货船在数米高的风浪中艰难前行。这时白天也不允许上甲板了。晕船症扩散开来，很快，连刺鼻的机油味都遮不住呕吐物散发出的恶臭了。

货船驶入阿尔及尔[1]港口后，舱口终于打开了。他们不准下船，因此涌上甲板呼吸新鲜空气的人愈发地多了。从马赛运来的货物被卸下船，装上了一批新的。两名水手从码头上赶着又一群山羊上船。下一站是奥兰[2]，到时会有更多的货物装上来。有人说，从这里开始，将有一艘法国战舰陪着他们的货船一起，直到直布罗陀海峡。可是战舰看起来小得很，大家都不明白，万一真的受到攻击，这么一艘小船能干什么。伊达回到船舱，经过一张张床铺的时候听到有人猜测，法国人派出战舰根本不是为了保护他们这些人，而是为了在遭受攻击的情况下抢救船上的货物。

快到卡萨布兰卡时，有人用大喇叭通知所有人可以下船，十五点三十分之前必须返回。如果到点还没有上船，那就留在这里别走了。伊达只想去买包香烟，再去一趟邮局，别的就没什么了。两个地方都在附近。伊达先到邮局给库尔特发了一封加急信，告诉他相对来说目前一切还算顺利。买完香烟后，她变得不安起来。她问别人几点了，发现还有足足两个小时。不行，她太紧张了，已经无法再在陆地上待下去。

她出示了三次证件，在炎炎烈日下站了好久，才顺利回到蒙维索号上。上了船，她觉得脑袋快要被烤化了。现在她终于意识到了

---

1 阿尔及利亚首都。

2 阿尔及利亚第二大城市。

遮阳帽的必要性，在马赛的时候她居然还觉得那些人很可笑。回到船舱，她发现那只破损了的箱子被扔在地上，上面的裂缝更大了，里面的东西散落一地。伊达查看了一下四周，全是一张张麻木的面孔。另外两件行李没有被动过。

她并不怎么愤怒——这让她自己也觉得不可思议。起码可以少拿一件行李了。她耸耸肩，不想再纠结被偷的事，而是把滚烫的额头搁在床架上降一降温。她回想起曾经跟恩斯特一起——那大概是一百年前了吧——在索纳塔尔演出的剧院，悄悄地躲在幕布的后面……舞台大师演绎的《伯爵夫人》。这里会不会也有一个水手，像戏里演的那样，正在对着镜子搔首弄姿地穿衣服呢？

想到这里，她笑了。她很惊讶，身处这样的困境之中，自己竟然还能想起这些陈年旧事。

到了卡萨布兰卡，水手们将一箱箱香蕉搬上船。伊达一开始便不觉得这些香蕉会和羊肉一起出现在他们的餐食中。等货船启航，开到公海上后，她被船舱中的欢快气氛感染了——至少在这条船上，只剩下最后一段航程了。晚上，她甚至跟依托-卡恩夫妇一起欣赏了夕阳。这么久以来，她第一次觉得海平线仿佛承载着希望。

到了睡觉时间，他们又被锁进船舱。然而伊达还没躺下，就听见身边有人激动地喊道："蒙维索号正在调头！"她坐起来，果然，这并不是幻觉，她能感觉到船体正在180度大转弯，同时，货船引擎的声音也变得不一样了。前面有一些人开始用拳头敲打着上了锁的舱板，嘭嘭嘭的声音回荡在船舱里。没过多久，又一名孕妇发出了分娩时的惨叫。她觉得自己仿佛是一块玻璃，每一条神经都在遭受着刀尖的剐蹭，就这样一夜无眠，直到天明。那个刚出生的孩子躺在精疲力竭的母亲怀里，睡着了。

通往甲板的梯子今天放下的时间比以往都早。船长亲自用大喇叭通知所有人，他们的船被法国当局召回了，因为不久前，同一航线上的另一条船遭到荷兰方面的拦截，被迫改变线路，去了特立尼达。法国不能让第二艘船也自投罗网，所以一个小时后，蒙维索号将再次到达卡萨布兰卡。

还没到岸，货船便落了锚，距离港口还远得很。甲板上，船舱里，乘客们众说纷纭。伊达觉得自己已经跟他们所有人一起，生成了一个共同的有机体，一方面轻松了许多，因为不用再害怕自己被送回德国人手里，另一方面又为货船的去而复返感到气恼，担心法国人和荷兰人到底能不能迅速地达成一致。

一天过去了。有人传言说荷兰人在截获的船只上发现了武器。伊达心想，难道那些香蕉只不过是个幌子？难道那一堆货物里面还夹带着其他"水果"？她并没有把这个疑问告诉其他人，而是默默地埋在了心里。

又过了两天，最后一只山羊也被宰杀了，装香蕉的箱子从船上消失了。船长拿着大喇叭向大家吼道：不要再向水手们问东问西了，他们跟他一样一无所知。最后几个胆子大的人也被他这么唬住了。商贩们划着小船过来向他们兜售吃食，乘客们利用滑轮把买来的食物顺着船身吊上来。然后，另一艘船带来了法国当局的新消息：货轮蒙维索号被收押，不再开往马提尼克。

伊达跟其他人一样，哭了，她很愤怒。乘客们提出，蒙维索号至少应该先靠岸，好让乘客们在卡萨布兰卡想办法乘坐其他的船只离开，却被法国当局拒绝了。他们不会在岸上给乘客提供住处，他们必须继续在船上待着。只是饮食有了着落。

他们就这样在距离海岸线不远处停泊了一个多星期。粪坑满得排泄物溢了出来。几位当医生的乘客已经给大家敲响了警钟。一天供应一次的饭食上面全是苍蝇，可是伊达除了硬着头皮咽下去之外，别无选择。她没钱买商贩划着小船贩卖的食物。饮用水一天也只供应一次。生活用水根本没有。依托-卡恩夫妻再也不去甲板了：远处城市闪闪发光的轮廓看着太让人沮丧。夫妇俩在卡萨布兰卡有几位朋友，他们理应立刻前来帮忙，但此时却怎么也联系不上。第二个星期，水手们下船了，船长却找了个借口留下来。

荒唐，她竟然觉得自己可能怀孕了。她很清楚一定是船上的怒气和分娩的婴儿给了她心理暗示。但是腹部的痉挛实在痛得厉害，像极了即将分娩的阵痛。最后她连去厕所的力气都没有了。直到船上的一名医生乘客发现了她。不只她一个，她被放在一个担架上，连同许多张担架一起，被抬上一条小船。这么多人一起临盆？上了岸，她感觉颠簸十分厉害，这一定是前往美国吧。

然后，她的哥哥来了。他穿着白色的长袍，看起来卓尔不群。她看不清他的面孔，太暗了，但那一定是他，没错，一定是。他照顾着她，扶她上床，为她颤抖的身体盖上被子。他帮她擦拭额头，给她喂水。等一下，难道他不是奥托？好像有哪里不对劲，刚才是她看花了眼。是谁在冒充她的哥哥？她撩开他的卷发。竟然是……难道他也来美国了？不，不，不是他，不是这样的卷发，这只手！她甩开他的手。不，她绝不允许自己再被他打动。

在卡萨布兰卡的女子医院，他们管她生下的"孩子"叫作"霍乱"。医护人员穿着白色浆过的长袍，为她擦洗，在她的胳膊上进行静脉注射，为她按摩抽筋的腿肚子。六月二十日，这一天被她在昏睡中耽误了。醒来时，她惊恐地还以为自己见了鬼：在蒙托邦认识的一位同志站在她的面前。他说弗里德里希·阿德勒派他来看她。不过他不能久留。他握住她的手说，他坐的船今天就要出发去美国了。反观她自己，连拿起勺子喝汤的力气也没有。

七月，她被安排住进工业园的一处临时住房。这里条件好多了，每天都能吃到小扁豆，还有一张没有垫子的床，睡在上面久了，后背就会留下床架的印子。就这么躺着吧。热带海风夹带着细细的沙砾一直吹进她的肺里，好久不曾发作的咳嗽又开始了，令她几乎无法同别人讲话。

不过她可以写字，写字总是没问题的。像当年一样，她觉得书写愈发顺畅。八月，她终于拿到了新签证，于是给弗里德里希·阿德勒写了一封信：

> 亲爱的阿德勒，我的朋友！这几个月以来，当然还包括以前，您为我做了这么多事情，向我证明了这世间的许多善意，为此我感激不尽。真不知道要是没有您的帮助和关怀，我会变成什么样子！

她在信里还告诉他，她现在已经出院，其实并没有康复，但她希望能尽快摆脱这有损健康的摩洛哥气候。她抱怨说卡萨布兰卡的救援委员会工作效率十分低下，她不知道这里有没有船只出发，也不知道丹吉尔[1]有没有，以及她还要不要去西班牙。她写道：

> 我们的朋友们都已经离开这里，只有几个德意志帝国的德国人，我不愿跟他们来往。虽然被安置在类似集中营的地方，跟六十个人同睡一间大厅，我依然很孤独。但愿这一切快点结束，我已经在路上颠沛流离三个半月了！

---

1 丹吉尔，摩洛哥北部城市。

不过她觉得这样的结尾不太好，毕竟她不想惹弗里德里希·阿德勒不高兴，于是又写道：

> 请允许我再次向您所做的一切致以衷心的感谢！也请原谅这么多次电报给您带来的打扰！祝一切都好！您的伊达·阿德勒－鲍威尔。

离开卡萨布兰卡的时候，她只带了唯一一只箱子，里面几乎也没剩下什么东西。她一开始以为会乘坐尼亚萨号，登船前的最后一分钟又被告知，她的船换成了来自里斯本的塞尔帕·品托号。她以为这次搭乘的又是一艘货轮，没想到塞尔帕·品托号竟是一艘客轮！而且还是豪华轮船！客房里的床铺全部铺着精细的亚麻床单，有洗手池，也有电灯。每天供应三顿饭，就餐时用的是银质刀叉和瓷盘。菜式也很好，起码不用再没完没了地吃扁豆了，吃饭的时候竟然还有乐队演奏！塞尔帕·品托号上夜夜笙歌，船长解释说这是为了安全起见，只有这样，才能让人老远一看就知道船上歌舞升平，载得全都是平民。

客轮在海上航行了几天。尽管前途还充满变数，但伊达几个月以来第一次觉得轻松。她又能够享受香烟的滋味了，这时她才发现，膳食的改善和海上的空气已经让她恢复了健康。即使没有欲望，也没有力气去跳舞，华尔兹和其他舞曲对她来说也是极好的治疗手段，虽然船上的指挥——乘客们都管他叫作"漂亮的阿尔芒多"——绝对不是什么伟大的艺术家。

奇怪的是，当船快要靠近美洲大陆时，她的焦虑去而复返。库尔特给她拍了电报，说他无法亲自到纽约来接她，因为剧院的事情让他走不开。不过他说他安排了其他人接她下船，并送她去坐开往芝加哥的火车。她明白，他的理由很充分，她也没法儿抱怨什么。可是她的胸口还是存着气恼。她不得不离开座椅，去抽一支烟平复一下心情。

　　一口接着一口，可是她还是无法平静。看来她还需要第二根、第三根，一根接着一根地抽，才能让她坚持下去，直到见到库尔特的那一天。

VII

广播剧

纽约市，1944

莫莉·格尔德伯格把茶杯重重地往碟子上一放，麦克风里传出砰的一声。她责骂着饰演女儿的罗茜，说她不应该在早餐的时候做家庭作业。

大卫叔叔咬了一口熏牛肉三明治，嘴巴里塞着满满的食物说："唔，蛋糕，多美味呀！"杰克·格尔德伯格，莫莉的丈夫摇了摇手里的纸盒，里面只剩下一些零星的小颗粒："莫莉！玉米片快吃完了。"

大卫叔叔把咬了一口的三明治递到饰演连襟的杰克嘴边："吃什么玉米片？尝一口美味的蛋糕吧！"

杰克拒绝了。早餐吃蛋糕？那岂不是马上就可以下班了。不过他偷偷咬了一口三明治，咧着嘴笑了。

大卫叔叔伸出手指威胁地指着他，眼睛却看着脚本，说："连蛋糕都拒绝的人，真是没救了。"说完，转身离开，安心地吃三明治去了。

对一个男人来说，光有橙汁不是一顿像样的早餐，莫莉说着，将椅子推回原位，把报纸揉成一团："这里，我们还有吐司。"

吐司，吐司，吐司，他总不能老是吃吐司吧，杰克抗议道。他说他需要一些花样，否则没法儿集中精力工作，没法儿养家糊口。

莫莉笑了。说得好像干他那份工作比她做家务更需要脑细胞似的。"把玻璃杯给我！"她去抢他手里的杯子。一番小小的争夺后，"杰克，你的橙汁！现在我的浅色裙子算是毁了！"

录音棚的总控室里，伊达坐在马格纳背后，观看他的导演工作如何进行。他按下一个按钮，好让录音室里的人能听见他的声音。饰演莫莉·格尔德伯格的格特鲁德·贝尔格和她的同事们一起围坐在一张桌子旁，桌子上摆着几个空杯子和空碟子。

刚才的表演大概的方向是对的，马格纳说，不过说到家庭作业的时候，莫莉对罗茜的态度应该再粗暴一点儿，这样才能更明显地衬托出她对待杰克的关怀体贴，之后罗茜的回答也就完全顺理成章了：跟女儿的学业相比，妈妈好像更看重的是她男人的胃。

格特鲁德·贝尔格点点头，用笔记了下来，然后悲叹道：在这个家里她做什么都是错的！这次伊达竟然从她的语气中听出了更多的东西：诚然，莫莉不喜欢罗茜占着早餐的桌子做家庭作业，但同时也有一丝嫉妒，她仿佛并不乐意看到女儿接受学校教育。

克莱顿·科利尔站在桌子不远处的讲台前，插嘴说，他只剩几分钟了，一刻钟之后他还要到三号棚录制《超人》。

马格纳看了一下时间表，点点头，让克莱顿和格特鲁德一起先录开头和结尾，其他人先去休息。等大家离开之后，马格纳向克莱顿打了个手势："开始吧。"

克莱顿对着鼻子跟前的麦克风，开始念内容介绍。"**现在请欣赏 D—U—Z Duz 公司赞助的《格尔德伯格一家》：伙计们，这是莫莉！你们的好朋友格尔德伯格一家来了。Duz 公司为您带来最新款**

强力清洁肥皂。"接下来是莫莉和他的一小段对话，介绍了这款肥皂的特殊功效，特别适用于那些被烧得乌黑的饭锅。

伊达隔着一层玻璃，密切关注着录音室里发生的一切，然而这时，她的胃突然有了异样，扭曲着，跳动着，她的舌尖尝到一股金属的味道。她努力让气息下沉，身体却犹如敌军阵地，并不听她使唤。怎么又犯病了呢？她今天根本没怎么吃过东西。也许是她的胃不喜欢聆听这硬生生被植入广播剧开头的肥皂广告，也许这是由她心底的不满引起的——为什么他们在录音的时候，说的话和做的动作并不一致呢？

当然也没有必要为了录今天的场景就摆上一桌子的早餐。尽管如此，她还是觉得很假，演员明明吃的是三明治，口中却对蛋糕称赞不已。更糟糕的是眼睁睁看着一个做作业的姑娘被骂，她却只能静默地旁观。还有一个情节也很让她受不了，就是莫莉·格尔德伯格因为浅色裙子被泼上橙汁而发火——可是格特鲁德·贝尔格明明穿着一条深色裤子！伊达对自己说，重要的是人们在广播里听见的声音，至于她在录音室里看到的情景并不重要。她试着闭上眼睛。没有用，所有的声音仿佛都不对，跟玻璃后头——距离她几米远的地方发生的事实根本不相配。

马格纳按下按钮，发出下一个指示："现在念结尾吧，克莱顿。"

克莱顿点点头，看了一下钟。马格纳让他等一小会儿，等录音师准备就绪。伊达的两只手紧紧地抓住膝头，抵抗着又一波胃痉挛。克莱顿吐几下舌头，继续念道：

"大家都知道，我们即将赢得战争。不过山姆大叔说，让我们提醒自己，前面还有很长一段路要走。通往柏林和东京的路途艰难，洒满鲜血，除非取得彻底胜利，否则绝不能半途而废。日本将会负隅顽抗，妄想保住它窃取的领土：爪哇和菲律宾群岛，在这些地区，我们以前每年能够获得十亿英镑的商用油脂。只有打败日本，让这些地方重新恢复生产，我们才能重新获得这十亿英镑。所以你们要明白，即使德国已经被打败，还是需要民众大量囤积厨房油脂，因为它含有医学和军火所需的重要元素。"

他翻了个白眼："厨房油脂？很快我们就要把拉的屎也交出去做臭气炸弹了吧。"

格特鲁德·贝尔格嘴巴里叼着一支笔，靠在桌子上，听了这话笑了起来，笔掉下来，发出啪的一声响。戴着耳机的录音师露出一副生气的表情，马格纳却微微一笑，同时用两只手打出手势：继续，继续。

克莱顿理了一下头发，再次吐了吐舌头，用慷慨激昂的语调继续说：

"让我们省下每一滴用过的厨房油脂，帮助美国度过这次危机吧。请继续期待《格尔德伯格》下一集，D—U—Z Duz 公司荣誉赞助。我是克莱顿·科利尔，代表 Duz 公司向各位问好。强力清洁皂，刷洗好帮手。"

说完，克莱顿屏住呼吸，伸出手指默数五秒，直到录音师示意一切没问题。马格纳也伸出大拇指，克莱顿拍着手说：他现在要踏上艰难而洒满鲜血的道路了——去三号棚对抗纳粹，拯救世界。

他走出去，关上了门，格特鲁德犹自低语着："祝你好运，超人。"

录音工作结束后，不管伊达一再地强调她自己绝对认得路，马格纳还是坚持要把她送回位于九四大街的新住处。她一开始并不想提起搬家背后的隐情，既然躲不过去，便搪塞地告诉他，住在皇后区堂姐爱尔莎那里终究不是长久之计，哪怕是最近的亲戚，关系再好，也不能这样叨扰她。

身为导演的马格纳刚刚在指点人物形象时的一举一动展示出了敏锐的鉴别力，可是眼下竟然没有发现伊达在撒谎，反而还祝贺她乔迁新居。新居倒也不错：她住在佩鲁茨同志那里，多数时候她可以享受整套居室，因为佩鲁茨是一名贸易代理商，一周里有好几天要出差。因此她住得很舒心。床上的垫子也许不是最好的，但无论如何总比在爱尔莎那里睡的折叠床好多了。只是佩鲁茨家里缺了某种味道。是呀，一开始她还嫌弃爱尔莎家里房子那么小，还弥漫着一股草药味，现在她竟开始怀念那香气了。

说着说着，她渐渐圆不下去了。于是生硬地将话题转到了马格纳的工作上。一说起他在电台的这份工作，他便妙语如珠。他说这出广播剧当然只是一份简餐，但正是这么一出广受欢迎的节目才具备政治上的影响力，听众们通过欣赏剧情能够意识到，住在布朗克斯的犹太移民格尔德伯格一家，其实跟来自长岛或者罗切斯特的米勒一家、史密斯一家一样，也会遇到相似的问题。

"贝尔格每天写一集剧本，还能自己出演，简直让人难以置信。"伊达说。

"是的，绝对了不起。"马格纳附和着，"有时候我也很好奇她到底需不需要睡觉。"

"不过，您不觉得莫莉·格尔德伯格这个角色身上，家庭主妇的气息有点儿过重吗？特别是跟贝尔格本人相比。"伊达说出了自己的想法。

马格纳抬着眼睛望着她："您说得有道理，我建议增加一个小插曲，让莫莉·格尔德伯格去找份工作。"

"一个小插曲！"伊达脱口而出，"篇幅够吗？您瞧，我现在在一家工厂里做事，那里的工作虽说单调，但是比之前那份皇后区疗养院的工作收入还高些。像我这把年纪的女人能够完全自己养活自己，是一件很值得骄傲的事情。我想莫莉·格尔德伯格也跟我一样吧。"

马格纳哈哈一笑："您的这番话我真的没办法反驳。"

他们彼此告别。伊达感谢他允许她去探访，这是一次非常有趣的经历，对她来说也是一个很好的调剂，这是她的真心话。她又谢谢他送她回家——这是违心的，因为事实上她宁愿一个人回来，那样的话就不用强打精神来应付他了。她强迫自己握住马格纳的手，对他说，等哪天库尔特来了，他们一定要一起去吃一顿中国菜。

"那太好了！我很高兴您还记得上次我们一起吃饭的事。"马格纳回答道。

"那当然喽。"伊达嘴上说着，但其实一点儿胃口都没有。

马格纳轻轻拍了拍头上的帽子，离开了。伊达用颤抖手指打开大门，冲进电梯，仿佛过了很久很久，电梯才爬到六楼。

她仰面倒在床上，呻吟着将一只手放在肚子上，另一只则伸向床头柜，她需要一支烟来减缓疼痛。她觉得好热，香烟一点作用也没有。她想着要不要用冷水给太阳穴降降温，可是打开佩鲁茨同志家里的水龙头，流出来的只有温水。

不，她真的很感激弗里德里希·阿德勒，在爱尔莎家住不下去的时候，是他迅速地为她在这里找到了一个房间容身。她怎么可以再纠结于温水凉水这样的小事呢。

她呻吟着，希望痉挛与疼痛赶快止住，她宁愿摆脱这副躯体，只想再听一听广播里的《格尔德伯格一家》。

委员会

纽约市，1945

伊达第一次来到弗里德里希·阿德勒在纽约的住所拜访他。"尊贵的阿德勒-鲍威尔夫人光临寒舍了！"他欢迎道。他老了，额头上满是皱纹，走路也佝偻着。不过他的笑容依然那么慈善，他握住她的手说："我很高兴，您看起来既健康又精神。"

"健康倒不一定，不过精神确实还好。"伊达微笑着走进来。

他把一摞文件搬开，腾出一张椅子来："您想喝点什么？来杯咖啡？"

她坐下来："不用了，谢谢，来这儿以后，我已经把咖啡戒了。有水吗？"

趁着他在厨房里忙活的工夫，伊达打量了一下周围。这里并不比她和佩鲁茨合住的房子大多少，到处堆着纸张、信件和书本。弗里德里希·阿德勒端着水回来了。

"跟我说说吧，亲爱的阿德勒-鲍威尔夫人，在纽约过得还好吗？"

"还过得去，"她回答道，"虽说不怎么容易，但是终究也有了容身之处。我还要再谢谢您呢，多亏了您的热心介绍。"

弗里德里希·阿德勒摆摆手："我很高兴能帮得上忙。"

"别光顾着说我，我也想听您讲一讲最近有没有新鲜事。"

他突然流露出一丝疲态。

"佩鲁茨告诉我，您建立了**奥地利劳工委员会**。"

"是的，没错。"

伊达坐直了身体："委员会的目标是什么？"

弗里德里希·阿德勒用手抹了一把眼睛："目标，呵呵，眼下光是想办法清除障碍就够我们忙的了。目前还没有什么建设性的工作，我们必须先阻止恶势力之间的联合。我想，您也听说过**自由奥地利国家委员会**吧？"

伊达喝了一口水，摇摇头。

"事实上，这个委员会想要联合奥托·哈布斯堡一起组建一个奥地利流亡政府，"他叹了一口气，"想当年，我们为了共和国流血牺牲，现在哈布斯堡家族却通过后门再次掌权，还自称是上帝的工具。"

"说得对！"伊达吃惊地站起来，"全能的上帝啊，当初怎么不把他的工具造得更好一点儿？"

弗里德里希·阿德勒疲惫地笑了："谁能想到呢？可是您瞧，就算哈布斯堡家族真的有了民主的意向，我们身在美国，也没办法决定国内会怎么样，除非战争结束。我们甚至都说不准一个独立的奥地利还有没有可能存在。因为一切还都只是理论：一个在经济和文化方面独立的奥地利，没有贫穷，没有危机，也不用一直担心被吞并的危险。如今我心里的疑虑并不比您哥哥当年的少。"说着，他突然站起身，"我想到一件事。"

伊达看着他拉开餐柜的抽屉，拿出一样东西。看清楚他手上的东西时，她简直不敢相信，泪水一下子涌上眼眶。是奥托的手表。弗里德里希·阿德勒将它放在她的手上。

伊达用手指描摹着破损的皮质表带。"海莲娜终于愿意把它给我了……"她说，"告诉我，她还好吗？"

弗里德里希·阿德勒吃了一惊："天哪，我应该在信里告诉您的。我还以为您会从其他人那里知道……是心脏病，当时她刚刚在西海岸安定下来不久。"

"我连她来了美国都不知道……还以为她在瑞典，"伊达垂下目光，"您知道吗，我自己也有一块这样的手表，"她顿了一下，又说，"没有这一块珍贵，这是我父亲留给奥托的遗物。我自己的那一块也很漂亮，在蒙托邦的时候，采尔纳太太帮我把它当掉了。"

她将这失而复得的遗物紧紧地握在掌心里。

"您知道吗，阿德勒先生，海莲娜和我之间的关系很特别。可是，她终究还是把手表留给了我……我很难过。"

弗里德里希·阿德勒懊恼地拍了一下巴掌："它对您来说如此重要，如果我早点知道就好了。"

"我知道，您有其他事要忙，请不要理会我的这些伤心往事。"

"您要不要来参加我们的会议？"

伊达疑惑地看着他。"您会见到许多老朋友。"弗里德里希·阿德勒向她保证。

"那些人在吗？在蒙托邦的时候……"

"那是他们神经错乱了。忘了它吧，亲爱的阿德勒-鲍威尔夫人，我向您保证，同志们很期待见到您，特别是希尔德。"

伊达眼前一亮："希尔德·马莫雷克？好吧，我也很想见到她。"

战争正式结束了，委员会的气氛却比想象中的压抑，充满着沉默与无奈。同志们之间议论纷纷：这样的结局之后，该从哪里开始呢？怎样才能了解到祖国的情况？要向美国政府请求什么样的政治地位？马克思主义的前景呢？他们中的谁还有力气将一切从头再来？谁又能荣归故里？

为什么——伊达默默地问自己——为什么她根本听不懂同志们的讨论，一心只想着偷瞄希尔德·马莫雷克。她刚才惊讶地得知，希尔德现在已经不姓马莫雷克了，席勒死后，她再婚了，嫁给了记者汉纳克。

希尔德·汉纳克，这个名字伊达叫不出口。对她来说她依然是旧时相识的希尔德·马莫雷克。快二十年了吧，伊达还记得当时是在约尔雷的工地上，她一眼便看出奥托和希尔德之间有故事。

伊达觉得，还是那时的希尔德看起来更精神，即使在后来那段充满忧虑的日子里，替伊达往布尔诺来回传递信息时，都比现在要强。现在的希尔德头发剪短了些，猩红的唇膏也没能让她的嘴巴看起来更加丰满。伊达不记得何时见过她涂口红，是她的新丈夫，还是美国改变了她？看上去如此轻浮浅薄，一点儿都不适合她。不知道那位汉纳克先生知不知道她从前的双重身份呢？

委员会的成员们或者轻轻咳嗽几声，或者双脚摩擦着地板，又或者一脚在前一脚在后地轮番交换着位置，他们似乎在用这些小动作伪装会议还在继续向前推进，但是根本没用，所有的发言轮完一圈后似乎还是回到了原先提出的那些问题上，新的想法被认定不够成熟，因此不予考虑。有人开始骂人了。

伊达也很生气，是的，在她的想象中，她甚至已经撸起了袖管，她无法平静下来——在奥托死后，希尔德并没有保持对他的忠贞！也许奥托对她来说已经一点儿也不重要了。她身上的一切都深深地刺痛伊达的眼睛：高跟鞋，手工缝制的连衣裙，指甲油的颜色看起来就像她的手指蘸了红烧肉的酱汁一样。还有她的香水！隔着老远就能闻到，令人讨厌的甜腻气味。从前的她——跟奥托在一起的时候——清纯多了。

会议讨论到了委员会是否应该另寻出路，跟美国人取得联系，并询问他们作为战胜国，对社会民主党人重返奥地利政坛有什么看法。

"你简直是个笨蛋，"一个男人叫道，"你是想自取其辱吗？"

希尔德·汉纳克——这个伊达无论如何也叫不出口的名字——在她的心里引发了一阵恶心。希尔德在她的脑海里转着圈，墙上油画里颜料被涂抹得到处都是，希尔德令她喘不上气来，伊达发出一声干呕，她必须离开。这个委员会一事无成，换作是奥托，早在几个小时前就制定好让大家心服口服的方案了。

她稍稍坐直一点，挺有用，甚至能将希尔德从她的脑海里赶走。油画上的颜色也变得清楚起来，慢慢地流回它们原来的位置。她想等恢复一点力气再站起来，这是已经有人发现她想要离开，她得跟他们告个别。

伊达强打起精神。这时希尔德开口了："伊达！你要走了吗？"她朝她走过来，抓住她的手臂。"瞧瞧，"她一边说，一边温柔地抚摸伊达的手表，"现在到你手里了，太好了。"

伊达推开她那蘸了红烧肉酱汁的手，保护似的用手捂住手表。"是的，毕竟海莲娜懂得怎样忠于家庭。"

希尔德笑了，她没听懂伊达的弦外之音。"再留一会儿嘛，"她说，"我们好久都没聊过天了。库尔特还好吗？"

伊达拿起她的大衣。"他跟他的家人还住在旧金山，在那里的歌剧院工作。"她生硬地答道，"冬天他会搬来这里。"

"你一定很高兴吧。"

伊达不想与她纠缠，转身离开："我必须走了。明天还要上早班。"

"别跟我这么生分。"希尔德在她的身后喊道。

如果是希尔德·马莫雷克，她可能还会回应几句。可若是希尔德·汉纳克——伊达心想——恐怕自己的英语不够好呢。

怀　疑

纽约市，1945

　　她拿起木尺。现在战争已经结束，她当然要考虑一下能不能回维也纳。她把刀尖扎进皮料，心里想着要不要带上库尔特和孙子孙女们。她用刀刃在皮料上一划到底。也不知道现在维也纳变成什么样子了。

　　她把裁下来的皮条推到一旁，再次将木尺放上去。反正也不用今天决定。肯定还是再等一阵子比较稳妥。她把裁好的皮子扔进桌子下面的盆里，又从一大堆皮子中抽出一张，在工作台上铺开，放尺子。回去的话，库尔特也许能一心一意地做个指挥，不必像现在这样，还操心合唱团。

　　正准备下刀的时候，一阵突如其来的痛楚侵入她的五脏六腑。疼痛，车间里刺鼻的气味，原本棕色的皮料颜色渐渐暗去，她的眼前变得越来越黑，身体里的刺痛加剧。黑暗降临了。瓦尔特·施特劳斯坚持要她彻底地检查一下胃疼的原因。伊达同意了，但只是希望趁机多了解一下他父母亲的近况。

　　第一项检查，瓦尔特按了按她的腹部。

告诉我，到底有没有跟斯黛菲以及理查德重新取得联系？她问。

第二项检查，瓦尔特为她验了血，又在显微镜下察看了她的粪便。

为什么不多多打听一下呢？一定有消息的。说不定他们现在已经回到维也纳了呢。

瓦尔特把她送到另一个医生那儿。

要是斯黛菲和理查德在维也纳，那她就要考虑尽快回去了。

这位医生也持有同样的怀疑。

也许他们会来投靠儿子呢，美国的签证应该好办多了吧?!

瓦尔特请伊达来到他的诊所，向她解释了他们的怀疑，还有，无论如何，她必须要动手术。

好吧，那就手术吧。反正她经历过比这更惨的事情。但是请不要再藏着掖着了——她说——她必须知道他父母怎么样了。

可是瓦尔特只是不知所措地摆弄着他的怀表，就是不肯告诉她。这是什么破习惯！

她威胁他，如果不把他父母的情况说出来，她就不去预约手术。

最后他只好说，他实在没有把握还能拖多久。

就算自己的病没得治了，斯黛菲和理查德也千万不要出事！佩皮娜也已经离开泰雷津[1]回去了。她知道有那种可能性，但是她接受不了亲爱的朋友和她的丈夫也……

直到夏末，伊达才预约上手术。从战场上回来的人排在了她的

---

1 捷克城市。

前头。她独自在自己的住处度过了手术前几周。她和一盆植物分享着同一间卧室，它是佩鲁茨同志搬来的，作为这里少得可怜的装饰之一。她喝东西的时候，总是把第一口倒进花盆，剩下的才留给自己。要是植物也能吃泡软的面包干、麦片粥和压碎了的蔬菜，她也乐意同它一起分享。

爱尔莎来看她的时候，植物已经枯死了。爱尔莎捧着伊达的脸颊，轻抚她的额头。岁月像一张越来越细密的网，花了几十年的时间在她俩的面孔上留下一道道勒痕。在彼此对视，眼神交会的一瞬间，她们仿佛又看见了当年的那两个少女。两个人都忍不住扑哧一声，大笑起来，就像小时候那般。笑吧，忘掉疼痛，笑吧，笑到伊达喘不过气，不得不重新躺下。

平静下来之后，她们又变回了两个老妇人，嘴上虽然不说，但心里非常清楚她们在某些事情上依然是彼此的依靠——住房除外。她们两个根本不能走得太近。比如伊达本想留着那盆植物，可爱尔莎却硬是将它塞进了装满剩饭、烟头和卫生巾的垃圾桶。

然后，她从包里取出精油和风干了的草药，那味道很快便充满整个房间。伊达吸了一口气，顺从地任由堂姐使劲地在她坚硬的腹部涂抹着。递给她的苦涩药汁，也一声不吭地喝了下去。

就算爱尔莎做的一切都没有用，有些甚至还加重了她的痛苦，但伊达还是紧紧地拉着堂姐的胳膊，一言不发，她不想再说错什么。只要爱尔莎觉得有用，那就随她去吧。伊达只想跟她和好如初。

1945

纽约市

九月。她以前一直信赖瓦尔特，从他还是孩子起。很遗憾，他不是外科医生，因此不能亲自为她主刀。否则哪里还需要一次又一次的手术，这一点伊达非常确定。

瓦尔特坚持要进行第二次手术。于是又重复了一遍烦琐的流程：保持空腹——这倒不难，反正她也不觉得饿——可是空腹的意思还包括：不准抽烟。

清晨，她被注射了麻醉剂。

十月。她自己也做过**护士**，无论如何都强过哥谭医院的护士。起码她从没吵醒过需要睡眠的病人。当初她是多么仔细地帮疗养院的病人们擦洗，而这里没有一个护士愿意跟她聊一聊《纽约时报》上的文化专栏，也没有一个问过她需不需要一副纸牌解解闷。她们只知道白天把她的床摇起来，让她像在躺椅上一样，半睡半躺。

不，哥谭医院的这种行为实在不好。

除此之外，还发生了一些莫名其妙的事。一个男人把一个装着钥匙的信封交给她，钥匙现在就放在她的床头柜上，她心想，这到底是哪里的钥匙呢？还有，医院墙上的钟也同别的地方不一样，指针总是一动不动，隔了好久——久得让人绝望——才挪动一点点，而她的手表则不同，指针转得飞快，只是方向错了：它回到了过去差不多被遗忘的时代。

可是她分明去过一个地方，也是极不情愿地坐在躺椅上，琢磨着床头柜上的钥匙到底是什么意思。不会是汉斯吧？他才不会把钥匙还给她，又或者，他想用这把钥匙……不。不可能。一定是手表的指针在戏弄她。她不能被迷失了心智。医生先生，我的胃疼并不是您所说的原因引起的，而是因为癌症，跟当年妈妈一样。不过我现在已经被治好，接下来就只等痊愈了。

哥谭医院时间六点一刻。伊达也说不准这到底是晚上还是早晨。突然之间，她好像清醒了，混沌消失，她一下子明白了这把钥匙为什么会被交到她的手里。

十一月。出租车司机一路扶着伊达离开医院，坐上他的车。伊达腰背佝偻，可是依然能够迎着曼哈顿的高楼大厦扬起下巴。今天是她的生日，她不愿躺在一张无法自己掌控靠背高度的病床上庆祝生日。

出租车司机扶着她坐进后座。她一手按住裙子里面的绷带，另一只手将西区五四大道的地址交给司机。一路上她满意地发现，自己再也不害怕笔直的道路了，她甚至开始享受它的好处：没有起点，也没有尽头。她也不必再费力琢磨西区五四大道到底是什么地方。她满怀着期待，西区五四大道，就在剧院附近。

下车的时候她不得不又请司机帮忙，否则自己很难站起来。下车之后直到大楼门口这段路并没有靠别人搀扶。她从大衣口袋里掏出钥匙，果然能打开。信封里的纸条上写的地址就是这里的公寓。

她打开门，走进新居。跟在芝加哥时一样，家具都是现成的。不过她觉得这里宽敞得多。她打算等一下再去四处走走看看，现在她没力气了。她得先坐下来。

她在客厅的沙发上坐下，把手伸进大衣口袋里掏香烟，却碰到了肚子上的伤口。好吧，这一定是愈合引发的疼痛。她看了看手表，在医院时她才给它上过发条，现在指针前进的节奏让她觉得非常舒服。很快，库尔特就会带着他的家人到达医院，去接她，顺便去拿钥匙。不过他们只能找到她的箱子，和一张便条，上面写着她已经先走一步。在这里迎接他们，比躺在病床上要体面得多。而且这张沙发很舒服，暖气也打开了。她闭上了眼睛。

一阵铃声将她从睡梦中惊醒。伊达挣扎着从沙发靠垫中站起身来，没想到竟然成功了。只是腹部仍然残留着撕裂般的疼痛。门铃又响了一次，比上一次更久，仿佛失去了耐心。伊达咬着牙，猛地吸了一口气，一鼓作气走到门口。是孩子们的声音！

等了好久也不见人来。伊达只好靠在墙上。电梯一动不动，楼梯上也没有动静。她很想站着迎接库尔特一家，可惜实在没有力气了，她只好把门敞开着，自己则吃力地回到了沙发上。

等她点上第二支烟，库尔特才拎着沉重的行李走进客厅。"妈妈！"

"怎么了？"伊达把烟灰弹进茶几上的空花瓶中，"我在医院给你留字条了。"

黛安莎抱着一个小男孩走进来，身后跟着另一个大一点儿的孙女。

"这是我的小宝贝们！"伊达惊叹道，"谁来给我一个生日之吻？"

孙女躲在她妈妈的身后。黛安莎抚摸着女儿的金发，问她，不记得奶奶了吗?

"金妮?"孙女从后面偷偷地看了她一眼。

黛安莎肯定地点点头:"当然啦,就是她呀。"

伊达招招手,可是小女孩又缩了回去。

库尔特放下箱子。"妈妈,你在做什么? 我们不是约好了去医院找你拿钥匙的吗?"

"这样不是也挺好吗。你难道不想先祝我生日快乐吗?"

库尔特朝她弯下腰,亲吻了她的面颊:"过一会儿我们必须把你送回去,我跟医生们保证过了。"

伊达用力摇摇头:"这样的医院里根本没有我想要的安静。"

"可是你不能擅自出院。"黛安莎插嘴说。

伊达耸耸肩:"谁说的? 这也不是第一次了。"

十二月。为了让她拥有比医院更安静的享受,她被塞进公寓最尽头的一个房间里。然而过分的安静对她来说也是多余的。

再加上自己的儿媳在吃食上的苛待。

"黛安莎,你怎么给我做了一个这么小的三明治?"

"瓦尔特说了,开始必须少吃一点,你的胃经不起刺激。"

"这话他没跟我说过。去给我弄一个大一点儿的面包。"

"这样对你没好处。"

"那也不能让我饿死,黛安莎!"

可气的是,等她换了一份大一点的三明治来,伊达却吃不下去了,只好剩了一半。但即便一半,也比之前她赏赐的那个微型三明治要多了。

最美好的事情莫过于跟孙子孙女们一起消磨时光了。她们坐在她的床头,听她讲故事。金妮,大孙女总是这么叫她。金妮,小的那个也跟着牙牙学语。她终于有了一个自己喜欢的小名儿了。
她爱抚着孙女圆嘟嘟的脸蛋，说："你给我起了一个多么美丽的
名字！"

儿媳不再管她，而是请了一名护工，一个动不动就要打开窗户
的护工。
"把窗户关上。"
"可是我们必须让房间透一透气。"
"躺在这里的是你还是我？想透气，那就出去外面好了。不准
开窗户。"

她看到了爱尔莎见到自己时一脸震惊的模样。也难怪，被安置
在这样的房间里，还被护工如此粗鲁地对待。爱尔莎的震惊让她忍
不住哭了起来。她什么话都说不出来，就只是泪流满面地抽泣着，
爱尔莎握住了她的手。

她无意间偷听到堂姐和儿媳的谈话。她们两个还以为她听不
见，可是她有问题的是胃，又不是耳朵！黛安莎抱怨说，这样下去
可不行，她的负担实在太重了，此外她还要操心两个孩子、家务
活、库尔特的事业，还有经济状况。爱尔莎试着安慰她，劝她说，
顶多再坚持几个星期吧。
看来连爱尔莎也看出来她的病已经逐渐好转了。因此后来再见
到堂姐时，伊达的心情又变好了。爱尔莎摸着她的手指，说她吸烟
吸的指头都被熏成褐色了，她也懒得分辩。其实她非常清楚，手上
褐色的斑块是在皮革厂工作时留下的痕迹。不久，她将重回工作岗
位，她已经收到信了，他们说欢迎她随时回去。

最迟明年年初吧，她盘算着。年初是重新开始的最好时机。

爱尔莎离开后，她忍不住笑了出来。她去皮革厂做工，听起来多么讽刺。拜托，把她切割下来的那些皮料制成皮包吧，重要的是她赚到了工钱，还可以补贴一下家用。

可是，在五四大道的公寓里，似乎没有人对她的痊愈感兴趣。他们往她房间里送了一束花，颜色刺眼，气味也很奇怪。花朵腐烂之后，便被她扔出了房间，只是那股恶臭却残留在房间里，经久不散。

连儿子不忍直视自己的母亲了。

"库尔特。"

"我在这里，妈妈。"

"新年……你会带我去看戏吗？"

他没有说话。

"你怎么不回答我，库尔特？"

"好的，好的，妈妈，我带你去。"

不过是抽出一个晚上的时间陪妈妈去看戏，自己的亲生儿子却连做个口头的承诺都那么费劲。尽管如此，伊达还是打定主意圣诞节一定要下床，实在不行的话，最迟新年前夜也要去看一场演出。她对自己说，只要打几针就能起来了，可是疼痛愈发强烈，仿佛扎进身体的不是针，而是一根棍子。

即便是这样，依然没有任何人或者任何事情能够阻止她去看戏。她仿佛看见自己穿过剧院的门厅，走进观众大厅，满怀欣喜地期待即将开场的演出，它将带给她喜悦，治愈她所有的病痛。她静静地等待着观众席的灯光熄灭。

灯光暗了，帷幕升起。

纪念库尔特·赫尔伯特·阿德勒

黛安莎·沃费尔·阿德勒

马丁·马格纳

致　谢

谨向本雅明·弗约利希及阿德勒家族所有亲人致以衷心感谢——尤其是罗纳尔德·H·阿德勒，玛格丽特·阿德勒-库尔柏，克里斯托弗·阿德勒和克里斯汀·阿德勒·克鲁格，南希·阿德勒·蒙哥马利，萨布丽娜·阿德勒，罗曼·阿德勒。

感谢为《伊达》一书的出版提供大力支持的卡佳·萨曼，萨莎·斯坦尼斯科，克里斯汀娜·马特，托马斯·霍尔兹尔，英格丽特·柯尔贝尔-弗约利希，马汀·米特尔迈耶，乌尔里克·史德以及慕尼黑"最爱"酒吧。

同时也感谢维也纳西格蒙德·弗洛伊德博物馆的丹尼艾拉芬茨博士，阿姆斯特丹社会科学国际学院，维也纳工人运动史协会，维也纳城市及国家档案馆，伦敦弗洛伊德博物馆，慕尼黑巴伐利亚州立图书馆。

参考文献

《湖畔》《躺椅》《漆黑人影》《庸医》部分内容间接援引自：西格蒙德·弗洛伊德《歇斯底里案例分析片段》，法兰克福，1993。

本书49页及以下：西格蒙德·弗洛伊德《歇斯底里案例分析片段》，法兰克福，1993，118页及以下。

73页：奥托·鲍威尔《拿破仑的结局》，手稿来自维也纳工人运动史协会存档。

80页及以下：费兰兹贝德一章情节参考自玛丽·冯·埃布那·艾森巴赫《来自费兰兹贝德》，萨尔茨堡／维也纳，2014。

100页：西格蒙德·弗洛伊德《歇斯底里案例分析片段》，法兰克福，1993，30页。

139页及以下：节选自菲利普·鲍威尔遗嘱文件，出自：恩斯特·哈里逊《伟大的空想家——奥托·鲍威尔（1881—1938）》，维也纳／科隆／魏玛，2011，26页。

147页：理查德·瓦格纳《罗恩格林》第一幕第二场。

147页及以下：信件节选自：奥托·鲍威尔《作品集》，维也纳，1980，第九卷，1035页及以下。

175页：菲力克斯·多伊奇《弗洛伊德〈歇斯底里案例分析片

段〉脚注》，收录于查理斯·贝尔汉莫及克莱尔·卡汉纳编著《朵拉案例：弗洛伊德〈歇斯底里片段分析〉》，纽约，1985，37—38页，卡塔琳娜·阿德勒从英文译为德文。

216 页：西格蒙德·弗洛伊德《歇斯底里案例分析片段》，法兰克福，1993，23 页及以下。

239 页：弗洛伊德的梦境出自：西格蒙德·弗洛伊德《梦的解析》，法兰克福，1964，123 页。

307 页及以下：奥托·鲍威尔的逃亡之路参考自：恩斯特·哈里逊《维也纳 1934》，塞林格档案馆编撰。

332 页及以下：奥托·鲍威尔最后的日子参考自：恩斯特·哈里逊《伟大的空想家——奥托·鲍威尔（1881—1938）》，维也纳 / 科隆 / 魏玛，2011，372 页及以下。

337 页及以下：《人民观察家报》，1938 年 6 月 7 日。

377 页及以下：远航细节参考自：弗瑞达·卡恩《焦虑的一代》，纽约长岛，1960。

382 页及以下：书信片段引自：弗里德里希·阿德勒书信，信封编号 179，阿姆斯特丹社会科学国际学院。

388 页及以下：原文引自《格尔德伯格一家》，加利福尼亚大学洛杉矶分校电影电视档案馆，https://www.cinema.ucla.edu/collections/goldbergs/all。

图书在版编目（CIP）数据

伊达 / (德) 卡塔琳娜·阿德勒著；李晓旸译. --
福州：海峡文艺出版社，2023.11
ISBN 978-7-5550-3390-5

Ⅰ.①伊… Ⅱ.①卡… ②李… Ⅲ.①长篇小说—德
国—现代 Ⅳ.①I516.45

中国国家版本馆CIP数据核字(2023)第136539号

Author: Katharina Adler
Title: Ida

©2018 Rowohlt Verlag GmbH, Reinbek bei Hamburg, Germany

Chinese language edition arranged through HERCULES Business & Culture GmbH, Germany.
本书简体中文版权版权归属于银杏树下（北京）图书有限责任公司。

著作权合同登记号：图字13-2023-60

伊达

[德] 卡塔琳娜·阿德勒 著　　李晓旸 译

出　　版：海峡文艺出版社	出 版 人：林　滨
责任编辑：蓝铃松	编辑助理：吴飚苿
地　　址：福州市东水路76号14层	
电　　话：（0591）87536797（发行部）	
发　　行：后浪出版咨询（北京）有限责任公司	
选题策划：后浪出版公司	
出版统筹：吴兴元	编辑统筹：朱 岳 梅天明
特约编辑：王介平	装帧制造：墨白空间·黄海
营销推广：ONEBOOK	

印　　刷：嘉业印刷（天津）有限公司	经　销：新华书店
开　　本：880毫米×1194毫米 1/32	印　张：13.25
字　　数：318千字	
版次印次：2023年11月第1版　2023年11月第1次印刷	
书　　号：978-7-5550-3390-5	定　价：68.00元

读者服务：reader@hinabook.com 188-1142-1266
投稿服务：onebook@hinabook.com 133-6631-2326
直销服务：buy@hinabook.com 133-6657-3072
官方微博：@后浪图书